Het klaprozenjaar

Corina Bomann bij Boekerij:

Het vlindereiland
De maneschijnsonate
De jasmijnzussen
De stormroos
Een wonderlijke winterreis
Het klaprozenjaar

www.boekerij.nl

CORINA BOMANN

Het klaprozenjaar

Om haar kind een toekomst te kunnen geven,
moet Nicole eerst het verleden ontrafelen

BOEKERIJ

ISBN 978-90-225-7693-9
ISBN 978-94-023-0917-1 (e-book)
NUR 302

Oorspronkelijke titel: *Das Mohnblütenjahr*
Vertaling: Lilian Caris
Omslagontwerp: Johannes Wiebel | punchdesign, München
Omslagbeeld: Shutterstock en ~mäxchen~ | Photocase.de
Zetwerk: CeevanWee, Amsterdam

1

De trap leek eindeloos. Naar beneden lopen betekende voor mij een van de grootste krachtsinspanningen van de afgelopen uren. De weg naar boven had me niet zo veel moeite gekost, maar toen had angstige verwachting me vergezeld. Nu drukte de verschrikkelijke zekerheid als een veel te zware rugzak op me.

Natuurlijk, ik had ook de lift kunnen nemen, maar ik had wat tijd nodig voor ik er klaar voor was het pand te verlaten. Dof weergalmde mijn ademhaling tussen de muren van het trappenhuis. Buiten denderde een tram voorbij. Zweterig klampten mijn handen zich vast aan de leuning. Het brandde in mijn borst en mijn hart bonsde. Ik bleef staan en haalde diep adem.

Boven ging een deur open en er drong gelach naar buiten door, gevolgd door een vrolijk afscheid. Het geluk van de vrouw die na mij de gynaecologische praktijk verliet, was duidelijk hoorbaar.

Ikzelf voelde me op dit ogenblik als verdoofd. Ik had niet op het ergste gerekend, maar het nieuws dat ik daarnet had gekregen, had mijn wereld volkomen ontwricht.

Vanmorgen had de doktersassistente me gebeld. Mijn gynaecologe wilde me graag spreken over mijn zwangerschap. Hoewel de assistente niets concreets had gezegd – dat mocht ze niet aan de telefoon – werd ik meteen ongerust.

Mijn volgende afspraak had ik eigenlijk pas over een week. Dan zou ik de uitslag krijgen van de echo die een paar dagen geleden was gemaakt. Toen zag het er nog naar uit dat alles in orde was. In elk geval had dokter Mandelbaum niet laten weten dat ze iets verdachts had gezien.

Maar van de ene minuut op de andere was dat veranderd. Geen arts verzocht je langs te komen als alles in orde was.

Ik was in het begin van de vierde maand en op mijn achtendertigste niet meer de jongste om een eerste kind te krijgen. Er kon van alles gebeuren. Tijdens de rit hierheen had ik mezelf helemaal gek zitten maken. Misschien had ik zwangerschapsdiabetes ontwikkeld! Of zou er toch iets mis zijn met mijn kindje?

Ik herinnerde me dat ik stiekem had gewenst dat David bij de echo zou zijn. Nu wenste ik alleen nog maar dat ik dat wat ik had gehoord, kon terugdraaien.

Het volgende ogenblik was de vrouw achter mij op de trap. Een paar minuten geleden had ze nog samen met me in de wachtkamer gezeten. Rozengeur omgaf haar. Ze had een zonnig gele jas aan en een roze gebreide muts op. Onze blikken ontmoetten elkaar slechts even, maar de manier waarop ik haar aankeek, maakte dat ze meteen inhield.

'Gaat het wel goed met u?' vroeg ze.

'Jazeker. Alles is in orde, dank u,' zei ik afwimpelend.

De vrouw, die straalde van geluk, keek me nog even verwonderd aan, toen liep ze door.

Ik zag hoe ze de trap afliep, volkomen zorgeloos. Ik had geen idee wie ze was, of ze zwanger was of dat ze gewoon alleen een vooronderzoek had gehad dat goed was uitgepakt. Ze vertoonde in elk geval geen spoor van bezorgdheid.

Welke indruk wekte ik hier op de trap? Kon je zien wat ik te horen had gekregen?

Ik betrapte me erop hoe angstig ik luisterde naar wat er binnen gebeurde. Ik merkte niets, maar ik wist dat daar iets was. Iets wat me van al mijn dromen kon beroven.

De stem van dokter Mandelbaum weerklonk in mijn hoofd: 'Mevrouw Schwarz, bij nadere beschouwing van de echo heb ik helaas toch een onregelmatigheid bij uw kindje ontdekt. Om precies te zijn een kleine verdikking van de nekplooi. Ik ben er echter niet helemaal zeker van en zou graag nog een echo maken en een nekplooimeting doen.'

Even later lag ik op de onderzoekstafel en keek naar het beeld van mijn kindje op de monitor van het echoapparaat. Voor anderen misschien alleen maar een verzameling pixels in zwart-wit, maar ik herkende er mijn kind in, het hoofdje, het groeiende lijfje. Toen vaststond dat ik zwanger was, had ik een paar boeken bekeken om alles over de komende maanden te weten te komen. Misschien was het begrip 'nekplooimeting' daarbij aan de orde geweest, maar had ik er in mijn blijdschap geen aandacht aan geschonken.

Dokter Mandelbaum keek gespannen. 'Het is zoals ik al vermoedde,' zei ze uiteindelijk.

'En wat betekent dat?' vroeg ik terwijl ik verteerd werd door angst en misselijkheid voelde opkomen.

'De nekplooi wijst op een anomalie. En ook de hartslag lijkt me niet normaal.' Ze draaide zich om en keek me aan. 'In deze situatie vermoed ik dat uw kindje een hartafwijking zou kunnen hebben.'

'Wat betekent dat? Wat voor hartafwijking?' Ik hijgde het eerder dan dat ik het zei, want iets leek mijn longen dicht te drukken.

'Het is nog te vroeg om het met zekerheid te kunnen zeggen. Daarom zou ik u graag voor nader onderzoek willen doorverwijzen naar een collega die met speciale apparatuur kan controleren of met het hartje van uw kindje alles in orde is. Mocht dat niet het geval zijn, dan kan hij ook constateren om welke afwijking het gaat. Sommige afwijkingen, zoals het ventrikelseptumdefect, kunnen postnataal operatief worden verholpen, bij andere kan een ingreep in het lichaam van de moeder nodig zijn. Maar voor we over een behandeling kunnen gaan denken, moeten we de uitslag van de specialist hebben.'

Ik had het gevoel dat er een enorme steen op mijn borst lag. De angstige verwachting was op slag verdwenen, maar de zekerheid was nog erger. Angst boorde zich in mijn maag.

'En wat betekent dat?' vroeg ik verward terwijl de tranen opkwamen en mijn keel dichtgesnoerd werd. 'Zal... kan mijn kindje... eraan doodgaan?'

'Ik zal alles doen wat in mijn macht ligt om dat niet te laten gebeuren,' verzekerde dokter Mandelbaum me meelevend, maar dat was een schrale troost. Ik las in haar ogen dat het zou kunnen gebeuren. 'Ik zal een afspraak voor u maken, dan zien we verder. Daarnaast moeten we de ziektegeschiedenis van uw familie bekijken. Is er in uw familie of in die van de vader van het kind sprake van een genetische belasting?'

'Daar hebt u al naar geïnformeerd.' Ik keek haar verward aan. 'Nee, ik bedoel, dat weet ik niet. Bij mijn...'

Ik brak af toen ik me erop betrapte dat ik het over David wilde hebben als 'mijn vriend'. Dat was hij inmiddels niet meer en eigenlijk wilde ik ook niet aan hem denken... 'Van de vader van de baby weet ik het niet,' vervolgde ik terwijl ik moeite had me te beheersen. 'Hij... heeft nooit iets gezegd.' Eigenlijk waren we wat onze relatie betreft wel zover dat hij een hartafwijking had moeten vermelden. 'En mijn moeder en haar zus zijn kerngezond. Ook bij mijn grootouders is voor zover ik weet geen sprake van een hartafwijking. Mijn moeder heeft het wel niet vaak over ze, maar...'

'U hebt gezegd dat uw vader onbekend is.'

'Ja, mijn moeder heeft me verteld dat hij voor mijn geboorte is gestorven.'

Mama had maar zelden over hem gepraat. Zijn dood moest een harde klap voor haar zijn geweest. In elk geval had ze veel van hem gehouden, ook na zijn dood, want voor zover ik me kon herinneren, had ze daarna geen serieuze relatie met een man meer gehad. Er was af en toe wel iemand geweest, maar op een paar bezoekjes na was het niemand gelukt in ons vrouwenhuishouden, zoals mijn moeder het noemde, voet aan de grond te krijgen.

'Nou, misschien moet u nog eens navraag doen bij de vader van het kindje of er sprake is van erfelijke belasting. Maar het kan ook aan uw vader liggen,' had dokter Mandelbaum gezegd. 'Ga alstublieft met uw moeder praten. Het is belangrijk te weten of hij een hartafwijking had of dat zoiets in zijn familie voorkwam. Daar zouden we ons onderzoek op kunnen afstemmen...'

Zou het echt zo kunnen zijn dat ik die afwijking van mijn onbekende vader had geërfd? Was mijn moeder ervan op de hoogte? En zo ja, waarom had ze het me niet verteld?

Afwezig keek ik uit het raam van het trappenhuis. Omdat de praktijk tamelijk hoog lag, kon ik uitkijken over de oude binnenstad van Keulen en de Rijn, die vandaag een stralend blauw lint leek waarop witte schepen voeren. Een van de eerste stralende voorjaarsdagen, volmaakt voor een wandeling langs de rivier of een tochtje buiten de stad. Misschien naar de Drachenfels, waar de oude Nibelungenburcht stond. Wat was ik daar lang niet meer geweest!

Aan die plek waren voor mij heel fijne herinneringen verbonden. Herinneringen aan David. Aan de tijd dat hij nog deel uitmaakte van mijn leven. Sinds tweeënhalve maand was dat niet meer het geval. Het bittere besef dat ik die momenten misschien voor niets had opgeofferd, boorde zich in mijn maag en deed me de tranen in de ogen springen.

Ik tastte in mijn jaszak en haalde een briefje tevoorschijn. Daarop stond het adres van een gynaecoloog die gespecialiseerd was in hartafwijkingen bij jonge kinderen. Het papiertje betekende hoop en vertwijfeling tegelijk. Na het echocardiogram zou ik zekerheid hebben of mijn kindje gezond ter wereld zou komen of niet. Of het na de geboorte geopereerd zou moeten worden. Of...

Nee! Ik zette mijn gedachtestroom stop en schoof het briefje terug in mijn zak. Ik moest eerst eens naar huis, ik moest ergens zijn waar ik kon nadenken.

Buiten voor de deur leek de lucht me minstens tien graden kouder. Ik deed mijn sjaal beter om en keek naar boven. De lucht betrok. De eerste voorjaarsdag leek een slecht humeur te krijgen. Het mankeerde er nog maar aan dat het begon te sneeuwen. Terwijl ik naar de tramhalte liep, voelde mijn hoofd vreselijk zwaar. Ik was ten einde raad en doodsbang. Wat moest ik doen? Hoe moest ik de weken tot het echocardiogram doorkomen? En hoe kon ik me wapenen tegen het ergste?

Mijn gynaecologe had beloofd om voor me te zorgen, maar hoe wilde ze mijn angst wegnemen? Er waren zo veel momenten waarop ik alleen was en tegen de angst moest vechten. Hoe wilde ze me helpen wanneer ik binnen in mezelf luisterde, alsof ik het kindje wilde vragen: 'Hoe gaat het met je? Is alles in orde?'

Toen de tram kwam aandenderen, raakten die gedachten een beetje op de achtergrond. De routine nam het over. Ik haalde mijn vervoerbewijs tevoorschijn, stapte in en ging zitten. Onder mijn wollen jas was mijn nog maar licht bollende buik niet te zien. Dus was ook niemand in mij geïnteresseerd.

Hoe vaak had ik mezelf er vroeger niet op betrapt dat ik naar zwangere vrouwen zat te staren! Wanneer ze mijn belangstelling opmerkten, had ik telkens pijnlijk getroffen weggekeken, maar de aanblik van hun buik had me geobsedeerd en achtervolgd. Ik zou zelf zo graag zwanger zijn geworden!

Toen het eindelijk gelukt was, voelde ik me de gelukkigste vrouw van de wereld! Zeker, ik besefte heel goed wat er zou gaan gebeuren. En toch was ik bereid de prijs daarvoor te betalen. Nee, ik koesterde eerder de hoop dat het allemaal anders zou uitpakken.

En nu? Nu vroeg ik me af of het dat waard was. Natuurlijk wilde ik mijn kindje nog steeds. Misschien wel nog wanhopiger dan eerst.

Maar het vermoeden was verpletterend. Ik vreesde dat ik mijn kind met een last opzadelde dat het niet verdiende. En dat allemaal alleen omdat ik egoïstisch was geweest en koste wat het kost een kind wilde.

Ik betwijfelde of de moeders naar wie ik in de tram jaloers had zitten staren door zulke twijfels werden geplaagd. Dat kon ik natuurlijk niet weten, maar iets zei me dat ze nu met hun gezonde kinderen ronddolden en dat zij op dit moment heel andere angsten hadden dan ik.

Ik besloot niet meer naar mijn werk te gaan. Het reisbureau zou het ook zonder mij wel redden. Ik had me eigenlijk alleen voor de middagpauze afgemeld, maar ik was de tram nog niet uit of ik pakte mijn mobieltje en belde Gesa, mijn collega. Ik legde uit dat het na het doktersbezoek niet zo goed met me ging, en ze toonde alle begrip.

Thuis kwam de stilte als een moker aan.

Zelfs voor Davids vertrek was het er niet bijzonder lawaaierig geweest; naar deze wijk van Keulen verhuisde je alleen als je rustig wilde wonen. Ik was geen Rijnlandse montere geest, ik kwam oorspronkelijk uit Koblenz. David en ik waren van plan in deze stad samen een leven op te bouwen. Maar toen was alles anders geworden.

En nu leek de stilte die me ontving bijna griezelig. Vroeger had ik altijd geweten dat hij ooit thuis zou komen. Nu wist ik dat ik de eerste en de laatste was die het huis binnenkwam.

Na onze grote ruzie had ik mezelf getroost met de gedachte dat ik niet lang alleen zou blijven. Over een paar maanden zou hier een baby kraaien, een jaar later zou mijn kindje zijn eerste stapjes zetten. Ik zou alles helemaal veranderen, een echt nestje bouwen. Geen minimalisme meer, maar fleurige bloemen, patchworkkussens en -dekens, knuffels. Misschien ging ik nieuwe meubels kopen. Niet bij het meubelwarenhuis maar in de tweedehandswinkel. Meubels met een ziel.

Toen ik op de bank neerzakte, werd ik door twijfel bevangen. Misschien zou het daar nooit van komen. En dan treurde ik niet om de dekens, de kussens en de meubels. Ik vreesde dat mijn kindje een hartafwijking had die niet gemakkelijk te verhelpen was. Ik vreesde dat mijn kindje nooit tussen die meubels rond zou kruipen. Dat mijn huis misschien voor altijd leeg bleef.

2

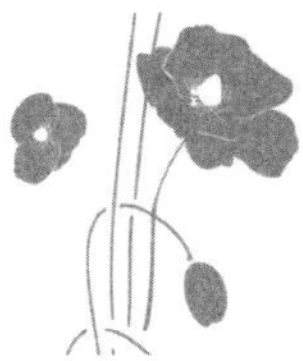

Die nacht kon ik niet slapen. Telkens weer spookten de woorden van de dokter door mijn hoofd. Het was nog niet zeker dat mijn kindje een hartafwijking had. Maar stel dat dat zo was? Stel dat het een hartkwaal had waar het zijn leven lang mee zou tobben? Stel dat ik het niet eens levend ter wereld kon brengen? Dat ik een miskraam kreeg? Daarvan was tijdens het spreekuur geen sprake geweest, maar het behoorde tot de mogelijkheden.

Opeens leek mijn lichaam een tikkende tijdbom. Wat sluimerde in mijn genen? Was mijn vader misschien ongemerkt aan een hartaanval gestorven? Bijna veertig jaar geleden was de geneeskunde nog heel anders geweest. Wat wist mijn moeder? Wat zou ze zeggen als ik het haar vertelde?

Vreemd genoeg was het niet het telefoonnummer van mijn moeder dat ik vlak voor middernacht met trillende vingers tevoorschijn haalde. Het gesprek met haar had ik naar morgen verschoven, want dan zou ze terug zijn van vakantie. Ik wilde niet haar laatste fijne dag bederven.

Het was Davids nummer, dat ik uit de 'vriendjesdoos' opdiepte. Zo'n exen-doos had mijn vriendin me aangeraden, geïnspireerd door een van haar favoriete series. Dan kon je later, beweerde ze, op die gelukkige tijd terugkijken en lachen om het oude zeer.

Ik had de doos braaf gevuld met alles wat er van David was

achtergebleven en hem onder mijn bed geschoven, helemaal in het achterste hoekje. Ik had mezelf bezworen de inhoud ooit weg te gooien. Nu was ik blij dat ik hem met behulp van een bezem tevoorschijn kon halen. En ik was blij dat zijn telefoonnummer erin zat.

Intussen waren er al meer dan twee maanden verstreken sinds ik David voor het laatst gesproken had. Twee maanden had hij niet eens een klein berichtje gestuurd om te vragen hoe het met me ging. Maar nu had ik informatie nodig of er in zijn familie een hartafwijking voorkwam. Een goede uitvlucht om zijn stem weer eens te kunnen horen.

Ik pakte mijn draadloze telefoon, wikkelde me in een deken en koos zijn nummer.

De beltoon vermengde zich met het getoeter van een auto buiten, dat bijna klonk als een waarschuwing: hang op voor het te laat is.

Maar hoe kon ik anders te weten komen of er van zijn kant sprake was van erfelijke belasting? Informatie daarover kon misschien de redding zijn voor ons kind!

'Met Hofer,' klonk een slaperige stem. Ik had hem uit bed gebeld. Nu besefte ik hoe stom ik bezig was. Het liefst had ik weer opgehangen, maar het lukte me niet het gesprek af te breken.

'David?' Mijn stem trilde.

'Nicole?' vroeg hij verbaasd. Op slag leek hij wakker te worden. 'Wat is er? Is er iets gebeurd?'

Ik slikte. Ik herinnerde me maar al te goed hoe het laatste gesprek met mijn ex-vriend was geëindigd.

Ik had hem toen verteld dat ik zwanger was. Dat wist ik al een week. Toen ik 's morgens vroeg misselijk was geworden, had ik bij de apotheek een zwangerschapstest gehaald.

Terwijl iedere andere man een gat in de lucht had gesprongen, keek David me ontzet aan.

'Je weet toch dat ik geen kinderen wil!' zei hij. 'Heeft de pil het laten afweten? Of... je hebt toch niet...

Ik wilde niet liegen. 'Ik ben drie maanden geleden met de pil gestopt. Je weet hoe graag ik een kind wil. En daar ben ik binnenkort te oud voor.'

Davids ogen waren van kwaadheid van kleur veranderd. Het zachte koffiebruin werd koud zwart. Zo had ik hem nog nooit meegemaakt.

'Hoe kom je erbij zo voorbij te gaan aan wat ik wil?' vroeg hij ijzig. 'Ik wil geen kinderen, dat heb ik duidelijk tegen je gezegd! Waarom ben je met de pil gestopt zonder het daar met mij over te hebben?'

En hoe zit het dan met wat ík wil? kon ik toen alleen maar denken. Waarom houd je daar geen rekening mee?

Even later slingerde ik hem dat naar zijn hoofd.

'Had ik dan maar vreemd moeten gaan om een kind te krijgen?' schreeuwde ik. Mijn pols zat op honderdtachtig. Ja, ik zat fout. Maar het was ook zijn kind! Waarom wilde hij niet inzien dat wat ik in me droeg een deel van hem was? Dat ik een kind wilde omdat ik van hem hield?

Het liep uit op slaande ruzie. Ik probeerde nog een tijdje hem van mijn liefde te overtuigen, maar uiteindelijk sloegen we elkaar met al onze tekortkomingen om de oren.

'Ik kan niet langer bij je blijven,' zei hij, en even later verliet hij het huis.

Als verdoofd had ik daarna op de bank naar de muur zitten staren. Pas veel later kon ik huilen. Terwijl de vrouwen naar wie ik jaloers had gekeken mannen hadden die liefdevol over hun buik aaiden, had ik een man die me voortaan haatte omdat ik een kind van hem kreeg...

'Hallo?' haalde een stem me uit mijn gedachten. Ik was in mijn herinneringen verdiept geraakt. 'Wat is er aan de hand? Waarom bel je me midden in de nacht?'

Het was een wonder dat hij niet meteen had opgehangen. Maar David was normaal gesproken niet iemand die zich kinderachtig gedroeg.

'Mijn kindje,' begon ik met schorre stem. 'Ons kindje... Ik ben vandaag bij de gynaecoloog geweest. De kans bestaat dat het een hartafwijking heeft.'

Stilte. Ik kon me wel indenken wat er nu door zijn hoofd ging. Ik heb je toch gezegd dat ik geen kind wil. Het komt allemaal door jou.

De mogelijkheid dat hij geen kinderen wilde omdat hij wist van een genetische belasting, kwam nu bij me op. Maar waarom had hij het daar nooit met me over gehad?

'En?' vroeg hij volkomen ongeïnteresseerd.

Dat benam me de adem.

Kon het hem echt helemaal niet schelen? Kon hij niet eens een paar troostende woorden missen? En dat terwijl ik hem had geschreven dat hij zich geen zorgen hoefde te maken over alimentatie. Als hij het kind niet wilde, hoefde hij er ook niet voor te betalen – punt uit.

Maar we waren zeven jaar samen geweest. Zeven jaar waarin we geen enorme ruzie hadden gehad. Zeven gelukkige jaren. Als ik niet zwanger was geworden, zou hij nu naast me liggen. Dan zou dit telefoontje er niet zijn geweest. En had ik me niet door zijn harteloosheid hoeven laten kwetsen.

'Ik wilde vragen... is er... is er in jullie familie misschien...' Verdorie, waarom zat ik als een schoolmeisje te stotteren? Dit was heel belangrijk! 'Komen er in jouw familie hartafwijkingen voor? Ik bedoel, weet je daar iets van?'

'Nee,' antwoordde hij morrend. 'In mijn familie komen geen hartafwijkingen voor. Is er verder nog iets?'

De tranen schoten me in de ogen. Goed, de informatie had ik nu, maar waarom leek hij niets te voelen? Waarom kon het hem niet schelen? Als er in zijn familie geen hartafwijkingen voorkwamen, was er in elk geval geen medische reden waarom hij geen kinderen wilde. Ging het hem dan echt alleen om het principe?

'Oké, dan zal ik je niet verder storen,' zei ik afstandelijk, en ik wachtte niet af of hij nog iets zou laten horen waar ik nog kwader van zou worden. Ik hing gewoon op en smeet de telefoon door de kamer.

Gelukkig werd die door de dichte gordijnen opgevangen voor hij schade kon aanrichten.

Verbolgenheid en teleurstelling woedden in me. Ik rolde me op onder de deken en begon te huilen. Om David, om de toekomst die we nooit samen zouden hebben, maar vooral om mijn kindje, dat misschien niet eens de kans zou krijgen de wereld te aanschouwen.

3

De volgende ochtend werd ik pas wakker toen er zonlicht recht op mijn gezicht viel. Mijn ogen waren gezwollen. Tijdens mijn huilbui was ik op de bank in slaap gevallen en ik had helemaal verkeerd gelegen. Mijn nek en schouders deden zeer en ik kreeg een scheut in mijn rug. Kreunend kwam ik overeind en probeerde mijn benen van de bank te zwaaien.

Het genadige moment van ochtendlijke onwetendheid vervloog vlug. Ineens besefte ik waardoor ik op de bank was beland. Ik keek op mijn horloge, dat ik tegen mijn gewoonte in niet had afgedaan. Veertien minuten voor elf. Gelukkig was het zaterdag en hoefde ik niet naar de winkel. Het was ook de dag waarop mijn moeder terugkwam van haar reis. Het gebeurde zelden dat ze op vakantie ging. Ook ditmaal had ik haar zo ongeveer moeten overhalen. Haar wijngaard was bij Ben, haar beheerder, in uitstekende handen. Maar toch dacht ze dat de wijnstokken eronder zouden lijden als ze een voet van het terrein zette.

Om twaalf uur zou haar vliegtuig landen in Frankfurt. Dan deed ze er met de trein nog ruim anderhalf uur over om thuis te komen in Schweich aan de Moezel. Ik had dus nog bijna drie uur om te ontbijten en me op het telefoontje voor te bereiden.

Mijn moeder wist niets van de afspraak bij dokter Mandelbaum. Toen ze naar Tenerife ging, was de wereld voor haar en mij nog in orde. Twee weken waren genoeg geweest om grote scheuren te maken in het toekomstscenario dat ik voor mezelf had bedacht.

Zuchtend stond ik op en sleepte me met mijn zere rug naar de badkamer. Onder de douche zou de verkramping misschien wat minder worden.

Twee uur later, vlak nadat mijn moeder me bericht had gestuurd dat ze goed was aangekomen en weer thuis was, pakte ik de telefoon en belde haar. Eerst had ik per sms aangekondigd dat ik nieuws had – ik wilde haar niet met zo'n bericht overvallen.

Mijn handen trilden.

De afgelopen uren had ik mezelf volkomen gek gemaakt; het was geen goed idee geweest op internet naar hartafwijkingen te zoeken. Wat ik vond was schrikwekkend. Natuurlijk werd overal gezegd dat de afwijkingen operatief verholpen moesten worden. Postnataal of in sommige gevallen zelfs voor de geboorte.

De gedachte dat mijn kindje in mijn lichaam geopereerd zou moeten worden, vond ik afgrijselijk. Nog erger waren de fora waar moeders van kinderen met een hartafwijking hun ervaringen uitwisselden. Sommigen van hen hadden heel lang geprobeerd zwanger te raken – of ze hadden al kinderen verloren, wier namen als signatuur onder hun post stonden. Door de verhalen van die 'sterrenkinderen', die geen kans hadden gekregen om te leven, werd ik zo tot tranen toe geroerd dat ik mijn laptop dicht moest klappen.

Nu duizelde het me en mijn angst zat dieper dan ooit. Ik hoopte dat mijn moeder me op een of andere manier kon helpen.

'Hallo, liefje,' zei ze toen ze na twee keer overgaan opnam.

'Hallo, mam, hoe gaat het?'

'Hoor je dat dan niet? Eigenlijk zou je de zon die ik heb opgedaan door de hoorn moeten voelen.' Mijn moeder lachte. Ze leek helemaal opgefrist te zijn. Anders zou ik op dit moment grappige vakantieanekdotes hebben willen horen, maar met mijn sms'je had ik haar nieuwsgierig gemaakt.

'Nou, wat voor opwindend nieuws is er?' vroeg ze.

Blijkbaar dacht ze aan goed nieuws. Ik gunde mezelf even wat tijd, toen antwoordde ik: 'Je kunt beter even gaan zitten, mam. Het... heeft helaas misschien positiever geklonken dan het is.'

Mijn moeder zuchtte. Geen idee waar ze nu was, maar na een tijdje had ik de indruk dat ze mijn suggestie had opgevolgd.

'En, wat is er gebeurd? Is David weer komen opdagen?'

Zo graag als ze hem voor onze breuk had gemogen, zo weinig deed ze dat nu. Vooral nadat ik haar had verteld dat hij vanwege het kind bij me weg was gegaan. Ik kon me nog goed haar scheldtirade herinneren toen ik het haar vertelde. En de drankorgie zonder drank – omdat ik zwanger was mocht ik niet drinken. In plaats daarvan had mijn moeder voor twee gedronken, en met het klimmen van de uren waren haar scheldwoorden steeds bloemrijker geworden. Ik had er zwijgend bij gezeten in het besef dat ik het verknald had doordat ik eigenmachtig had beslist. Toch hielp het me dat ik haar zo hoorde schelden. Het deed me gewoon goed haar aan mijn kant te weten, al was ik zelf de schuldige.

En dat was precies wat ik ook nu, nog dringender dan toen, nodig had.

'Ik was gisteren bij dokter Mandelbaum,' begon ik. 'Ze wilde een tweede echo maken. En een nekplooimeting.'

'En, wat is daar uitgekomen?' Mijn moeder klonk bezorgd.

'Nou, ze zei dat de nekplooi verdikt was. Bovendien lijkt er iets niet in orde te zijn met het hartje van mijn kind.'

Aan de andere kant van de lijn werd het stil. In mijn oren bonsde mijn hart zo luid dat ik dacht dat mijn moeder het kon horen. 'Mam?' vroeg ik na een tijdje. Dat mijn moeder was omgevallen, was onwaarschijnlijk, daarvoor stond ze te stevig in haar schoenen. Maar het gebeurde af en toe dat ze van angst, schrik of om andere onaangename redenen bevroor. Vernemen dat haar kleinkind misschien ziek was, hoorde daar duidelijk bij.

'Ja?' zei ze, en daarbij klonk ze wat afwezig.

'Heb je gehoord wat ik zei?'

'Ja, dat heb ik, schat,' antwoordde ze kalm. Typisch voor mijn moeder was ook dat ze bij problemen eerst heel rustig werd – voor ze echt flipte. 'En eerlijk gezegd weet ik niet wat ik moet zeggen. Is het zeker dat er iets niet in orde is?'

'Nou, ik moet over vier weken een echocardiogram laten maken, daarna kunnen ze me meer vertellen.'

'Echocardiogram?' vroeg mijn moeder. 'Maar het kind is nog niet eens geboren!'

'Dat kan ook bij ongeboren baby's,' antwoordde ik en ik probeerde dapper te klinken, maar dat lukte niet helemaal. Mijn stem trilde toen ik vertelde wat ik op internet had gevonden. Daarbij maakte ik me zo druk dat ik uiteindelijk mijn zelfbeheersing verloor.

'Wat moet ik doen als dat nou precies gebeurt, mama?' riep ik trillend. 'Als mijn kleintje geopereerd moet worden? Wat moet ik dan toch doen?'

Die laatste woorden werden half gesmoord door de tranen die over mijn wangen biggelden.

'Ik kan je helaas niet zeggen wat je dan moet doen, daarvoor weet ik er te weinig van,' zei mijn moeder na even nadenken. 'Maar ik kan je wel zeggen wat je nú moet doen. Je pakt een tas in, meldt je voor een paar dagen af op je werk en je komt hiernaartoe. En dan gaan we samen kijken wat er klopt van de informatie die je gevonden hebt en of er misschien een manier is om het de komende weken wat lichter voor je te maken.'

'Echt?' vroeg ik.

'Ja, echt. Ik sta erop. Pak je spullen in. Desnoods bel ik je cheffin dat ze je vrij moet geven.' Mijn moeder klonk zeer beslist. Ik zag haar ervoor aan dat ze Christina ging bellen om uit te leggen waarom ik nu een paar dagen voor mezelf nodig had. Maar dat regelde ik liever zelf.

'Bedankt, mam.' Ik veegde de tranen van mijn wangen. 'Dat

doe ik zelf wel. Ik bel daarna terug en laat je weten wanneer ik aankom.'

'Oké, lieverd. Ik ga intussen een blik op de wijnstokken werpen. Ik heb mijn mobiel bij me, je kunt me altijd bereiken.'

We namen afscheid en ik klapte mijn laptop weer open. Eigenlijk alleen om hem uit te zetten, maar toen zag ik dat onder aan het bericht van een forumlid een kleine banner stond. Die was me eerst niet opgevallen, maar nu zag ik hem. Het was het hoofdje van een kindje, dat in de handen van een vrouw rustte. Het kindje zag eruit alsof het sliep.

Hoewel ik er geen goed gevoel over had waar de link naar kon verwijzen, klikte ik erop.

Ik zag zwart-witfoto's, prachtige opnamen van kinderen die eruitzagen alsof ze alleen maar sliepen. Daarnaast stonden hun verhalen. Geen van de kinderen was ouder geworden dan een dag. Hun ouders hadden met de foto's willen vastleggen dat het kindje echt geleefd had – al was het maar een paar uur.

De foto's waren heel esthetisch gemaakt, door fotografen die de kunst verstonden. Ze raakten me diep. Ik zag in de dode kinderen ineens dat van mezelf. Zou ik de kracht hebben mijn kind door zo'n fotograaf te laten fotograferen? Zou ik zijn korte leven willen vastleggen?

Mijn maag kwam in opstand. Ik had de site beter kunnen sluiten, ik wilde immers het reisbureau laten weten dat ik vrij wilde nemen. Maar ik kon me niet van het beeldscherm losmaken.

De tranen stroomden over mijn wangen, wat ik zag raakte me te diep.

Maar toen merkte ik iets wat mijn hand ertoe bracht op de sluitknop te klikken.

Nee, zei ik tegen mezelf terwijl de site verdween, mijn kindje leeft, dat voel ik. Het zet me ertoe aan croissants met aardbeienjam naar binnen te werken en heeft een afkeer van *spaghetti aglio e olio*. Ik ga naar mama. En dan zullen we zien wat we kunnen doen. Misschien komt het allemaal goed.

Ik klapte de laptop dicht en liep naar de gang om mijn jas te halen. Voor ik kon vertrekken, moest ik toestemming van het reisbureau hebben om vrij te nemen.

4

Foto nr. 1
De achttienjarige Marianne staat in een donker vertrek, waarin haar gestalte helemaal verdwijnt. Alleen door een spleet tussen de gordijnen valt er wat licht op haar gezicht en haar kruin. In het donker lijkt haar gezicht net een masker. Op haar schouders zijn de plooien van een zomerjurk zichtbaar. Ze heeft haar hand op de gordijnen gelegd, alsof ze die verder open wil doen, maar iets lijkt haar dat te beletten. (6 juni 1967)

Het interesseerde Richard Schwarz niet dat hij er nog een kind bij kreeg. Toen zijn vrouw Irene hem op 15 januari 1949 vanuit de kliniek belde om hem mee te delen dat het een meisje was, had hij het ter kennisgeving aangenomen en opgehangen.

Maar alleen al het feit dat hij vanuit de kliniek gebeld moest worden, onderscheidde hem van andere vaders, zelfs voor die tijd.

Gewoonlijk liepen mannen die de geneugten van het vaderschap tegemoet zagen, nadat ze hun vrouw naar het ziekenhuis hadden gebracht, urenlang te ijsberen in de wachtkamer. Vol onrust praatten ze met hun lotgenoten, die net als zij heen en weer draafden of met hun voeten wippend op hun stoel zaten, ze wisselden verhalen uit die ze anders nooit aan onbekenden zouden hebben verteld en wachtten tot de verpleegster verscheen en kwam zeggen hoe de bevalling was verlopen.

Richard Schwarz had toen de weeën waren begonnen een taxi voor Irene besteld. Ongerust was hij niet geweest. Zijn vrouw zou beslist in het ziekenhuis aankomen. En daar waren mensen die voor alles zouden zorgen.

Toen hij hoorde dat de portieren van de taxi dicht werden geslagen, was hij naar zijn atelier gegaan en aan een nieuw schilderij begonnen. *In het dal van de zon* noemde hij het later. Een grandioos vergezicht van een zonsondergang achter een dal.

Marianne had zich bij dat schilderij later vaak afgevraagd wat haar vader op dat moment gevoeld had – te meer omdat het om het schilderij van haar geboortedag ging en hij dat ook telkens weer tegen haar had gezegd. Hij had er niet eens een geheim van gemaakt dat hij niet net als alle andere vaders nerveus door het ziekenhuis had geijsbeerd. Voor hem telde alleen de kunst, en die had hem roem en rijkdom gebracht.

Maar dit schilderij spande de kroon. Mariannes zonsondergang wekte droefenis op, zoals alles wat eindigde. Hoewel de vlek in het midden felgeel was, leek het of hij geen licht uitstraalde, maar al het licht juist opzoog. Dat hij daarmee zijn blijdschap over de geboorte van zijn eigen kind tot uitdrukking bracht, vond ze buitengewoon bizar. Of was hij misschien helemaal niet blij geweest? Dat kon je bij Richard Schwarz nooit precies zeggen.

Strikt genomen kon ze de zielenroerselen van haar vader maar zelden peilen – en noch haar zus noch haar moeder was daarbij behulpzaam. Waarschijnlijk kenden ze hem zelf ook nauwelijks.

Inmiddels was er achttien jaar verstreken, maar Mariannes verhouding met haar vader was niet verbeterd. Integendeel. Nadat ze haar kinderlijke onschuld – die hij heel vaak had geportretteerd – had verloren, was ze voor hem als model niet zo interessant meer geweest. Met het intreden van de puberteit begon hij op haar te vitten, net zoals hij dat bij Ursula, haar zus, had gedaan. Zijn vrouw merkte daar niets van. Sinds haar man uit de slaapkamer was verhuisd leefde ze in haar eigen wereld, waarin ze ook haar kinderen niet toeliet. Daardoor waren de beste dagen de dagen waarop de vader zijn gezin volkomen negeerde. Dan zat hij in zijn atelier in zijn prachtige villa in Mayen in de Eifel, verdiept in kleuren en vormen, en liet zich door zijn dochters zijn eten brengen.

Voor die dagen was Marianne hem dankbaar, want zo had ze de gelegenheid om zich bezig te houden met wat haar interesseerde. Dat ze door haar vader genegeerd werd, had haar lang pijn gedaan. Ook nu waren er nog momenten waarop ze wenste dat haar vader haar zag en geïnteresseerd was in de dingen waar zij enthousiast over was.

Maar nu had ze alleen haar examens aan haar hoofd. Omdat het bureautje in haar eigen kamer veel te klein was, spreidde ze haar boeken uit op de keukentafel.

Was ze in wiskunde nou maar net zo goed als in Frans. Sinds ze voor het eerst met een Franse tekst in aanraking was gekomen, was ze verkocht. In tegenstelling tot het Duits klonk het Frans verfijnd, gedistingeerd en lieflijk, geen woord eindigde op een harde klank en de woorden werden eerder gezongen dan gesproken. Nadat ze met Frans was begonnen, had ze geprobeerd erachter te komen of de uitspraak van de leraar wel juist was. Dat was lastig, want geen enkele bioscoop in de buurt vertoonde Franse films in de originele versie. Een reis naar Frankrijk was ondenkbaar. Maar toen ontdekte ze in een klein winkeltje grammofoonplaten van Édith Piaf en Juliette Gréco. Omdat ze zelf geen platenspeler had, luisterde ze ernaar bij haar vriendin Monica, die altijd zwarte coltruien droeg en beweerde dat ze existentialist was. Urenlang zaten ze samen naar de weemoedige en soms strijdlustige melodieën te luisteren, en droomden van Frankrijk en de kunstenaarskringen daar.

Toen er een kiezelsteentje tegen de ruit van het keukenraam knalde, kromp Marianne in elkaar en keek verward op. Een tweede steentje kwam aanvliegen en knalde eveneens tegen de ruit. Het was een wonder dat het er niet doorheen ging.

Ze stond op en liep naar het raam.

Beneden haalde Christoph net uit voor een volgende worp, hij kon hem nog net inhouden toen hij haar zag.

'Hé, Marianne, ga je mee naar het meer?' vroeg hij terwijl hij op zijn motor wees, die hij op de stoep had geparkeerd.

'Ik kan niet, ik moet leren.'

'Het examen is pas over een week.'

'Dat kan wel zijn, maar ik ben van plan een goed cijfer voor wiskunde te halen. Anders wordt het niks met mijn studieplaats.'

Wiskunde was haar zwakke punt. Dat wilde niet zeggen dat ze niet kon rekenen, maar van de hogere wiskunde zag ze de zin niet in. Er werd wel gezegd dat wiskunde de universele taal was, maar voor haar was het een taal van een andere planeet. Ze had geen problemen met echte talen – vooral niet met de Romaanse – maar getallen vormden voor haar een niet te ontcijferen code. Ze zou nog eerder Arabisch of Chinees kunnen leren.

'Jij hebt altijd alleen maar de universiteit in je hoofd. Maar oké, als je beneden komt, help ik je met leren. Dat kun je ook bij het meer.'

Marianne wist precies dat ze bij het meer van alles en nog wat zou doen, maar niet leren. Een moment lang verkeerde ze in de verleiding de boeken de boeken te laten en naar beneden te gaan. Christoph en zij waren dan wel niet echt een stelletje, maar ze zoenden met elkaar wanneer ze elkaar zagen. Marianne was gefascineerd door de zwartharige jongen wiens krullen alle kanten op staken en die altijd een John Lennon-bril met getinte glazen op zijn neus had. Ook al vertoonde hij verder geen enkele gelijkenis met de Beatle en ontkende hij dat hij een fan van de band was.

'Je weet heel goed dat er bij het meer niets van leren komt.' Het werd Marianne zwaar om het hart. Het viel haar niet licht om Christoph af te wijzen. Ze wist dat er ook andere meisjes waren die een oogje op hem hadden. Als ze hem voortdurend afwees, zou hij iemand anders gaan zoeken. Een meisje met wie hij een vaste relatie wilde hebben, die de hele zomer met hem aan het meer doorbracht.

Maar toen dacht ze weer aan de studie die ze ambieerde. De langgewenste vrijheid en een nieuw leven waarin ze kon doen wat ze wilde.

'Morgen misschien,' riep ze tegen Christoph. 'Morgen is het weer vast nog beter. Kijk, daarginds zie ik donkere wolken opkomen. Als het regent, hebben we ook niets aan het meer.'

Christoph liet teleurgesteld zijn hoofd hangen en schopte een steentje weg.

'Ik dacht dat we meer tijd met elkaar wilden doorbrengen,' mopperde hij toen. 'De laatste tijd zit je alleen maar met je neus in de boeken.'

'Maar na deze tijd komt er een andere. Ik heb toch gezegd dat ik in de vakantie net zo veel tijd voor je heb als jij prettig vindt.'

Christoph knikte, maar hij leek niet overtuigd.

De angst sloeg Marianne om het hart. Misschien moest ze toch meegaan. Ze kon ook morgen leren...

'Oké, morgen dan,' zei Christoph. 'En o wee als je je er dan ook onderuit probeert te kletsen met boeken en leren. Dan kom ik binnen en ontvoer ik je!'

'Dat hoeft niet, ik ga geheel vrijwillig mee,' antwoordde ze, blij over Christophs dreigement haar te ontvoeren. Ze leek hem dus toch niet onverschillig te laten. 'Dus we zien elkaar morgen!'

'Wat mij betreft zeker!' Christoph wierp haar een kushand toe en zwaaide zich weer op zijn motor. Marianne keek hem verlangend na, toen deed ze het raam weer dicht.

'Marianne.' Ze draaide zich met een ruk om bij het horen van de strenge toon van haar vader. Hoelang zou hij daar al naar haar hebben staan kijken? Had hij gemerkt dat ze met Christoph praatte?

'Ja?' vroeg ze enigszins geïntimideerd. Wanneer haar vader belangstelling voor haar had, betekende dat meestal dat er werk aan de winkel was. Dan moest ze iets gaan halen of hem ergens bij helpen. Soms reageerde hij ook zijn woede op haar af wanneer hij weer eens vergeten was een van zijn kostbare penselen in de terpentine te zetten.

'Meekomen. Je moet model zitten.'

Model zitten was het ergste wat hij kon vragen. Niet dat ze zich daarvoor moest uitkleden. Marianne grapte weleens dat een actieportret van haar toch weer eens wat anders zou zijn. Maar zoiets verlangde haar vader niet. Hij wilde gewoon alleen maar dat ze zat. Dat hij kon zien hoe het licht langs haar heen viel. Soms maakte hij ook een portret van haar gezicht. Dat kon elk moment dat het in hem opkwam gebeuren. Af en toe ging hij met zijn schetsblok naast haar zitten terwijl ze huiswerk maakte, en tekende haar gewoon. De portretten werden meestal verkocht of belandden op exposities, die ze nooit bezocht. Dat mensen haar vanwege die portretten op straat zouden herkennen was vast nog maar een kwestie van tijd.

Dat was vroeger Ursula, haar zus, ook overkomen. Maar die was inmiddels het huis uit en studeerde rechten in Freiburg. Marianne was vreselijk jaloers op haar en kon haast niet wachten tot ze haar diploma op zak had. Ze had zich aangemeld op de universiteit van Freiburg en die van Trier, soms droomde ze er ook van naar Berlijn te gaan, naar de Zone, zoals haar vader de gedeelde stad noemde. Daar moest niet alleen een goede universiteit zijn, maar ook een scene van allerlei soorten kunstenaars. En knappe Fransen. Maar daarvoor moest ze de examens halen, en dat lukte niet als ze met Christoph aan het meer ging liggen zoenen.

En dat lukte evenmin als ze alleen maar in het atelier van haar vader zat te zitten.

'Mag ik mijn boeken meenemen?' vroeg ze dus, want ze wist dat het uren zou duren voor hij haar weer zou laten gaan.

'Wat wil je daarmee?' vroeg haar vader niet-begrijpend.

'Nou, we hebben binnenkort examens en ik moet wiskunde leren.'

Marianne merkte dat zijn blik over haar spullen gleed. Marianne had al haar schriften van de afgelopen twee jaar over de keukentafel uitgespreid, met daarbij nog wat materiaal van Mona, die een schitterende tien op haar eindexamencertificaat zou hebben.

'En wat moet dat daar?' vroeg hij terwijl hij op het boek wees dat tussen de schoolboeken uit piepte. 'Die fransozentroep?'

Marianne voelde zich gloeiend heet worden. Wanneer haar hoofd verhit leek te raken van alle formules die ze erin stampte, koelde ze het met een portie Sartre af. Ze hield van Franse boeken – terwijl ze wist dat haar vader daar allesbehalve van gecharmeerd was. Dat ze het vak volgde, duldde hij nog, maar verder was er in huis niets over de Franse cultuur te vinden.

Richard Schwarz was in de Tweede Wereldoorlog aan het westelijk front geweest. Vandaar had hij om een of andere reden een grondige haat jegens Frankrijk meegebracht die ook tweeëntwintig jaar na het einde van de oorlog niet was vervluchtigd. Dat was ook de reden waarom ze niet naar Frankrijk kon gaan. Haar vader zou het nooit toestaan.

'Dat heb ik nodig voor school,' verzon ze vlug, want het zou heel goed kunnen dat haar vader het boek meteen in de kachel zou gooien.

'Ik dacht dat je voor Frans geen examen deed,' zei Richard argwanend.

Marianne staarde hem verrast aan. Ze had niet gedacht dat hij had geluisterd toen ze dat vertelde.

'Dat niet, maar meneer Rosenheim heeft me gevraagd een tekst uit te zoeken om te vertalen. Voor de afsluitende toets in de vijfde klas.'

Dat klopte natuurlijk niet, haar leraar Frans zou in zijn dromen nog niet op het idee zijn gekomen om hulp te vragen, en al helemaal niet aan een leerling.

De hand van haar vader trilde. Blijkbaar overwoog hij of hij het boek niet moest pakken en in het vuur gooien. Maar toen leek de reden waarom hij daar was hem weer te binnen te schieten.

'Goed, neem je wiskundeboek dan maar mee,' zei hij, waarbij de nadruk duidelijk op 'wiskunde' lag. Zijn stem klonk overigens altijd zacht; zelfs wanneer hij woedend was, klonk hij nooit hard.

Marianne bedacht vol spijt dat ze nu met Christoph bij het meer had kunnen liggen zoenen. Ze had er alleen maar een beetje eerder toe hoeven te besluiten. Maar daar was het nu te laat voor. Met haar wiskundeboek onder haar arm liep ze achter haar vader aan naar het atelier.

Het atelier leek tot een heel andere wereld te behoren. Door de hoge ramen viel heel veel licht, hier kon je bijna de hele dag werken. Toch was het licht voor Richard Schwarz niet altijd welkom. Vandaag had hij de ramen grotendeels verduisterd. Voor de kleine spleet die daardoor was ontstaan, stond een stoel.

Door het verduisteren leek het of alles in het vertrek alle kleur had verloren. Mariannes vader stond erom bekend dat zijn schilderijen altijd iets droefgeestigs uitstraalden. Maar nu leek hij definitief in zijn zwarte fase te zijn gekomen.

De schilderijen op de achtergrond, de linnen doeken, de kisten met verf en penselen waren nauwelijks te onderscheiden. In deze omstandigheden zou het onmogelijk zijn een blik in het wiskundeboek te werpen. Weer voelde ze spijt. Omdat ze echter wist dat een poging om haar vader van het portretteren af te houden of anders om wat meer licht te vragen geen kans maakte, ging ze zitten.

Eerst verblindde het licht haar een beetje, op een of andere manier leek het door de omliggende verduistering een fellere uitwerking te hebben. Maar toen herkende Marianne de tegenoverliggende huizen en de lucht, die steeds meer betrok.

Haar vader verdween in de schaduw, om even later naar haar toe te komen en haar houding te corrigeren. Daarbij raakte hij haar nauwelijks aan, hij schoof zijn handen onder haar kin en Marianne veranderde haar houding automatisch, geleid door de warmte die van zijn vingertoppen uitging. Ze was het inmiddels gewend en wist intuïtief hoe ze haar houding moest aanpassen.

Toen hij tevreden was over de stand van haar hoofd, liet haar vader zich weer door de schaduw in het vertrek opslokken. Zelfs als ze haar hoofd had durven verdraaien, had ze hem in het donker niet kunnen ontwaren.

Zo zou ze nu waarschijnlijk urenlang moeten blijven zitten – zonder enige hoop een blik in het boek te kunnen werpen, want ook haar houding maakte dat nu onmogelijk.

'Heb je eigenlijk een idee hoe het vroeger was?' vroeg hij ineens.

Marianne was daar zo verbaasd over dat ze bijna haar hoofd had gedraaid. Gelukkig bedacht ze meteen weer dat ze stijf moest blijven zitten.

'Wat bedoel je?' vroeg ze. Een onprettig gevoel bekroop haar. Wanneer haar vader zo begon, volgden er meestal verhalen over de oorlog. Verhalen die haar verwarden en sloopten.

Hij vertelde er niet vaak over, maar het boek van Sartre moest iets in hem hebben opgeschrikt.

'Die bastaards schoten onophoudelijk op ons. Maanden daarvoor hielden ze zich nog laf schuil in hun holen. Ons leger had ze pijlsnel teruggedrongen en de regering laten capituleren. Maar die verdomde Engelsen vielen ons in de rug aan. Toen kregen die laffe Fransen weer de overhand.'

Er liep een rilling over Mariannes rug. Ze had een vreselijke hekel aan die verhalen. Verhalen vol valse trots, verachting en zienswijzen die intussen achterhaald zouden moeten zijn. De oorlog was inmiddels tweeëntwintig jaar geleden, zelfs haar oudere zus had er niets van meegekregen. Ook hadden ze nooit gebrek gekend. Op foto's had ze gezien dat hun huis ook in de vuurlinie terecht was gekomen. Er waren bij een vuurgevecht een paar kogels ingeslagen, en er waren Franse soldaten ingekwartierd geweest. Maar dat was al lang voorbij.

Toen haar vader uit de oorlog kwam, kreeg hij zijn ouderlijk huis terug en kon hij er een gezin stichten en een nieuw leven opbouwen. Toch was er een onverklaarbare wrok gebleven – tegen mensen die in feite waren overvallen en alle reden hadden een hekel aan de Duitsers te hebben. En iedereen die hem tegensprak werd met koude minachting afgestraft – of met een tirade waardoor de betrokkene het huis uit werd gedreven.

Terwijl haar vader doorging met praten en tegen Frankrijk bleef fulmineren, waarbij hij zich steeds meer opwond, moest Marianne zich beheersen om niet iets te zeggen wat hem niet beviel en er misschien toe zou leiden dat hij haar een klap verkocht. Dat was een keer gebeurd toen ze partij voor Frankrijk had gekozen, en ze had geleerd haar mond te houden.

Dus richtte ze zich erop uit het raam te kijken en aan Christoph te denken. Misschien verscheen hij morgen inderdaad weer. Dan zou ze meegaan. Misschien kon ze hem overhalen samen met haar te leren – in elk geval zou dat dan eerder het geval zijn dan bij haar vader.

5

Vanuit de verte zag het wijngoed eruit als een gewone boerderij. Maar een kleine wijnrank bij de hoofdpoort verried de ware aard van het bedrijf.

Er waren veel wijngoederen in deze streek. Sommige waren heel imposant. Niet weinige hadden klinkende namen en een eigen wapen. De oudere wijngoederen op de hellingen en langs de rivier leken kleine kastelen. Op ongelooflijk steile hellingen strekten zich lange rijen wijnstokken uit.

Al bij mijn eerste bezoek hier vroeg ik me af hoe je die wijnbergen kon bewerken. Ik had bewondering voor de mensen die hardnekkig hun best bleven doen er heerlijke wijn aan te ontfutselen.

Het wijngoed van mijn moeder was niet oud, daarvoor had ze nooit de middelen gehad. Haar wijnberg lag buiten Schweich, niet direct aan het water, maar toch op een heel goede, steile plek. Het gebouwencomplex lag er twee kilometer vandaan – bouwen op de helling zou onmogelijk zijn geweest. Het lag op een kleine heuvel die je ook te voet kon beklimmen. Maar met de taxi was het een stuk comfortabeler.

Het complex, waartoe een woonhuis met vakwerk en een rood pannendak, een grote schuur en nog een bedrijfsgebouw behoorden, was omgeven door een stenen muur. Onder een hoog afdak stond de supermoderne wijnbergrups waarmee de druiven op steile stukken werden geoogst. Verder twee tractors, waarmee de geplukte druiven naar het erf getransporteerd werden.

Toen de taxi weg was, drukte ik op de bel met de naam Schwarz erboven. Mijn moeder was nooit getrouwd, ook niet toen ik al lang volwassen en het huis uit was. Soms wenste ik dat ze iemand had bij wie ze steun kon zoeken, die zijn arm om haar heen sloeg en haar warmte gaf.

Mijn biologische vader moest dat een tijdje zijn gelukt, maar helaas was hij uit haar leven en daardoor ook uit het mijne verdwenen. Ik vroeg me af of ze bereid was over hem te praten. Hoe dan ook leek hij de sleutel tot mijn erfelijke aanleg te zijn. Er was geen intercom, maar kort nadat ik had aangebeld klonk er gezoem – mama verwachtte me.

Ik liep naar binnen en volgde het geplaveide pad naar het huis. Hier was het lentegroen niet meer zo pril als in Keulen. De struiken voor de muur hadden al dikke knoppen. Aan de twee grote kersenbomen die het huis als wachters flankeerden, begonnen de eerste bloesems te ontspruiten.

Door de blauwgeverfde openstaande deur kwam mijn moeder naar buiten. Ze droeg een katoenen jurk met een fleurig patroon met een turquoise coltrui eronder die haar blauwgroene ogen prachtig accentueerde en ook haar bijna witte haar goed deed uitkomen. Eigenlijk was haar hele garderobe voor een vrouw van halverwege de zestig nogal kleurrijk. Haar meeste leeftijdgenoten hulden zich al in steengrijze kleding alsof ze in hun omgeving wilden opgaan.

Daar zou Marianne Schwarz niet over piekeren. Ze was er niet op uit zich onzichtbaar te maken. Ze was modern en zeer aanwezig. En ze gedroeg zich meestal ook niet als een vrouw van midden zestig. Toch beschikte ze over uitgebreide levenservaring – en vast ook over een aantal verhalen die ze mij nog nooit had verteld.

Toen ze me zag, liep ze me met wijd open armen tegemoet. Op haar gezicht verscheen een prachtige glimlach, een glimlach die ze als jonge vrouw al had gehad. Op de portretten die haar vader van haar had geschilderd en getekend, was die vaak te zien.

'Nicole, mijn meisje,' zei ze zachtjes en ze drukte me tegen zich aan alsof ik nog tien of elf was. 'Wat fijn dat je er bent.'

Op het moment dat ik haar subtiele parfum inademde, dat ze al jaren gebruikte, voelde ik me weer thuis. Ik was hier weliswaar niet opgegroeid – mijn moeder had het wijngoed pas tien jaar – maar haar aanwezigheid en haar geur vormden al zolang ik me kon heugen mijn thuis. Ook als ze naar de Noordpool zou verhuizen, of naar de woestijn.

'Het is fijn weer eens hier te zijn. Bedankt dat je tijd voor me hebt.'

'Jij bent mijn enige dochter. Als ik voor jou geen tijd heb, voor wie dan wel?'

Mijn moeder trok me mee het huis in. Het was heel ruim, had grote kamers en een prachtige entree met een eenvoudige witte houten trap, marmeren tegels, hoge ramen en moderne kunst aan de muren.

Ik vroeg me altijd af of het er in haar ouderlijk huis ook zo had uitgezien. Het woonhuis van het wijngoed was geen villa, maar het scheelde niet veel. Van mijn moeders ouderlijk huis had ik nooit een foto gezien, en we waren er ook nooit geweest. Toen ik werd geboren, had mijn moeder al met haar ouders en haar zus gebroken, zodat ze nooit een rol in mijn leven hadden gespeeld.

Ik had me altijd afgevraagd wat er gebeurd was – en of ik de oorzaak van de breuk was geweest. In de jaren zeventig was een buitenechtelijke zwangerschap eigenlijk geen reden meer om door je familie te worden verstoten. Maar wie weet... De weinige keren dat mijn moeder over haar ouders had gesproken, had ze laten doorschemeren dat ze heel conservatief waren. En ik wist dat haar vader in de jaren zestig en zeventig als schilder heel gevraagd was.

Het enige raakvlak met hem was het eenmalige bezoek aan een galerie waar zijn werk werd geëxposeerd. Ik zag daar prachtige portretten van mijn moeder als kind en jonge vrouw. Vreemd genoeg leek alleen ik haar erop te herkennen. De andere mensen liepen gewoon langs haar heen zonder naar haar te kijken of zich af te vragen of zij dat knappe meisje op het doek zou kunnen zijn.

'En, hoe gaat het met je?' vroeg mijn moeder nadat ze mijn jas had aangepakt. Mijn koffer schoof ze resoluut in de hoek onder de trap, daarna nam ze me mee naar de woonkamer. 'Je cheffin is echt een engel dat je zomaar ineens twee weken vrij mag nemen.'

'Ja, Christina is geweldig,' antwoordde ik en ik ging bij de haard staan, waarin de vlammen laaiden en een weldadige warmte verspreidden. 'Eerlijk gezegd had ik niet verwacht dat ze me zo lang vakantie zou geven, maar toen ik haar vertelde wat er aan de hand was, toonde ze alle begrip.'

'Ik denk dat iedere vrouw zich kan voorstellen wat je doormaakt. Dat je kind ziek is, is het ergste nieuws dat je kunt krijgen. Hoewel het in jouw geval niet zeker is dat je kindje ziek is. Ik ga er nog steeds van uit dat alles in orde is.'

Instinctief legde ik mijn hand op mijn buik. 'Laten we hopen dat je gelijk hebt.'

Weer begon ik bijna te huilen. Door de hand van mijn moeder, die ze zachtjes op mijn arm legde, zakten de opkomende tranen weer.

'De natuur is soms onberekenbaar. En het is niet gezegd dat er in jouw geval niet nog iets goeds uit voortkomt. Zelfs als je kindje een hartafwijking heeft, wil dat nog niet zeggen dat de huidige geneeskunde die niet kan verhelpen.'

Mijn moeder glimlachte, maar achter haar ogen zag ik een schaduw. Dacht ze aan mijn vader? Waarom had ze me eigenlijk nooit iets over hem verteld? Die ene vraag en nog andere brandden me op de tong. Maar ik besloot ze nu nog niet te stellen. Daar hadden we later nog wel gelegenheid voor. Nu wilde ik eerst eens van de geborgenheid hier genieten.

Mijn moeder zweeg even, toen vroeg ze: 'Heb je het aan David verteld? Ook al wil hij het kind niet, hij moet weten dat er mogelijk iets niet in orde is.'

Het interesseert hem niet,' antwoordde ik en ik sloeg mijn ogen neer.

'Hoe kun je daar zo zeker van zijn?'

'Ik heb hem gebeld. Eergisteren. Ik heb hem gevraagd of er in zijn familie hartafwijkingen voorkomen – en het was allemaal net als eerst. Hij vindt nog altijd dat ik niet zwanger had mogen worden. Nu helemaal, nu hij toch tot de conclusie moet komen dat ik drager ben van een erfelijke aandoening die ik op mijn kind heb overgebracht. Dus moet ik het in m'n eentje klaren.'

Woede balde zich samen in mijn maag. Ditmaal was ik niet woedend op mezelf, maar op David. Oké, ik had er een zootje van gemaakt. Maar het was toch ook zijn kind. Verdomme, waarom interesseerde het hem niet? En zou hij ook met me hebben gebroken als het een ongelukje was geweest? Als de pil niet had gewerkt door het gebruik van een antibioticum?

'Ik denk niet dat het hem koud laat,' zei mijn moeder. 'Je hebt hem gewoon overvallen met je telefoontje.'

'Net als met mijn zwangerschap.'

Ik keek mijn moeder aan. Het verbaasde me dat ze ineens begrip voor hem leek te hebben. Terwijl ze na de breuk een heel ander geluid had laten horen. Ze had niet willen begrijpen dat een vader zijn kind niet wilde erkennen. Dat haar dochter tegen zijn wens in was gegaan, was voor haar natuurlijk ook niet oké geweest, maar dat vergaf ze mij eerder dan hem de breuk. Dat had ik tot nu toe tenminste geloofd.

'Je zwangerschap staat niet ter discussie,' zei mama vastberaden. 'Je verwacht een kind, en dat kind zal de zon zien en over mijn wijnberg rennen. En van David moet je natuurlijk alimentatie eisen.'

'Dat ga ik niet doen,' repliceerde ik terwijl ik mijn armen om mijn schouders sloeg. 'Ik heb hem misbruikt als zaaddonor. Dat zou een advocaat zeggen als hij op het idee kwam me aan te klagen omdat ik alimentatie van hem eis. Ik zal het kind in mijn eentje grootbrengen. Per slot van rekening is dat jou ook gelukt.'

Mama keek me een beetje vreemd aan. De schaduw in haar blik werd dieper.

'Het lag toen een beetje anders, ik had geen keus,' gaf ze te kennen.

'Misschien,' antwoordde ik, en ik betreurde dat het gesprek deze wending had genomen. Maar had ik iets anders kunnen verwachten? Wanneer het onderwerp alleenstaande moeders aan de orde kwam, doemde onvermijdelijk het spookbeeld van mijn vader op. De vader die niet de keuze had gehad om voor me te zorgen. De vader van wie ik nagenoeg niets wist omdat mijn moeder niet in staat was over hem te praten.

'Maar het gaat me lukken,' voegde ik eraan toe, want mijn moeder moest niet denken dat ik bij David om ook maar een euro zou gaan bedelen. 'Ik zal het kind in mijn eentje grootbrengen. Dat heb ik altijd gewild. Een kind. En als... als het gezond is en in leven blijft, zal de rest geen probleem meer zijn.'

Problemen zijn er altijd, leek haar blik te zeggen, maar ze zei het niet hardop.

'Goed, misschien moet je eerst maar even uitrusten,' zei mijn moeder, handig van onderwerp veranderend terwijl ze haar arm door de mijne stak. 'Ik heb de logeerkamer in orde gemaakt en een paar dingen gekocht. Als je nog iets nodig hebt, haal ik het morgen. Momenteel is er in de wijngaard niet zo veel te doen.'

Ze bracht me naar de logeerkamer, die eigenlijk mijn kamer was, want ik wist dat ze niet vaak andere gasten had. Natuurlijk waren er de bijeenkomsten van de wijnboerenvereniging waarbij ze was aangesloten, maar daarbij fungeerde ze zelden als gastvrouw. In de ogen van veel andere wijnboeren was ze geen echte vakvrouw, reden waarom haar contact met hen niet bijzonder nauw was.

Het vertrek was groter dan alles wat ik ooit als kinderkamer had mogen bewonen. Ik herinnerde me nog heel goed dat ik op mijn vijfde bij mijn moeder in bed sliep omdat zij zich in Freiburg als alleenstaande lerares met een dochtertje geen grotere woning kon permitteren.

Dat was later anders geworden, ze had een vaste aanstelling gekregen, waardoor ook haar salaris aanzienlijk hoger was geworden. We hadden echter nooit in zo'n groot huis als dit gewoond.

'Je hebt nieuwe gordijnen,' constateerde ik.

'Ik wilde het huiselijker maken. En misschien ben ik ook van plan je over te halen bij mij in te trekken. Het huis is groot, je kind zou hier de ruimte hebben.'

Met dat voorstel overviel ze me.

'Dat meen je toch niet serieus?' vroeg ik.

'Jawel, heel serieus,' antwoordde mijn moeder. 'Maar ik weet dat je op je zelfstandigheid gesteld bent. En ik besef ook dat de kansen om hier een nieuwe man te vinden heel klein zijn. Maar wanneer het je allemaal te veel zou worden, is er een plek waar je terecht kunt.'

'Dat is erg lief van je,' zei ik. 'Maar jij moet je om je wijnberg bekommeren. En hoe staat het met jouw liefdesleven?'

'Ik ben zesenzestig,' gaf ze lachend te kennen. 'Op mijn leeftijd word je niet meer verliefd.'

'Waarom niet? je bent een goed uitziende vrouw en zou nog een groot deel van je leven met een man samen kunnen zijn. Denk maar eens aan dat liedje van Udo Jürgens, "Mit 66 Jahren".'

'Ach, dat!' Mama wuifde het weg.

Ineens werd me duidelijk dat er een andere reden was die een nieuwe liefde in de weg stond. Dezelfde reden die, afgezien van het gebrek aan trouw bij haar partners, ertoe had geleid dat geen van haar relaties lang standhield.

Ze hield nog steeds van mijn vader.

Ik had graag tegen haar gezegd dat de wereld doordraaide en dat er ergens misschien weer een man als hij zou zijn. Maar daar hoefde ik bij haar niet mee aan te komen. Bovendien wist ik veel te weinig over hem om dat te kunnen beoordelen.

En wie was ik om haar relatietips te geven? Ik had mijn vriend, die geen kinderen wilde, misleid. Het was beter om mijn mond te houden.

'Ik zou heel graag een eindje gaan wandelen,' zei ik. In van onderwerp veranderen was ik niet zo geraffineerd als zij, maar dat kon me op dat moment niet schelen. Hoofdzaak was dat we het niet meer over nieuwe of voorbije liefdes hadden.

'Doe dat gerust, maar eerst krijg je van mij een kleinigheidje te eten. Vanavond is er een uitgebreide maaltijd, maar ik heb iets lekkers van Tenerife meegebracht.'

Mijn moeder bracht van elke reis eten mee. Ik herinnerde me met schrik de slakken uit Frankrijk en Griekse kaas die rook alsof er ongemerkt een beest onder de trap was doodgegaan.

'Toch geen kaas, hè?' vroeg ik en ik dacht erover na of er op Tenerife soms stinkende soorten waren. 'Het kind heeft iets tegen kaas.'

'Jij ook,' antwoordde mijn moeder. 'Maar wees gerust, het is geen kaas. Ik heb iets wat je zeker lekker vindt. Maar je moet niet meteen tussen het groen verdwijnen.'

'Oké, dan ga ik eerst mee naar de keuken.'

Ik glimlachte naar mijn moeder en sloeg nog eens mijn armen om haar heen. Ik had nu behoefte aan haar warmte en haar hartslag, net als vroeger, wanneer ik gevallen was en mijn knie had opengehaald. Ze hield me een hele tijd vast, en ik had maar al te graag geweten wat er door haar hoofd ging. Wat het ook was, het zou waarschijnlijk voor altijd haar geheim blijven – zoals zo veel in haar leven.

Hoewel mijn moeder geen typische huisvrouw was, hechtte ze grote waarde aan een mooie inrichting van haar keuken. Overeenkomstig de stijl van het huis had ze voor ouderwetse meubels en blauwe tegels op de muren gekozen. Het fornuis was modern, de rekken en keukenkasten had ze van een vlooienmarkt in Luxemburg.

Toen ik de deur in kwam, rook ik aardappelen. Was dat typisch iets voor Tenerife? Of probeerde ze me toch stiekem een of andere kaassoort aan te smeren? Verse kaas at ik wel graag, in elk geval toen ik niet zwanger was. Maar hoe dan ook, mijn kind mocht ook geen verse kaas.

'Ah, daar ben je!' zei ze terwijl ze het water afgoot. 'Ga zitten. Dit zijn *azucenas negras*.'

'Wablief?'

'Zwarte lelies,' antwoordde mama. 'Zo heet deze aardappelsoort uit Tenerife.'

Het verbaasde me absoluut niet dat ze de inheemse naam van de knollen kende.

'Ze zijn vanbuiten zwart en vanbinnen lichtgekleurd. Ik heb de schil laten zitten, zodat je ziet hoe ze er echt uitzien en je niet denkt dat ik je gewoon aardappelen voorzet.'

Blijkbaar was de lerares in haar nog niet verloren gegaan. Waarom had ze dat beroep eigenlijk opgegeven?

'Op Tenerife was ik er vreselijk gek op. Hier.' Ze gaf me een bord met twee azucenas met kwark en lijnolie. Als mijn kindje behalve van croissants met aardbeienjam nog ergens van hield, waren het wel aardappelen. Meteen liep het water me in de mond.

We aten in stilte, we hielden er niet van urenlang te kletsen onder het eten en de gerechten dan koud te laten worden. Eten was voor ons een moment van je in jezelf terugtrekken, alleen wanneer we bezoek hadden voerden we tafelgesprekken. Wat dat betreft waren we twee handen op één buik. David had zich vaak verbaasd over mijn zwijgzaamheid aan tafel en dacht dan dat ik een slecht humeur had – tot ik het hem uitlegde.

'En, heb je vandaag zin in iets bepaalds?' vroeg mijn moeder toen we klaar waren.

'Ik ga een eindje wandelen. Ik moet eerst even echt aankomen. En jij?'

'Administratie.' Zoals ze het zei, vermoedde ik dat ze er niet bepaald genoegen aan beleefde om zich daarmee bezig te houden. 'Maar dat moet ook gebeuren.'

Opeens vroeg ik me af wat mijn moeder anders deed op een zondag als ze geen bezoek kreeg. Ging ze naar de stad? Ging ze met anderen koffiedrinken? Ik had geen idee.

'Maar vanavond is er een uitgebreide maaltijd!' beloofde ze. 'Ik heb gisteren flink ingeslagen.'

'Dat had toch niet gehoeven,' zei ik, maar ik wist eigenlijk wel dat het zinloos was mijn moeder daarop te wijzen – ze deed toch waar ze zin in had.

'Oké, ik maak even een ommetje,' verklaarde ik terwijl ik opstond om de vaat in de afwasmachine te zetten.

Toen ik in de hal mijn jas aantrok, bromde er iets in de zak. Mijn mobiel! Die was ik helemaal vergeten. Ik haalde hem tevoorschijn en zag het nummer van Hilda, de moeder van David. Ze had blijkbaar al een paar keer geprobeerd te bellen. Was er misschien iets met David gebeurd, dat ze me zo dringend wilde spreken?

Ik haalde diep adem en nam op.

'Hallo?'

Eerst hoorde ik alleen maar ademhalen. Dacht ze soms dat ze weer de voicemail zou krijgen?

'Hallo?' vroeg ik nogmaals.

'Nicole?'

'Ja, met Nicole,' antwoordde ik. Vroeger zou ik hebben gevraagd: 'Wat is er, moeder?'

Maar nu wist ik niet of ik haar nog wel zo mocht noemen.

'Ik probeer je al een tijdje te bereiken. Ik maakte me zorgen.'

Zorgen? David had het dus aan zijn moeder verteld. Waarom zou ze zich anders zorgen om mij maken? Het kon toch ook zijn dat ik nu aan de Rijn van de zon lag te genieten.

'Met mij is alles in orde, dank je,' antwoordde ik. 'En hoe is het met jou?'

Ik had geleerd dat het beter was in de tegenaanval te gaan wanneer je niet over gevoelige onderwerpen wilde praten.

'Met mij gaat het prima.' Hilda pauzeerde even. Ik voelde dat er nog iets ging komen. 'Ik heb gisteren David gesproken.'

Ah, dat was waar het om draaide.

'Hij heeft me verteld dat je bij de gynaecoloog bent geweest omdat er iets niet in orde was.'

Ik zuchtte. Had ik maar een aardig woord van hem gehoord in deze situatie. Een beetje meer begrip. Waarom lag mijn hart nog steeds zo sterk bij hem?

'Ze wil een echocardiogram bij mijn kindje laten maken. Voor de zekerheid. Zoals je weet ben ik niet meer de jongste.'

'Je bent achtendertig. Dat een vrouw op die leeftijd haar eerste kind krijgt, is tegenwoordig niet ongewoon. Kijk maar naar al die filmsterren.'

De oppervlakkige toon waarop Hilda praatte, irriteerde me. Ze deed alsof er niets aan de hand was.

'Tja, helaas hebben die filmsterren niet net als ik aanleg voor een hartafwijking.'

Zo, dat was eruit. Hilda zou het toch wel weten. Waarom dan doen alsof David haar niet alles over de uitslag had verteld?

Aan de andere kant bleef het stil. Ik hoorde Hilda ademhalen. Waarschijnlijk zocht ze nu naar woorden. Maar wat moest ze er ook op zeggen?

'Het is echt jammer dat jullie elkaar niet meer zien,' bracht ze uiteindelijk uit.

Elkaar niet meer zien? David had met me gebroken! Ze was toch zeker niet vergeten dat het kind voor hem de reden was geweest om uit elkaar te gaan?

Boosheid kwam naar boven. Het liefst had ik haar al die dingen toegeschreeuwd, maar ik hield me in. Ruzie met mijn voormalige bijna-schoonmoeder, die niets te maken had met alles wat er gebeurd was, zou niets opleveren.

'Ik... ik wilde je alleen zeggen,' vervolgde ze, 'dat ik, als het van jou mag, er graag voor mijn kleinkind wil zijn. Ik weet dat je met

David hebt afgesproken dat hij niet voor zijn kind hoeft te zorgen. Dat vind ik weliswaar niet juist, maar ik wil jullie niet onder druk zetten om iets te doen wat jullie niet willen. Maar ik wil er wel zijn. En ik zou graag willen dat je weet dat ik van mijn kleinkind zal houden zodra het op de wereld is. Wat jullie met elkaar hebben afgesproken, geldt niet voor mij. Je hoeft het natuurlijk niet goed te vinden. Maar ik zou je erg dankbaar zijn als je het deed.'

De tranen schoten me in de ogen. Mijn woede ging over in een snik.

Ik had op het punt gestaan Hilda verantwoordelijk te stellen voor wat David deed. Nu merkte ik hoe verkeerd dat was, en ik schaamde me.

'Wellicht komt David weer bij zijn verstand en maken jullie het weer goed,' voegde ze eraan toe. 'Maar dat is jullie zaak. Ik zou er alleen voor mijn kleinkind willen zijn, en daar blijft het bij. Oké?'

'Oké.' Ik veegde over mijn wangen. Hoewel ze niets naars had gezegd, wilde ik nu zo vlug mogelijk een einde maken aan het gesprek.

'Laat alsjeblieft van je horen, en houd me op de hoogte wat de onderzoeken betreft, ja?'

'Doe ik.'

Daarmee beëindigde ik het gesprek.

'Wie was dat?' vroeg mijn moeder, die gemerkt had dat ik nog niet weg was gegaan. Ze stond in de deur van de gang en had waarschijnlijk gezien dat ik in tranen was.

'Hilda,' zei ik, want ik zag geen reden dat voor haar te verzwijgen.

'Aha,' zei mijn moeder en ze sloeg haar armen over elkaar.

Ik had geen idee of ze nog contact met Davids moeder had. Maar dat was onwaarschijnlijk. Ze hadden een goede verstandhouding gehad toen we nog bij elkaar waren, maar ik kon me niet voorstellen dat ze 's avonds met Hilda telefoneerde of met haar over ons sprak.

'Ze wilde... ze wilde weten hoe het met me gaat. En ze zei dat ze er voor haar kleinkind wil zijn, als ik dat goedvind.'

'Dan is ze verstandiger dan haar zoon.' In mijn moeders woorden klonk bitterheid door. Zoals gezegd hadden de twee vrouwen een goede verstandhouding. Twee vrouwen die hun kinderen in hun eentje hadden grootgebracht – Hilda zelfs nog twee kinderen meer. David had nog een zus en een broer; de laatste was bij een auto-ongeluk omgekomen.

'Ach, wat haar zoon betreft was het mijn schuld,' zei ik. 'Ik had niet tegen zijn wens in moeten gaan.'

'Dat is waar. Maar ik vind ook dat hij niet zomaar over jouw wens heen had mogen stappen. Jij wilde toch altijd een kind.'

Mijn maag verkrampte. Ze had gelijk. Maar hoe hadden we daar een oplossing voor moeten vinden? Een van beiden had moeten zwichten. Omdat ik David voor een voldongen feit had gesteld, was hij bij me weggegaan.

Een discussie daarover zou op dit moment beslist tot ruzie tussen mij en mijn moeder leiden, dus koos ik het hazenpad.

'Ik ben op z'n laatst met het avondeten terug,' kondigde ik dus maar aan zonder op haar laatste zin in te gaan.

'Liever iets eerder,' antwoordde mijn moeder, en haar gezicht werd weer wat milder. 'Dan kun je alvast wat knabbelen terwijl ik kook.'

Ze glimlachte en liet me uit.

De voorjaarsachtige zachte lucht verkoelde mijn verhitte wangen een beetje, en de zwelling rond mijn ogen werd minder. Vanbinnen brandde het nog steeds, maar ik genoot van de rust om me heen. Ik nam een platgetreden pad dat naar de wijnbergen leidde. Van daaraf had je een prachtig uitzicht over de Moezel. De lucht was met dunne schapenwolkjes bedekt en toen ik opkeek en er vormen in probeerde te herkennen, verdwenen het telefoontje en de gedachte aan een mogelijke hartafwijking bij mijn kindje een beetje naar de achtergrond. Waarom keek ik niet vaker naar de lucht?

Natuurlijk had ik daar overdag weinig tijd voor, met mijn werk en het boodschappen doen. Maar wanneer ik thuis was, in mijn eentje, waarom keek ik dan niet naar de lucht, als die zo mooi was als nu? Waarom verdeed ik mijn gedachten aan onbelangrijke dingen?

Bij de wijnberg aangekomen besefte ik pas hoe gracieus welvend hij naar de hemel opsteeg. Nu waren de wijnranken nog kaal, maar over een paar maanden zouden ze vanuit de verte een groen tapijt lijken dat de helling bedekte. Ik stak de weg over en beklom de heuvel. Van hieraf had je goed zicht op de Moezel, die een paar kilometer verder door het dal kronkelde.

Eigenlijk had ik gedacht hier alleen te zijn, maar toen merkte ik dat er op het naburige perceel iemand aan kwam lopen. Eerst was het een vlekje dat tussen de wijnstokken door wandelde. Maar toen kwam hij recht op me af.

Ik bleef staan. Liep er echt iemand op me af of was hij gewoon toevallig op weg naar de wat verder weg gelegen wijnstokken?

'Hallo, vreemdeling, wat doe je hier op de wijnberg?' riep hij toen hij binnen gehoorsafstand was.

In zijn werkkleding en met zijn pet op zijn hoofd had hij eerst een oude man geleken, maar nu zag ik dat hij ongeveer even oud was als ik, hooguit begin veertig. Zijn vierkante gezicht werd een beetje verzacht door zijn stoppelbaard. Zijn blauwe ogen schitterden me al van verre tegemoet.

Hij was slank en leek erg energiek. Hij deed me een beetje aan David denken, hoewel die zijn kin altijd gladschoor, omdat hij nauwelijks baardgroei had.

'Hallo, ik wilde eigenlijk alleen maar een beetje wandelen,' antwoordde ik. Wat ik hier deed ging hem niets aan, maar op een of andere manier had ik zin om met hem te praten. Dus liep ik ook een stukje naar de omrastering toe.

'Nou dat mag best, maar dat is privéterrein, en de eigenares ziet vast niet graag dat iemand ranken van de wijnstokken breekt.'

Sinds wanneer interesseerde hij zich voor de wijnberg van

mijn moeder? Kende hij haar? Of had hij gewoon niets omhanden? 'Maak je niet ongerust, ik doe voorzichtig,' beloofde ik. 'Bovendien krijg ik het niet graag met mijn moeder aan de stok, dus...'

De wenkbrauwen van de man schoten omhoog. 'Ben jij de dochter van mevrouw Schwarz?'

Ik knikte. Ook dat ging hem eigenlijk niet aan, maar voor hij de politie erbij haalde...

'Nicole Schwarz.' Ik stak mijn hand door een van de grote mazen van het hek.

Terwijl hij die vastpakte en me opnam, kon ik als het ware zien wat hij dacht. Dat ik erg op haar leek. Dat ik zwanger was. Dat ik desondanks mijn meisjesnaam had genoemd. Ineens ergerde ik me over mijn strakke trui en vanwege het feit dat ik mijn jas open had laten hangen.

'Kilian Lachmann.'

'Kilian?' ontschoot me. Dat was een van de ongewoonste namen die ik ooit had gehoord. Ik dacht altijd dat alleen ridders uit de middeleeuwen zo'n naam hadden.

'Ja, mijn moeder komt uit Würzburg en had destijds waarschijnlijk een zwak voor de oude Kelten.'

Ik hield verbaasd mijn hoofd scheef. 'Würzburg en Kelten?'

'Kijk maar eens op internet,' raadde hij me lachend aan. 'Ik denk niet dat mijn moeder uitgebreid over mijn naam heeft nagedacht. Ik heb ook pas later ontdekt wat het betekent.'

'Oké, dat zal ik doen,' antwoordde ik.

'En waar kom jij vandaan? Ik moet bekennen dat ik je vandaag hier voor het eerst zie.'

'Tja, dat hangt ervan af hoelang je hier al bent. Als je hier pas sinds een jaar woont, heb je natuurlijk heel slechte kaarten.'

'Ik woon hier al vijftien jaar. En nu duik jij hier opeens op?'

Zijn blauwe ogen straalden me uitnodigend toe. Even vroeg ik me af hoe het zou zijn geweest als ik hem vóór David tegen was gekomen. Had ik dan al een huis vol kinderen gehad? Zou mijn oudste kind dan nu al bezig zijn geweest met zijn eindexamen?

Ik schoof de gedachte opzij. Ik was niet zo dol op speculeren. Theoretisch was er veel mogelijk, maar uiteindelijk telde in het leven alleen wat je in de praktijk deed.

'Nou, dan zaten de omstandigheden zeker niet mee. Ik kom ongeveer vier keer per jaar bij mijn moeder.'

Ik vroeg me af of hij me misschien ooit met David had gezien. Maar dat leek me onwaarschijnlijk. Alleen de wijnbergen grensden aan elkaar. Dat wilde nog niet zeggen dat de wijnboeren contact hadden. Mijn moeder had het nooit over ene Kilian Lachmann gehad – die voornaam had ik me wel herinnerd.

'En waar woon jij anders?'

'In Keulen.'

'Zijn daar ook wijnbergen?' grapte hij. Natuurlijk wist hij dat er langs de Rijn heel veel goede wijnbergen en wijnhuizen waren.

'Niet speciaal in Keulen, maar ik heb me laten vertellen dat er wel een paar in de buurt zijn. Ik weet niet wat ervan waar is, maar misschien kom ik daar nog wel achter.'

'Je hebt humor,' zei hij lachend. 'Dat bevalt me wel! Misschien zien we elkaar binnenkort weer. Je blijft vast wel nog een paar dagen, toch?'

'Ja,' antwoordde ik overrompeld. Wilde hij me terugzien? Waarom? Ik was de dochter van een wijnboerin van buiten en nog zwanger ook.

Niet iedere man ziet er daarom van af iets met je te beginnen, fluisterde een stemmetje me in. Bovendien is het niet zeker dat je hem terugziet. Wees blij met het leuke gesprek en wens hem een fijne dag.

'Goed, kom dan nog maar eens naar de wijnberg. Dan vind ik je wel.' Hij lachte nog eens naar me, stak toen als groet even zijn hand op en draaide zich om.

Ik staarde hem na alsof ik een spook had gezien.

Het was echt jammer dat ik hem niet eerder was tegengekomen. Maar de afgelopen jaren was ik met een man samen geweest. Een man die ik nu niet meer had. Die ik nog zou hebben als ik niet voor een kind had gekozen.

Ik draaide me om. De maartwind leek ineens snijdend.

Ik nam me voor op internet de naam Kilian op te zoeken zodra ik in mijn moeders kantoor was.

6

Foto nr. 2
Marianne poseert voor een zware motorfiets naast een jongeman, die misschien negentien of twintig is. Zijn haar staat wat woest van zijn hoofd af. Achter hen rijst een machtige eik op met banken eromheen. Op de achtergrond loopt een man in hemdsmouwen licht gebogen langs. Marianne heeft een zonnebril op en lacht zorgeloos naar de camera. De jongeman heeft zijn arm om haar middel geslagen. (25 juli 1967)

Een koel briesje streek over Mariannes gezicht. Ze had het zich gemakkelijk gemaakt op een ligstoel in de grote tuin, met naast zich een boek en een groot glas citroenlimonade, die de kokkin die ochtend had gemaakt. Koken lag haar moeder niet, en omdat de familie dankzij haar buitengewoon succesvolle vader over een kokkin beschikte, had ze het ook nooit hoeven leren. Het was haar taak kinderen te krijgen en zich met het gezinsleven bezig te houden.

Op dat moment lag Mariannes moeder in bed met migraine. Ze kon niet tegen het warme weer, en haar man zou die dag weer op reis gaan.

Marianne wist maar al te goed dat de werkelijke reden voor het feit dat haar moeder onwel was niet gelegen was in verdriet om het afscheid, maar in boosheid en jaloezie. Wanneer haar vader op reis ging, was dat meestal naar zijn muzen, die niets anders waren dan geliefden.

Niemand wist hoeveel vrouwen hij had naast haar moeder. Marianne had geen moeite gedaan dat na te gaan. Maar ze had gemerkt dat haar vader soms brieven in de zak van zijn colbertje liet verdwijnen en naar de stad ging om te telefoneren. Ze had hem eens toevallig in een telefooncel gezien.

Toen ze dat aan Mona vertelde, had die gezegd dat haar vader waarschijnlijk een minnares had. Toen was het voor Marianne ineens allemaal duidelijk geweest. De reizen van haar vader, de migraineaanvallen van haar moeder en de liefdeloosheid tussen hen beiden.

Het had haar verdrietig gemaakt, en ze had zich afgevraagd hoe zij zou reageren als haar man naast haar andere vrouwen had. Had het dan eigenlijk nog wel zin om getrouwd te zijn?

Wat haar moeder betreft, die had geen andere keus. Ze had weliswaar een secretaresseopleiding gedaan, maar ze had nooit echt gewerkt omdat ze Richard Schwarz had leren kennen en al snel met hem was getrouwd.

Als ze haar echtgenoot kwijtraakte, verloor ze ook het luxueuze leven in de villa. Alleen daarom duldde ze zijn liaisons.

Marianne kon zich niet voorstellen dat zij zoiets ooit zou tolereren. Maar zij zou een ander leven gaan leiden. Een waarin ze pas zou trouwen wanneer ze de ware had gevonden – een man die haar begreep en haar steunde in wat ze wilde bereiken.

Toen ze de fiets van de postbode op het trottoir hoorde rammelen, schoof ze haar gedachten opzij. Haar hart begon te bonzen. Er waren inmiddels een paar weken verstreken sinds ze zich bij verscheidene universiteiten had aangemeld.

Haar ouders wisten ervan, en terwijl het haar moeders goedkeuring kon wegdragen dat ze voor een lerarenopleiding had gekozen, had het haar vader weer eens onverschillig gelaten. Waarschijnlijk zou hij zich als ze een positieve reactie kreeg zonder commentaar weer naar zijn atelier begeven om te gaan schilderen.

Haar moeder noch haar vader wist echter welk vak ze had gekozen. Behalve voor Duits had ze zich ook voor Frans aangemeld. Marianne besefte dat haar vader uit zijn vel zou springen als hij het te weten kwam – en dat deed haar stiekem genoegen. Als ze naar de universiteit ging, zou ze niet meer thuis blijven wonen. Dan zou ze eindelijk niet meer hoeven te poseren of zich bij elke gelegenheid door haar vader te laten schilderen.

Hoewel de steentjes van de oprit pijn deden aan haar voeten, rende ze blootsvoets naar de poort, waar de postbode net bezig was de post uit te zoeken.

'Goedemorgen, meneer Husmann, hebt u misschien iets voor mij?'

De postbode, een slanke man van eind twintig, werd als altijd rood toen hij Marianne zag. Ze wist dat hij heimelijk verliefd op haar was en ze vond het leuk dat hij in haar bijzijn weleens onzeker werd. Maar hij was niet haar type.

'Ja... eh... momentje, alsjeblieft...'

Met trillende handen zocht hij in de post in zijn tas.

Marianne ontdekte diverse grote enveloppen en voelde dat de onrust zich ophoopte. Kreeg ze haar papieren teruggestuurd? Als het een kleine brief was, zou ze aangenomen zijn...

'Hier,' zei de postbode en hij gaf haar een stapeltje kleinere brieven aan.

Mariannes hart bonsde. Het liefst had ze het stapeltje meteen doorgekeken, maar dat had betekend dat ze bij de postbode moest blijven staan – en omdat hij weer zo op haar gefixeerd was, zou hij dan zijn ronde veel te laat af hebben.

Dus bedankte ze hem en liep het huis in.

Daar stuitte ze op haar vader. Hij stond klaar voor vertrek in krijtstreeppak en trenchcoat in de hal. Ook wanneer het buiten dertig graden was, ging hij nooit zonder die kledij op reis. Overhemden met korte mouwen kwamen beslist niet in aanmerking. Vermoedelijk omdat hij heel goed wist hoe aantrekkelijk hij er zo uitzag.

Marianne drukte het stapeltje brieven tegen zich aan. Waarschijnlijk zou haar vader de post willen zien – ook de brieven die voor haar bestemd waren. Als ze pech had, zou hij met de hele stapel naar zijn kantoor gaan, daar alles doorlezen en mogelijk ook op een antwoord van de universiteit stuiten. Als hij zou lezen dat ze zich ook voor Frans had ingeschreven, zou het huis te klein zijn.

'Is dat de post?' vroeg hij zonder op te kijken van de manchet van zijn jas waaraan hij stond te frunniken.

'Ja,' antwoordde Marianne, want wat had het voor zin te liegen? Hij kon de brieven in haar handen duidelijk zien.

Haar hart ging als een razende tekeer. Stel dat hij de brieven nu wilde zien? Had ze nou maar al buiten gekeken of er iets voor haar bij zat...

'Breng ze naar mijn werkkamer alsjeblieft, ik kijk er wel naar wanneer ik terug ben.' Het klonk terloops, hij was nog steeds met zijn mouw bezig.

Marianne onderdrukte een zucht van verlichting.

'Ja, papa,' zei ze en ze snelde weg. Voor het eerst was ze hem dankbaar dat hij geen aandacht aan haar schonk.

Ze deed de deur van zijn werkkamer open. Eigenlijk leek die kamer niet erg op een kantoor. Alleen het rek waarop de kartonnen ordners lagen opgestapeld herinnerde eraan dat haar vader ook af en toe belastingaangifte moest doen. Verder lagen op het bureau een heleboel schetsen, en ook tekengerei. Hij verbood het dienstmeisje hier meer te doen dan de vloer te vegen. Zelfs de ramen liet hij niet altijd lappen. Hij zei dat hij het speciale licht nodig had om bij te werken.

De schetsen waren ontwerpen voor zijn schilderijen. Sommige ervan kwamen ook op exposities te hangen, afhankelijk van welke galeriehouder welke schilderijen wilde hebben.

Toen Marianne de deur achter zich dichttrok om er zeker van te zijn dat haar vader niet als een spook achter haar verscheen, ontdekte ze een tekening van haarzelf terwijl ze bij het raam zat –

een paar dagen voor haar wiskunde-examen. Ze herkende haar gezicht, maar het meisje leek toch niet op haar. Op wat voor expositie mag dit terechtkomen, vroeg ze zich af. Wie zullen mij allemaal aangapen? Welke mannen zullen bij mijn aanblik smerige gedachten krijgen?

Ineens stond het haar tegen dat ze voortdurend getekend werd. Het was genoeg geweest. Hij moest ermee ophouden.

De indianen dachten vroeger dat hun ziel werd gestolen wanneer ze werden afgebeeld op papier. Hetzelfde gold voor een foto. Volgens die gedachte had haar vader haar ziel wel honderd maal gestolen.

Dat wilde ze niet meer. En ze hoefde dat ook niet meer mee te maken als tussen het stapeltje brieven in haar hand de juiste zat.

Ze wendde haar blik van de tekening af en legde het stapeltje op een van de weinig plaatsen waar het geen kwaad kon. Toen begon ze het door te kijken.

De eerste twee brieven waren rekeningen, daarna kwam er een dikke brief van een haar onbekend adres. Na reclame voor schildersbenodigdheden en een balpenfabrikant schitterde het wapen van de Albert-Ludwigs-Universität in Freiburg haar tegemoet.

Marianne hield haar adem in. Freiburg! Daar woonde weliswaar haar zus, maar het was ver genoeg van haar ouderlijk huis.

Er lagen nog twee enveloppen te wachten.

Alsof de postbode ze al had gesorteerd, lag er onder de brief uit Freiburg nog een antwoord van een universiteit. Trier. Het waren allebei kleine enveloppen. Beide enveloppen voelden aan alsof er maar één brief in zat. Dat kon alles betekenen.

Even leek de wereld stil te staan. Marianne voelde aan beide brieven, probeerde voor een van de twee te kiezen. Veel tijd had ze niet, want haar vader verwachtte altijd dat ze afscheid nam wanneer hij vertrok. Ook haar moeder zou zich haar slaapkamer uit slepen en bij het afscheid doen alsof ze niet wist in wier armen hij die nacht zou liggen. En daarna zou ze teruggaan naar haar verduisterde kamer, en Marianne zou haar 's avonds iets te eten brengen – in de hoop dat ze misschien ergens trek in had.

Resoluut pakte Marianne de zilveren briefopener die boven aan het bureau lag. Ze sneed de enveloppen open en haalde de brieven eruit.

Beide keren deed het de desbetreffende faculteit genoegen haar een studieplaats te mogen aanbieden.

Toen ze het kantoor uitging voelden haar wangen aan alsof ze te lang bij de open haard in het vuur had zitten staren. De brieven had ze zorgvuldig onder haar kleren verstopt.

Hoeveel tijd zou er zijn verstreken sinds ze het kantoor in was gegaan? In elk geval te veel, dat liet haar vaders blik haar weten. Maar op dat moment kon het haar niet schelen. Bij het afscheid kon ze er alleen maar aan denken dat hij vanaf de herfst geen mogelijkheid meer zou hebben om haar bij haar boeken weg te halen of haar het Frans te verbieden, want dan zou ze Mayen de rug toekeren en in Freiburg of Trier gaan studeren.

’s Middags kwam Christoph langs. Toen ze zijn motor hoorde knetteren, sprong Marianne op. Nu haar vader weg was, leek het huis aanzienlijk lichter. Omdat niemand haar meer kon komen halen om model te zitten en haar moeder toch nooit naar haar omkeek, was het aan haar te bepalen met wie en waar ze haar tijd doorbracht.

Vlug streek ze haar nieuwe zomerjurk glad en liep naar de voordeur.

Christoph glimlachte breed toen hij haar zag. ‘Hé, wat heb je je mooi gemaakt. Verwacht je soms iemand?’

‘Nu niet meer,’ antwoordde Marianne en ze sloeg haar armen om zijn nek en kuste hem.

Sinds ze van school was, was hun relatie hechter geworden. Het was niet meer alleen maar zoenen, ze begon er serieus over na te denken hoe het tussen hen zou gaan wanneer ze allebei gingen studeren.

Christoph beantwoordde haar kus en keek haar lachend aan.

In zijn ogen schitterde begeerte, zoals zo vaak wanneer ze elkaar zagen. Ze waren nog niet met elkaar naar bed geweest, maar Marianne voelde dat het weldra zover zou zijn. Ruim een maand geleden was ze de pil gaan slikken, stiekem, want haar ouders waren nog steeds van mening dat ze met seks moest wachten tot ze getrouwd was. Maar ze voelde dat ze niet kon wachten. En Christoph evenmin.

'Moet je niet tegen iemand zeggen waar je heen gaat?' vroeg hij plagerig.

'Waarom zou ik?' Marianne trok de voordeur achter zich dicht. 'Mijn moeder heeft migraine en wil niet gestoord worden. En mijn vader is weer eens naar een van zijn muzen.'

Christoph fronste zijn wenkbrauwen. Zijn ouders woonden niet in een villa en zijn hardwerkende vader had geen tijd voor muzen. Ze wist dat hij het huis en het gedrag van haar vader voor een uitwas van het decadente kapitalisme hield. Zodra hij op de universiteit zat, had hij gezegd, zou hij zijn haar laten groeien en bij de communisten gaan. Zoals zij geporteerd was van Sartre en het existentialisme, zo was hij dat van Marx en Lenin.

Maar die middag waren er andere dingen waar ze over moest nadenken. De universiteit bijvoorbeeld. Marianne wilde kijken in hoeverre ze rekening met hem kon houden bij de keuze van de stad waar ze ging studeren.

Maar dat kon wachten tot ze bij het meer waren.

Ze ging bij Christoph achter op zijn motor zitten – een oude, zware BMW die zijn vader na de oorlog had opgeknapt. Christoph sleutelde er soms met hem aan; dat waren de enige momenten dat ze het goed met elkaar konden vinden. Verder maakten ze vaak ruzie. Christoph stond te popelen om het huis uit te gaan.

Die middag was er bij het meer weinig te doen. De mensen waren met vakantie of naar hun werk. In plaats daarvan dartelden er een paar kinderen rond. Ze lagen op een plaid te zonnen of renden krijsend het water in, om meteen door hun moeders tot de orde te worden groepen.

Christoph zette zijn motor onder een boom en haalde het zeil van de bagagedrager.

Marianne keek nadenkend naar de mensen aan de oever. Kon ze zich zo'n leven voorstellen? Er alleen maar zijn voor man en kinderen?

Nee, zei ze bij zichzelf. Ik wil studeren en de wereld zien. Trouwen kan altijd nog, als ik dat zou willen.

'Ik moet je iets belangrijks vertellen,' kondigde ze plechtig aan toen ze waren gaan zitten.

'En wat mag dat zijn? Wil je vader eindelijk scheiden en bij een van zijn muzen gaan wonen?' Christoph legde zijn arm om haar schouder en trok haar dicht tegen zich aan.

'Ik heb bericht gekregen van de universiteiten.'

Christoph keek ernstig.

'En, wat ga je doen?' Zijn stem klonk hard en koud. En ook de blik waarmee hij naar haar keek, kende Marianne niet. Was hij misschien boos omdat ze wilde studeren?

'Ik weet het niet.' Marianne schokschouderde. 'Ik zou naar Trier kunnen gaan. Maar evengoed naar Freiburg. In Freiburg studeert mijn zus ook.' Ze keek Christoph verwachtingsvol aan. 'Waar zou jij voor kiezen?' vroeg ze toen.

Er verscheen een minachtende uitdrukking op zijn gezicht.

'Het maakt eigenlijk toch niet uit? Je vader kan je met zijn schetsblok overal volgen.'

'Dat doet hij niet,' antwoordde Marianne. 'Ik ken hem. Uit het oog, uit het hart. Vroeger moest Ursula ook altijd model zitten. Nu komt ze met Kerstmis en Pasen naar huis, en dat is het. Tijdens de feestdagen is mijn vader toch in zijn atelier, zodra hij de kerk uit is interesseert het hem niet meer. Hij komt daar alleen vanwege de mensen. Die moeten bewondering voor hem hebben en zien wat een goed christen hij is.'

Marianne voelde, sterker dan ooit, afschuw opkomen.

En waarom gaf Christoph haar geen raad? Waarom zweeg hij?

Ze observeerde zijn gezicht. Hoe langer hij nadacht, hoe somberder hij keek.

'Ik denk dat het niets wordt met ons,' zei hij ten slotte.

Zijn woorden waren een klap in haar gezicht. Ze vertelde hem over de universiteit, en hij... hij maakte het uit?

'Waarom niet?' vroeg ze een beetje traag van begrip.

'Omdat ik naar Berlijn ga.'

'West-Berlijn?'

Christoph knikte.

'Ja. Denk je dat ik me laat rekruteren? In Berlijn kan de Bundeswehr me niet krijgen. Punt uit. Ik taai af.' Hij keek Marianne aan. Met het onbeschaamde lachje waar ze tot nog toe zo van had gehouden. En waarvoor ze hem nu het liefst een klinkende klap had willen verkopen.

Wanneer ze het over universiteiten hadden gehad, had Marianne van hem begrepen dat hij eveneens niet ver van zijn ouderlijk huis wilde gaan studeren. Dat hij met een vlucht naar West-Berlijn de militaire dienst wilde ontlopen was nieuw. Hij moest dat kortgeleden hebben bedacht.

'Je kunt ook naar Berlijn komen,' stelde hij voor. 'Als je getrouwd bent, blijf je toch thuis, dus waarom zou je je tijd verdoen met een studie?'

Marianne staarde hem aan alsof ze een klap in haar gezicht had gekregen. Sinds wanneer dacht hij zo?

Kwaad duwde ze Christophs arm van haar schouders en stond op. Op dat moment wist ze niet wat ze moest voelen, woede of teleurstelling. Christophs woorden galmden nog in haar na. Blijkbaar had ze zich vreselijk in hem vergist.

'Het ga je goed,' zei ze koeltjes en ze draaide zich om. Tranen welden op. Zij en Christoph – misschien waren ze toch hechter dan ze had gedacht. Ze had zelfs overwogen met hem naar bed te gaan. Gelukkig had ze het niet gedaan.

'Wil je hem gewoon zomaar smeren?' vroeg hij verwonderd.

'Wat had je dan gedacht?' repliceerde ze. 'Jij zegt tegen mij dat het niets wordt met ons. Je wilt naar Berlijn. Je beweert dat ik na mijn studie toch thuis zal blijven. Je weet helemaal niet hoe ik ben!'

Toen draaide ze zich met een ruk om. Haar hart klopte in haar keel. Ergens hoopte ze dat hij achter haar aan zou komen, dat hij zou zeggen dat hij maar een grapje had gemaakt en natuurlijk met haar samen wilde blijven, koste wat het kost.

Maar hij bleef zitten waar hij zat, en het werd Marianne duidelijk dat niet alleen hij, maar ook zij een besluit had genomen.

7

‘Je buurman op de wijnberg... heb je die weleens gesproken?’ riep ik richting keuken toen ik hoorde dat mijn moeder daar bezig was.

‘Welke buurman bedoel je?’ vroeg ze terwijl ze in de pan met groente roerde. Wanneer ik bij haar was, liet ze zich niet de kans ontnemen echte feestmaaltijden op tafel te zetten – ook als we maar met z’n tweeën waren.

‘Die blonde jonge man met die stoppelbaard. Kilian Lachmann.’ Ik ging aan de keukentafel zitten. Zoals altijd kwam de drang bij me op mijn moeder te helpen, maar op de dag dat ik aankwam stond ze dat niet toe.

Omdat ik me na de wandeling een beetje uitgeput voelde, was ik er nu eigenlijk blij om dat ik niets hoefde te doen.

‘Ah, Kilian is een aardige vent,’ zei mijn moeder. ‘Helaas heeft hij een nogal nare scheiding achter de rug. Die vrouw heeft uit alle macht met hem gestreden om de voogdij over hun zoontje. Uiteindelijk heeft ze gewonnen.’

‘Nou, wat dat betreft heb ik niets te vrezen,’ antwoordde ik laconiek, want David zou beslist niet met mij gaan vechten om de voogdij.

‘O ja, Ben komt straks ook,’ veranderde mijn moeder weer handig van onderwerp. Daar was ik haar dankbaar voor. ‘Hij is op het moment onbestorven weduwnaar, zijn vrouw is aan het kuren. Toen dacht ik, ik nodig hem uit, vooral omdat ik nu weer baas in eigen huis ben.'

Die aankondiging overviel me een beetje. Ik had gehoopt de avond met z'n tweeën door te brengen. Speelde er misschien iets tussen haar en Ben?

Nee, affaires waren niets voor mijn moeder. Wanneer ze met iemand samen was, verwachtte ze onvoorwaardelijke trouw. Die schonk ze haar partner van haar kant ook. Zodra ze merkte dat haar vriend van dat moment haar niet trouw was, betekende dat meestal het einde van de relatie. Mijn moeder nam geen blad voor de mond. Ze confronteerde de verdachte er nog dezelfde dag mee en liet hem bekennen. Daarna zag je hem nooit weer.

En ze zou zelf nog liever het klooster ingaan dan de vrouw van iemand anders bedriegen.

Maar het was echt jammer dat Ben getrouwd was. Hij was een grote, sterke beer van een vent, met een teer hart en handen die veel te grof leken voor een wijnboer. Hij beheerde het wijngoed al lange tijd, hij zat er al tien jaar toen mijn moeder de nieuwe eigenaar werd. In tegenstelling tot andere wijnboeren in de omgeving had hij er niets op aan te merken gehad dat ze niet uit een oud wijnboerengeslacht stamde en verder ook geen verstand van wijn had – behalve dat ze precies wist welke soort ze lekker vond.

Ik vroeg me soms af wat haar ertoe gedreven had deze stap te zetten. Op haar school waren ze verbijsterd geweest toen ze aankondigde dat ze van haar spaargeld en de uitgekeerde levensverzekering een wijngoed wilde kopen – en nog wel voor haar pensionering.

Maar zoals bij meer zaken hulde Marianne Schwarz zich ook toen in zwijgen. Ze had haar redenen, en die gingen iemand alleen aan wanneer die deel van haar plan uitmaakte.

Ik vermoedde dat ze iets nieuws wilde beginnen omdat ze er rekening mee hield dat ik binnenkort zou gaan trouwen en mijn eigen gezin zou hebben.

Toen het eten – een rollade met mama's geheime vulling – in de oven stond te sudderen, hielp ik mijn moeder toch: met tafeldekken. Dat bracht oude herinneringen in me naar boven. Vroeger, toen ik nog tamelijk klein was, had ik mijn moeder altijd geholpen met tafeldekken. Niet omdat ze het me vroeg, maar omdat ik het wilde. Het leek me onrechtvaardig dat ze het hele huishouden in haar eentje moest doen wanneer ze van school thuiskwam. Andere kinderen maakten altijd tekeningen om hun moeder te bedanken, ik wilde altijd helpen.

Ik vroeg me af of zij daar nu ook aan dacht.

Toen we klaar waren, reed er een auto de oprit op.

Ben, die eigenlijk Benjamin heette, maar zich niet zo liet noemen, reed in een jeep, en altijd wanneer ik hem daarin zag, vroeg ik me af onder welke stoel hij zijn cowboyhoed had verstopt. Natuurlijk ontkende hij in alle toonaarden dat hij zo'n hoofddeksel bezat, maar juist daarom plaagde ik hem er graag mee.

'Hé, wie hebben we daar?' vroeg hij grijnzend. 'Ben je het echt of is dit een fata morgana?'

We tutoyeerden elkaar al vanaf het moment dat we elkaar hadden leren kennen, toen ik eind twintig was.

'Hallo Ben,' begroette ik hem terwijl ik de deur voor hem openhield. 'Waar heb je je stetson?'

'Zoiets komt nooit op mijn kop!' snauwde hij.

'Wacht maar af!'

Voorzichtig sloot hij me in zijn armen. Dat was een van de redenen waarom ik soms wenste dat het mogelijk was hem aan mijn moeder te koppelen. Hij was als de vader die ik nooit had gehad. Ondanks mijn leeftijd behandelde hij me nog altijd als een meisje, wat van hem niet kleinerend overkwam. Hij stak me chocoladerepen en zakdoekjes toe, nam me mee op de tractor en wanneer we toevallig eens met z'n tweeën buiten zaten, vertelde hij me verhalen. Als ik hem erop wees dat ik geen kind meer was, lachte hij alleen maar.

Zou dat veranderen nu ik zwanger was?

Dat ik dat was, wist Ben, want hij omarmde me alsof ik van porselein was.

'En, hoever ben je?' vroeg hij. 'Als ik bedenk hoe het was toen mijn vrouw zwanger was! Onvoorstelbaar wat die allemaal naar binnen werkte. En ik moest het allemaal maar halen. Soms stuurde ze me midden in de nacht naar het pompstation.'

Er gleed een glimlach over zijn gezicht. Ik was een beetje jaloers. Bij mij zou niemand zich met een glimlach herinneren dat ik hem tijdens mijn zwangerschap geterroriseerd had. Er was niemand die ik naar het pompstation of de snackbar kon sturen om chips of patat voor me te halen. Misschien was er straks niet eens een kind dat me zulke trek kon bezorgen.

Maar dat liet ik allemaal niet merken. Ben wist vast dat David en ik uit elkaar waren, maar ik wilde zijn avond niet bederven.

'Ik ben in de vierde maand, dus het duurt nog wel even.'

'Maak je geen zorgen, het gaat sneller dan je denkt. Mijn Berthe wist niet hoe ze het had, zo vlug ging het. En voor je het weet leren die kleintjes lopen en zijn ze het huis uit.'

Over Bens schouder heen viel mijn blik op mijn moeder. Hoelang stond ze daar al naar me te kijken?

Toen ze zag dat ik naar haar keek, maakte ze zich van de deurpost los.

'Ben, hallo!' riep ze, ze sloot hem in de armen en kuste hem op beide wangen. 'Fijn dat je er bent. Ik heb vanavond iets speciaals klaargemaakt!'

'Bij jou is elke avond speciaal. Jammer dat Berthe er niet is.'

'Hoe heeft ze het in het kuuroord? Hoe gaat het met haar rug?'

'Ze krijgt turfcompressen en gymnastiek, en ze klaagt dat het eten vreselijk is. Maar gelukkig is het over een week afgelopen met dat gedoe.'

'Je had met haar mee moeten gaan. Dan zou ze zich niet zo alleen voelen.'

Ben maakte een afwerend gebaar. 'Ik denk dat het goed voor haar is eens op zichzelf te zijn. Dan wordt haar verlangen naar mij zo groot dat bij het weerzien de spetters ervan af vliegen.'

Ik vertrok mijn gezicht. Dat Ben en zijn vrouw seks met elkaar hadden was voor mij haast net zo onvoorstelbaar als het idee dat mijn moeder seks met iemand had. Maar zo was het nu eenmaal, en blijkbaar waren ze heel gelukkig met elkaar.

'Kom nu maar, voor alles koud wordt.'

Toen Ben langs ons heen gelopen was, voelde ik mijn moeders hand op mijn arm.

'Alles goed, kleintje?' vroeg ze. Blijkbaar had ze aan me gezien wat er door mijn hoofd ging.

'Ja, met mij is alles in orde,' antwoordde ik, hoewel ik wist dat ik haar niets kon wijsmaken. Niets was in orde, maar dat hoefden we niet nu te bespreken.

Die nacht droomde ik dat iemand mijn baby had gestolen. De droom was in zwart-wit, als zo'n oude film die ze vaak op de regionale zender van de ARD vertoonden. Of als de foto's van de sterrenkinderen die ik op de website had gezien.

Ik moest al zijn bevallen, want aan het voeteneind van mijn bed stond een wiegje. Toen ik opstond om het kindje te controleren en de dunne gordijntjes opzijschoof, was het weg. Alleen de afdruk van het lijfje op het matrasje was nog te zien.

Met bonzend hart schoot ik overeind en keek om me heen. Maanlicht viel door de ramen naar binnen en maakte een vlek op het parket. Het wiegje was verdwenen. Het was er nooit geweest.

Ik legde mijn hand op mijn buik. Die was, net als mijn borst, nat van het zweet, mijn nachtpon plakte aan mijn huid. Mijn kindje was er nog steeds. Of toch niet? Was het hartje misschien opgehouden met kloppen? Ongerust kwam ik overeind. Zoals vaker sinds het bezoek aan de gynaecoloog luisterde ik binnen in me. In afwachting van symptomen die zich konden voordoen.

Maar mijn hartslag werd rustiger en mijn koude handen werden weer warm.

Hoe zou het voelen wanneer je je kindje verloor? Hoe erg zou de pijn zijn? Dan kreeg je beslist bloedingen. Was je misselijk? Of was de dood van een ongeboren kind meer een incidentele ervaring? Waarom had ik daar in 's hemelsnaam nog nooit over gelezen? Ik moest dat uitzoeken, zo uitgebreid mogelijk. Hoewel de kans dat er echt iets misging er niet minder door werd. Ik wilde erop voorbereid zijn.

Al die gedachten schoten door mijn hoofd en maakten me zo onrustig dat ik opstond en in de kamer heen en weer begon te lopen. De houten vloer kraakte zachtjes onder mijn voeten. Buiten fluisterde de wind om het huis.

Het was maar een droom, probeerde ik mezelf gerust te stellen. Dromen zijn bedrog. Je bent bezig jezelf gek te maken, dat is alles.

Maar ook al wist ik dat ik nu niets kon doen, het gevoel dat ik iets moest doen, verdween niet.

Ten slotte kroop ik weer terug in bed en trok het dekbed over me heen. Hier kan niets gebeuren, zei ik tegen mezelf. En toch wilde de angst dat iets of iemand mijn kindje van me af zou pakken tot diep in de nacht niet verdwijnen, tot uiteindelijk mijn behoefte aan slaap het won van mijn geest.

8

Om acht uur precies begon het leven op het wijngoed. Er kwamen wagens voorrijden die parkeerden op het terrein voor de perskelder.

Mijn moeder had behalve Ben nog drie andere werknemers. Omdat er op de wijnberg in dit jaargetijde nog niet zo veel te doen was, zette ze hen vooral in de perskelder aan het werk.

Dat zou anders worden als ze, zoals ze Ben had voorgesteld, een nieuwe wijnberg zouden aanleggen.

Met een loodzwaar gevoel in mijn botten luisterde ik naar de stemmen en voetstappen van de mannen. Ik had hooguit drie uur geslapen en had het gevoel dat ik mijn ogen niet open kreeg. Maar mijn oren waren klaarwakker. Ze hoorden elk kuchje, elk woord. Elke klacht over het veel te korte of veel te lange weekend. Voor het eerst vroeg ik me af wat David zijn collega's over de weekends met mij had verteld. Had hij ze als te lang of te kort ervaren?

Hadden ze met hem meegeleefd toen hij meldde dat zijn vriendin zwanger was geworden terwijl hij dat niet wilde? Hadden zijn collega's op me gefoeterd omdat ik hem erin had geluisd?

Had ook maar iemand er rekening mee gehouden dat ik mijn beslissing uit liefde voor hem had genomen? Omdat ik wilde dat er iets van hem, en natuurlijk ook van mij, op de wereld overbleef wanneer wij op een dag moesten gaan?

En wat vertelde hij hun nu? Dat het kind dat ik hem had opgedrongen ziek was? Sloten zijn collega's weddenschappen af of het wel ter wereld zou komen en zo ja, of het gezond zou zijn? Raadden ze hem aan naar me terug te gaan als dat het geval was?

Bij die gedachte werd ik ineens zo kwaad dat ik mijn ogen opensperde, hoewel de wimpers aan elkaar vastkleefden. Ik voelde een stekende pijn, waardoor de tranen me in de ogen sprongen, en even later zag ik de ochtendzon, die de hele slaapkamer vulde.

En opeens gebeurde er iets met me. In plaats van dat ik weer gestrest de film in mijn hoofd ging zitten afspelen, leek ik het licht in me op te zuigen zoals een spons dat doet met water. Mijn wrok verdween.

Ik rolde het bed uit. Mijn benen voelden opgezet. Natuurlijk was dat niet ongewoon, maar ik keek voorzichtigheidshalve even of ze niet de proporties van olifantenpoten hadden aangenomen.

Nee, dat was niet het geval. Dus stond ik op en draafde naar de douche.

Toen ik een kwartier later de keuken in kwam, stond mijn moeder voor het aanrecht. De geur van croissants hing in de lucht. Ik glimlachte. Mijn moeder had echt aan alles gedacht.

'Ik heb niet veel tijd, Ben wil straks naar de wijnberg, en ik moet mee.' Ze haalde de bakplaat met de croissants uit de oven. Het waren kant-en-klare, uit zo'n rol die je met een flinke klap op de zijkant openmaakte. Maar mijn kindje leek gewoon te juichen.

'Pas op, ze zijn heet!'

Die waarschuwing kon me er niet van weerhouden er een van de plaat te pikken en naar mijn plaats te brengen. Mijn moeder verbaasde zich er altijd over hoeveel hitte ik aan mijn handen kon verdragen. Als kind al kon ik langer dan anderen mijn handen boven een kaars houden of een hete pan vasthouden. Mijn aartsvijandin op school zei dat ik lepra moest hebben, want mensen met die ziekte hadden ook een gevoelsstoornis. Maar het was niet zo dat ik het niet voelde, ik hield het alleen langer uit. Mijn moeder was er rotsvast van overtuigd dat ik in de verloskamer geen kik zou geven.

Als uitgehongerd stak ik even later de met jam belegde croissant in mijn mond. Door de zoete smaak moest ik glimlachen en vergat ik alles om me heen.

Mijn moeder kwam uiteindelijk bij me zitten, en we aten in stilzwijgende eendracht. Ik voelde hoe mijn bloedsuikerspiegel steeg en mijn behoefte aan aardbeien werd bevredigd.

Misschien was dit een goed moment om mijn vraag te stellen.

's Nachts had ik liggen piekeren hoe ik het moest aankaarten. Ik wist immers dat mijn moeder niet graag over mijn vader sprak. Maar het was belangrijk dat ik haar de informatie ontfutselde.

'Wil je nog iets hebben?' vroeg ze nadat ze haar kopje had leeggedronken.

'Nee, dank je, ik heb zo wel genoeg.'

Mijn moeder stond op en liep naar het koffiezetapparaat om zich nog een kopje in te schenken. Ik raapte al mijn moed bij elkaar.

'Toen ik bij de gynaecoloog was, had ze het erover dat het zou helpen als we wisten of er in de familie een hartafwijking voorkomt,' begon ik. 'In Davids familie is dat niet het geval...'

Omdat mijn moeder met haar rug naar me toe stond, kon ik de emoties op haar gezicht niet zien, maar ik merkte dat haar lichaam verstijfde. Dat was een duidelijk waarschuwingssignaal, maar ik negeerde het. Ooit moest ik het ter sprake brengen, en ik wist zeker dat ze na een lange werkdag nog minder bereid zou zijn informatie te geven.

'Ik heb je daar nooit iets over horen zeggen. Kwam er een hartafwijking voor in onze familie? Of misschien in die van mijn vader?'

Mama leunde op het aanrecht. Ze draaide zich nog steeds niet om.

Toen ik al wilde vragen of alles in orde was, draaide ze zich om. Haar gezicht stond somber.

'Je weet dat ik niet graag over mijn familie praat. En ook niet over je vader.'

'Dat weet ik.' Ik verkrampte en de croissant leek ineens naar stro te smaken. Ik legde hem op mijn bord. 'Maar ik... de gynaecoloog wil het graag weten. Het zou erg helpen.'

Zwijgen volgde. Het nestelde zich op de keukentafel en maakte zich breed.

'Hoor eens, mama, ik weet hoe moeilijk het voor je is. Als ik weet wat de afwijking is en wat die tot gevolg heeft, kan ik me beter voorbereiden.'

Mijn moeder zweeg nog steeds. Maar aan haar gezicht kon ik zien dat ze koortsachtig nadacht.

Ik besefte dat het een slecht idee was geweest om er nu over te beginnen. Maar wanneer had ik het dan moeten doen? Eigenlijk was het nooit een goed moment.

'Je hebt me nooit over mijn vader verteld, ik weet dat je daar zo je redenen voor hebt, en dat heb ik altijd geaccepteerd. Maar nu is het belangrijk!'

'En als ik het je niet wíl vertellen?' Mijn moeders blik verhardde. Zo had ik haar lang niet meer gezien. 'Bovendien, hoezo denk je te weten dat de afwijking van hem komt?'

'Jij hebt geen hartafwijking.' Mijn hart begon te bonzen. 'En ik evenmin. En grootvader...'

Ik stokte, want ik voelde dat het gesprek uit de hand liep. Als er iets was waarover mijn moeder nog minder graag praatte dan over mijn onbekende vader, dan was het wel haar eigen vader.

Mijn moeder zei niets. Ze sloeg haar armen over elkaar.

'Alsjeblieft, mama,' smeekte ik.

'Nee.'

'Ik moet het weten! Het moet!'

'Het is niet nodig,' repliceerde mijn moeder nors. 'De dokters zullen je kindje op een of andere manier wel beter maken. Ik zie niet in wat het nut ervan is over je vader te praten. Respecteer alsjeblieft dat ik dat niet wil!'

Daarop stormde ze de keuken uit.

'Mama!' riep ik haar achterna, maar ze gooide al kwaad de deur achter zich dicht. Ik wist dat het beter was niet achter haar aan te gaan.

Terneergeslagen stond ik op. De tranen schoten me in de ogen. Waarom wilde ze het me niet zeggen? Dat was het minste wat ze kon doen, als ze me verder niets over mijn vader wilde vertellen.

Ik ging als door de bliksem getroffen op mijn stoel zitten. Mama's heftige afwijzing spookte door me heen. Met betraande ogen sprong ik op. Ik had frisse lucht nodig. Ik schoot mijn stevige schoenen aan, pakte vlug mijn jas en liep naar de poort. Ondertussen belde ik het nummer van het taxibedrijf.

9

Het was een spontane ingeving geweest om naar Koblenz te gaan, maar het voelde goed. Daar had ik een deel van mijn jeugd doorgebracht en het was fijn om weer door de straten te wandelen.

Een doel had ik ook: de stadsbibliotheek. Een gebruikerspasje had ik natuurlijk niet, maar het kon geen kwaad om er eentje te laten maken. Wie weet had ik bij mijn volgende bezoek weer behoefte er even tussenuit te gaan.

Ik ging lopend naar de Zentralplatz, hoewel het een flink eind was. Maar ik had de tijd en het was lekker weer.

Mijn moeder had hier een tijd lesgegeven – voor ze zwanger werd van mij en we naar Trier verhuisden. We waren een paar keer terug geweest, de laatste keer toen hier werk van haar vader – mijn grootvader – werd geëxposeerd. Helaas had ze mij over hem net zo weinig verteld als over mijn eigen vader. Blijkbaar was de afwezigheid van vaders een soort familievloek.

Op de Zentralplatz aangekomen stopte ik bij de bibliotheek.

Ik had op van alles gerekend, maar niet op een wat architectuur en inrichting betreft zo modern gebouw. Door de hoge glasvlakken kon je het interieur zien, dat licht en luchtig vormgegeven was.

Naast ultramoderne meubels en zithoeken waar de bezoekers zich konden ophouden waren er computerterminals waar de mensen hun geleende boeken zelf konden registreren. Verbazingwekkend genoeg leken ook oudere bezoekers geen problemen met de techniek te hebben.

Als er hier geen boeken waren over mijn vraag, waar dan wel?

Nadat ik bij de receptie mijn pasje voor de selfservice had gekregen dook ik onder in de boekenwereld.

Het aanbod overstelpte me. Op de computer zocht ik geschikte titels uit en daarna liep ik naar de desbetreffende afdeling. Natuurlijk was ik daar de enige – wie zou er ook gaan zoeken naar boeken over hartafwijkingen bij ongeboren kinderen?

Net toen ik de eerste titel had gevonden, begon het in mijn tas te brommen.

Wie zou er bellen? Misschien Hilda weer, om te vragen hoe het met me ging? Dat was onwaarschijnlijk. En mama? Die had wel mijn nummer, maar als ze verstandig was, probeerde ze het incident van vanmorgen niet per mobieltje af te handelen. Maar wie weet, misschien gooide ze me er wel uit.

Toen ik mijn mobiel toch uit mijn tas haalde, was ik blij dat ik het had gedaan. Op het display lichtte het nummer van praktijk Mandelbaum op. Sinds afgelopen vrijdag was dat eigenlijk geen reden tot vreugde, maar misschien had mijn vrouwenarts al de afspraak met de specialist voor foetale echocardiografie geregeld.

Voordat de assistente die verantwoordelijk was voor de telefoontjes het kon opgeven, nam ik op met een aarzelend ‘Hallo?’

‘Mevrouw Schwarz?’ Verpleegkundige Ines. Dezelfde die me afgelopen vrijdag had gebeld.

‘Ja, daar spreekt u mee,’ antwoordde ik en ik leunde voorzichtigheidshalve maar tegen een van de rekken aan, want je kon nooit weten wat er nu zou volgen. In het ergste geval zou ze me weer vragen naar het spreekuur te komen.

‘Mevrouw Mandelbaum heeft me gevraagd u de afspraak voor het cardiogram door te geven. Hebt u pen en papier bij de hand?’

Ik keek naar het briefje met de genoteerde titels en diepte het potlood op dat ik in mijn handtas had zitten. Het was inmiddels een stompje geworden, waarschijnlijk gooide ik het weg zodra ik weer thuis was. Maar nu was ik blij dat ik het nog had.

'Ja, dat heb ik,' antwoordde ik.

'De afspraak is over drie weken, op vrijdag om elf uur bij professor Alfani in de kliniek. Mevrouw Mandelbaum zei dat u het adres al had.'

'Ja, dat klopt.' Ik dacht aan het briefje dat mijn gynaecoloog me had gegeven.

'Als u wilt, stuur ik u een routebeschrijving per e-mail.'

'Nee, dank u, dat is niet nodig.'

Ik prentte me het telefoonnummer in en bedankte voor het telefoontje. Toen staarde ik minutenlang naar mijn mobiel. Er schoten allerlei gedachten door me heen, zonder dat ik er een te pakken kon krijgen en daar verder op kon doordenken. Ik zag de plattegrond van Keulen voor me en vroeg me af welke tramlijn ik moest nemen om er te komen.

'Gaat het wel goed met u?' vroeg een oudere vrouwenstem.

Toen ik opkeek, stond er een oud dametje voor me, leunend op haar rollator. Haar witte haar was gepermanent in dikke krullen en ze zonk bijna weg in haar steengrijze jas, waaruit een groen bedrukt sjaaltje piepte.

'Ja hoor, prima, alles in orde, dank u wel,' antwoordde ik vlug, want ik wilde niet dat ze zich zorgen maakte of er een dokter bij haalde. En het klopte ook, het ging goed met me, althans lichamelijk. Voor mijn ziel kon ze toch niets doen.

Het vrouwtje bekeek me sceptisch. 'U moet even rust nemen. Ik weet hoe je je voelt in uw toestand. Ik heb tien kinderen, dat was echt geen kattenpis, neemt u dat maar van me aan. Maar ik heb geleerd dat met rust veel dingen beter te verdragen zijn.'

Er gleed een glimlach over mijn gezicht. Dat vrouwtje, dat zeker over de tachtig was, probeerde me moed in te spreken. Het was gewoon roerend.

Ik kon niet weten hoeveel van haar kinderen gezond ter wereld waren gekomen en nog leefden, maar als het dat vrouwtje was gelukt, zou het mij ook lukken, wat ik er ook voor moest doen.

'Dank u, dat zal ik ter harte nemen. Nog een fijne dag,' zei ik, en ik stopte mijn mobieltje weer in mijn tas.

De onbekende glimlachte nog een keer naar me en vervolgde toen haar weg met haar rollator.

Met mijn geleende boekenschat liep ik de bibliotheek uit. Zou ik nog een omweg maken naar de boekhandel? Het pak boeken was nu al behoorlijk zwaar.

'Kijk eens aan, jou kom ik ook op de onmogelijkste plaatsen tegen!' klonk het achter me toen ik maar net de bibliotheek uit was.

Ik draaide me om en keek in de stralende ogen van Kilian Lachmann. Hij had een grote tas in zijn hand van een herenmodezaak. Had hij een pak gekocht? Waarvoor? Ging hij misschien trouwen?

Mijn moeder had het wel over een scheiding gehad, maar je wist maar nooit...

Ineens besefte ik wat die gedachte met me deed – terwijl we elkaar toch pas één keer hadden gesproken.

'Wat vind je dan zo onmogelijk aan Koblenz?' vroeg ik terwijl ik hem mijn hand toestak.

'Eigenlijk alleen het feit dat je niet van tevoren weet wie je tegen zult komen.'

'Hoezo?' vroeg ik. 'Had je me dan ontlopen?'

'Integendeel!' antwoordde hij. 'Dan had ik me alleen wat meer opgedoft.'

'Nou, de basis daarvoor heb je al gelegd.' Ik wees naar de tas in zijn hand. 'Staat er iets groots te gebeuren?'

'Mijn broer gaat trouwen, en ik ben getuige. Geloof me, ik loop niet graag in zo'n pak.'

'Daar ontkomen getuigen helaas niet aan,' zei ik en ik voelde me eigenaardig opgelucht. Waarom toch? Was ik zo verbitterd over mijn eigen verbroken relatie dat ik een ander zijn geluk niet gunde?

'Dat klopt. En helemaal als de bruidegom advocaat is en er uitsluitend Armani's en Brioni's op het feest rondlopen. Ik wilde iets uit de confectie, maar mijn broer dreigde me van mijn taak te ontheffen.'

'Hou je van je broer?'

'Boven alles! Hoezo?'

'Omdat als je je broer niet zou mogen, een goedkoper pak een kans was geweest om onder die verplichting uit te komen.'

Ik stond versteld van mezelf. Waar haalde ik ineens die humor en die slagvaardigheid vandaan? Eigenlijk vielen zulke dingen me altijd pas in wanneer de gelegenheid al lang voorbij was.

'Je bent me er eentje!' riep hij lachend terwijl hij naar mijn tas keek. 'Verveel je je zo bij je moeder dat je zo veel leesvoer nodig hebt? Wat denk je ervan als ik je eens op een film zou trakteren? Of een etentje?'

Van schrik wist ik niet wat ik moest zeggen.

Meende hij dat serieus of wilde hij alleen maar grappig zijn? Ik was immers zwanger, normaal gesproken moest hij als man ervan uitgaan dat ik op z'n minst een vriend had. Of had mijn breuk met David al de ronde gedaan? Had mijn moeder er op een wijnboerenbijeenkomst iets over gezegd?

'Ik denk dat ik het maar liever bij mijn boeken houd,' antwoordde ik overdonderd.

'O, ik begrijp het,' zei hij, en ik zag teleurstelling in zijn ogen.

Waarom? We kenden elkaar pas sinds gisteren.

'Niet dat ik iets tegen een film of etentje heb, maar ik moet de komende dagen een beetje rust houden. Ik...'

Ik aarzelde. Eigenlijk wilde ik niemand aan zijn neus hangen wat me bezighield. En al helemaal niet een man die ik nog maar zo kort kende – en die me zo verdomd veel aan David deed denken, ook al was hij misschien heel anders.

'Oké,' zei hij met een knikje, en in zijn ogen zag ik de vraag wat me scheelde. Maar ik bleef erbij daarover te zwijgen.

'Een andere keer graag,' voegde ik eraan toe, want ik wilde niet dat hij dacht dat ik hem niet sympathiek vond.

Kilian knikte. Hij leek er niet vrolijker op te worden. Maar wat verwachtte hij dan?

'Ik breng je graag terug,' verklaarde hij ten slotte. 'Zo te zien heb je de hele bibliotheek leeg geleend en ook nog eens een paar boekwinkels leeg gekocht. Dat moet je niet allemaal naar het station hoeven slepen.'

'Omdat ik zwanger ben?' reageerde ik een beetje venijnig.

'Nee, omdat ik attent wil zijn. Maar als je het niet prettig vindt...' Hij klonk gekwetst. En ik werd kwaad op mezelf. Nu was een man zo vriendelijk me zijn hulp aan te bieden en wees ik die af. Waarom? Er was geen rationele reden, ik zag alleen maar David in hem en reageerde mijn boosheid op hem af.

'Nee, nee, het is heel aardig van je,' antwoordde ik, en ik zette mijn tas neer, die pijnlijk in mijn handen sneed en zei: 'Neem het me alsjeblieft niet kwalijk, de luimen van een zwangere vrouw zijn soms een beetje grillig, ook voor haarzelf. Ik wilde niet tegen je uitvallen, het is alleen... Ik maak een moeilijke tijd door en reageer soms wat overdreven.'

Nu glimlachte hij weer. 'Maar ik wil je in geen geval dwingen iets te doen wat je niet wilt.'

Nu waren we weer aanbeland bij het onderwerp dat me bezighield. Maar hij had natuurlijk geen idee wat mijn moeder me naar mijn hoofd had geslingerd. En wat mijn geweten pijnigde.

'Daar is geen sprake van. Het is heel aardig aangeboden, en als ik zo naar mijn hand kijk, kan die wel even een pauze gebruiken. Bovendien... bovendien denk ik dat ik ook wel iets te drinken kan gebruiken. Alcoholvrij, uiteraard.'

Zijn glimlach werd iets breder.

'Dat treft. Het is niet te geloven wat een droge keel je krijgt wanneer je kleren moet zien te vinden die je eigenlijk helemaal niet wilt dragen. Kom mee, ik trakteer. En dan breng ik je naar huis.'

10

Omdat het voor een biergarten toch nog iets te koud was, kozen we een café in een kleine winkelstraat. Het was er licht en prettig, en de roodgeverfde muren waren uitnodigend. Als een klant in het reisbureau eens naar een café in Koblenz zou vragen, zou ik dit misschien kunnen aanbevelen, mits de taarten zo lekker waren als ze er in de vitrine uitzagen.

'Je stamcafé?' vroeg ik toen we naar binnen gingen.

'Laten we maar zeggen dat ik hier graag heen ga wanneer ik in Koblenz ben.'

Op de een of andere manier wekte hij de indruk dat hij eraan wilde toevoegen: 'En wanneer ik in goed gezelschap ben.' Maar hij zei niets van dien aard. Het lukte mij gelukkig ook om niet door te vragen wat hij in die stilte eigenlijk had willen zeggen.

De bediening verscheen algauw achter de toog. Druk was het niet, de meeste mensen waren rond deze tijd nog niet toe aan taart.

Bij de vraag wat ik wilde bestellen hoefde ik niet lang na te denken. Ze hadden dan geen croissants met aardbeienjam, maar wel een prachtig rood glanzende aardbeientaart die aan de randen met slagroomdecoraties was versierd.

Ik nam een stuk, en Kilian sloot zich daarbij aan.

'Goede keuze,' beweerde hij toen we ons naar een tafeltje bij het raam begaven. 'De banketbakkerij die de taarten levert, heeft een eigen kas en meestal al in maart de eerste aardbeien.'

'Echt?' Ik was sceptisch. Aardbeien in maart kwamen meestal uit Spanje of Nederland en smaakten nergens naar.

'We kunnen er straks wel even langslopen als je wilt.'

'Hoef je vandaag dan niet te werken?' Het was tenslotte maandag.

'Ik ben ervan overtuigd dat je moeder van alles te doen heeft, maar ik heb me vandaag een halve dag vrij gegund – na de andere helft bij de belastingadviseur te hebben gezeten en hem te hebben gesmeekt de belastingdienst eindelijk over te halen me een kleine kwijtschelding te geven.'

'Gaan de zaken dan zo slecht?' vroeg ik, want waarom moest de belastingdienst hem anders kwijtschelding verlenen?

'Nee, integendeel! Ongelukkig genoeg is het ons twee jaar achter elkaar gelukt ijswijn te produceren – heel goede ijswijn. Dat betekent extra inkomsten, waarover ik belasting moet betalen.'

Ik zette mijn stapel boeken naast mijn stoel neer en ging zitten. Mijn handen schrijnden. David bracht vroeger wanneer ik iets zwaars had gedragen mijn handpalmen naar zijn mond en kuste ze. Ineens stelde ik me voor dat Kilian Lachmann dat deed. Er ging een aangename rilling door me heen, en meteen daarna werd ik rood.

'Wat is er?' vroeg hij, want blijkbaar had hij het gemerkt. 'Gaat het niet goed met je? Is het hier in de zon misschien te warm?'

Dat vervloekte gezicht van me! Waarom was het voor iedereen een open boek?

'Opvliegers,' huichelde ik, een beetje beschaamd. Iets voelen voor een andere man leek op het bedriegen van David. Maar dat was onzin, want we waren niet meer bij elkaar. 'Dat heb ik af en toe, komt door de zwangerschap.'

Er leek ineens een vraag in zijn ogen te branden, maar Kilian veranderde van onderwerp.

'Heb je al ontdekt wat Kilian betekent?' vroeg hij met een schalks lachje.

Minder dan ooit kon ik begrijpen dat zijn ex-vrouw een vechtscheiding met hem had veroorzaakt – en helemaal dat zijn vrouw nu zijn 'ex' was.

'Een ogenblikje,' zei ik en ik haalde mijn mobieltje tevoorschijn. Omdat hier net als in elke behoorlijke gelegenheid gratis wifi was, logde ik in en riep vlug de zoekmachine van de browser op.

'Kilian,' zei ik toen ik een hit had gevonden. 'Keltisch voor "strijder". Bisschop van Würzburg.'

'Bingo!' riep hij uit en hij klapte in zijn handen. 'Ik had eigenlijk gedacht dat je het meteen die avond had opgezocht, maar zo is het ook niet verkeerd...'

'Gisteravond hadden we bezoek. Onze beheerder. Ken je Ben?'

'Ja, uiteraard!' antwoordde Kilian. 'Goeie vent! Helaas laat hij zich niet wegkopen.'

Ik keek hem verbijsterd aan. 'Heb je geprobeerd mijn moeder haar beheerder afhandig te maken?'

'Ja, dat geef ik toe. Maar ren nu alsjeblieft niet woedend het café uit, ik zie net de serveerster met die heerlijke taart aankomen.'

Inderdaad verscheen de jonge vrouw en serveerde ons taart, een chai latte voor mij en koffie voor Kilian.

We bedankten haar en Kilian glimlachte naar me. 'Zoals gezegd, Ben is een geweldige vent, hij beschikt over uitstekende kennis van het terrein en de kelders. Menigeen beweert dat er wijn in plaats van bloed door zijn aderen stroomt.'

'Ik zal het hem vragen, de volgende keer dat ik hem zie.'

'Hij zal het ontkennen, geloof me.'

Daarop bracht hij zijn kopje naar zijn mond.

Ik glimlachte stilletjes en was verrast dat ik me ineens heel anders voelde dan de dagen daarvoor. Het deed me goed met iemand die ik pas had leren kennen in een café taart te zitten eten. Waarom had ik dat niet gedaan na de breuk met David? Waarom had ik me toen in mijn huis verschanst en was er alleen uit gekomen om naar mijn werk te gaan?

Dat moest ik beslist veranderen.

'Hoelang wil je hier in de regio blijven?' vroeg Kilian toen hij zijn taart half ophad. Ik was ervan overtuigd geweest dat ook hij onder het eten liever zweeg dan praatte, maar blijkbaar was hij een deeltijdverteller.

'Dat weet ik niet. Net zolang tot ik mijn moeder begin te irriteren. Maar zeker niet langer dan twee weken. Mijn werk wacht.'

'En je man.'

'Ik heb geen man.' Er gleed een weemoedig lachje over mijn gezicht, dat kon ik goed zien in de bolling van mijn lepel.

'Maar de vader...'

'Ja, mijn kindje heeft een vader, maar...'

Moest ik doen alsof David dood was? Of meteen klare wijn schenken en hem vertellen dat ik zijn wens om kinderloos te blijven had genegeerd?

'... het ging niet meer,' antwoordde ik. Dat antwoord klonk een beetje nietszeggend, maar in de grond was het niet gelogen.

'Heeft hij de benen genomen?'

'Dat zou je kunnen zeggen. Maar het ligt iets gecompliceerder.'

Ik kon aan hem zien dat hij graag meer wilde weten. Maar uit beleefdheid zweeg hij.

Ik wilde hem niet vertellen dat David vanwege mijn zwangerschap was weggegaan. Ik wilde hem ook niet uitleggen dat zijn vertrek minder schofterig leek als je wist dat ik zonder zijn instemming zwanger was geworden.

'Hoe zit het met jou?' vroeg ik, me van de domme houdend. 'Heb je kinderen?'

Zijn blik versomberde een beetje.

'Ja, een zoon. Maar mijn vrouw en ik wonen niet meer samen.'

'Ach, dat is... jammer.' Ergens vond ik het niet jammer, maar ik moest toch iets zeggen.

'Dat vind ik niet. Mijn vrouw en ik... hoe zei je het daarnet zo mooi? Het ging niet meer. Maar ik vind het verschrikkelijk dat ik mijn zoon niet mag zien.'

'Waarom niet?' Ik had het nog niet gezegd of ik besefte dat ik te ver was gegaan. 'Neem me niet kwalijk, dat gaat me niet aan. Je hoeft niet...'

Zijn blik bracht me tot zwijgen. Er lag zo veel verdriet in dat mijn hart brak.

'Ik wil je er graag over vertellen,' zei hij zachtjes terwijl hij zijn vork weglegde. 'Het is eigenlijk heel simpel. Twee mensen kennen elkaar al lang en trouwen. Ze denken het grote geluk te hebben gevonden. Er wordt een kind geboren, en het geluk lijkt volmaakt. Maar dan ontdekt de vrouw dat dit leven niet is wat ze wilde. Ze springt uit de band. Probeert iets anders. Haar partner tolereert dat, omdat hij wil dat ze gelukkig is. En dan... dan leert degene die uit de band gesprongen is iemand kennen. Iemand die haar een ander leven belooft. Een leven vol pracht en praal, ver van de provincie. Die persoon weet zich tussen de twee in te dringen en het lukt hem ze uit elkaar te drijven. Blijft het kind over. En dat wordt na de scheiding aan de moeder toegewezen, die het ergens mee naartoe neemt waar de vader niet zomaar even ook naartoe kan gaan.'

'Had je vrouw een ander?' vroeg ik met een brok in mijn keel. David mocht dan de benen hebben genomen toen ik bekende dat ik zwanger was – maar voor zover ik wist had hij me nooit bedrogen En ik hem evenmin.

Kilian boog zijn hoofd. Ik kon me voorstellen hoe hij eraan toe was. En ik voelde duidelijk dat hij ergens nog steeds van zijn vrouw hield – zoals ik van David.

'Ja, ze leerde hem kennen op een congres.' Zoals hij nu zijn gezicht vertrok, was die andere vent minstens yogaleraar of zoiets. 'Ze zei dat het liefde op het eerste gezicht was. Dat is natuurlijk precies wat je als echtgenoot wilt horen.'

'Ik wed dat je erg veel zin hebt hem naar de keel te vliegen.'

'Ik ben eigenlijk een heel vreedzaam mens. Gelukkig heeft ze het me bespaard me met hem in contact te brengen.'

'Wat het vast niet minder erg maakt en niets afdoet aan het

feit dat die kerel je gezin verwoest heeft.'

'Zo simpel ligt het ook bij mij niet. Ik denk dat Lina en ik nooit hadden moeten trouwen. Ze heeft naar haar ouders geluisterd, wat veel jonge vrouwen hier doen. Ik kende haar al van school, ik was vijf jaar ouder. Ze droomde van de wijde wereld, maar ik kon haar alleen maar de wijnberg bieden. Toen duidelijk werd dat mijn broer hem niet wilde overnemen, kwam ik aan de beurt.'

'Maar eigenaar van een wijnberg zijn betekent toch nog lang niet dat je niets van de wereld ziet,' bracht ik ertegen in. Op het reisbureau vragen we de mensen niet naar hun beroep, maar soms vertelden ze wel dat ze wilden uitrusten van hun kantoorbaan of afstand van hun bedrijf wilden nemen. Daar waren ook agrariërs bij. Mensen denken altijd dat een boerenbedrijf runnen betekent dat je nooit op reis kunt, maar dat klopt niet. Boeren hebben meestal meewerkende familieleden of medewerkers – die kunnen net zo goed voor het land en het vee zorgen als de boer zelf.

'Mijn moeder is net naar Tenerife geweest en heeft obscure aardappelsoorten meegebracht. En ik weet zeker dat ons reisbureau ook wijnboeren in zijn klantenbestand heeft.'

'Werk je op een reisbureau?' Kilian schoof een volle vork met aardbeientaart in zijn mond. Blijkbaar was het verteluurtje afgelopen. Maar dat vond ik wel best. Bij zijn verhaal had ik me behoorlijk onprettig gevoeld.

'Ja, in Keulen. Ongelooflijk wat je niet allemaal aan reizen kunt boeken. Ik zou je wel iets kunnen aanbevelen.'

'Dank je, misschien neem ik je aanbod nog eens aan, mocht mijn wijnberg me op de zenuwen gaan werken. Maar nu krijg ik het allemaal nog heel goed voor elkaar. En dat zeg ik niet omdat ik een controlfreak ben die niet zonder zijn wijnstokken kan.'

Hij zweeg even, toen voegde hij eraan toe:' Een reis was in haar geval niet afdoende geweest. Ze wilde ergens anders wonen. En ik was niet de man die haar dat kon bieden. Ik heb alleen de wijnberg. Tja, en uiteindelijk heeft ze mijn jongen meegenomen naar de Verenigde Staten. Naar die man, die ergens anders opnieuw was begonnen.'

'Naar de Verenigde Staten.' Ik was sprakeloos. Vanwege de vechtscheiding had ik vermoed dat hij zijn zelfbeheersing had verloren en haar misschien een klap had verkocht. Ik was geen jurist, maar als de vader gewelddadig tegen de moeder was geweest, werd er zeker niet ten gunste van de vader beslist. Bij nader inzien moest ik echter toegeven dat Kilian geen man was van wie je verwachtte dat hij geweld zou gebruiken. Hij was een man die verliefd was geworden op een vrouw die niet geschikt voor hem was. Een man naar wie iedere andere vrouw misschien verlangde, maar die zelf steeds alleen maar oog had gehad voor de verkeerde.

'Ja, de Verenigde Staten. Ze heeft de rechtbank ervan weten te overtuigen dat het beter voor de jongen is als hij bij haar blijft. Natuurlijk heb ik het recht hem te zien. Maar hoe doe je dat als er een hele oceaan tussen ligt? Ik kan niet elk weekend in het vliegtuig stappen en naar hem toe gaan.'

'Heb je dat al eens gedaan?'

'Ja, afgelopen zomer.' En toen merkte ik al dat er een verwijdering tussen ons is ontstaan. Ik heb daarom het verzoek gedaan hem de komende zomervakantie naar mij te laten komen, maar inmiddels heeft ze de Amerikaanse nationaliteit en daar geldt een andere rechtspraak. Waarschijnlijk zal ik mijn zoon alleen terugzien als hij op een bepaalde leeftijd besluit naar mij toe te komen. En dat is onwaarschijnlijk, want ik denk dat hij dan niet eens meer Duits spreekt en zich zijn echte vader ook niet meer herinnert.'

Dat klonk zo bitter dat de tranen me in de ogen sprongen. Sinds ik zwanger was, had ik dikwijls last van hevige emoties, en na de diagnose van dokter Mandelbaum was dat nog erger geworden.

'Hier,' zei hij, en hij reikte me een zakdoekje aan.

Ik staarde er verbaasd naar – welke man biedt tegenwoordig

een huilende vrouw nog een zakdoek aan? Was een dergelijk gebruik zo langzamerhand niet achterhaald?

Het was overigens wel een papieren zakdoekje en niet eentje uit zijn broekzak.

'Bedankt,' zei ik en ik depte de tranenstroom van mijn wang. 'Hormonen, je weet wel.'

'Ja, dat weet ik.' Hij lachte even stilletjes. Natuurlijk wist hij hoe het ging als een vrouw zwanger was. Zijn vrouw was het vast niet anders vergaan. 'Maar gelukkig gaat het weer over.'

'Klopt, het gaat weer over.'

Ik vroeg me ineens af waarom mijn moeder had gezegd dat hij de vechtscheiding nog maar pas achter de rug had. Blijkbaar was het al een tijd geleden. Maar waarschijnlijk kon je ook zeggen dat voor hem het vechten nooit ophield.

'Wil je nog iets? Warme chocolademelk of zo?'

Ik voelde dat het voor hem tijd werd om op te stappen. Hij vroeg het alleen uit beleefdheid.

'Nee, dank je, de taart was super!' En die had ik ook bijna helemaal op. Alleen het randje was over, maar daar zaten geen aardbeien meer op. 'Wat mij betreft kunnen we weg als je wilt.'

Hij knikte en even later verlieten we het café.

11

Foto nr. 3
Marianne staat in een zomerse bloemetjesjurk tussen een groep brugklassers. Bij sommigen hangt de rugtas slordig over hun schouder. Twee meisjes van een jaar of twaalf nestelen zich tegen hun lerares aan. Het is de laatste dag voor de schoolvakantie.

Marianne heeft haar armen om de meisjes heen geslagen, in haar rechterhand houdt ze een bosje veldbloemen – korenbloemen, kamille, klaprozen. (6 juli 1975)

Als elke ochtend werd ze verwelkomd door het gekrijs van de schoolkinderen. De leerlingen gebruikten nog even hun energie om zich op de speelplaats uit te leven voor ze de volgende zes tot acht uur in de bedompte klaslokalen verdwenen.

Marianne hing haar tas over haar schouder en liep met een glimlach de trap op. De laatste dag van het schooljaar was altijd speciaal, de school leek van een bijzondere energie vervuld te zijn. Iedereen verheugde zich op de zomer, op warme dagen, rust, vakantie. Ook Marianne verheugde zich op de zomer, hoewel ze geen concrete plannen had. Haar huisgenoten waren allemaal weg en zonder school had ze weinig te doen, maar ze wilde de tijd gebruiken om te lezen, voor haar plezier te lezen, want daar kwam ze tijdens de lesperiodes nauwelijks aan toe. Inmiddels lag er een stapeltje boeken op haar te wachten en ze verlangde ernaar zich weer leerling te voelen, vrij van verplichtingen en met een heleboel tijd voor dingen die ze leuk vond.

Op haar eerste dag op deze school was tegen haar gezegd dat ze na een paar jaar haar idealisme zou kunnen verliezen. Maar daar had ze tot nog toe niets van gemerkt. Ze keek uit naar elke nieuwe dag, bereidde de lessen minutieus voor en week soms van het vaste leerplan af wanneer een bepaald onderwerp haar voor de leerlingen interessanter leek. Ze wist dat de kinderen het haar in dank zouden afnemen wanneer ze op zekere dag het gymnasium verlieten.

Inmiddels woonde ze een jaar in Koblenz, en ze kon zich maar één plaats voorstellen die haar even goed zou bevallen: een kleine stad in Frankrijk. Ze wilde daar echter niet voorgoed naartoe verhuizen. Voor een vakantie, ja – of deelnemen aan een uitwisselingsprogramma van een jaar.

Maar op dat laatste rekende ze niet echt. Voor de uitwisseling van docenten had ze zich al een half jaar geleden aangemeld. Van een oude studiegenoot wist ze dat de beschikkingen allang verstuurd waren.

Toch droomde ze ervan langere tijd door te brengen in het land dat haar al sinds haar jeugd fascineerde. En waarvoor ze veel gedoe met haar ouders had gehad.

Ze zag nog altijd voor zich hoe haar vader gereageerd had toen hij ontdekte dat ze Frans studeerde. Ze was met Kerstmis naar huis gekomen en haar zus Ursula, die als enige van de familie was ingewijd, had een ondoordachte opmerking gemaakt, dat de studenten Frans een zeer clemente professor hadden en dat ze zich daarom geen zorgen hoefden te maken over de examens. Toen ze besefte te zijn vergeten waar ze was, viel ze stil.

Mariannes vader liet veel langs zich heen gaan, maar Ursula's opmerking sloeg in als een bom.

Voor het eerst van haar leven maakte ze mee dat Richard Schwarz volkomen buiten zichzelf raakte.

‘Zeg dat het niet waar is!’

Marianne keek geschrokken naar Ursula. Die werd rood en verschool zich toen achter de bank, waarop hun moeder zat.

‘Ja, het is waar,’ antwoordde Marianne. ‘Ik studeer Frans als tweede vak.’

‘Dat laat je voortaan! Daar betaal ik je studie niet voor!’

‘Iedere leraar moet een tweede vak hebben,’ probeerde Marianne hem te sussen. Haar hart klopte in haar keel en ze wist zeker dat ze Ursula nooit meer iets zou vertellen. Maar nu moest ze eerst deze situatie het hoofd bieden.

‘Wil je serieus in die taal les gaan geven? De taal van onze aartsvijand?’

Aartsvijand. Bij dat woord kreeg Marianne een vreselijk naar gevoel. Ze wist welk onheil die mentaliteit had aangericht. In Mayen waren de sporen van de oorlog nog steeds niet volledig verdwenen. Door bombardementen was de stad in de laatste twee oorlogsjaren bijna helemaal verwoest. Als door een wonder was de schade aan haar vaders villa beperkt gebleven, zodat die hersteld kon worden.

‘Vader,’ zei ze in een poging hem milder te stemmen, ‘die tijd is allang voorbij. Frankrijk en Duitsland hebben goede diplomatieke betrekkingen. Het Élysée-verdrag is intussen acht jaar oud, het zal standhouden. Dit is een nieuwe tijd, vader.’

Richard wuifde het argument van zijn dochter weg.

‘Verdragen kunnen worden geschonden. Dat hebben de Fransen zo vaak bewezen.’

‘Maar de tijden zijn veranderd, vader! De Fransen zijn niet meer onze vijanden. En strikt genomen waren wij degenen die hebben geprobeerd om de Elzas weer van hen af te pakken.’

‘De Elzas is nooit van de Fransen geweest!’

‘Jawel, die behoorde toe aan Frankrijk als boetedoening van Duitsland voor de oorlog van 1870!’

De oorvijg trof Marianne razendsnel, en haar hoofd sloeg ervan opzij.

De ogen van haar vader brandden van woede. 'Als je zo denkt, wil ik je in mijn huis niet meer zien!'

Daarop draaide hij zich om en stormde de woonkamer uit.

Terwijl Mariannes ogen zich met tranen vulden, keek ze naar haar moeder, die tijdens de ruzie uit het raam had gekeken alsof ze daar een ander leven zag. Van haar kon ze geen hulp en steun verwachten.

Een uur later stapte ze in de trein naar Freiburg.

Er viel dichte sneeuw, en in de wagon waren maar weinig reizigers. Maar Marianne was blij dat niemand met haar wilde praten. Haar hoofd tolde en haar maag kolkte van woede. Ze had het kunnen weten. Alles kwam ooit aan het licht.

Ze was niet kwaad op haar zus, die was nu eenmaal gewoon Ursula en lette niet zo op haar woorden. Die voelde zich in het gezin zo op haar gemak dat ze dacht alles ter sprake te kunnen brengen. En vergat soms ook dat bepaalde onderwerpen niet aangeroerd mochten worden.

Toen ze ver na middernacht het station van Freiburg uitkwam, vielen er dikke sneeuwvlokken. De straat voor haar was uitgestorven. Uit de ramen van de aanliggende huizen kwam warm licht. Waarschijnlijk zaten daar mensen aan hun kerstdiner en wachtten kinderen opgewonden tot de cadeaus zouden worden uitgedeeld.

Even wenste ze dat ze bij een van die families hoorde, maar ze wist dat dat onmogelijk was.

In haar eigen straat aangekomen liep ze naar het pand waar ze woonde en beklom de trap naar de etage die ze met twee medestudentes deelde. Die waren bij hun ouders, ze had het rijk voor zich alleen.

Toen ze even later voor het raam stond en in de sneeuwnacht naar buiten keek, zwoer ze bij zichzelf dat ze haar doel zou bereiken en op een dag misschien in Frankrijk kerst zou vieren met mensen die van haar hielden.

De herinnering aan het kerstfeest van zes jaar geleden verdween toen ze merkte dat er iemand naast haar stond. Hanno Breuer droeg die dag een donker pak met een blauwwit gestreepte das, wat er echt feestelijk uitzag.

'Goedemorgen, meneer Breuer,' zei Marianne vriendelijk. Tegelijkertijd kreeg ze een onprettig gevoel, want de rector kwam eigenlijk nooit voor de les naar haar toe.

'Mevrouw Schwarz, hebt u even tijd?' vroeg hij.

Marianne keek klas rond, waar de leerlingen langzaam binnendruppelden.

'Het duurt echt niet lang.' Meneer Breuer glimlachte bemoedigend. 'Bij de laatste bel bent u weer terug.'

'Goed,' zei Marianne, en ze liet haar tas liggen en volgde de rector naar zijn kantoor.

Daar stond het blauw van de rook, waardoor het licht op een vreemde manier gefillterd werd. De man naast het raam merkte ze pas in tweede instantie op. Hij droeg onder zijn krijtstreeppak een roze overhemd en een nogal schreeuwerige stropdas. Zijn peper-en-zoutkleurige haar was naar opzij gekamd om zijn beginnende kaalheid te verdoezelen.

'Dit is de heer Neumann van de PUD,' stelde meneer Breuer zijn gast voor. 'Hij wil u graag spreken.'

PUD. Pedagogische Uitwisselingsdienst.

Mariannes hart begon te bonzen en haar handen werden ineens koud. Ze zat al zo lang op antwoord te wachten, eigenlijk had ze de uitwisseling al afgeschreven.

'Dus u bent Marianne Schwarz?' vroeg de man terwijl hij haar de hand reikte. 'Het doet me genoegen kennis met u te maken.'

'Het genoegen is geheel mijnerzijds,' antwoordde Marianne terwijl ze een beetje beduusd op de haar aangeboden plaats ging zitten.

'U hebt zich aangemeld voor een uitwisselingsjaar,' zei meneer Neumann terwijl hij de ordner opende die voor hem op het bureau lag.

Marianne staarde hem aan. Ze had erop gerekend dat ze een

brief zou krijgen. En nu was die man hier. Wat wilde hij?

'Zoals u misschien wel dacht, zijn alle plaatsen al vergeven,' vervolgde hij.

Marianne keek hem vragend aan.

'Er is echter tot mijn verrassing een plaats vrijgekomen, de collega in kwestie is uitgevallen en we hadden uw aanvraag nog liggen.'

Hij keek haar aan. Blijkbaar verwachtte hij een reactie. Marianne wist nog niet goed of ze blij moest zijn. Het klonk alsof ze als noodoplossing diende. Aan de andere kant zou ze naar Frankrijk mogen – en ze wilde niets liever.

'Dat spijt me voor mijn collega,' antwoordde ze diplomatiek.

Haar antwoord leek de man te bevallen, want hij glimlachte.

'Zou u bereid zijn meteen vanaf september voor hem in te vallen? Het gaat om een lyceum in Bar-le-Duc in het departement Meuse. Ik weet het, het is een beetje op korte termijn, daarom ben ik zelf gekomen, ik heb ook al met meneer Breuer gesproken, hij moet uw plaats immers weer invullen.'

'Het is voor mij een grote eer als een zo jonge, enthousiaste leerkracht als mevrouw Schwarz de mogelijkheid krijgt aan de uitwisseling deel te nemen. De ervaring die ze in Frankrijk opdoet, kan voor ons heel nuttig zijn. Wat de vervanging betreft, zal het geen probleem zijn iemand te vinden. Ik laat het helemaal aan haar over of ze het aanbod aanneemt of niet.'

Marianne keek naar de rector. Hij leek echt verheugd. En hij had gelijk. Geen leerboek kon bewerkstelligen wat Marianne daar ter plaatse zou leren. Ze zou haar leerlingen kunnen vertellen hoe de mensen echt waren, hoe het was om in een Franse stad te wonen. Bar-le-Duc was wel geen Parijs, maar toch een echte Franse stad. Daar had ze de afgelopen maanden voortdurend van gedroomd.

'Ja, ik wil er graag gebruik van maken,' zei ze. Haar stem voelde schor, alsof ze dagen niet had gesproken. Maar dat kwam door de opwinding, waar ze een droge keel van kreeg.

'En de korte voorbereidingstijd is voor u geen bezwaar?'

'Ik hoef met niemand rekening te houden, dus dat is geen probleem.'

Marianne merkte hoe triest dat klonk. Maar het was waar. Ze hoefde haar beslissing aan niemand uit te leggen. Haar ouders had ze al in geen eeuwigheid meer gesproken. Haar zus schreef haar bij belangrijke gelegenheden een kaart of een brief, die ze beantwoordde, maar ze hadden elkaar al een hele tijd niet meer gebeld. En over een relatie dacht ze al helemaal niet. Sinds de toestand met Christoph was ze een paar maanden omgegaan met een studiegenoot, maar ze had al meteen geweten dat hij niet haar grote liefde was. Uiteindelijk waren ze uit elkaar gegaan – en Marianne was tot de conclusie gekomen dat ze haar energie beter in haar studie kon steken.

'Omdat u zo'n enthousiaste aanmeldingsbrief hebt gestuurd, rekende ik eerlijk gezegd op uw flexibiliteit, en dus heb ik hier wat materiaal voor u.'

Neumann overhandigde haar een kartonnen mapje. Toen ze het opensloeg, sprong haar een foto in het oog die heel goed als omslagfoto voor een reiscatalogus had kunnen dienen.

Een enorm veld met klaprozen lag als een tapijt op een licht hellende heuvel. De stad die tegen beide oevers van de Ornain lag aangevlijd, deed een beetje middeleeuws aan.

'Welkom in Bar-le-Duc' luidde de kop. Het was een brochure van de plaatselijke VVV.

Er ging een rilling door Marianne heen. Ze kende de mening van haar vader met betrekking tot de Lorraine, in Duitsland Lotharingen genoemd, maar al te goed.

Hij is niet hier, zei ze bij zichzelf. Je bent volwassen en kunt doen wat je wilt. Dat heeft hij je heel goed duidelijk gemaakt.

Marianne voelde zich overweldigd. Frankrijk, Parijs, de Lorraine, nieuwe baan, velden met klaprozen. Het was allemaal zo geweldig dat ze zichzelf het liefst had geknepen om na te gaan of ze niet droomde.

'Het klinkt gewoon geweldig,' bracht ze uit, nog steeds volkomen overdonderd.

Toen ze even later haar klas in liep, lag er een glimlach om haar lippen.

12

Kilian Lachmann zette me vlak voor het wijngoed af, dat me opeens veel groter toescheen en op een of andere manier dreigend overkwam. De auto's waren verdwenen – einde van de werkdag. Ben zou wel naar huis zijn. Ik was alleen met mijn moeder. Mogelijk zaten we de hele avond tegen elkaar te zwijgen.

Ik kon in elk geval lezen, ik had nu genoeg materiaal. Maar de ruzie met mijn moeder nam me nog zo in beslag dat iets anders me niet makkelijk kon afleiden.

Omdat ik niet de hele avond daar buiten wilde blijven staan, haalde ik diep adem en drukte op de bel. Even later klonk de zoemer.

Ditmaal kwam mijn moeder me niet verwelkomen. Maar ze had de voordeur een beetje opengelaten, zodat ik niet nog eens hoefde aan te bellen.

Er kwam een 'hallo' bij me naar boven, maar het bleef in mijn keel steken.

Ik deed mijn jas uit en hing hem aan de haak. Daarna bracht ik de boeken naar mijn kamer. Kilian had gelijk, het waren er onbeschaamd veel. Nu ik ze in stapels op het bed legde, betwijfelde ik dat ik ze in twee weken uit kreeg. Maar misschien was het voldoende als ik relevante hoofdstukken in de inhoudsopgave uitzocht en die dan doornam. Ik hoefde niet alles over zwangerschapsdiagnostiek en neonatologie te weten, dat zou beslist voorgoed tot slapeloosheid leiden.

'Nicole?' klonk het ineens achter me.

Ik keek op. Mijn moeder stond in de deuropening, een slanke gestalte in een lang zwart gebreid vest en een bruine jersey jurk. Zo elegant had ik haar lang niet meer gezien. Wilde ze vanavond ergens heen? Deze kleding was bepaald geschikt voor theaterbezoek.

'Hallo, mam,' bracht ik uit terwijl ik overeind kwam. Even voelde ik me weer een twaalfjarige die iets had uitgehaald. 'Ik ben in Koblenz geweest, in de bibliotheek. Ik dacht, ik voorzie mezelf maar van wat leesstof.'

Ik kon aan mijn moeder zien dat ze 'wat leesstof' een understatement vond.

'Boeken over pre- en neonatale diagnostiek. Rosamunde Pilcher was helaas al vergeven.'

Mijn moeder glimlachte. Eigenlijk was het helemaal niet grappig bedoeld geweest. Ik kon me indenken dat je als vrouw die niet wist hoe haar kindje eraan toe was misschien niet juist boeken moest lezen waar je nog gekker van werd. Eerder luchtige romans waarin een graaf ten tonele verschijnt die de arme verlaten vrouw op handen draagt. Na het doorstaan van een kleine intrige, natuurlijk aangericht door de schoonmoeder, kwam het dan allemaal weer goed.

De laatste keer dat ik zo'n roman had gelezen, was lang geleden. En ik was niet van plan daar weer mee te beginnen, hoe sentimenteel ik soms ook werd.

'Weet je, af en toe vergeet ik hoe oud je ondertussen bent,' zei mijn moeder terwijl ze tegen de deurpost leunde alsof die haar houvast kon bieden. 'Voor een vrouw van eind dertig zie je er nog opmerkelijk jong uit.'

Ik schonk haar een scheef lachje. 'Dat heb ik dan vast van jou geërfd.' Ook mijn moeder was niet aan te zien dat ze halverwege de zestig was.

'Nee, dat heb je van hem.' Nadat ze dat gezegd had zweeg ze lange tijd.

'Hem' sloeg op mijn vader. Mijn vader, wiens naam ik niet eens wist. Mijn moeder had alle vragen die ik in mijn kindertijd had gesteld afgehouden. Toen ik ouder werd, raakte ik eraan gewend dat er nooit over hem gepraat werd. Bovendien had ik wel andere dingen aan mijn hoofd. Ik wilde reizen, de wereld zien, zo mogelijk zelfs stewardess worden.

Dat laatste werd niets, maar ik deed een opleiding tot reisagent en kon in die jaren reizen. Dwars door Europa, naar Azië en Amerika. Als David en ik zouden gaan trouwen, wilde ik naar Australië.

Maar daar ging het nu niet om.

Mijn moeder had me nooit iets in de weg gelegd wat mijn wensen en verlangens betreft.

Maar mijn vader was nooit ter sprake gekomen.

Wat kon er indertijd gebeurd zijn?

'Het spijt me dat ik vanmorgen zo tegen je ben uitgevallen,' zei ze ten slotte.

Haar woorden bleven een tijdje in mijn kamer hangen.

'Het is al goed,' antwoordde ik. Met een moederlijk gebaar stak mijn moeder haar arm uit. 'Ga mee naar de woonkamer. Ik geloof dat het nu een goede avond is om te praten.'

Praten? Meende ze dat serieus? Mijn maag verkrampte van gespannen verwachting.

'Mam, als je niet wilt... Ik wil je nergens toe dwingen.'

'Daar is geen sprake van. Mijn verwijt was volkomen onzinnig. Mijn moeder had waarschijnlijk net zo gereageerd als ik vanmorgen heb gedaan. Bij ons thuis was het schering en inslag om alles dood te zwijgen. De affaires van mijn vader, haar ellende...' Haar blik ging even verloren in de leegte naast me, maar toen keek ze me weer recht aan. 'Ik heb een pizza gebakken.'

Ze ging me voor naar de woonkamer, waar op de salontafel een klein fotoalbum lag. Met de matzwarte band, die aan de randen een beetje afgesleten was, leek het alsof het nog van mijn grootouders was geweest. Ze moest het zorgvuldig hebben gekoesterd en voor elke verhuizing goed hebben opgeborgen, want ik had het nooit eerder gezien. Nu kon ik mijn ogen er niet van afhouden. Wat zou erin te zien zijn?

Ik hielp mijn moeder de pizza binnenbrengen – uit de diepvries, waar mijn moeder eigenlijk niet van hield. Toen maakte ze een klein flesje rode wijn open, dat alleen voor haar bestemd was. Ik kreeg druivensap, net als toen ik nog een kind was.

Ze maakte geen aanstalten om over het album te beginnen. Het lag daar maar, en waarschijnlijk met een bepaalde bedoeling, maar mama stond erop dat we eerst aten.

Terwijl ik de pizza opknabbelde rommelde het in mijn maag van ongeduld. Foto's waren voor mij altijd momentopnamen uit een voorbije tijd – ik kon haast niet wachten om meer te weten te komen, al die witte plekken in mijn familiegeschiedenis met beelden in te vullen.

Het schoot door me heen dat ik zelf nauwelijks fotoafdrukken bezat. Het zouden er niet eens genoeg zijn om een album te vullen. De meeste foto's maakte ik met een digitale camera of met mijn mobiel en liet ik in een of ander bestand op mijn computer verkommeren.

Waarom maak je eigenlijk foto's? vroeg ik me weleens af. Om gelukkige momenten vast te leggen? Om mensen onsterfelijk te maken?

Maar wanneer je de mensen van wie je hield niet toch al in je eigen hart bewaarde – was dan een doos of een album de juiste plek?

Ik constateerde telkens weer dat ik foto's die ik had gemaakt nooit meer bekeek, omdat ik me veel dingen gewoon nog goed kon herinneren.

'Heb je een foto van je laatste echo?' wilde mijn moeder weten toen we de pizza voor de helft ophadden.

'Hè?' vroeg ik, want ik was nog aan het nadenken over de zin van foto's maken.

'Nou, een foto!' herhaalde ze. 'Heeft je arts er geen meegegeven? Dat doen ze toch eigenlijk altijd bij een echo?'

'Ach ja, natuurlijk...' antwoordde ik. Door de diagnose en wat er mogelijk aan de hand was, was ik de foto van de echo helemaal vergeten. Andere moeders hingen hem aan de ijskast of stopten hem in hun portemonnee. Ik had de foto toen de hele avond in mijn hand gehouden en geprobeerd wijs te worden uit het lichte gedeelte in de zwarte wirwar. Ik had zitten worstelen met de vraag of ik het David moest vertellen, hem een scan van de foto sturen. Toen had ik mezelf op de vingers getikt, de foto in mijn ordner met gezondheidsdocumenten gestopt en was overgegaan tot de orde van de dag.

'Ik heb hem niet bij me, hij ligt ergens bij mij thuis,' antwoordde ik en ik nam vlug nog een hap van de pizza, hoewel ik helemaal geen honger meer had. Blijkbaar was mijn kindje niet zo dol op diepvriespizza. Of kwam het doordat ik nerveus was vanwege het fotoalbum?

'Jammer,' zei mijn moeder en ze leek echt teleurgesteld. Had ze het album misschien alleen maar tevoorschijn gehaald om de foto van mijn kind in wording eraan toe te voegen? 'Ik had graag een blik op het kleintje geworpen,' voegde ze eraan toe, alsof ze mijn gedachten had geraden.

'Dat kan later ook nog, wanneer...' De woorden bleven in mijn keel steken. Stel dat er geen later kwam?

'Wanneer je de volgende opname krijgt?' maakte mama mijn zin af. 'Oké, maar die eerste foto laat je me nog zien, ja? Ik wil dat kleine kunstwerkje van begin af aan zien.'

Ik glimlachte en schoof dichter naar haar toe, tot ik me tegen haar schouder aan kon vlijen. Kunstwerk. Dat ze haar kleinkind als kunstwerk betitelde verbaasde me absoluut niet. Anderen hadden het over een 'wonder', en dat was het voor haar zeker ook. Maar wanneer ze een mens als kunstwerk aanduidde, betekende het de hoogste onderscheiding.

Mijn moeder mocht dan misschien geen goede verstandhouding met haar vader hebben gehad, ze had duidelijk wel verstand van kunst. Ik heb me altijd afgevraagd waarom ze geen lerares kunstgeschiedenis was geworden.

We bleven minutenlang op de bank zitten, allebei verdiept n onze eigen gedachten.

'Toen ik in de bibliotheek was,' zo verbrak ik ten slotte het zwijgen, 'heeft de praktijk me gebeld. Ik heb nu een afspraak voor het echocardiogram. Vrijdag over drie weken. Dat is nog ver weg.'

Ik dacht weer aan de woorden van Ben: het gaat vlugger dan je denkt. Ik was bang voor de uitslag, maar tegelijkertijd had ik het graag achter de rug gehad.

'Wat voor gevoel heb je daarover?' vroeg mijn moeder verrassend genoeg.

'Gevoel?' Ik keek haar verbaasd aan.

'Als je goed naar jezelf luistert, wat voel je dan?'

Mijn moeder zweeg even, toen voegde ze eraan toe: 'Toen ik zwanger was van jou, heb ik vaak binnen in mezelf geluisterd. Toen waren er ook al prenatale onderzoeken, maar die waren niet zo uitgebreid.'

'Was je bang om mij?' vroeg ik. Als ze van een hartafwijking bij mijn vader wist, was dat alleen maar begrijpelijk.

Iedere moeder maakt zich zorgen om haar kindje,' zei mijn moeder, handig een direct antwoord ontwijkend. 'Ik wilde gewoon weten hoe het met je ging.'

'En wat voor gevoel had je?'

'Een goed gevoel. En een onzeker gevoel tegelijk. Want, zo vroeg ik me af, zou je het laten merken als het niet goed met je ging? Kan zo'n klein wezentje dat al? En toen ik je voor het eerst voelde schoppen, wist ik dat je het zou doen. Je zou het laten merken.'

Ze klonk bijna dromerig.

'Mijn kindje is nog te klein om te schoppen,' gaf ik te kennen.

'Dat kan wel zo zijn, maar wat voor gevoel heb je?'

'Ik weet het niet,' zei ik. 'Ook ik luister in mezelf, maar daar is momenteel alleen maar bezorgdheid... Ik weet alleen dat de kleine erg dol is op croissants met aardbeienjam. Op sommige dagen mag ik haast niets anders eten.'

Mijn moeder glimlachte. 'Als het kindje trek heeft, is dat geen slecht teken, neem ik aan. Maar ik ben geen dokter.' Haar glimlach verdween weer. 'Drie weken dus.'

'Drie weken.'

Weer werd het stil. Mijn moeder richtte haar blik op het album. Ze had het nog altijd niet aangeraakt.

'Je weet dat mijn relatie met mijn ouders niet bijzonder hartelijk was,' begon ze na een tijdje. 'Mijn vader leefde alleen voor zijn kunst en zijn muzen, mijn moeder leed onder de verwaarlozing door haar man en gaf dat door aan haar kinderen. Mijn zus kon daar goed mee omgaan, ze paste zich aan en had nooit gedonder met hen. Ik was te veel op mijn vrijheid gesteld om me aan te passen. Ik zat vol ideeën. Wie weet was dat ook wel de schuld van Udo Jürgens.'

'Udo Jürgens?' Ik kon me niet herinneren ooit een plaat van hem bij mijn moeder te hebben gezien. Maar blijkbaar waren er in mijn moeders leven twee periodes: de tijd met mij en die daarvoor. Eerlijk gezegd had ik van de tijd ervoor geen idee.

'Ja, toen had je toch dat liedje...' Mijn moeder zocht even, toen klapte ze in haar handen. 'Ik heb het, "Merci, chérie", daarmee won hij in Luxemburg het Eurovisiesongfestival! Ik denk dat ik sindsdien Frans wilde leren.'

Ik vroeg me af wanneer dat was geweest. Ergens in de jaren zestig misschien – toen mijn moeder net op school zat.

'Die passie is in de loop van de tijd gebleven en versterkt. Ik begon naar chansons te luisteren en me voor Jean-Paul Sartre en Albert Camus te interesseren, en natuurlijk voor Simone de Beauvoir.'

'Dat klinkt alsof die destijds de sterren in de *Bravo* waren.' Ik lachte om mijn eigen grapje en stak mijn moeder aan.

'Nee, die waren beslist niet in de *Bravo* te vinden. Daar stonden eerder de Beatles of de Stones in.'

We merkten allebei dat we onzin praatten, maar dat was juist op dat moment zo fijn. Het spook van de hartkwaal van mijn kindje had zich in de schaduw achter de staande schemerlamp teruggetrokken.

Zo bleven we daar nog een tijdje zitten, toen nam mijn moeder het album op haar schoot en begon erin te bladeren.

Af en toe verklaarde ze me wie er op de foto te zien was en in welke relatie de betrokkene tot mij stond. Mijn overgrootouders waren in de oorlog gestorven, ik had hen nooit gemist. Mijn grootouders waren niet eens schaduwen in mijn herinnering. Ik had ze immers nooit persoonlijk ontmoet. En mijn vader... Mijn moeder had me nooit een foto van hem laten zien. Dat heb ik haar ook nooit verweten. Maar nu vroeg ik me af of er in dit album een foto van hem zat.

Toen kwamen we bij een foto waarop mijn moeder als jonge vrouw bij het raam stond. Het grootste deel van haar lichaam bevond zich in de schaduw, alleen haar gezicht en een deel van haar hals werden belicht. Het leek bijna een borstbeeld.

Bij die foto stopte ze en ze streek er even met haar hand over.

'Je grootvader heeft deze foto gemaakt. Het is de enige die ik heb bewaard.' Ze keek me aan. 'Mijn vader heeft heel veel foto's gemaakt, vooral op momenten dat we het niet merkten. Op de een of andere manier was zijn oog altijd bij ons in de buurt. Het was de enige vorm van aandacht die we van hem kregen. Mijn zus en ik lieten hem net zo onverschillig als zijn echtgenote – in elk geval zolang we niet dienstig waren voor zijn kunst.'

'Misschien kon hij zijn affectie alleen maar niet tonen.'

Mama schudde haar hoofd. 'Nee, hij leefde alleen voor de kunst. En die heeft hem uiteindelijk ook verslonden.'

Mijn moeder bladerde verder. Gezichten vlogen aan me voorbij. Van die personen kende ik er niet een. Maar langzamerhand werd me duidelijk dat het album het leven van mijn moeder liet zien. Het leek of mijn overgrootmoeder het had aangelegd, maar ik begreep dat mijn moeder de selectie had gemaakt.

'In dit album verzamel ik mijn levensverhaal,' zei ze toen. 'Van mijn ouders tot aan jou en iedereen die na jou komt. Vandaar mijn vraag naar de foto van je kindje. Wat er ook gebeurt, mijn kleinkind zal altijd een deel van mijn leven zijn.'

Ze pauzeerde weer, toen keek ze me aan. 'Vergeef me alsjeblieft mijn verwijt dat je je altijd schikt naar de wensen van anderen. Toen je weg was en ik op de wijnberg rondliep, besefte ik hoe egoïstisch iedereen om je heen zich gedraagt. David wilde geen kind, ik wilde je niets over je vader vertellen. David en ik hebben geen van tweeën aandacht gehad voor jouw behoeften. Ik weet niet hoe hij het ziet, maar ik heb er spijt van. Daarom heb ik besloten je te vertellen wat er indertijd gebeurd is. Misschien begrijp je dan waarom ik het allemaal verdrongen heb en niet wilde dat je het te weten kwam. Als je kindje gezond was geweest, zou ik die geschiedenis misschien nooit hebben hoeven oprakelen. Maar nu is het daar tijd voor.'

Ze viel even stil en keek me onderzoekend aan. Ik was een en al verwachting. Wat zou er nu volgen? Zou ik tot de conclusie komen dat ik mijn moeder tot nu toe niet echt had gekend?

'Oké, ik ben er klaar voor,' zei ik met een knikje.

Daarop pakte mijn moeder het album en sloeg het open.

13

Foto nr. 4
Marianne op het station. Boven haar het aankondigingsbord KEULEN-PARIJS, *achter haar een paar andere jonge vrouwen en mannen. Terwijl de laatsten pakken in gedekte kleuren dragen, laten de jonge vrouwen hun benen zien onder jurken en minirokjes. Sommigen hebben hun haar opgestoken en roken. Marianne heeft een strakke, effen tricotjurk aan die eigenlijk iets te warm is voor de nazomer. In haar hand houdt ze een kleine koffer. Ze probeert te glimlachen, maar daar slaagt ze niet in. (1 september 1975)*

Toen Marianne op het perron kwam, was ze vol verwachting. Frankrijk! Eindelijk zou ze reizen naar het land waarvan ze de taal sprak, van de liedjes waar ze naar luisterde en van de boeken die ze las! Het land met de levensstijl waarvan ze droomde. Ja, ze had zelfs geprobeerd haar woning een Frans tintje te geven! En nu zou ze er eindelijk naartoe gaan en met eigen ogen kunnen aanschouwen wat foto's maar zijdelings konden laten zien.

Ze verheugde zich erg op Bar-le-Duc!

Wijnbergen en dichte bossen, maar in het voorjaar ook schitterende klaprozenvelden en in de zomer uitgestrekte bloemenweiden. De stad beschikte over een rijke historie. Eerst was die een graafschap geweest, daarna een hertogdom. In de Eerste Wereldoorlog liep de laatste Franse verbindingsweg naar Verdun erdoorheen. Marianne was van plan een bezoek te brengen aan het herdenkingsmonument.

Het enige wat haar nog van Frankrijk scheidde was de trein, die over ongeveer een half uur station Koblenz zou binnenrijden. Eerst zou de reis naar Keulen gaan, van daaruit samen met de andere leraren naar Parijs, waar hun introductiebijeenkomst was. Volgens de agenda die haar was toegestuurd, zouden ze maar één dag in Parijs zijn en daar een heel programma af te werken hebben. Voor een bezoek aan het Louvre of Versailles zou beslist geen tijd zijn, maar misschien lukte het haar de Eiffeltoren op te gaan, om vanaf duizelingwekkende hoogte een blik op de stad te kunnen werpen.

'Marianne?' vroeg een mannenstem achter haar.

Ze verstijfde. De stem klonk als een echo van een ver verleden en bracht de herinnering terug aan die noodlottige kerstavond die tot de breuk met haar familie had geleid.

Langzaam draaide ze zich om.

Daar stond hij, in zijn krijtstreeppak en donkere jas. Met naast zich de oude koffer die hij vroeger al op zijn reizen had meegenomen. Zijn vrijwel witte haar piepte onder de rand van zijn hoed uit. Zijn ogen waren nog altijd donker en ondoorgrondelijk.

Dat hij haar zou aanspreken wanneer ze elkaar toevallig tegenkwamen had ze niet verwacht. Sinds de hevige ruzie om haar studievak en de oorvijg had ze zich niet meer thuis vertoond. Ze had ook niet gebeld. De kerstdagen had ze sindsdien alleen of bij een collega doorgebracht. Bij glühwein en dennengeur kon ze vergeten hoe het laatste kerstfeest bij haar ouders was geweest.

En daar stond hij dan. Blijkbaar weer op weg naar een expositie – of een van zijn muzen. Wat dreef hem ertoe haar aan te spreken? Hij leek nog steeds dwars door andere mensen heen te kijken.

Hoewel ze nog altijd boos op hem was vanwege zijn uitbarsting, was ze vreemd genoeg blij om hem weer te zien. Hij was immers haar vader. Ook al zou ze het nooit toegeven, ze had altijd heimelijk op verzoening gehoopt. Ze had zitten wachten op zijn excuses. Dat hij begrip zou tonen. Maar niets van dat alles was gebeurd.

'Hallo, vader,' zei ze, want de hoffelijkheid gebood dat. 'Hoe gaat het met u?'

Het antwoord bestond uit een knikje, wat wilde zeggen dat het goed met hem ging.

'Waar ga je heen?' vroeg hij, zonder te vragen hoe het met haar ging. Blijkbaar interesseerde hem dat niet.

Maar – interesseerde het hem dan wel echt waar ze heen ging? Toen ze nog thuis woonde, had het hem niet eens geïnteresseerd of ze naar de stad ging en wie ze daar ontmoette.

'Ik ben onderweg naar Frankrijk,' antwoordde Marianne desondanks, met opgeheven kin. Hij moest zien dat ze trots was op wat ze bereikt had. Ze was lerares geworden, ze mocht deelnemen aan een uitwisselingsprogramma en een jaar lang in Frankrijk wonen. Dat waren verworvenheden die niet iedereen ten deel vielen.

Zoals ze had verwacht, was op haar vaders gezicht alleen maar minachting te lezen – en zin om voor de ogen van de andere mensen midden op het perron met haar ruzie te maken over wat de Fransen in zijn ogen waard waren. Het zou geen verschil maken als ze hem vertelde dat ze deelnam aan een uitwisselingsprogramma voor leraren.

Wil je de blagen van die knoflookvreters lesgeven? meende ze hem te horen zeggen. Heb je enig idee wat zij ons allemaal hebben aangedaan?

Maar hij perste zijn lippen op elkaar en hield zich in.

'En u?' vroeg Marianne terwijl ze haar hart in haar keel voelde kloppen. Op een of andere manier voelde ze zich verplicht het te vragen, ook al wist ze dat ze daar spijt van zou krijgen.

'München,' zei hij kortaf.

Marianne voelde opluchting. Hij zou niet met dezelfde trein gaan, niet in dezelfde richting. Dat beide treinen vanaf hetzelfde perron vertrokken, van naast elkaar gelegen sporen, was toeval.

Toch had ze deze ontmoeting graag aan zich voorbij laten gaan.

Haar vader had zijn reisdoel nog maar net genoemd of de gebruikelijke stilte viel.

'Dames en heren, over enkele minuten vertrekt de intercity naar München,' redde het omroepbericht haar.

De stem ging over in gekraak.

Marianne keek naar haar vader, die zijn koffer pakte, met zijn vrije hand de mouw van zijn andere arm omlaagtrok en zich omdraaide.

Hij sprak verder geen woord tegen haar. Hij had gezien dat het goed met haar ging, hij wist waar ze heen reisde. En hij had reden te meer om haar te minachten.

Marianne keek hem na. De groet die ze hem wilde naroepen bleef in haar keel steken.

Toen ze 's avonds in Parijs aankwamen, had ze al vriendschap gesloten met twee jonge leraressen. Celia en Ingrid kwamen uit Keulen, ze gaven allebei les op een ander gymnasium. Verrassend genoeg waren er veel jonge leraressen. De mannelijke collega's waren meestal al wat ouder, sommige hadden hun echtgenote bij zich. Een van hen was hoogzwanger, het kind zou wel in Frankrijk geboren worden.

Ze waren ondergebracht in een klein hotel dat een beetje buiten het centrum lag. Voor Marianne was het alsof ze op een andere planeet aankwam. Tot nog toe had ze alleen maar over Parijs gelezen, nu rook ze de straten, zag ze het avondlicht op de muren van het gebouw, waarvan het pleisterwerk afbrokkelde en hoorde ze het verkeerslawaai. Ze zag mensen haastig over het trottoir lopen, voelde hoe het bruiste van leven.

Hoe kon haar vader toch zo'n haat tegen alles hier koesteren?

Ze werd samen met Celia en Ingrid in een kamer ingedeeld. Daar stonden een tweepersoonsbed en een klein eenpersoonsbed, waarschijnlijk werden hier meestal gezinnen ondergebracht.

Celia en Ingrid namen meteen het tweepersoonsbed in beslag, Marianne was tevreden met het kleine bed, want van daaraf kon ze goed uit het raam kijken. De Eiffeltoren kon ze niet zien, maar ze had uitzicht op de huizenzee, de kronkelige steegjes en de meestal al tamelijk oude gebouwen van verschillende hoogte. Ze verheugde zich er enorm op daar een beetje rond te kijken.

'Dus ik wil beslist naar het graf van Jim Morrison,' verkondigde Celia terwijl ze de rook van haar sigaret uitblies. Met haar blonde haar, haar minirokje en knielange laarzen zag ze eruit als een meisje dat de zanger van The Doors zou zijn bevallen. 'En misschien neem ik te zijner ere een beetje wiet.'

Ingrid stootte haar aan. 'Laat je nou niet door je nieuwe rector hier in Parijs betrappen,' zei ze vermanend met haar typisch Keulse accent. 'Misschien hangt die ook in een of andere disco rond en beleef je meteen op je eerste dag een verrassing!'

Celia maakte een afwijzend gebaar. 'Dat denk ik niet. Ik heb een foto van hem gezien, hij is al ver in de vijftig en ziet er niet uit alsof hij een fan van The Doors is.'

'Als jij het zegt,' was Ingrids weerwoord. 'Toch begrijp ik niet dat je zo weg kunt zijn van een dooie. Die is toch allang voer voor de wormen.'

'Ik denk niet dat wormen op Jim gesteld zullen zijn. En als ze toch aan hem knagen, hebben ze tenminste mooie dromen, bij al dat spul dat hij gebruikt heeft.'

Haar antwoord kwam zo sloom dat je haast zou denken dat er al hasj in haar sigaret zat.

Marianne glimlachte. In tegenstelling tot Celia en Ingrid leek ze een beetje burgerlijk, maar daar schenen de andere twee geen problemen mee te hebben.

'En waar ga jij naartoe, Marianne?' vroeg Celia, die er blijkbaar genoeg van had van een trip met Jim Morrison te dromen.

'Naar Lotharingen,' antwoordde Marianne. 'Naar een stadje dat Bar-le-Duc heet.'

Celia lachte. Marianne kon zich wel indenken waarom.

'Klinkt als een bar waarin een hertog het er flink van genomen heeft.'

'Het lijkt me niet dat 'bar' in de naam verwijst naar een kroeg,' zei Ingrid.

'Het gaat terug tot de Galliërs,' verklaarde Marianne. '"Barri" was hun aanduiding voor burcht.'

'Ah, daar heeft iemand haar huiswerk gedaan.' Ingrid staarde haar verbouwereerd aan.

Celia lachte spottend. 'Je hebt toch niet de hele stadsgids uit je hoofd geleerd, hè?'

'Nee, natuurlijk niet,' antwoordde Marianne. Ze had de stadsgids niet uit haar hoofd hoeven te leren, ze had hem gewoon telkens weer gelezen, en daarbij was alle informatie blijven hangen.

'Je zou het wel denken.'

'Ach wat, je maalt,' zei Marianne lachend, waarna ze een paar dingen uit haar koffer haalde. Lang zouden ze niet blijven, voor de komende dag stonden er een rondleiding door de stad en een receptie op het programma, en bovendien 's avonds de introductiebijeenkomst, waar ze allemaal ook kennis zouden maken met de vertegenwoordigers van hun stad .

'Misschien moeten we ons een beetje in het nachtleven storten, wat denken jullie?' vroeg Celia. 'Hier in de buurt moet een nogal louche disco zijn. 'Ik weet zeker dat Morrison daar ook is geweest.'

'Ik ben van de partij!' riep Ingrid meteen en ze rende naar haar koffer.

Marianne aarzelde. Ze was eigenlijk geen type voor een tocht langs disco's. En al helemaal niet als het om louche gelegenheden ging. Als er iets was waarover haar vader zich niet had kunnen beklagen, was het wel dat ze frivool was en zich bedronk. Bij haar studiegenoten was ze wat dat betreft vaak op onbegrip gestuit. Maar ze zou de nacht en de volgende dag met hen tweeën moeten doorbrengen en wilde niet overkomen als een muurbloempje dat zichzelf geen pleziertje gunde.

'Ja, ik ook!' riep ze dus maar.

'Echt?' vroeg Celia verbaasd. 'Dat had ik niet van je gedacht, je ziet er zo braafjes uit.'

Marianne voelde een lichte boosheid opkomen. Ze vond een beetje plagen niet erg, maar ze wilde er ook niet op worden aangekeken dat ze er niet als een hippie bij liep. 'Ik verdien gewoon niet genoeg om in trendy winkels te kopen, dus ik draag wat ik ook voor het lesgeven aantrek. En op ons gymnasium mag je je helaas niet in zulke korte rokjes vertonen.'

Celia, en ook Ingrid, liet haar blik even op haar rusten. Was mijn reactie misschien te heftig? vroeg Marianne zich af, maar toen zag ze dat ze allebei grijnsden.

'Jij bent wel oké, meissie,' zei Ingrid en ze klapte haar koffer open. 'Als je wilt, kun je wel wat van me lenen!'

Toen ze 's nachts de deur uitgingen, klopte Mariannes hart in haar keel. Ze had het gevoel iets te doen wat verboden was, hoewel ze inmiddels halverwege de twintig was en niemand haar meer kon vertellen wat ze moest doen of laten. Misschien klopte het toch wel, en was ze een saaie piet. Ook in haar studietijd waren de anderen duidelijk actiever geweest dan zij. Terwijl haar huisgenoten waren gaan dansen, had Marianne op de bank liggen lezen en van Frankrijk gedroomd.

Ze namen een taxi, die hen naar een laag huis met zwartgetinte ramen bracht. Door de openstaande deur kwam rood en blauw licht naar buiten. Luide muziek klonk hun tegemoet. Boven de deur prijkte in neonletters het opschrift BEAT CLUB.

'Te gek!' riep Celia terwijl ze haar armen omhoogstak en naar de deur stormde. Daar werd haar door een potige man met zonnebril de weg versperd.

Hij bekeek de drie vrouwen kritisch.

'Hoe oud zijn jullie?'

'Oud genoeg,' antwoordde Celia en ze keek hem provocerend aan. 'Passen we soms niet bij de tent?'

Marianne moest toegeven dat Celia's Frans uitstekend was. Veel beter dan dat van haarzelf, waar af en toe haar Duitse accent in doorschemerde.

De uitsmijter nam hen alle drie van top tot teen op. Marianne pakte een beetje ongemakkelijk de zoom van haar jurk vast. Die was veel korter dan wat ze gewoonlijk droeg. Onder de blik van de man voelde ze zich naakt. Maar wat hij zag leek hem te bevallen, want hij gaf met een knikje te kennen dat ze naar binnen mochten.

'Zo zie je maar weer, de brutalen hebben de halve wereld!' zei Celia triomfantelijk terwijl ze als eerste naar binnen liep.

Meteen werden ze overspoeld door een golf van muziek. Stemmen sloegen als een stormachtige oceaan over hen heen. Lichten flitsten langs het plafond. Dit was heel wat anders dan de dansavonden in haar geboorteplaats. Haar vader zou het een poel van verderf hebben genoemd. Helemaal nu ze zich hier in een of ander straatje in Parijs bevonden.

'Ik ben nu al jaloers op je, Celia,' zei Ingrid nadat ze een vrije zithoek hadden weten te bemachtigen. 'Jij kunt je hier elke avond amuseren.'

'Ik denk niet dat ik daaraan toekom,' was Celia's reactie. 'Je vergeet dat ik moet werken.'

'Maar je hebt toch ook weekends!' zei Ingrid.

'Ja, maar dan zijn er allemaal uitstapjes. Waarschijnlijk word ik stamgast in Versailles.' Celia lachte. 'Jullie zien dat dit de enige vrije dag is die ik nog heb. En voor jullie naar de provincie worden afgevoerd, terwijl ik in dit mooie Parijs kan blijven. Dus laten we ervan genieten.'

Alsof de diskjockey het had gehoord, klonken de eerste akkoorden van 'Riders on the Storm' van The Doors door de zaal. Een paar mensen joelden en Celia begon vol overgave op de maat met de muziek mee te deinen. Ook Ingrid leek helemaal in extase.

Marianne, die niet veel met The Doors kon beginnen, keek met een weemoedig lachje naar hen. Naast hen voelde ze zich een muurbloempje. Misschien had ik me meer onder de mensen moeten begeven, dacht ze. Maar misschien zou dat haar in Bar-le-Duc makkelijker vallen.

'Ik haal even iets te drinken!' kondigde Celia aan toen het nummer afgelopen was. Marianne vermoedde dat ze bij die gelegenheid meteen de diskjockey ging vragen om nog iets van haar lievelingsband te draaien.

'Ik ga met je mee!' riep Ingrid, die ook opstond. 'En jij?'

'Neem maar iets voor me mee!' antwoordde Marianne, terwijl ze achterover leunde. Wat er nu gedraaid werd kende ze niet, maar dat kon haar niet schelen. Ze zat in een Franse discotheek, met twee meisjes met wie haar vader de omgang vast had verboden en zou waarschijnlijk morgen wakker worden met een flinke kater, want ze zouden er wel voor zorgen dat ze niet nuchter te bleef.

Ze had zich nog nooit zo levendig gevoeld. Tot nog toe had ze alleen niet gemerkt dat het haar daaraan had ontbroken. Glimlachend deed ze haar ogen dicht, tot ze voelde dat er iemand naast haar kwam zitten. Ze deed haar ogen open, maar in plaats van Celia of Ingrid keek ze een jonge man in het gezicht. Hij had halflang zwart haar met goedgetrimde bakkebaarden en hij droeg een donker overhemd op zijn spijkerbroek.

'Hoi, ik ben Yves!' zei hij. 'En ik wil graag weten wat je hebt genomen. Dat wil ik in elk geval ook.'

'Genomen?' vroeg Marianne verbaasd terwijl ze weer rechtop ging zitten. Toen begreep ze wat hij bedoelde. 'Ik heb niets genomen.'

'Dan moet het aan de muziek liggen. Ben je een fan van The Doors?'

'Niet speciaal.' Marianne keek ongemakkelijk naar de bar. Ze wist niet welke houding ze tegenover de jonge man moest aannemen. Wanneer een medestudent haar mee uit had gevraagd, had ze meestal afwijzend gereageerd. Dat had haar veel spot van haar huisgenotes opgeleverd, maar na de teleurstelling met Christoph had ze zich niet meer aan iemand willen binden die haar van haar doel zou willen afbrengen.

'En naar welke muziek luister jij dan zoal? '

Marianne voelde dat ze deze jongeman niets over haar voorliefde voor Edith Piaf of Udo Jürgens hoefde te vertellen – hij had haar waarschijnlijk uitgelachen. Bovendien zou ze morgen al naar Bar-le-Duc vertrekken. Het was tijdverspilling om zich verder met hem in te laten.

'Ach, van alles en nog wat,' antwoordde ze en ze hoopte dat hij daardoor zijn interesse in haar zou verliezen.

Maar hij gaf niet op.

'Je hebt nog niet gezegd hoe je heet. En waar je vandaan komt. Uit Lotharingen misschien?'

Nu moest Marianne grijnzen. Hij hield haar voor een Lotharingse. Waarschijnlijk vanwege haar accent. Dat was misschien een goed teken.

'Marianne,' antwoordde ze. 'En ik kom niet uit Lotharingen maar uit Duitsland.'

Yves trok verrast zijn wenkbrauwen op. 'Dat had ik niet gedacht. Waar in Duitsland kom je vandaan?'

'Die plaats ken je niet.'

'Misschien wel. Bovendien heb ik, zoals het een goed student betaamt, een atlas.'

Marianne had hem graag gevraagd wat hij studeerde, maar waarschijnlijk had hij dat uitgelegd als belangstelling. Had zij belangstelling? Ze wist het niet. Het liefst wilde ze weg. Stel dat hij iets van plan was? Dat hij haar voor de gek wilde houden of haar drugs wilde aansmeren?

Ze spiedde weer naar de bar. Celia en Ingrid zag ze niet. Waren die er misschien vandoor gegaan? Op dat moment achtte ze hen tot alles in staat.

'Wat denk je, kunnen we de komende dagen eens met elkaar

afspreken? Ik zou je mijn atlas kunnen laten zien.' Hij boog zich naar haar toe. Marianne rook zijn aftershave en merkte hoe haar lichaam op zijn nabijheid reageerde. Ze vond hem niet bijzonder aantrekkelijk, maar iets in zijn brutale manier van doen trok haar aan. Even kwam het verlangen in haar op dat hij haar zou kussen. Verschrikt week ze terug,

'Ik denk het niet,' zei ze en ze keek naar de bar. De anderen waren niet te zien. 'Ik... ik zit eigenlijk alleen maar op mijn vriendinnen te wachten, dus...

Nu leek hij het eindelijk te begrijpen. Hij knikte en stond op.

'Ik geef je mijn nummer. Voor het geval dat je je bedenkt.'

Hij scheurde een stuk van een servetje af, haalde een potlood tevoorschijn, schreef er iets op en drukte het in haar hand.

Marianne keek hem verrast aan. Nog nooit had ze van een man zijn telefoonnummer gekregen.

'Nou, tot dan, Marianne.'

Hij glimlachte en verdween in de menigte.

Even later doken Celia en Ingrid weer op. Ze grijnsden breed, alsof ook zij telefoonnummers toegestopt hadden gekregen.

'Hier,' zei Ingrid en ze zette een glas met een heldergroene vloeistof voor haar neer waarin een heleboel ijsklontjes dreven. 'De barkeeper zei dat je het langzaam moet opdrinken, anders stijgt het naar je hoofd.'

'Wat is het?' vroeg Marianne sceptisch. De keren dat ze dronken was geweest kon ze op de vingers van één hand tellen.

'Iets met absint, vandaar die groene kleur,' verklaarde Ingrid. 'Maar loop niet weg om je oor af te snijden zoals Van Gogh. Ik heb er mijn handen al aan vol om Celia in toom te houden.'

Celia luisterde totaal niet naar Ingrid. 'Wie was dat schatje?' vroeg ze terwijl ze haar blik over de menigte liet glijden. Marianne was ervan overtuigd dat hij er nog had gezeten als Celia was blijven zitten in plaats van zijzelf.

'Yves,' antwoordde Marianne en ze keek op het stukje servet in haar hand. Zou ze hem morgen bellen? Maar wat zou dat opleveren? Ze zou toch aan het eind van de middag vertrekken.

'Waarom hou je dat servetje zo krampachtig vast?' Ook Ingrids belangstelling was gewekt. Ze dacht even na, toen snoof ze en grijnsde. 'Hij heeft je zijn telefoonnummer gegeven, hè?'

Dat Marianne rood werd, was voor Ingrid een duidelijke bekentenis.

'Lieve help!' riep ze uit. 'Je bent pas een paar minuten in deze tent en je krijgt meteen al een telefoonnummer van een leuke vent. Ik had toch beter jouw jurk kunnen aantrekken.'

Marianne legde het stukje servet op de tafel. 'Als je wilt, mag je het hebben. Hij is niet mijn type.'

'Onzin!' zei Celia en ze schoof het servetje weer naar haar toe. 'Maak me niet wijs dat het niet jouw type is, want je ogen glanzen. Bel hem.'

'Maar ik vertrek morgenavond uit Parijs.'

'Dan bel je hem wanneer het jaar voorbij is. Misschien heb je dan behoefte aan vakantie, en misschien heeft hij er niets op tegen je onderdak te verlenen."

Marianne trok het servetje weer naar zich toe. Na haar tijd in Bar-le-Duc had ze vast wel wat anders te doen dan naar Parijs gaan – maar Celia had gelijk. Misschien moest ze echt haar stijve houding laten varen en van het leven gaan genieten.

14

‘Ben je iets met die man begonnen?’ vroeg ik toen mijn moeder de eerste foto’s weer had teruggestopt.

Intussen was het al ver na middernacht en ik voelde me loodzwaar. Mijn moeder haalde iets uit een klein zakje dat aan het achterste boekomslag zat vastgeplakt. Het was het stukje servet. Het viel bijna uit elkaar, maar het handschrift was nog goed te lezen.

‘Nee,’ antwoordde ze, en in haar stem hoorde ik een beetje spijt doorklinken. ‘Misschien had ik het moeten doen. Maar toen mijn jaar in Bar-le-Duc voorbij was, had ik andere zorgen. Ik wilde alleen nog maar weg uit het land waar ik eigenlijk van hield.’

‘Wilde je uit Frankrijk weg? Waarom?’

‘Alles op zijn tijd,’ antwoordde ze. ‘Nu kun je beter gaan slapen. Morgenvroeg beginnen we met het voorjaarswerk op de wijnberg. Ploegen, draden spannen, dieven weghalen. Ben zei dat het er ideaal weer voor is. Ik moet vroeg op.’

Ze pakte het album van de tafel en drukte het tegen haar borst. Een onbewust gebaar, maar ik voelde dat haar geheimen voor haar heel kostbaar waren.

‘Oké,’ zei ik, en ik boog me naar haar toe en gaf haar een kus op haar wang. ‘Welterusten, mam.’

‘Welterusten, lieverd.’

Ik stond op en liep de woonkamer uit, net als vroeger toen ik nog bij haar woonde. Ik wist dat ze nog een tijdje zou blijven zitten mijmeren. Geen wonder, we hadden net in haar herinneringen zitten wroeten.

Ik liep naar de badkamer, en even later kroop ik onder mijn dekbed. De maan scheen door het raam, de schaduw van de takken bewoog een beetje.

Hoewel ik eigenlijk hondsmoe was, vroeg ik me af waarom mijn moeder na het uitwisselingsjaar zo dringend uit Frankrijk weg moest. Terugdenkend aan mijn jeugd kon ik me niet herinneren dat we ooit naar Frankrijk waren gegaan. Mijn eerste reis naar Frankrijk maakte ik tijdens mijn opleiding. Daarna was ik diverse malen in Parijs en in de Provence geweest. Daar was mijn moeder nooit bij. En ik had er ook nooit bij haar op aangedrongen dat ze met me meeging. We woonden er immers vlakbij, en ik dacht dat het voor mijn moeder gewoon niet aantrekkelijk was om naar het buurland te gaan. Ik had nooit gedacht dat er een bepaalde reden voor was, een reden die misschien verband hield met mijn vader.

Misschien had ik er eerder naar moeten vragen. Maar zou ze me antwoord hebben gegeven? Zou ik haar geschiedenis te weten zijn gekomen als mijn kindje gezond was geweest? Als die afspraak bij dokter Mandelbaum er niet was geweest, zat ik me nu waarschijnlijk in mijn eigen huis vol te stoppen met het een of ander na de hele dag reizen te hebben verkocht. Ik zou proberen niet aan David te denken en afleiding zoeken in het bekijken van babyspulletjes op internet. Veel te dure babyspulletjes die ik dan heel verstandig toch niet ging kopen.

Maar het leven had verrassende wendingen in petto en dus zat ik me hier af te vragen wie mijn vader was. En constateerde verrast dat ik al een paar uur niet aan de mogelijke hartkwaal van mijn kindje had gedacht.

De volgende ochtend ging ik met mijn moeder mee naar de wijnberg. Maar niet omdat ik wilde zien hoe ze met haar mensen draden spande en dieven weghaalde, ik wilde een beetje rondwandelen.

Door mijn moeders verhaal was mijn ontmoeting met Kilian Lachmann een beetje op de achtergrond geraakt. Ik had haar er ook niets over verteld. Toch liet hij me niet los. Ik wilde zijn wijnberg bekijken – en misschien ook een blik op zijn huis werpen. Stiekem hoopte ik dat ik hem zou zien – geen idee waarom, maar dat was wat ik wilde.

Misschien kwam het doordat ik de nabijheid van een man miste. Toegegeven, zo lang was het met David nog niet geleden, maar wanneer ik op de ontmoeting met Kilian terugkeek, was het weer eens wat anders om met iemand aan tafel te zitten, taart te eten en over persoonlijke dingen te praten. Het viel me op dat ik dat met David al lang niet meer had gedaan. Op een of andere manier had hij het altijd te druk gehad. Wanneer we dan toch uitgingen, was het meestal in groot gezelschap, met vrienden. De laatste middag in een café samen met hem leek me ontzettend lang geleden.

'Als je wilt, kunnen we vanavond iets in de stad gaan eten,' zei mijn moeder toen ze haar auto stilzette.

'Mooi niet!' protesteerde ik terwijl ik mijn gordel afdeed maar nog even bleef zitten. 'Ik wil het verhaal verder horen.'

'Het is niet gezegd dat ik je het verhaal niet vertel als je met me uit eten gaat. Een beetje alcohol zou wel helpen.'

'En dat zegt de vrouw die in Parijs bang was voor het drinken van een absintcocktail.' Ik grijnsde. Mijn moeder dronk slechts hoogstzelden, meestal alleen wanneer ze kwaad was. Zou wat ze te vertellen had haar kwaad maken?

'Ik heb het spul echt opgedronken,' beweerde ze. 'En daarna wilde dromen gehad.'

'In elk geval heb je allebei je oren nog.' Ik lachte en ze lachte mee. Toen legde ze haar hand op mijn arm.

'Laten we vanavond uitgaan. Eens iets anders zien. Ik denk dat het je goed zal doen. En ik beloof je dat ik de volgende foto's meeneem en je alles zal vertellen. En wanneer het sluitingstijd is, zetten we samen de stoelen op de tafels.'

'Dat klinkt anders niet als een chic restaurant.'

'Het klinkt als een zaak waar we lekker kunnen eten en zo lang kunnen blijven zitten als we willen zonder dat er iemand op ons tafeltje zit te loeren. Nou, wat zeg je ervan?'

Ik glimlachte. 'Tegen vieren ben ik zeker weer hier, neem je me dan mee?'

'Wil je zo lang hier rondlopen?'

'Ik ga een plekje zoeken waar ik kan gaan zitten lezen,' antwoordde ik, hoewel ik juist dat van plan was: rondlopen. Ik wilde mijn lichaam moe maken, zodat het te uitgeput was om bang te zijn. En dan wilde ik ergens gaan zitten, naar Kilian Lachmanns huis kijken en me aan mijn boeken wijden, waar ik er inderdaad een paar van had meegenomen.

'Goed, maar laat af en toe iets van je horen, zodat ik weet dat alles in orde is.'

'Ik ben toch geen vijf meer, mam! Wat kan me nou hier op de wijnbergen gebeuren?'

'Doe me dat plezier, ja?' zei mijn moeder, toen stapte ze uit en ik liep achter haar aan.

Terwijl zij naar haar mensen ging, zwaaide ik naar Ben, die onze kant op keek, en ging op weg.

Op de Lachmann-wijnberg gebeurde op het moment niets. Zoals ik al had gemerkt, had iedere wijnboer zo zijn eigen ritme. De een haalde de dieven eerder weg, de ander deed dat later. Zoals zijn wijnstokken erbij stonden, had Kilian de draden waarschijnlijk al gespannen. Ergens had ik er spijt van dat ik mijn moeder niet nog eens naar hem gevraagd had.

Bij de afrastering van de wijnberg aangekomen, ontdekte ik een bord. WIJNHUIS LACHMANN, EIGENAAR KILIAN LACHMANN. Daaronder stond een adres. Zijn woonhuis stond duidelijk niet op de wijnberg. Met mijn mobiel probeerde ik uit te vinden hoe ver het was naar zijn huis. En ik was blij dat ik maar twee kilometer hoefde af te leggen. Daar had ik geen auto voor nodig.

Bijna een uur later doemden er weer huizen voor me op. Naast Kilians wijnberg passeerde ik nog drie andere. Onder meer die van Hermann Feldner, die ooit had geprobeerd met mama te flirten. Naar bleek was het hem er alleen om gegaan te ontdekken in hoeverre de nieuwe wijnboerin bekend was met het vak en in hoeverre ze concurrentie ze voor hem betekende. Blijkbaar had Feldner zelf geprobeerd haar wijnberg te kopen – maar mijn moeder was hem voor geweest en werd door de erfgenamen van de wijnboer ook sympathieker gevonden.

Op de wijnberg van Feldner waren zo'n twintig mensen bezig, hij was onbetwist de grootste wijnboer in de streek. Mijn moeder meed hem zo veel ze kon. En het werd me weer eens duidelijk hoeveel pech ze met mannen had. Was dat misschien erfelijk? Zou ik ooit een normale relatie kunnen hebben, een waarbij ook met mijn wensen rekening werd gehouden?

Toen ik even later de gps-kaart op mijn mobiel bekeek, zag ik dat ik vlak bij Kilians huis was. En niet veel later zag ik het. Het landhuis was overweldigend! En oud. Boven de poort die naar het erf leidde, ontdekte ik het jaartal 1558. Het was in deze streek niet zeldzaam dat een wijngoed al eeuwen in de familie was. Zou dat bij de Lachmanns ook het geval zijn?

Terwijl ik het oude vakwerkhuis bekeek, vroeg ik me af hoe zijn ex-vrouw hier niet gelukkig had kunnen zijn. Er waren vast mensen die een moord zouden doen voor zo'n prachtig huis met zo'n geweldig uitzicht op de rivier.

'Nou, de postbode ziet er vandaag wel vreemd uit.'

Betrapt draaide ik me om. Kilian Lachmann kwam met grote stappen op me af. Vandaag droeg hij een spijkerbroek en een donkere trui, en zijn blauwe ogen keken me stralend aan.

'O... ik...' Mijn wangen begonnen te gloeien. 'Eigenlijk was ik alleen maar een wandelingetje aan het maken.'

'En dat leidde toevallig naar mijn wijngoed.' Hij stak me zijn hand toe. 'Ben je soms een beetje aan het spioneren?'

'Ik?" Ik trok mijn wenkbrauwen op en wilde al protesteren, maar toen merkte ik dat hij me in de maling probeerde te nemen. 'Je hebt me door! Vannacht heb ik alles over wijn gelezen en nu kan ik je vakkundig uithoren.'

'Wat denk je ervan als ik je spionagewerk wat makkelijker maak en je binnen vraag?' vroeg hij.

'Dat zou geweldig zijn... Maar ik wil je niet van je werk afhouden.'

'Alsjeblieft,' zei hij. 'Bij al die administratie kan ik af en toe echt wel wat afleiding gebruiken. Ik heb het niet zo op die saaie papieren en getallen.' Hij glimlachte naar me en maakte een uitnodigend gebaar. 'Kom, ik bijt niet, en ik zal je ook niet met mijn ordners laten sjouwen, beloofd.'

De ruime binnenplaats van het wijngoed van Lachmann deed bijna een beetje mediterraan aan. De bestrating en de bedrijfsgebouwen waren zorgvuldig gerestaureerd, er ontbraken alleen nog een paar sinaasappel- en citroenboompjes in terracotta potten. Het woonhuis stamde echter niet meer uit de zestiende eeuw – ik hoefde geen architect te zijn om dat te zien. Het had twee verdiepingen en deed ook een beetje mediterraan aan. Het hele landgoed deed me een beetje denken aan een film die ik een tijdje geleden had gezien. Die ging over een ongehuwd zwangere vrouw die een soldaat vroeg zich uit te geven voor de vader van het kind omdat ze bang was voor de reactie van haar streng katholieke vader van Italiaanse afkomst. Natuurlijk werden ze verliefd op elkaar en was het een happy end. Ineens kreeg ik zin hem nog eens te zien, omdat hij op de een of andere manier bij mijn situatie paste. Ook ik was zwanger, ook voor mijn kind was er geen vader meer. Kilian Lachmann leek weliswaar in de verste verte niet op Keanu Reeves, maar ik kon me voorstellen dat hij ook galant genoeg was om een zwangere vrouw de schande te besparen.

Gelukkig kon het de maatschappij en ook mijn moeder niets

schelen dat ik mijn kind alleen groot zou brengen.

'Een droom van een huis, hè?' vroeg Kilian Lachmann met van enthousiasme schitterende ogen. Ik had zelden iemand meegemaakt die zo blij was met zijn eigen woonhuis. 'Mijn vader heeft het na de grote brand in 1993 nieuw laten bouwen. Omdat hij een zwak voor Italië had, zijn er dienovereenkomstige elementen in verwerkt. In de winter merk je het niet zo, maar in warme zomers waan je je in Toscane.'

Dat moest gewoon heerlijk zijn!

Mijn moeder was zodra ze genoeg geld verdiende, begonnen elke woning waar we introkken op z'n Frans in te richten. Vreemd genoeg had ze dat bij haar huidige woonhuis niet gedaan. Dat was ergens jammer. Als Kilian Lachmanns vader zich zijn Toscaanse droom had gegund, waarom zou zij zichzelf dan de Franse droom niet meer gunnen?

Kilian ging me voor naar binnen en ik moest erkennen dat hij gelijk had. Het was een droom van een huis. Als ik ooit de lotto zou winnen, zou ik mijn huis ook zo inrichten. In de hal leidde een fraaie wenteltrap naar boven. Ernaast bevond zich een oude secretaire, die blijkbaar niet meer in gebruik was, want er stond geen stoel voor.

Terwijl we verder liepen, wierp ik vlug een blik in de lichte keuken, waar een lange houten tafel het middelpunt vormde. In de crèmekleurige tegelsokkel waren siertegels met druivenmotief verwerkt.

Daarna kwamen we langs een werkkamer waarin een heleboel papieren en dossiers op de vloer verspreid lagen. Ik vroeg me af of het er in het huis van mijn cheffin ook zo uitzag, er ergens was ik blij dat ik nooit voor mezelf was begonnen. Ik had evenmin verstand van papierwerk en David had altijd mijn belastingaangifte verzorgd. Nu besefte ik ineens dat ik daar voortaan zelf verantwoordelijk voor was.

'We zijn er!' zei Kilian Lachmann, mijn gedachten onderbrekend.

Voor me zag ik de openslaande deuren van de woonkamer. Mijn moeders woonkamer vond ik al groot, maar hier werd pas duidelijk wat groot echt betekende. Het vertrek had meer weg van een zaal dan van een plek waar familie en vrienden bij elkaar kwamen. Het was ingericht met verschillende zitjes, wat de ruimte enigszins kleiner deed lijken. Er was een leeshoek, die overliep in de uitbouw van de serre en er heel gezellig uitzag. En er was een eethoek met een enorme zwarte tafel en stoelen met hoge rugleuningen die met terracottakleurige zijde bekleed waren. Boven de tafel hing, als een gigantische druif, een ovale witte lamp. Schuin ertegenover was er een rusthoek met een comfortabel ogende fauteuil en veel groene planten die er prachtig bij stonden.

Midden in het vertrek stond een enorm witleren bankstel. Op de glazen salontafel lag een koffietafelboek, dat vreemd genoeg niet over wijn en wijnbouw ging maar over zeilschepen.

Voor ik kon vragen of hij graag zeilde, werd mijn blik als bij toverslag door iets aangetrokken. Op een klein stoeltje dat niet erg bij de rest van de inrichting wilde passen, zaten een groene en een blauwe teddybeer. Ze zagen er allebei gebruikt uit en een wasbeurt zou ze beslist goeddoen – maar toen schoot me te binnen waarom Kilian er vast niet aan dacht de beren in de wasmachine te stoppen.

'Die beren zijn van mijn zoon,' bevestigde hij mijn gedachten. 'Zijn moeder heeft ze om de een of andere reden niet meegenomen. Waarschijnlijk waren ze niet ayurvedisch genoeg...' Zijn stem klonk triest. 'Hij zat vroeger altijd op dat stoeltje, als een koninkje.' Hij glimlachte weemoedig en wendde zich toen af. 'Ik kan mezelf er niet toe brengen ze weg te doen. Ergens hoop ik dat ze hem weer naar mij toe lokken.'

'Is er dan geen mogelijkheid je zoon wat vaker te zien?'

'Mijn advocaat is ermee bezig. Zoals ik al zei, is het lastig.'

Gezien het huis en het landgoed begreep ik nog steeds niet waarom zijn echtgenote iets anders had gewild. Maar misschien klopte het dat je nooit tevreden was met wat je had.

'Wil je iets drinken? Koffie misschien? Mag je in jouw toestand eigenlijk koffie drinken?'

Het was wel schattig dat hij zo onzeker was.

'Decafé kan altijd,' antwoordde ik. Mijn gynaecoloog had het me weliswaar niet afgeraden, maar omdat ik niet wilde dat mijn kindje hartkloppingen kreeg, zag ik liever af van cafeïne. Pas op dat moment besefte ik dat ik voor de diagnose wellicht intuïtief daarvan had afgezien. 'Maar als je dat niet hebt, is water of chocolademelk ook prima.'

Kilian Lachmann leek opgelucht dat hij iets voor me kon halen. Ik besloot niet door te vragen over de teddyberen.

Terwijl hij naar de keuken verdween, zakte ik neer op de bank. Of beter gezegd, ik zakte erin weg. Nog nooit had ik op zo'n zachte leren bank gezeten. Hij leek weinig gebruikt. Kreeg Kilian niet vaak bezoek? Ik kon me voorstellen dat hij als man heel gewild was – veel vrouwen zouden hem vast alleen al vanwege het huis niet versmaden.

'Ik heb inderdaad geen cafeïnevrije koffie meer in huis,' kondigde hij bij zijn terugkeer aan. Met een wit dienblad voor zijn buik kwam hij bij de salontafel staan. 'Maar met warme chocolademelk is ook niets mis.'

'Warme chocolademelk is prima, daar kan mijn kindje ook beter tegen dan koffie, zelfs als het decafé is.'

Kilian keek me verbaasd aan. 'Is er dan iets met je kindje?'

Shit, ik had me versproken. Waarom eigenlijk? Voelde ik me hier nu al zo veilig? Of was het omdat hij op David leek?

'Niets... het is alleen...' Of ik redde me uit deze situatie met een leugen, of ik vertelde de waarheid. Ik besefte dat Kilian Lachmann er tegen mijn moeder over zou beginnen als ik hem meer vertelde. Ook al bleef ik niet en zou ik hem misschien nooit terugzien, hij zou het er tegen mijn moeder over hebben, daar zag ik hem wel voor aan.

'Ik ben niet meer de jongste,' begon ik, waarop hij het uitproestte.

'Nou vraag ik je! Je bent toch geen dag ouder dan dertig.'

'Heel vleiend, maar om precies te zijn ben ik acht jaar ouder dan je denkt. En tja, ik ben zo'n vrouw die voor haar leeftijd uitkomt en zich niet krampachtig jonger voordoet.'

'Dat heb je ook helemaal niet nodig.'

Kilian nam me aandachtig op, bijna een beetje te indringend voor iemand die me alleen maar op de koffie of warme chocolademelk had uitgenodigd.

Ik had het compliment kunnen wegwuiven, maar ik besloot het te accepteren.

'Dank, als je het zo ziet... Maar met dertig word je al als een oude moeder beschouwd. Als het aan de dokters ligt, krijg je je eerste kind idealiter tussen je achttiende en je vijfentwintigste.'

'Ook tegenwoordig nog? Veel sterren krijgen hun kinderen toch pas na hun veertigste.'

Hij zette de mok voor me neer en ging tegenover me zitten. De manier waarop hij het zich op de bank gemakkelijk maakte, vond ik vreselijk sexy. Als we niet net over mijn kindje waren begonnen, had ik me door een onzedelijke dagdroom laten meeslepen.

'Dat kan wel zijn, maar dat is niet de reden waarom ik er zo laat aan begonnen ben.' Ik zou hem kunnen vertellen over David en zijn onwil om vader te worden, maar ik besloot het niet te doen. 'Het is er gewoon niet eerder van gekomen. Niet de juiste man of het werk... Er is altijd wel een reden.'

'En de vader van je kind... Was hij wel de juiste?'

Dat ging hem eigenlijk niet aan, maar ik bedacht hoe open hij me over zijn zoon en zijn ex-vrouw had verteld. Misschien moest ik ook wat vertrouwelijker tegen hem zijn.

'Ja, dat dacht ik tenminste. Maar... hij wilde eigenlijk geen kinderen. Toen ik toch zwanger werd, zijn we uit elkaar gegaan. Eigenlijk heel simpel.'

En die simpele kwestie boorde zich weer als een mes in mijn buik en bedierf mijn trek in chocolademelk. Maar misschien moest ik die toch opdrinken?

'Wilde hij geen kind?'

Ik schudde mijn hoofd.

'En hij deed niets om dat te voorkomen?'

'Nee, het was aan mij om het te voorkomen. Ik wilde een kind. Dat krijg ik nu en hij is weg. Punt uit.'

Kilian dacht nog even na over wat ik had gezegd.

'Toen mijn vrouw zwanger werd, was ik de gelukkigste mens ter wereld,' zei hij na een tijdje. 'Ik zou me niet hebben kunnen indenken dat ik geen kind zou willen.'

Minutenlang keek hij me aan. Het leek of ik in zijn ogen een andere, betere toekomst kon zien, als ik daar oren naar zou hebben.

Hij zou zich vast op het kind verheugen. Ik hoefde alleen maar het ijzer nog meer te verhitten en het daarna te smeden. Als ik met hem in zee ging, als ik het handig aanpakte, kon mijn kind misschien hier opgroeien.

Alleen... ook al vond ik hem sexy: als ik naar binnen keek, was er niet iets wat je liefde kon noemen. Ik vond hem sympathiek, ik mocht hem graag. De voorwaarden waren aanwezig. Maar ik besefte ook dat hij te ver weg zou zijn als ik naar Keulen terugging.

'En, hoelang ben je nog hier?' vroeg hij glimlachend terwijl hij zijn mok naar zijn mond bracht.

'Dat vraag je vanwege de film.'

'Ja, en vanwege het uitgaan. Ik wil graag een keer met je uit, Nicole.'

Ik glimlachte. Het was fijn dat een man belangstelling voor me had. En er was eigenlijk niets op tegen om met hem iets leuks te doen. Om misschien aan iets nieuws te beginnen. Maar ergens was er het gevoel dat ik dat niet mocht. David spookte nog altijd door mijn hoofd, en dan was er nog de afspraak over tweeënhalve week, en bovendien: ik moest me op mijn kind concentreren. Zeker, het zou beter zijn als het een vader had – maar ik wilde Kilian niet opzadelen met iets wat hij later misschien niet meer bereid was te dragen.

'Ik blijf hier nog maar een paar dagen, en ik... Ik weet het niet. Wees alsjeblieft niet boos op me, mijn relatie is nog maar een paar maanden geleden gestrand. Daar ben ik nog niet overheen.'

Hij had nu kunnen ontkennen dat hij iets met me wilde beginnen, maar het feit dat hij dat niet deed en in plaats daarvan zweeg, deed me beseffen dat dat het geval was.

'Dat kan ik begrijpen,' zei hij na een poosje. 'Maar dat is toch eigenlijk geen reden om niet uit te gaan, toch? Ik zou je graag de omgeving willen laten zien of met je naar een draak van een film kijken. Er zijn niet veel mensen die dat zouden willen. Niet omdat ik zo mensenschuw ben, maar omdat ik veel werk. En geloof me, de bijeenkomsten van de wijnboeren zijn iets heel anders. Daar wordt alleen maar gekeken naar wat iemand heeft. Bij jou heb ik het gevoel dat ik overal over kan praten.'

Weer trof zijn blik me recht in mijn hart. Ik schaamde me bijna dat ik hem had afgewimpeld. Misschien had het de indruk gewekt, maar bij een ontmoeting tussen man en vrouw ging het niet altijd meteen om een relatie. Blijkbaar moest ik op dat gebied nog het een en ander leren.

15

Foto nr. 5
Marianne in een groep mannen en vrouwen voor een groot gebouw met een buitentrap. Het opschrift MAIRIE *dat in grote letters op de gevel prijkt, is vervaagd. Verder verkeert het gebouw in goede staat, maar bij nadere beschouwing zie je aan de rechterkant een lange barst die naar een van de ramen loopt. Marianne heeft een bos margrieten in haar hand, waarvan de blaadjes wapperen in de wind. (3 september 1975)*

Eigenlijk had Marianne naar het huis van de Silbergs, bij wie ze tijdens haar uitwisselingsjaar zou verblijven, willen lopen, maar de burgemeester stond dat niet toe.

'Kom, mademoiselle, u wilt met die zware bagage toch niet gaan lopen!' De zwaarlijvige man met zijn rode gezicht had kordaat haar koffer afgepakt en hem in zijn groene Renault 4 getild. Marianne had het een beetje gênant gevonden, maar hij had haar met zijn hartelijke manier van doen weten te overtuigen.

De stad had een welkomstfeestje voor haar georganiseerd. De directeur van de school was er, verder de burgemeester en een paar vertegenwoordigers van de gemeenschap. Er waren hapjes en champagne, er werd gepraat en er werden veel vragen gesteld.

Nu loodste de burgemeester haar door de stad en wees hij haar op de bezienswaardigheden. Marianne voelde zich alsof ze in een film met Louis de Funès verzeild was geraakt. De gendarmerie was gevestigd in een gebouwtje dat door zijn beide grotere buren in de houdgreep werd genomen. De vensterluiken met louvrepanelen waren dicht, boven de deur hing de tricolore. Het stadsmuseum leek een klein kasteel.

'Vroeger zetelde hier een hertog. Hij woonde daar,' zei de burgemeester, haar onuitgesproken vermoeden bevestigend. 'In 1670 werd het kasteel met de aardbodem gelijkgemaakt, er bleven maar twee gebouwen over. We proberen in een daarvan een museum over de stad op te zetten. Misschien trekt dat toeristen aan. Oude vrouwtjes beweren dat de geest van de laatste hertog 's nachts nog op de hogere etages van het gebouw rondwaart. Wat denkt u, zullen daar mensen op afkomen?'

Marianne keek naar haar chauffeur en zag pretlichtjes in zijn ogen.

'Daar ben ik niet zeker van. Misschien als u iemand zover krijgt zonder hoofd voor het raam te verschijnen,' antwoordde ze, waarop de man lachte.

'U hebt gevoel voor humor, dat mag ik wel! In het algemeen wordt van Duitsers gezegd dat ze dat niet hebben, maar u schijnt een uitzondering te zijn. Hebt u misschien familie die uit Frankrijk afkomstig is?'

Marianne schudde haar hoofd. 'Nee, niet dat ik weet.'

Haar vader zou dat vermoeden strikt van de hand hebben gewezen.

'Nou, wie weet wat er allemaal bij uw voorvaderen zit. De nazi's wilden misschien wel een stamboom van uw vader hebben, maar zover terug hebben die vast ook niet kunnen kijken.'

Marianne verstarde ter plaatse. Ze werd warm en koud tegelijk, want ze had er geen rekening mee gehouden dat de nazi's zo vlug ter sprake zouden komen. Monsieur Lefebre zou het wel niet kwaad bedoelen, maar het noemen van de stamboom die veel Duitsers ten tijde van de nazi's hadden moeten laten maken om hun afstamming aan te tonen, gaf haar een ongemakkelijk gevoel.

Het is 1975, dacht ze. Eigenlijk zou dat toch allang vergeten moeten zijn. Sinds het einde van de oorlog is er inmiddels dertig jaar verstreken...

De burgemeester leek te merken dat zijn opmerking gevoelig lag, dus ging hij vlug op een ander onderwerp over.

'Onze school zal u bevallen. Die is in de vorige eeuw gebouwd, toen de stadsbestuurders er nog van droomden dat de stad ooit belangrijker zou worden. Eigenlijk dromen ze daar nog steeds van. Daar kan ik over meepraten.'

'En wat is daarop tegen?' vroeg Marianne, wie de scepsis in zijn stem niet was ontgaan.

'Nou, kijk, het hele departement heeft te lijden van de crisis in de staal- en mijnbouw. De enige wat stabielere werkgever in Bar-le-Duc is de textielfabriek. De jonge mensen verdwijnen langzaamaan uit de streek, die willen naar de grote stad. En wie weet hoe het verder loopt. Ik hoop nog altijd dat het ooit anders wordt, maar ik zie ook dat iedereen die een gezin wil stichten vertrekt. Op een dag zal, vrees ik, zelfs ons gymnasium overbodig zijn.' Hij verviel even in stilzwijgen en haalde toen zijn schouders op. 'Ach, misschien helpt het een beetje dat we nu in het uitwisselingsprogramma zijn opgenomen. Misschien krijgt onze stad daardoor weer wat meer aandacht.'

Marianne was er niet zeker van of die berekening van de burgemeester wel klopte. Tegelijkertijd werd ze zich ervan bewust dat ze zich toch nog niet goed genoeg in deze streek had verdiept. Ze was op de hoogte van de geografie en de geschiedenis voor zover de reisgidsen die vermeldden. Wanneer ze hier weer wegging, zou ze hopelijk weten wat er in de hoofden van de mensen omging.

'Maar misschien zie ik het allemaal te somber. Er kan elk moment weer herstel optreden in de staal- en mijnbouw. En wie weet wat er met de textielfabriek gebeurt. Mogelijk breidt die nog uit. Het mooie ven textiel is dat de mensen het altijd nodig zullen hebben. Of het nu gaat om jurken, tenten of gordijnen.'

En uniformen, zo leek in zijn woorden door te klinken. Waarschijnlijk had de textielfabriek tijdens de oorlog ook stof voor soldatenuniformen moeten vervaardigen.

Het huis van de Silbergs, haar gastgezin, was niet zozeer een huis als wel een prachtige villa. Die lag een paar kilometer buiten de stad achter een klein bos dat op een heuvel was gelegen, bijna net als het kasteel uit de film *Belle en het beest*, dat Marianne erg mooi vond.

De onverwachte aanblik overweldigde haar. Het witgepleisterde gebouw van twee verdiepingen werd door een ijzeren hek omgeven waarvan de spijlen dreigend in de lucht staken.

Boven de ingang was een balkon. De deuren erachter stonden wagenwijd open.

Het huis deed haar een beetje aan dat van haar ouders denken. En toch leek dit huis veel vriendelijker.

'Het is niet zo schitterend als Château de Marbeaumont, dat een bankier heeft laten bouwen, maar het kan ermee door,' zei de burgemeester toen ze over het grind van de oprit reden. 'Vroeger woonde hier de districtsrechter. Dat moet een rare kwibus zijn geweest, dat zeggen de mensen tenminste. Hij bleef vrouw- en kinderloos en leefde alleen voor het gerecht. Toen hij in de Eerste Wereldoorlog stierf, kocht Alain Silberg het, die zult u nog wel leren kennen. Hij is de grootvader van Louise, die een paar jaar ouder is dan u en ooit ook de textielfabriek zal erven. Annette, haar moeder, was meteen bereid u op te nemen toen bekend werd dat we hier een Duitse lerares zouden krijgen.'

Terwijl de burgemeester vertelde, liet Marianne haar blik over de tuin gaan. Die was een en al bloemenpracht. Je kon zien dat dat hij door een ervaren tuinman was aangelegd. De rozenperken waren zo ingericht dat je altijd mooi zicht op de prachtige bloemen had.

Maar niet alleen de tuin riep herinneringen op aan haar eigen thuis. Ook zij had in een villa gewoond, en ook zij hadden een tuinman gehad. Zouden de Silbergs ook dienstmeisjes hebben?

De burgemeester zette zijn auto voor het huis stil. 'We zijn er!' merkte hij op en hij stapte uit om Mariannes koffer te pakken.

In het huis scheen niets te gebeuren. Door de open ramen wapperden de gordijnen naar buiten, in de verte klonk de kreet van een roofvogel, die het vast op de kippen had voorzien.

Ineens klonk er luid geblaf. De hond leek woest tegen een deur op te springen. Mariannes spieren spanden zich. Hoe vlug kon ze weer in de auto komen om zich voor de tanden van het dier in veiligheid te brengen?

'Ah, Clémence!' zei de burgemeester, en Marianne wist niet goed wie hij bedoelde, want ze kon daar buiten niemand ontdekken. Maar toen begon het haar te dagen dat hij de hond bedoelde. 'Goed volk meisje, je kent me toch wel?'

Even later verstomde het geblaf. Maar niet omdat monsieur Lefebre de hond op de juiste manier had toegesproken. De deur ging open en er kwam een jonge vrouw in een paarse gebloemde zomerjurk naar buiten. Haar haar droeg ze in een vlecht in haar nek. Haar voeten staken in schoenen met gespen die een beetje kinderlijk leken voor een volwassen vrouw.

Even nam ze de nieuwkomers op, toen liep ze hun met een stralende glimlach tegemoet.

'Ah, mademoiselle Louise!' riep de burgemeester. 'Bent u vandaag weer eens thuis?'

'Het is toch zondag,' antwoordde ze vrolijk. 'Dag, meneer Lefebre.'

Haar blik viel op Marianne. 'En dit is zeker onze gast?'

'Ja, we hebben haar net welkom geheten.'

Hij tilde de koffer uit de auto. 'Mademoiselle Schwarz, dit is uw gastvrouw Louise Silberg. Mademoiselle Louise, dit is Marianne Schwarz.'

De vrouwen gaven elkaar een hand.

'Aangenaam kennis te maken, mademoiselle Schwarz. Hoe was uw reis?'

‘Heel goed, dank u. Ik was gisteren in Parijs, vergeleken met daar is het hier bij u heel rustig.’

‘Dat klopt, en ik hoop dat u dat niet vervelend vindt. De meeste stadsbewoners bevalt het hier juist vanwege de rust.’

‘O, het is niet bedoeld als kritiek!’ antwoordde Marianne, want ze wilde niet dat Louise Silberberg dacht dat ze het saai zou vinden. ‘Ik houd van rust, en wat ik tot nog toe van uw stad heb gezien, bevalt me zeer.’

‘U komt uit Koblenz, nietwaar?’

Marianne knikte. ‘Ja, uit Koblenz.’

‘Geen kleine stad.’

‘Maar ook geen grote,’ zei Marianne. ‘In elk geval niet zo groot als Parijs.’

‘Daar hebt u gelijk in.’ Louise glimlachte en Marianne voelde dat ze bevriend met haar zou kunnen raken. Ze leek niet zo gestoord als Celia en Ingrid. Dat vond ze prettig.

‘We hebben uw grootvader bij de officiële verwelkoming gemist, gaat het niet goed met hem?’ mengde de burgemeester zich in het gesprek.

Er gleed een schaduw over Louises gezicht. ‘Nee, hij had weer last van reuma. En hij bewaart zijn energie liever voor de fabriek, zoals u zult begrijpen.’

Op de een of andere manier had Marianne het gevoel dat ze niet de waarheid sprak. Maar wat er tussen de burgemeester en haar gastheer speelde, ging haar niet aan.

‘Dan wens ik hem beterschap en hoop ik hem volgende week bij de raadsvergadering te zien. Doe hem de groeten van me!’

Louise glimlachte. ‘Die zal hij niet mislopen. Ik doe hem de groeten van u.’

Daarop nam de burgemeester afscheid en liep naar zijn auto.

Marianne en Louise keken elkaar een beetje bedeesd aan.

‘Kom toch binnen, mademoiselle Schwarz,’ zei Louise. ‘Wees maar niet bang voor Clémence. Ze is heel lief, maar ze heeft zo haar eigen manier om nieuwkomers te begroeten.’

Met die eigen manier maakte Marianne kennis toen ze de deur door liep. Een enorme grijsharige wolfshond kwam op haar af.

'Aai haar maar. Dan weet ze dat u geen kwaad in de zin hebt.'

En hoe weet ik of de hond geen kwaad in de zin heeft, dacht Marianne toen ze trillend haar hand naar het beest uitstak. De teef gromde even, waardoor Marianne bijna haar hand terugtrok, maar toen liet Clémence toe dat ze haar over haar kop aaide. Het gegrom hield meteen op.

'Braaf, Clémence!' prees Louise en ze streelde de hond eveneens, waarop die begon te kwispelen.

Marianne merkte nu pas dat ze even haar adem had ingehouden, en ze ademde weer uit.

'Ziet u, ze mag u. Voortaan zal ze u herkennen en niet meer blaffen wanneer u binnenkomt.'

Louise leek blij. En Marianne voelde dat ze minder gespannen werd. Blijkbaar was haar gastvrouw heel aardig.

'En hoe zit het dan met de burgemeester?' vroeg ze terwijl Louise haar door de hal meenam. De muren hadden een houten lambrisering, en zoals het in een villa hoorde, was er een prachtige met houtsnijwerk gedecoreerde trap. De vloer was van roze gevlekt marmer. 'Die moet ze toch eigenlijk kennen?'

'De burgemeester en mijn grootvader zijn niet bepaald de beste vrienden, moet u weten,' antwoordde Louise. 'Mijn grootvader vindt monsieur Lefebre goddeloos. En als hij iets niet kan uitstaan, dan zijn het wel goddeloze mensen. Bent u gelovig, mademoiselle Schwarz?'

Marianne wist niet hoe eerlijk ze kon zijn. 'Mijn ouders zijn katholiek,' antwoordde ze ontwijkend. 'Maar ik moet bekennen dat ik niet zo braaf naar de kerk ga als de pastoor zou willen.'

Om precies te zijn was het al een paar jaar geleden dat Marianne een mis had bijgewoond. Zelfs met Kerstmis vertoonde ze zich niet in de kerk, omdat het haar aan de kerstfeesten met haar ouders herinnerde.

'Nou, gelukkig hebt u het goede geloof – verder hoeft u het er niet over te hebben,' adviseerde Louise haar schouderophalend, terwijl ze haar door een lange gang voerde, waarvan de ramen een goed uitzicht gaven op het park.

De tuin bood een prachtig kleurenspel. Dahlia's in alle kleuren staken hun kopjes uit naar de zon. Op de achtergrond stonden eiken, esdoorns en majestueuze kastanjebomen op het punt van bladertooi te veranderen. In het donkergroen waren rode en gele plekken zichtbaar. De rozen in de bloemperken waren grotendeels uitgebloeid, slechts enkele richtten hun volop bloeiende bloemen nog naar de hemel.

Monsieur Silberg bevond zich in zijn werkkamer. Toen ze op zijn 'alors' naar binnen gingen, zag Marianne dat hij met een dik boek in zijn handen in zijn hoge stoel bij het raam zat. Hij was een behoorlijk lange, grof gebouwde man, dat zag ze al zonder dat hij opstond. Zijn kin en bovenlip verdwenen bijna helemaal onder een dikke, maar niet al te lange baard. Zijn volle haardos vertoonde hier en daar nog bruine draden. Hij droeg een donkere broek, een smetteloos wit overhemd en daarover een grijze slipover.

In zijn jonge jaren moest hij een heel knappe man zijn geweest.

'*Grand-père*,' onze gast is aangekomen. Mademoiselle Schwarz, dit is mijn grootvader, Alain Silberg.'

De man stak zijn hand op ten teken dat hij nog even nodig had, toen klapte hij het boek dicht, legde het op de vensterbank en stond op.

'Aangenaam kennis te maken,' zei Marianne en ze stak hem haar hand toe. 'Hartelijk dank dat u mij in uw huis opneemt.'

Alain Silberg leek allesbehalve verheugd.

'Ah, de Duitse,' zei hij nadat hij Marianne een moment lang kritisch had bekeken. Hij nam haar hand niet aan. Na een tijdje trok Marianne haar hand weer terug. 'Als goed gastheer is het aan mij u welkom te heten en te vergeten wat uw volk het mijne heeft aangedaan.'

Het bloed steeg Marianne naar de wangen. Op zo'n opmerking had ze niet gerekend.

'Ik... het spijt me, maar...'

'Waar komt u vandaan?' vuurde hij zijn volgende vraag als een kogel op haar af.

'Koblenz,' antwoordde Marianne. Opeens voelde ze zich vreselijk tekortschieten. Stel dat haar accent hem niet beviel? Dat hij haar niet mocht? Dat hij haar een verwijt maakte over de oorlog, was ook al een slecht teken. 'Ik geef daar les op het gymnasium.'

De oude Silberg nam die informatie met een knikje ter kennisgeving aan.

'En uw vader? Ik neem aan dat hij in de Wehrmacht heeft gevochten.'

'Grand-père!' De stem van Louise klonk nu verontwaardigd. Haar gezicht was vuurrood. 'Dat kunt u onze gast toch niet vragen!'

Silberg wierp zijn kleindochter een uitdagende blik toe. 'Mijn excuses, mademoiselle, dat was ongepast,' zei hij toen, maar hij keek Marianne niet aan. 'Ik moet nog aan het idee wennen dat Duitsers niet meer hierheen komen om land van ons af te pakken en rechtschapen mensen om het leven te brengen.'

Mariannes hart klopte in haar keel. Ze was hier nog geen half uur en nu werd de Tweede Wereldoorlog al voor de tweede keer ter sprake gebracht. Waarom had Silberg er eigenlijk mee ingestemd haar hier op te nemen?

'Mijn vader is kunstschilder,' antwoordde ze en ze probeerde niet te laten merken dat haar handen trilden. Gesprekken als deze kende ze, maar onder omgekeerde omstandigheden. 'En ja, hij heeft meegevochten in de oorlog. Maar die tijden zijn geweest. Wij, de volgende generatie, willen niets te maken hebben met wat er is gebeurd.'

'Maar dat zou wel moeten!' stoof Silberg op. 'De nieuwe generatie waant zich vrij van fouten, maar dat is onjuist! Het zijn kinderen van moordenaars die andere vaders hun kinderen ontnomen hebben. U zou zich elke seconde, elke keer dat u ademhaalt, daarvan bewust moeten zijn! Het is uw taak om wiedergutmachung te bewerkstelligen en ervoor te zorgen dat zoiets nooit meer gebeurt!'

Marianne staarde de man geschrokken aan. Zijn gezicht liep nu bijna paars aan.

Even had ze het idee dat ze naar haar eigen thuissituatie was verplaatst – alleen was haar vader van mening dat de Fransen de schuld van alles waren.

'Grand-père!' Louises stem werd scherper. Ze keek haar grootvader indringend aan.

Die wekte eerst de indruk dat hij zijn tirade wilde voortzetten, maar toen knikte hij berustend.

'Al goed. Maak het u gemakkelijk. Zolang u zich aan de huisregels houdt, vind ik het best dat u hier bent.'

Met die woorden keerde hij haar de rug toe en keek door het raam.

Marianne was verstijfd van schrik. Ze had er geen rekening mee gehouden op die manier te worden verwelkomd.

'Kom, ik zal u uw onderkomen laten zien, mademoiselle Schwarz,' zei Louise terwijl ze haar hand zachtjes op Mariannes arm legde.

Zwijgend verlieten ze de werkkamer en sloegen linksaf een gang in.

Marianne was helemaal in de war. En ook Louise leek niet goed te weten wat ze moest zeggen.

Even later kwam hun de heerlijke geur van vers gebak tegemoet.

'De keuken,' verklaarde Louise met schorre stem. 'Doordeweeks, wanneer mama en ik in de fabriek zijn, is hier een keukenhulp die voor grootvaders maaltijden zorgt. Hij is nog maar zelden in de fabriek, zijn gezondheid...'

Ze perste haar lippen op elkaar. Blijkbaar vond ze het gedrag van haar grootvader nog steeds pijnlijk.

'Waar is uw moeder?' vroeg Marianne om haar een beetje af te leiden. Ze hoopte dat madame Silberg niet de opvattingen van haar vader of schoonvader deelde.

'Ze is bij mijn grootmoeder in Metz. Met haar gaat het al een tijdje niet zo goed. Maar volgende week komt ze terug, dan zult u kennis met haar kunnen maken. Ze verheugt zich erg op uw aanwezigheid, mademoiselle Schwarz.'

'Noem me maar Marianne, dat is makkelijker.'

'Akkoord. Ik ben Louise.' Ze gaven elkaar een hand.

'Aangenaam, Louise.' Marianne glimlachte.

'Als je dus iets wilt eten wanneer je uit school komt: Nanette maakt graag iets voor je klaar. En anders kun je ook nemen wat je wilt. Er is helaas geen keuken in het huisje, maar ik denk dat het toch ook gezelliger is om hier te eten.'

Marianne hoopte dat Alain Silberg bij die maaltijden niet weer over de Wehrmacht en de oorlog zou beginnen. Ze besefte dat ze zich beter moest wapenen en een paar beleefde maar besliste antwoorden klaar moest hebben.

Louise nam haar mee naar buiten en de tuin door. Marianne vroeg zich af of de grootvader haar in een schuurtje wilde onderbrengen. Op een of andere manier leken hij en haar eigen vader erg op elkaar – ook al haatten ze allebei de andere kant.

'Trek je maar niets aan van wat grand-père zegt,' begon Louise toen ze een eindje van het huis vandaan waren. 'Het valt hem zwaar toe te geven dat de Duitsers van nu niets te maken hebben met de Duitsers van toen.'

'Dus de oorlog is bij jullie nog steeds aan de orde?'

Louise zuchtte. 'Ja, en dat zal ook wel altijd zo blijven. Mijn vader is tijdens de laatste oorlogsdagen gesneuveld.'

Marianne keek haar verschrikt aan. 'O, wat erg.'

Louise knikte. 'Dank je, aardig dat je dat zegt, maar het is eigenlijk niet nodig. Per slot van rekening heb jij noch je vader op mijn vader geschoten.'

'Weten ze dan wie het was?'

Louise schudde haar hoofd. 'Nee, waarschijnlijk waren het uiteengeslagen ss'ers. Eigenlijk moest mijn vader met een paar kameraden een dorp in het grensgebied beschermen. Dat die kerels op een zolder op de loer lagen, hadden ze niet verwacht.' Louise zweeg even. Was ze verdiept in het verleden? Marianne had graag geweten wat er op dat moment in haar omging. Ze leek aangedaan, maar op de een of andere manier ook gedistantieerd. Alsof ze haar vader nooit had gekend.

'Mijn grootvader zal het de Duitsers nooit vergeven dat ze mijn vader hebben gedood. En hij zal het hun nog minder vergeven dat er in de familie nu nog maar één erfgenaam over is.' Nu klonk er echt bitterheid door in haar stem. 'Ik ben zeven maanden na mijn vaders dood geboren. Mijn moeder zegt dat mijn grootvader er fanatiek op hoopte dat ik een jongen zou zijn.'

Louise was nu dus eenendertig. Dat zou je echt niet zeggen.

'Maar maakt dat dan niet uit?' vroeg Marianne. Ze zag weer voor zich hoe resoluut Louise haar grootvader tot de orde had geroepen. 'Jij zult de textielfabriek vast net zo goed kunnen leiden als een mannelijke erfgenaam zou hebben gedaan.'

'Ah, meneer de burgemeester heeft uit de school geklapt!' Louise begon te lachen. 'En als hij het daarover heeft gehad, heeft hij je ook over die maffe rechter verteld, hè?'

'Hij heeft zoiets laten doorschemeren,' antwoordde Marianne een beetje onzeker, want ze kon niet goed bepalen of Louise de kletspraat van de burgemeester waardeerde of niet.

Hoe dan ook was de schaduw van haar gezicht verdwenen.

'Dat is een van de bekendste verhalen uit de streek. De gestoorde rechter die probeerde de Eerste Wereldoorlog te negeren – terwijl hier regelmatig vrachtwagens langsreden om de troepen in Verdun te bevoorraden. Naar verluidt kon je vanaf zijn heuvel ten noorden van de stad de gevechtshandelingen overzien. De vrouwen van Bar-le-Duc hebben daar vaak met veldkijkers naar hun mannen staan zoeken.'

'Hoe hebben ze dat weten uit te houden?' vroeg Marianne. Er liep een rilling over haar rug.

'Geen idee. Maar waarschijnlijk was het beter daarboven te staan kijken en aan hun mannen te denken dan bij de kachel duimen te zitten draaien.'

'Hebben de vrouwen dat in de Tweede Wereldoorlog ook gedaan?'

Louise boog haar hoofd. Wat er in de oorlog met haar vader was gebeurd, leek haar toch niet helemaal koud te laten.

'Nee, dat zou te gevaarlijk zijn geweest. Volgens de verhalen verschilden de twee oorlogen totaal van elkaar. In de Eerste Wereldoorlog kon je nog een normaal leven leiden, in de Tweede was dat absoluut onmogelijk. Er stond ook haast niets meer overeind, omdat we door de Duitsers gebombardeerd waren. Grandpère zegt dat het een wonder is dat ons huis en de fabriek gespaard zijn gebleven.'

Marianne zweeg beduusd. Wat zou haar vader daarvan hebben gezegd? Had hij ooit nagedacht over de Fransen en wat de Duitsers hun hadden aangedaan? Of zat zijn trots zo diep dat hij blind was voor het leed? En daardoor ook blind voor een verzoening?

Monsieur Silberg leek ook niet bepaald op verzoening uit te zijn, dat had hij met zijn vragen en opmerkingen maar al te duidelijk gemaakt.

Ten slotte verscheen er tussen de bomen en een labyrint van struikgewas, riet en hoog gras een bijgebouw. Het was een klein bouwwerk van ruwe rode baksteen met een ouderwets leistenen dak. De ramen waren voorzien van blauwgeverfde luiken, waarvoor bloembakken met bloeiende geraniums stonden.

'Dit is het!' verkondigde Louise toen de begroeiing voor hen minder werd en ze het huisje in volle glorie konden zien. 'Ons gastenverblijf.'

Het zag er een beetje zo uit als je je een huis in een Frans dorpje voorstelde. Voor de ramen hing vitrage, naast een bloempot stond een gebutste blauwe gieter.

'Dit huisje hebben we ook aan de gestoorde rechter te danken,' zei Louise terwijl ze haar sleutelbos uit de zak van haar schort haalde en naar de voordeur liep. 'Hij stalde hier zijn auto. Na de oorlog was het gebouwtje behoorlijk vervallen, maar grootvader besloot het tot gastenverblijf te verbouwen.'

De scharnieren knarsten een beetje toen ze de deur van het slot had gehaald en hem opentrok. Een wat muffe, van lavendel doortrokken geur kwam hun tegemoet.

Louise leek het ook te merken, want ze trok haar neus op.

'Pff, wat ruikt het weer muf! Ik heb hier uren gelucht en met Sophie alles gesopt, maar het helpt niets, die lavendelgeur komt telkens terug.'

'Dat vind ik helemaal niet erg,' zei Marianne. 'Lavendel hoort toch ook bij Frankrijk?'

'Niet bij deze streek, dat is eerder Zuid-Frankrijk. Bij ons horen klaprozen.'

'Echt waar?'

'Ze groeien overal op de velden, en op nog veel meer plaatsen. Je moet zien hoe het hier is wanneer ze bloeien. Helaas heb je het nu gemist, maar het komende jaar moet je het zeker zien. Het is dan of het hele dal in bloed is gedrenkt.'

'Klaprozen bloeien maar kort.' Mariannes stem klonk schor. Ze moest ineens weer denken aan de vrouwen die op de heuvel stonden en het dal in keken. Ging het om hetzelfde dal?

'Daarom moet je op die dag ook geen plannen maken en alleen naar het tafereel kijken. Eind juni, begin juli is het zover. We zouden samen kunnen gaan kijken.' Louise glimlachte verlegen naar haar.

'Dat zou me groot plezier doen,' antwoordde Marianne, haar glimlach beantwoordend.

'Goed.' Louise knikte en wees naar een deur. 'Dat is de woonkamer, iets verder is de badkamer. Die is niets bijzonders, maar er is warm water.

Marianne moest toegeven dat het gebouwtje haar beviel. Niet

te geloven dat het eigenlijk een garage was geweest.

'Het is echt mooi hier, zo midden in de natuur,' zei Marianne terwijl ze rondkeek. De balken aan het plafond hadden nog altijd hun natuurlijke bruine kleur en vormden een fraai contrast met het crèmekleurige plafond. Wat ze aan de muren voor behang had aangezien bleek een opgeschilderd patroon dat met een sjabloon was aangebracht.

Ze kon zich voorstellen dat een kunstenaar zich er heel prettig zou hebben gevoeld. Niet haar vader, die zou geen voet op Franse bodem zetten. Maar een paar van de jonge kunstacademiestudenten die ze had leren kennen zouden er vast alles voor geven hier een jaar te mogen doorbrengen. En dat geluk viel haar ten deel!

'Het avondeten is om acht uur. Mijn grootvader vindt het niet prettig als iemand te laat komt, dus je kunt beter op tijd zijn of je moet een goede reden hebben voor je late komst.'

Marianne knikte. Gezien de ontvangst die de grootvader haar had bereid was het inderdaad raadzaam zich van haar beste kant te laten zien – ook al zou zijn mening er waarschijnlijk niet door veranderen.

'Is er nog iets waar ik op moet letten?' vroeg ze. 'Je grootvader had het over regels.'

'Ja, waarschijnlijk ziet hij je aan voor een wild type dat aan de lopende band mannen het gastenverblijf in smokkelt om de bloemetjes buiten te zetten,' antwoordde Louise knipogend. 'Ach, mocht je zulke plannen hebben, laat het me dan weten, dan doe ik graag mee.'

De twee vrouwen keken elkaar aan. En onwillekeurig barstten ze in lachen uit. De spanning viel nu langzaam helemaal van Marianne af, en ze werd wat losser.

'Ik zal eraan denken. Maar ik vrees dat het daar voorlopig niet van komt, omdat het lyceum me helemaal in beslag zal nemen.'

'Geloof me, leraren hebben hier ook vrije tijd. Toen ik nog naar school ging, heb ik vaak enkelen van hen betrapt bij het zwemmen, terwijl ze eigenlijk onze proefwerken moesten nakijken.'

'Is hier dan een zwembad?'

'Een rivier,' antwoordde Louise. 'De Ornain. En niet ver hiervandaan ligt het Marne-Rijnkanaal. De Rijn ken je wel.'

Ja, de Rijn kende ze.

'Hier in de buurt is een kleine zijtak die nog niet vanwege de scheepvaart is gekanaliseerd. Maar je moet oppassen dat je niet in de stroming terechtkomt, anders ben je zo weer thuis in Koblenz.'

Marianne was er niet zeker van of ze onder die omstandigheden wel wilde gaan zwemmen – maar het was voor haar een opluchting dat Louise met haar begon te kletsen alsof ze een kennis was die ze in de stad tegenkwam.

'Als je wilt, laat ik je later de rivier en de fabriek zien. De fabriek betekent alles voor ons!' Er klonk onmiskenbaar trots door in haar stem. 'Pak eerst maar uit en ga een beetje rusten. En wanneer je zover bent, kom je gewoon naar het huis.'

'En wat doe ik als Clémence me in de gaten krijgt?'

'Maak je geen zorgen, ze kent je nu. En wanneer je haar tegenkomt, moet je haar gewoon aaien.' Louise grijnsde en liep naar de deur.

Toen ze weg was, ging Marianne midden in de ruimte staan en probeerde de sfeer van het huisje op zich te laten inwerken. Wie zouden hier allemaal te gast zijn geweest? Had de 'gestoorde' rechter hier ooit schilders of schrijvers geherbergd? In zijn tijd was het toch en vogue geweest om kunstzinnige salons te houden. Of was de rechter echt zo'n eigenheimer geweest? Het zou misschien interessant zijn om in zijn geschiedenis te duiken.

Nu ging ze eerst maar eens haar spullen uitpakken. Terwijl ze de oude kledingkast vulde, wenste ze haast dat ze iemand over haar geluk hier kon vertellen. Zou ze Ursula een kaart sturen?

In elk geval zou ze haar collega's in Koblenz schrijven.

Laat in de middag maakte Louise met Marianne een uitstapje naar de stad. De straten waren uitgestorven. Op de toren van de fraaie renaissancistische Sint-Antoniuskerk koerden een paar duiven, en in de verte klonk het gekrijs van kinderen, maar zien konden ze de kleine rakkers niet. Veel huizen waren gemoderniseerd of in elk geval opnieuw geschilderd, maar je kon je voorstellen hoe het er hier honderd jaar geleden had uitgezien.

In een zijstraat, voor een okerkleurig huis met groengeverfde luiken, zaten een paar oude vrouwen op een bankje, die natuurlijk geïnteresseerd naar de jongere vrouwen keken.

'Goedemiddag, madame Descartes, madame Fleury en madame Blanchard!' riep Louise tegen het drietal, dat Marianne op de een of andere manier aan de drie heksen uit *Macbeth* deed denken. Ze droegen alle drie zwarte kleding en een zwarte hoofddoek. Waarschijnlijk waren ze al jaren weduwe.

'Goedemiddag, mademoiselle Louise!' riep de middelste van hen, wier jeugdige stem absoluut niet bij haar leeftijd paste. 'Hoe gaat het met uw grootvader?'

'Uitstekend, madame Fleury! Hij zal zich binnenkort wel weer in de stad vertonen.'

Blijkbaar maakte men zich hier ongerust wanneer een inwoner zich een tijd niet liet zien.

'Doe hem maar de groeten van ons!' riep het dametje hen achterna toen ze verder liepen.

'Madame Fleury had ooit een oogje op mijn grootvader,' verklaarde Louise toen ze wat verder weg waren. 'Maar ze was zijn type niet. Mijn grootvader stelt altijd heel hoge eisen, vooral aan de mensen in zijn directe omgeving. Een vrouw die hem niet bevalt kan vleien zoveel ze wil, maar zijn mening verandert er niet door. Bovendien denkt hij dat geen enkele andere vrouw aan mijn grootmoeder kan tippen. Wanneer je een foto van haar ziet, begrijp je wel waarom.'

Marianne, voor wie al eerder duidelijk was geworden dat de grootmoeder in Metz blijkbaar van moederskant was, vroeg zich af wat er met Alains vrouw was gebeurd.

'Hoelang zijn ze getrouwd geweest?' vroeg ze diplomatiek.

'Vijftig jaar, stel je voor. Ze zijn vlak nadat grootvader de fabriek had overgenomen getrouwd. Toen was hij net negentien. Hij had als kleine jongen de zware tijd van de Eerste Wereldoorlog meegemaakt. In die tijd maakte men meer haast met trouwen en kinderen krijgen.'

Dat riep bij Marianne weer de vraag op waarom Louise nog niet getrouwd was. Had zij geen haast? Wilde ze zich helemaal aan de zaak wijden? Dat mannen niet in haar geïnteresseerd waren, geloofde ze niet.

Nadat ze langs nog meer mooie huizen en de imposante klokkentoren – een restant van het middeleeuwse kasteel – en een paar ruïnes waren gekomen waarvoor waarschijnlijk alleen kinderen belangstelling hadden, kwamen ze bij de fabriek. Die stond in de buurt van de rivier. Het gebouw stamde onmiskenbaar uit de vorige eeuw, had hoge glas-in-loodramen en een gedecoreerde gevel met een enorme ouderwetse klok. Het terrein werd door een gaashek omgeven, op het erf stonden twee kleine vrachtwagens. Onder een afdak stonden pallets te wachten om beladen te worden.

Het poortwachtershuisje was verlaten, en ook verder was er niemand te bekennen.

Louise viste een sleutelbos uit haar tas en maakte de poort open waardoor anders de arbeiders naar binnen stroomden.

Fabrieksterreinen hadden altijd al een mysterieuze aantrekkingskracht op Marianne uitgeoefend. Een keer had haar vader foto's gemaakt op een fabrieksterrein. Ze was achter hem aan geslopen – hij had het wel gemerkt, maar het interesseerde hem niet wat zijn jongste dochter daar deed. Als tienjarige had ze de van de plafonds hangende zwarte kettingen en de uitgerangeerde, deels verroeste machines heel griezelig gevonden – en 's nachts had ze een bepaald levendige nachtmerrie gehad.

Ook nu merkte ze dat ze huiverde toen Louise de grote fabriekshal ontsloot. Het geknars van de scharnieren echode door de uitgestrekte ruimte, die vol stond met enorme weefgetouwen en andere toestellen waarvan Marianne geen idee had waarvoor ze dienden.

'Dit is mijn rijk,' verkondigde Louise met een weids gebaar, 'het rijk van de Silbergs. En dat al meer dan honderd jaar.'

Marianne liet haar blik gefascineerd langs de grove stenen muren glijden. Dit was voor het kunstenaarsoog van haar vader absoluut een interessante plek geweest – als hij niet zo zou hechten aan de andere kant van de grens.

Ze schudde de gedachte aan haar vader van zich af en zei: 'Een fascinerende hal. Ik weet helaas niets van textielproductie. Wat voor stoffen worden hier gemaakt?'

'Voornamelijk industriële stoffen voor meubels en gordijnen, en ook materiaal voor werkkleding. Vroeger ook voor uniformen, maar die tijd hebben we gelukkig gehad.'

'Ja, gelukkig wel,' was Mariannes reactie. 'Maken jullie hier dan geen kledingstoffen?'

'Wat verder naar achteren staat ook een weefgetouw voor kledingstoffen. Maar die vervaardigen we alleen voor vrouwen uit de regio die graag zelf naaien en hun stoffen voordelig in de buurt willen kopen. Maar dat zijn er niet veel meer; sinds het warenhuis er is, schaffen ze liever daar confectiejurken aan. Maar ik moet zeggen dat het ontwerpen van kledingstoffen me altijd het meest plezier doet.'

'En als je de stoffen zou exporteren?'

'Ik ben bang dat die niet afgenomen worden. Er zijn te veel textielfabrieken in het land, ze zitten niet op ons te wachten.'

'Misschien niet, maar misschien is er een bedrijf dat juist jullie stoffen waardeert.'

Er verscheen een dromerig lachje op Louises gezicht. Blijkbaar had ze dat graag uitgeprobeerd, maar de oude patriarch zou er wel iets op tegen hebben.

'Nou ja, je weet niet hoe het allemaal zal lopen. Misschien verandert over een paar jaar de markt, waardoor er meer vraag zal zijn naar kledingstoffen. Zolang dat niet het geval is, moeten we gewoon datgene produceren wat we kunnen verkopen. We dragen een grote verantwoordelijkheid voor onze arbeiders, daarom staat winst voorop.' Dat klonk op de een af andere manier triest, maar zo functioneerde de wereld nu eenmaal.

'Maar ik ben niet alleen hier om je de fabriek te laten zien. Ons huis ligt een eind van het stadscentrum, en ik heb een idee hoe je makkelijker van A naar B kunt komen. Ga je mee?'

Ze gidste Marianne langs de weefgetouwen naar een kleine deur. Die leidde naar een recreatieruimte, die weer op een gang met kluisjes uitkwam. Voor de kluisjes stond een fiets. Hij had een ouderwets breed stuur en zag er verder ook nogal antiek uit. Het frame was zwart gelakt, de spaken waren netjes ontroest. Voor het stuur zat een mand waarin je proviand of een tas kon doen.

'Hoe vind je hem?' vroeg Louise met glanzende ogen.

'Is die voor mij?' vroeg Marianne. Ze moest erkennen dat de fiets haar beviel. Hij kon dan wel niet met moderne modellen concurreren, maar had zo zijn eigen charme.

'Ja, als je hem wilt hebben, is hij voor jou. Vroeger gebruikte mijn grootmoeder hem altijd voor uitstapjes naar de weiden. Het is een van de stevigste fietsen waar ik ooit op heb gereden.'

Het was dus de fiets van haar grootmoeder. Als ze niet eerder de aanvaring met Louises grootvader had gehad, zou ze heel blij zijn geweest. Maar nu kon ze er niet omheen te vragen: 'Vindt je grootvader het dan wel goed als ik erop rijd? Ik wil hem niet kwetsen.'

Ik ga nog liever lopen, dacht Marianne, dan van die oude man het verwijt te krijgen dat een nazi de fiets van zijn vrouw gebruikt.

'Dat is heel aardig van je, maar je kunt gerust zijn. Ik heb het hem gevraagd en hij heeft zijn toestemming gegeven.'

'Echt waar?'

Louise glimlachte een beetje ondoorgrondelijk. 'Mijn grootvader kan misschien bitter overkomen, en zijn ideeën over de Duitsers zijn soms erg... nou ja, kortzichtig, maar ik ben ervan overtuigd dat hij als jullie elkaar wat beter leren kennen, je niet meer zal verwijten dat je Duits bent. Mijn grootvader kan ook heel beminnelijk zijn, ik ken hem eigenlijk niet anders.'

Marianne hoopte vurig dat ze gelijk had.

'Als dat zo is, wil ik de fiets graag hebben. Bedankt.'

'Graag gedaan! Je kunt hem het best nu al meenemen, dan hun je hem morgenochtend meteen gebruiken.'

Even later reed Marianne de fiets naar buiten. Hij piepte een beetje, maar hij zag er echt degelijk uit. Hoelang had ze wel niet meer op een fiets gezeten? Thuis had Ursula haar leren fietsen, het was noch bij haar moeder, noch bij haar vader opgekomen om het haar te leren. Ursula had het van een vriendinnetje geleerd. Omdat ze zelf geen fiets hadden, pikten ze soms die van hun vader en reden er stiekem mee door de stad. Toen waren ze nog gezworen kameraden geweest, maar in de loop van de tijd was de band tussen hen broos geworden. Uiteindelijk, toen Ursula aan haar studie begon en het huis uitging, was hij definitief verbroken.

Marianne zette haar jeugdherinneringen opzij.

'Rij maar eens een rondje,' stelde Louise voor.

Marianne keek onzeker naar de fiets. Het stuur leek enorm. En zou ze wel overeind kunnen blijven?

'Ik heb het al een hele tijd niet meer gedaan,' zei ze onzeker.

'Fietsen verleer je niet,' zei Louise. 'Het is net als met zwemmen. Als je het eenmaal kunt, kun je het altijd.'

Marianne liep naar de fiets toe. Haar rok leek ineens veel te strak. Ze zou wijdere moeten dragen. In Koblenz was ze nooit naar school gefietst – maar daar woonde ze er ook maar een paar straten vandaan.

'Probeer het maar! Als je wilt, zorg ik wel dat je niet omvalt.'

Marianne trok haar rok een beetje op en ging op het zadel zitten. Ze herinnerde zich nog goed dat ze ooit tijdens een ritje met Ursula was gevallen en haar knie had opengehaald. Daardoor waren ze tegen de lamp gelopen. Het had hun vader onverschillig gelaten, maar hun moeder had hun verboden weer te gaan fietsen. Marianne had zich daar niets van willen aantrekken, maar Ursula was toen oud genoeg om te beseffen dat hun moeder het aan de buren zou vragen. En dat die haar zouden vertellen wat ze hadden gezien. Vanaf dat moment hadden ze niet meer gefietst. Dat was dus de laatste keer geweest dat ze op een fiets had gezeten.

Toen Marianne haar voeten op de pedalen zette, klopte haar hart in haar keel. Even dacht ze dat ze zou omvallen, maar toen bleek dat Louise gelijk had. Algauw hervond ze haar evenwicht en kreeg ze vaart.

Louise stond achter haar te juichen en te klappen. 'Zie je wel, ik heb het je toch gezegd!'

Marianne reed een rondje over het fabrieksterrein, en toen nog een. Haar hartslag kwam tot bedaren en geleidelijk werd ze zekerder. Waarom heb ik niet gewoon een fiets gekocht, vroeg ze zich af. Ik heb zo veel tegen de zin van mijn ouders gedaan – waarom dat niet ook?

Ten slotte kwam ze bij Louise weer tot stilstand.

'En, hoe bevalt hij?'

'Het is een prima fiets,' antwoordde Marianne enthousiast. Haar wangen waren rood, haar haar zat in de war en als iemand haar met die opgetrokken rok had gezien, zou die er zeker aanstoot aan hebben genomen. Maar dat kon haar niet schelen.

'Fijn. Hij zal je goede diensten bewijzen, dat zul je zien. Bovendien ben je daardoor minder afhankelijk en kun je ook eens naar de wijnbergen fietsen, en naar de rivier en de klaprozenvelden.'

'Hebben jullie hier wijnbergen?' vroeg Marianne verbaasd. Vroeger, toen ze zich met Frankrijk begon bezig te houden, had ze ervan gedroomd ooit op een wijnberg te wonen. Die droom was verwaterd, maar als het even kon zou ze de plaatselijke wijnboer eens een bezoekje brengen.

'Ja, er zijn drie wijnhuizen in de omgeving. De wijnen zijn niet bijzonder beroemd, maar wel goed. Zelfs mijn grootvader heeft er niets op aan te merken. Waar jij vandaan komt zijn vast ook wijngaarden, toch? Duitsland is beroemd om zijn riesling.'

'Dat heb ik wel gehoord, maar ik kan niet bevestigen of die faam terecht is, daarvoor drink ik te weinig wijn.'

'Dat verandert hier misschien nog wel.' Louise glimlachte, toen vroeg ze: 'Wat zou je ervan vinden als we op de fiets naar huis teruggingen?'

'Met z'n tweeën?' vroeg Marianne verschrikt.

'Ja, waarom niet? Als je wilt, rijd ik, en ga jij op de bagagedrager zitten. Kom, het is leuk! '

Marianne aarzelde nog een beetje, maar toen knikte ze en ging achterop zitten. Zo hoefde ze de stad tenminste niet haar blote dijen te laten zien.

Even later raceten ze de weg naar de villa af. Marianne was eerst bang dat ze zouden vallen, maar toen voelde ze de warme wind op haar gezicht en in haar haar en viel de schroom van haar af. Ze was in Frankrijk! Haar droom was in vervulling gegaan. En er lag een heel jaar voor haar.

16

De volgende ochtend zat ik voor de computer en zocht het stadje op waar mijn moeder was geweest. Even later vond ik het.

Het gymnasium was er intussen een van vele. De stad was groter geworden, moderner. De textielfabriek bestond niet meer. In plaats daarvan was er een energiebedrijf in gevestigd en er waren ook een paar grotere ambachtelijke bedrijven, maar over het geheel genomen had de plaats veel weg van een middelgrote stad in Duitsland. Op de bushaltes prijkte graffiti. Er waren foto's van jongeren die in hun vrije tijd aan het skateboarden waren. Hoe zou het zijn om er nu door de straten te lopen? Er was inmiddels bijna veertig jaar verstreken sinds mijn moeder daar had rondgeslenterd, maar misschien zou het me helpen te begrijpen...

Mama had me beloofd vanavond meer foto's te laten zien en uit te leggen wat er was gebeurd. Ik werd er bijna gek van dat ze zo veel tijd nam. Over mijn vader wist ik nog steeds niets. Maar ik voelde dat het iets met het uitwisselingsprogramma te maken had. Dat die Christoph bij haar terug was gekomen, geloofde ik niet. Wie was die onbekende? Een leraar? Iemand anders uit het stadje? Of misschien die Yves uit Parijs? Mijn moeder had ontkend dat ze iets met hem was begonnen, maar misschien had ze hem later teruggezien. Misschien was het ook wel een onenightstand geweest.

Nee, dat leek me niets voor mijn moeder. En dat mijn vader uit haar leven was verdwenen, zou haar ook niet zo hard hebben geraakt als het een eenmalige zaak was geweest.

Ik rekende het na. Ik was op 12 februari 1977 geboren. Dus moest ik in mei 1976 zijn verwekt. Mijn moeder was in september 1975 voor een jaar naar Bar-le-Duc gegaan. Dat betekende dat ik tijdens haar verblijf daar moest zijn verwekt. Toen ze uit Frankrijk wegging, was ze al meer dan drie maanden zwanger. Hadden ze op de school geweten wat er was gebeurd? Was ze om die reden ontslagen?

Of was er nog een andere reden waarom ze het nooit over die tijd had gehad?

Was ze misschien verkracht? Die gedachte voelde als een stomp in mijn maag.

Het liefst was ik naar het fotoalbum gaan zoeken, maar ten eerste zou dat een enorme schending van het vertrouwen tussen ons betekenen, en ten tweede had ik met de foto's, die meestal alleen maar kiekjes waren, niet veel kunnen beginnen. Ik zou dus moeten wachten tot mijn moeder weer terug was en me bij de hand pakte om me door haar geschiedenis te leiden.

's Middags had ik al aardig wat materiaal over Bar-le-Duc verzameld. De stad had een zeer informatieve website, waardoor je een indruk kreeg van de gebouwen en het landschap. Ik vond zelfs het gedenkteken voor de 'Voie Sacrée', de bevoorradingsroute naar Verdun.

Helaas waren de nakomelingen van de Silbergs van de textielfabriek bepaald niet scheutig met informatie op het internet. Er waren geen telefoonnummers, geen foto's. Alleen het in de restanten van het kasteel ondergebrachte museum vermeldde iets over de geschiedenis van het bedrijf en toonde trots een foto van een van de weefgetouwen die mijn moeder op haar eerste dag in Bar-le-Duc had gezien. Toen ik wat verder zocht, vond ik ook een foto van de oude Silberg. Maar daar stond hij op als jonge man, vlak na het huwelijk met zijn vrouw. Op de achtergrond doemde de fabriek op. Ik vroeg me af wat de vrouw over de foto zou hebben gezegd, die liet zien dat ze niet alleen met een man, maar ook met een bedrijf was getrouwd. Minutenlang tuurde ik naar de foto, toen bedacht ik dat de school misschien ook een eigen website had.

Na even zoeken vond ik inderdaad een site die verwees naar het lyceum waar mijn moeder gewerkt had. Maar zouden daar nog sporen van mijn moeders verblijf te vinden zijn? Was er nog documentatie uit die tijd bewaard gebleven?

Toen de voordeur openging, klapte ik snel mijn laptop dicht, als een schoolkind dat betrapt dreigde te worden op iets wat niet mocht.

'Hallo, hoe is het gegaan?' vroeg ik ter begroeting aan mijn moeder toen ik de hal in kwam.

Ze kromp in elkaar.

'O, zit je hier!' zei ze terwijl ze haar hand tegen haar borst drukte.

Was ze het vergeten? Of was ze toen ze binnenkwam ergens anders geweest met haar gedachten?

'Ja, vandaag stond mijn hoofd niet naar een uitstapje.'

'In plaats daarvan heb je in die enge boeken zitten kijken,' giste ze.

Ik liet haar in de waan. 'Die zijn niet eng, maar bevatten veel informatie. Ik wil alleen maar op alles voorbereid zijn.'

'Van die informatie raak je alleen maar overstuur,' was haar reactie terwijl ze haar laarzen uitdeed en haar pantoffels aanschoot. 'Wacht toch gewoon af wat de specialist zegt. Over twee weken is het zover, dan kunnen we onszelf nog altijd gek maken.'

Dat was waar, maar ik wenste dat die twee weken eindelijk voorbij waren. Ik moest weten wat het volgende was dat gedaan moest worden.

17

Foto nr. 6
Marianne met haar klas. Ze staat achter zeventien leerlingen, acht meisjes en negen jongens. Naast haar rijzen twee mannen op. De ene heeft een kaal hoofd en een baard, de andere een grijs krullenkapsel. Beide mannen glimlachen breed in de camera. Mariannes glimlach is verbeten. Ze wekt een gespannen indruk, en bij nadere beschouwing zie je dat ze haar hoofd pas naar de fotograaf toe heeft gewend nadat ze eerst ergens anders naar heeft gekeken. (15 september 1975)

Mariannes hart klopte in haar keel toen ze de school in liep. De eerste dag op een nieuwe school was altijd bijzonder. Je moest je op nieuwe collega's instellen, op nieuwe leerlingen. Je wist nooit wat je te wachten stond. Een rumoerige klas of een brave? Aardige collega's, of opvliegende en gedesillusioneerde?

Het had haar een goed idee geleken wat vroeger te komen. Het schoolgebouw met zijn hoge, brede gangen was gelukkig al door de conciërge geopend. Terwijl haar voetstappen op het marmer weerklonken, keek ze omhoog naar de pilaren aan weerszijden van de gang. Uit de hoeken kwam een wat muffe geur, maar dat had je in elk oud gebouw, hoe goed het ook werd schoongemaakt. De deuren in de gang waren allemaal van een nummer voorzien. De lindegroene verflaag leek wat vaal. De messing jassenhaken ernaast glansden kleurig in de ochtendzon. Marianne streek er met haar hand overheen. Zo glad als ze aanvoelden, moesten ze wel de jassen van duizenden leerlingen hebben gedragen.

'Mademoiselle, bent u misschien verdwaald?'

Marianne draaide zich vlug om. De jongeman droeg een poloshirt, een spijkerbroek en gympen. Zijn golvende zwarte haar stond een beetje van zijn hoofd af, wat niet aan een windvlaag te wijten was, maar aan de vele kruinen op zijn hoofd. Zijn ogen schitterden goudachtig bruin.

Even zag ze hem aan voor een leerling uit de bovenbouw, maar toen zag ze dat hij ongeveer van haar leeftijd was.

'Nee, helemaal niet, ik...' Even kon ze niet op de Franse woorden komen, maar ze herstelde zich voor ze in haar moedertaal kon vervallen. 'Ik ben de nieuwe lerares. En ik weet dat de lessen pas om acht uur beginnen, maar ik dacht, ik kijk eerst eens even rond.'

De jongeman hield zijn hoofd een beetje scheef en nam haar aandachtig op. Had hij haar misschien niet verstaan? Was haar uitspraak niet vloeiend genoeg? Marianne begon zich onzeker te voelen.

'O, dan moet u de lerares uit Duitsland zijn.' Hij kwam naar haar toe en stak zijn hand uit. 'Ik ben Michel Clement. Mijn vader geeft hier ook les.'

'Aangenaam kennis te maken. Ik ben Marianne Schwarz,' antwoordde ze en toen ze zijn hand aanraakte, ging er een huivering door haar heen. Verward liet ze hem weer los. Wat was er met haar aan de hand? Zeker, hij zag er goed uit, en hij had ook een zeer aangename stem, maar waarom werd ze ineens rood? Ze had er anders nooit moeite mee met leeftijdgenoten te praten.

'Ik kom uit Koblenz,' vervolgde ze, om haar verlegenheid een beetje te maskeren. 'Werkt u ook hier?'

'Nee, ik ben hier alleen maar omdat ik mijn vader heb geholpen iets af te leveren. Ik werk bij een wijnboer hier vlakbij. Als u zin in wijn hebt, kan ik wel een paar flessen voor u meebrengen.'

‘O nee, ik drink niet zo vaak,’ sloeg Marianne het aanbod af, en meteen had ze daar spijt van. Waarschijnlijk vond hij haar nu een bedeesd muurbloempje. Maar strikt genomen was ze dat ook. Terwijl sommige leeftijdgenoten van haar al kinderen hadden, was zij nog maagd.

‘Nou onze wijn drink je eigenlijk niet om dronken te worden, maar om ervan te genieten. Misschien moet ik u maar eens wat laten proeven.’

Mariannes hart klopte ineens ongekend snel. Zo uitdagend als die Michel had een jonge man haar nog nooit aangekeken. Dreef hij misschien alleen de spot met haar?

‘Michel?’ vroeg een zware mannenstem achter hen. ‘Ah, hier ben je! Ga je meteen weer weg?’

Michel lachte naar Marianne en knipoogde alvorens zich om te draaien. ‘Ja, papa, zoals je weet moet ik om acht uur beginnen, zoals alle andere fatsoenlijke mensen.’

Het ontging Marianne niet dat de oude monsieur Clement licht misprijzend zijn mond vertrok. Blijkbaar was hij niet zo gelukkig met de beroepskeuze van zijn zoon.

‘Goed, dan breng ik de laatste dozen wel alleen naar binnen.’

‘Ik kan u wel even helpen!’ bood Marianne aan. Ze was misschien tenger, maar tamelijk sterk en had in het atelier van haar vader vaak mee moeten aanpakken. Nog afgezien van haar laatste verhuizing, waarbij ze nauwelijks hulp had gehad met het sjouwen.

‘En wie bent u?’ vroeg monsieur Clement.

‘Marianne Schwarz, de nieuwe lerares.’

Meteen versomberde het gezicht van de man. Wat was er aan de hand? Had ze hier echt nog niet mogen zijn? Hij leek niet te weten wat hij moest zeggen.

‘Je nieuwe collega kan je vast helpen,’ stelde zijn zoon. ‘Nou, we zien elkaar nog! Een fijne dag, mademoiselle Schwarz!’

Hij glimlachte nog een keer naar haar en stapte toen weg door de gang.

Zwijgend stonden monsieur Clement en zij tegenover elkaar. Om de een of andere reden schoot haar de naam van de hond te binnen, Clémence, wat natuurlijk absoluut niet toepasselijk was, maar ze kon er niets aan doen.

'Nou ja...' begon monsieur Clement ten slotte. 'Ik had er de voorkeur aan gegeven officieel aan elkaar voorgesteld te worden, maar nu u er toch bent... Ik heb nog een paar lichtere dozen in mijn auto staan. Dus als u me wilt helpen...'

'Met alle plezier,' antwoordde Marianne en ze voelde zich bijna opgelucht dat ze uit de gang weg konden. Misschien was monsieur Clements gereserveerdheid ook alleen maar een uiting van onzekerheid. En hij had gelijk, eigenlijk zou ze vanmorgen aan het lerarenkorps moeten worden voorgesteld. Waarschijnlijk had hij nu het gevoel geen goede eerste indruk te wekken.

'Het was niet mijn bedoeling iemand in verlegenheid te brengen,' zei ze terwijl ze naar de auto van de leraar liepen, die hij in de zijstraat had geparkeerd. 'Ik wilde alleen de school alvast bekijken. De locatie een beetje op me laten inwerken. Dat doe ik altijd wanneer ik op een nieuwe school begin.'

'Uw Frans is heel goed,' merkte monsieur Clement op, terwijl hij helemaal niet naar haar geluisterd leek te hebben. 'Sinds wanneer spreekt u onze taal?'

'Sinds mijn middelbareschooltijd,' antwoordde Marianne. 'In de brugklas ben ik echt verliefd geraakt op Frankrijk, de cultuur, de muziek.'

'Tja, eigenlijk vindt de hele wereld dat Duitsland het land van de dichters en de cultuur is. Soms heb ik de indruk dat de mensen daar dat zelf ook zo zien.'

'O, nee, absoluut niet!' was Mariannes reactie. 'Er zijn veel Duitsers die veel meer hebben met de Franse of de Italiaanse cultuur. In mijn vriendenkring las bijna iedereen Sartre en werd er naar Juliette Gréco geluisterd.'

Marianne vroeg zich af wat er van haar schoolvriendinnen was geworden. Sinds haar studie had ze geen contact meer met hen gehad. Misschien zouden ze blij zijn met een ansichtkaart uit Frankrijk. Ze woonden beslist niet meer thuis, maar hun ouders zouden de post zeker doorsturen.

'U schijnt een opmerkelijke vriendenkring te hebben gehad,' merkte monsieur Clement op terwijl hij naar een rode Citroën wees. 'Dat is mijn auto. Ik zal u de wat lichtere dozen geven.'

Hij maakte de auto open en overhandigde Marianne drie middelgrote platte dozen, die op zich niet zwaar waren, maar in haar armen werd het gewicht verdrievoudigd en ze was blij dat het er niet meer werden.

'Lukt het zo?' Clement tilde twee grotere dozen uit de kofferbak en zette ze zo neer dat hij ze makkelijk op kon pakken nadat hij de auto weer had afgesloten.

'Ja, het lukt wel, geen probleem,' antwoordde Marianne, waarna ze achter haar collega aan weer het schoolgebouw in liep. Intussen verzamelden de eerste leerlingen zich op het schoolplein. Enkelen van hen brachten hun fiets naar het afdak waaronder ook haar fiets stond. Ze was nog steeds niet echt gewend aan het fietsen, maar ze had het gevoel dat ze het gauw genoeg weer goed onder de knie zou hebben. En het was in elk geval beter dan lopen.

'Wat zit er in die dozen?' vroeg Marianne terwijl ze achter monsieur Clement de brede trap opliep. 'Collecties. Ik ben biologieleraar en heb de zomer gebruikt om een paar nieuwe herbariums aan te leggen en nieuwe preparaten te maken. Gelukkig beschikt de omgeving van Bar-le-Duc over een rijke flora en fauna.' Marianne dacht terug aan haar school in Duitsland. Ze had zich er nooit mee beziggehouden, maar zou haar collega van biologie zijn herbariums ook zelf aanleggen? En hoe zat het met de preparaten? Kon hij het opbrengen dieren in alcohol te conserveren of vlinders met een naald te doorboren? Dat kon ze zich haast niet van de bedeesde meneer Albers voorstellen. Monsieur Clement zag er daarentegen allesbehalve bedeesd uit. Hoe langer ze naar hem keek, hoe meer ze zich van zijn aanwezigheid bewust werd.

Het was beslist geen schuchterheid die hem ervan had weerhouden haar welkom te heten. Blijkbaar had het hem in de war gebracht haar samen met zijn zoon te zien.

Op de bovenste verdieping aangekomen droegen ze de dozen naar een klein vertrek dat als kabinet diende. Daar stond alles wat voor de lessen nodig was. Landkaarten, een globe – en veel potten met geconserveerde dieren. Er ging een rilling door Marianne heen toen ze een bleke, in alcohol bewaarde slang zag, met licht geopende bek. Zou monsieur Clement die zelf hebben gevangen?

'De herbariums kunt u het best hier neerzetten. Onze conciërge zal later wel voor de dozen zorgen.'

Marianne deed wat haar werd gezegd en keek toen om zich heen. Behalve de alcoholpreparaten waren er ook veel vitrines. Daarin werden de onvermijdelijke vlinders bewaard, maar er stonden ook glazen kistjes die lieten zien hoe een graankorrel een korenaar werd en hoe uit mycelium eekhoorntjesbrood groeide.

'Fascinerend, hè?' vroeg monsieur Clement terwijl hij een pot uit een doos tilde en bij zijn verzameling zette. 'Momentopnamen uit de natuur, voor de eeuwigheid geprepareerd.'

Blijkbaar sprak hij meer tegen zichzelf dan tegen haar, maar dat maakte voor Marianne niets uit. Ze had altijd lerares Frans en Duits willen worden en zich nooit met andere vakgebieden beziggehouden. Dat zou met haar verblijf hier misschien nog veranderen.

'Kom, we kunnen nu beter naar beneden gaan, onze collega's zullen zo wel komen,' zei monsieur Clement nadat hij nog even naar het resultaat van zijn werk had gekeken.

Marianne knikte. 'Goed.'

'Hartelijk dank voor uw hulp.' Monsieur Clement deed een poging te glimlachen, wat niet erg van harte ging. Maar misschien lag dat in zijn aard.

De biologieleraar bracht haar naar het kantoor van de rector, die net leek te zijn gearriveerd. Marianne kende hem al van het welkomstfeestje van de vorige dag.

Monsieur Callas, die zich zeer wel bewust was van het feit dat hij een naamgenoot was van de beroemde operazangeres, was een rijzige, slanke man met bruin haar en diepliggende ogen die je het gevoel gaven dat ze alles zagen, zelfs gedachten. Marianne was ervan overtuigd dat dat bij leerlingen groot effect sorteerde – vooral wanneer ze bij hem ontboden werden wanneer ze iets hadden uitgehaald.

'Ah, Robert, wie breng je daar mee?' vroeg hij lachend terwijl hij achter zijn bureau vandaan kwam. 'Goedemorgen, mademoiselle Schwarz, wat fijn u te zien!' De rector schudde haar hartelijk de hand. 'Ik neem aan dat monsieur Clement zich al aan u heeft voorgesteld?'

'Jazeker,' antwoordde Marianne. 'Hij was zo vriendelijk me alvast het kabinet te laten zien, dat vond ik heel interessant.'

'Mademoiselle Schwarz heeft me geholpen met sjouwen, en voor je onjuiste conclusies trekt, ze heeft me zelf haar hulp aangeboden toen mijn zoon naar zijn werk moest.'

'Mooi, mooi, dan hoop ik dat u al een beetje vertrouwd bent geraakt met Bar-le-Duc. 'Hoe bevalt uw accommodatie?'

'Heel goed,' antwoordde Marianne. 'De Silbergs zijn heel aardig, en mijn huisvesting laat niets te wensen over.'

'Dat is fijn. Komt u mee naar de lerarenkamer, daar zult u kennismaken met uw collega's. Die verheugen zich al over de uitwisseling met u!'

In de lerarenkamer waren de docenten inmiddels binnengekomen. Omdat ze wisten dat de uitwisselingsdocente er zou zijn, waren ze bij wijze van uitzondering niet meteen naar hun leslokaal gegaan.

Een voor een maakte Marianne kennis met haar collega's: Amélie Leduc, de resolute natuurkundelerares, Christine Henry, lerares Engels, Arnoud Lecomte, de tekenleraar met zijn dikke hoornen bril, Didier Malot, de energieke gymleraar, en de voor haar belangrijkste leraren: Jacques Dumont, de kale docent Frans met de baard en Lydie Delacour, de wat bleke lerares Duits met wie ze de klassen zou delen. Verder nog de scheikundeleraar Richard Balzac, de wiskundeleraar Jean Fleury, die duidelijk familie was van de oude madame Fleury, en Mathieu Castel, die muziekles gaf.

Samen vormden ze een zeer bont gezelschap en Marianne voelde zich bij de meesten meteen op haar gemak. Een paar collega's waren vriendelijk doch gereserveerd, maar dat viel op de eerste dag te verwachten.

'Welnu, dan zullen we eerst maar eens uw leerlingen aan u voorstellen,' verkondigde de Franse leraar monsieur Dumont terwijl hij de lerares Duits, die een ijle, heldere stem had, toeknikte. 'U zult in eerste instantie vooral bij mij hospiteren om vertrouwd te raken met de dagelijkse gang van zaken op school. De lessen Duits zult u na die eerste gewenningsfase zelfstandig kunnen overnemen, want als er iemand is die verstand heeft van die taal dan bent u dat wel.'

Die opmerking was niet kwaad bedoeld, maar Lydie vertrok haar gezicht tot een zuur lachje. Marianne zou het net zo zijn vergaan als iemand haar vakkennis in twijfel had getrokken onder het mom van een compliment aan een collega.

Ze glimlachte Lydie bemoedigend toe, toen liepen ze samen achter Dumont aan de lerarenkamer uit.

Het lokaal voor Duits werd blijkbaar ook voor wiskunde gebruikt, want bij binnenkomst ontdekte Marianne naast het schoolbord een grote liniaal, een passer en een geodriehoek. Ook de aankleding van de muren wees er niet op dat hier een vreemde taal werd onderwezen.

Op de banken zaten tien jongens en zeven meisjes van de 'seconde', het eerste leerjaar van het gymnasium. Ze waren veertien of vijftien, al bijna volwassen, net zoals in Duitsland in de vierde klas van de middelbare school het geval was. Voor hen op tafel stonden naambordjes, die ze zo te zien zelf hadden gemaakt.

'Goedemorgen, dames en heren,' begroette Lydie de klas in behoorlijk zeker, maar niet bepaald accentloos Duits. 'Ik hoop dat jullie een fijne vakantie hebben gehad. Vandaag wil ik jullie een nieuwe collega voorstellen, die vanaf nu samen met mij de lessen zal geven. Marianne Schwarz komt uit Duitsland en zal een jaar op onze school doorbrengen om samen met ons te leren en ons buurland voor jullie dichterbij te brengen.'

Er klonk geroezemoes. Marianne kon zich haast niet voorstellen dat Lydie met haar zachte stem tegen de jongeren op kon wanneer die eenmaal echt begonnen te kletsen.

'Het doet me plezier hier te zijn en jullie van nu af aan les te mogen geven,' begon Marianne, wat energieker dan ze eigenlijk van plan was geweest, maar ergens had ze het gevoel dat ze hier op de eerste dag geen zwakte moest tonen. 'En het doet me ook plezier dat jullie de ambitie hebben om mijn moedertaal te leren. Ik weet zeker dat Fransen en Duitsers veel van elkaar kunnen leren. Als jullie vragen hebben, stel me die dan gerust.'

Weer klonk er geroezemoes. Twee jongens staken de koppen bij elkaar, toen werd er een hand opgestoken. De jongen had ravenzwart haar en een week gezicht, dat misschien nog wat scherper zou worden wanneer hij de puberteit achter zich liet.

Marianne probeerde zijn naambordje te ontcijferen, maar dat lukte haar zo vanuit de verte niet meteen.

'Ja?' zei ze toch maar.

'Mademoiselle Schwarz,' zei de jongen met een stem die de baard in de keel nog niet helemaal achter de rug had. 'Waarom hebben de Duitsers de Joden vermoord?'

Bij die woorden verstarde Marianne op slag. Ze keek naar Lydie Delacour, die tomaatrood werd. De leerling keek haar schijnbaar onschuldig aan, maar Marianne herkende in zijn gezicht een zeker leedvermaak. Deed hij het alleen maar om haar op de proef te stellen of waren ze bij hem thuis de Duitsers niet welgezind?

'Bertrand, dat is een zeer ongepaste vraag!' viel Lydie in het Frans tegen hem uit.

'Het is al goed,' suste Marianne. Als ze zich voor deze klas wilde handhaven, mocht ze dit niet uit de weg gaan. 'Ik leg het je graag uit...' Ze strekte haar hals en nu zag ze wat er op het naambordje stond: BERTRAND RÉMY. 'Bertrand.'

Ze haalde diep adem om rustig te worden, toen begon ze: 'Veel Duitsers geloofden in de nazi-ideologie over de Herrenmensch. En veel Duitsers zaten bij de NSDAP en de SS. Ze werkten in de vernietigingskampen, lieten de transporttreinen rijden en bewaakten ze. Ze dachten dat de Joden vanwege hun afkomst en hun geloof minderwaardig waren – wat absoluut onjuist is. Veel mensen hebben ook gewoon weggekeken en wilden niets van de verschrikkingen weten, hetzij uit angst, hetzij uit onverschilligheid. De Joden waren het slachtoffer van een inhumane ideologie waarvoor geen verontschuldiging mogelijk is – en die in de oorlog gelukkig is overwonnen.'

'Maar u bent zelf toch ook een Duitse. Vindt u de Joden ook minderwaardig?'

Voor zijn grijns had Marianne hem graag een klap in zijn gezicht gegeven. Maar ze drong haar ergernis terug.

'Nee, dat vind ik niet. Voor mij zijn alle mensen, ongeacht afstamming of geloof, gelijkwaardig. In Duitsland is inmiddels een nieuwe generatie opgegroeid. We zijn niet meer het volk dat andere volkeren wil uitroeien, we zijn een volk dat vriendschap met andere volkeren nastreeft. Vooral met het Franse volk.'

Even was het stil in de klas. Zelfs Bertrand leek niets meer te binnen te schieten. Marianne merkte dat haar hart bonsde. Waarschijnlijk was haar gezicht vuurrood, haar make-up kon dat niet verbergen. Maar ergens had ze het gevoel de strijd in haar voordeel te hebben beslecht.

Na de les, die daarna zonder verdere storingen was verlopen, kwam Lydie Delacour naar haar toe.

‘Mijn excuses dat die jongen u in verlegenheid heeft gebracht,’ zei ze toen de leerlingen het lokaal uit waren. ‘Het is de eerste keer dat we hier een Duitse lerares hebben. De kinderen horen thuis veel verhalen, die pikken ze op en uiten ze bij gelegenheid.’

Marianne nam Lydie aandachtig op. Ze was een stuk ouder dan zij, het was dus mogelijk dat ze als kind nog iets van de verschrikkingen van de oorlog had meegekregen. Haar vriendelijkheid liet echter geen twijfel dat ze zelf geen ressentimenten koesterde – waarom had ze anders ook lerares Duits willen worden?

‘Het geeft niet,’ antwoordde Marianne, en bijna had ze zich laten ontglippen dat ze zoiets wel had verwacht – maar ze hield zich in, want ze wilde laten zien dat ze onbevooroordeeld aan haar werk begon. ‘Bij ons wordt er op de scholen ook zo over gesproken. Ik probeer alle vragen van de leerlingen zo goed mogelijk te beantwoorden.’

‘Maar u begrijpt wel dat het een poging was om u van uw stuk te brengen? Bij Bertrand Rémy in elk geval. Voor hem moet u oppassen, die is erg achterbaks.’

Marianne knikte. ‘Bedankt voor de waarschuwing. Ik ken dat soort knullen, in mijn eigen klas heb ik ze ook. Ze zijn eigenlijk niet slecht, maar ze vinden het leuk om zichzelf tegenover anderen te bewijzen en veroorzaken daarmee een hoop problemen.’

‘Dat ziet u heel juist!’

Vergiste Marianne zich, of klonk Lydies stem, nu ze dacht een bondgenoot tegen de klier van de klas te hebben gevonden, wat krachtiger?

‘In elk geval hebt u hem een goed antwoord gegeven. Niemand anders zal op het idee komen dit onderwerp nogmaals ter sprake te brengen, maar ik vrees dat u nog wel meer goede antwoorden bij de hand moet hebben. Bij Bertrand weet je het maar nooit.’

Voor Marianne daar iets op kon zeggen vroeg een stem: ‘En, hoe is de eerste les gegaan?’

Monsieur Dumont stak zijn kale hoofd om de deur.

'Heel goed,' antwoordde Marianne. 'Nu ben ik aan de beurt om bij u te hospiteren, hè?'

'Helemaal juist! Mijn leerlingen zullen blij zijn kennis te maken met iemand die als buitenlandse hun taal zo goed spreekt als u.'

'Dat is heel aardig van u!' was Mariannes reactie terwijl ze naar Lydie keek. Die lachte haar bemoedigend toe.

'Zullen we in de pauze samen koffiedrinken?' vroeg ze aan Lydie.

Die knikte. 'Ja, graag!'

Marianne glimlachte tegen haar en liep toen achter monsieur Dumont aan.

Toen ze de school uit kwam, hoopte ze een beetje dat ze Michel, de jonge man van die ochtend, zou terugzien, maar omdat het pas vier uur was en hij op het wijngoed vast langer moest werken, stapte ze op haar fiets en reed terug naar de villa.

Op het terrein had ze het gevoel helemaal alleen te zijn. Het huis zag er verlaten uit, wat ook geen wonder was, want Louise was in de fabriek en monsieur Silberg waarschijnlijk ook. Marianne kon zich voorstellen dat hij alles nog graag in de gaten hield. En Clémence, de hond, leek te slapen.

Marianne zette de fiets onder het afdak naast het hek en ging op weg naar het bijgebouw, met haar gezicht naar de zon gekeerd. Het was een prachtige dag! Misschien moest ze daar gebruik van maken door een beetje in de stad rond te kijken. Natuurlijk moest ze ook de lessen voor morgen voorbereiden – er stond weer Duits op het rooster, bovendien twee uur met monsieur Dumont in de 'première', de bovenbouw, maar dat zou geen probleem zijn.

Vlak voor ze bij het huisje was, kwam Alain Silberg tussen de struiken vandaan. Het leek bijna of hij op haar had staan wachten.

Marianne bleef verschrikt staan. 'Goedemiddag, monsieur Silberg,' zei ze ter begroeting en ze keek hem afwachtend aan.

Hij nam haar secondenlang op, voor hij haar groet beantwoordde.

'Goedemiddag. U komt van school, nietwaar?'

Waar anders vandaan, dacht Marianne, toen knikte ze beleefd. 'Het was mijn eerste dag vandaag.'

'En hoe bent u daar ontvangen?'

'Heel goed, dank u,' antwoordde ze, vermoedend dat er nog iets zou volgen. Ze had weliswaar samen met hem een avondmaaltijd gebruikt, maar ze was het gevoel niet kwijtgeraakt dat er nog veel meer verwijten jegens haar en haar landgenoten bij hem broeiden.

'Jammer dat uw landgenoten niet over zulke vriendelijkheid beschikten toen ze hier tekeergingen en onze jongens vermoordden,' bromde hij.

Marianne had zich voorgenomen adequaat op zijn tirades te reageren, maar deze beschuldiging benam haar de adem, net als 's ochtends toen die leerling – Bertrand Rémy, herinnerde ze zich – gevraagd had waarom de Duitsers de Joden hadden vermoord.

Ergens had ze het gevoel met de woorden van de oude man nog slechter te kunnen omgaan dan met de opmerkingen en geintjes van haar leerlingen.

Maar toen werd het haar duidelijk. Alain Silberg leek uit te zijn op een confrontatie met haar en nu Louise in de fabriek was, hoefde ze niet op hulp te rekenen. Ze moest in elk geval niets doen wat hem ertoe kon brengen haar aan te vallen.

'Het spijt me heel erg, monsieur Silberg. Wat er vroeger is gebeurd, vind ik echt heel erg. Uw kleindochter heeft me over haar vader, uw zoon, verteld, en ik kan begrijpen dat u vreselijk kwaad op de Duitsers bent.'

De ogen van de man werden rood en glazig. Een moment lang kon Marianne niet onderscheiden of dat door woede of verdriet kwam.

'U kunt helemaal niets begrijpen, want u hebt nooit ervaren

hoe het is om je enige kind te verliezen. En ondanks alles hoop ik voor u dat u die ervaring niet hoeft mee te maken.'

Met die woorden kwam hij weer in beweging. Marianne deinsde verschrikt achteruit, maar Alain Silberg wilde haar niets aandoen. Hij liep gewoon langs haar heen, met zijn armen op zijn rug.

Een tijdje bleef ze hem bij de struiken staan nakijken. Hij draaide zich niet eenmaal om en verdween ten slotte achter de bloemperken.

Hij heeft gelijk, dacht ze. Ik heb geen idee hoe het is een kind te verliezen. En ik heb ook geen idee van de oorlog. Maar wat moet ik doen om hem duidelijk te maken dat die tijd voorbij is?

Waarschijnlijk waren pogingen daartoe net zo vergeefs als die om haar vader ervan te overtuigen dat de Fransen geen vijanden meer waren maar vrienden.

Terneergeslagen liep ze het huisje in. De euforie die ze had gevoeld bij de gedachte aan Michel Clement was nu compleet verdwenen.

Er verstreken twee weken zonder dat ze Michel te zien kreeg. Steeds weer moest ze aan hem denken – en dat terwijl ze maar een paar woorden hadden gewisseld. Wanneer ze alleen was, stelde Marianne zich situaties voor waarin ze hem tegen kon komen. Misschien bij de bakker waar ze een tweede ontbijt haalde, hoewel ze eigenlijk iets uit de keuken van de Silbergs had kunnen meenemen. Of op de terugweg. Op school, wanneer hij zijn vader weer eens moest helpen met sjouwen.

Maar wanneer de gewone gang van zaken haar opeiste verdwenen die dagdromen, en ze probeerde te accepteren dat ze hem misschien wel nooit terug zou zien.

Bovendien had ze op school veel te veel te doen om zich met pleziertjes bezig te kunnen houden. Het reilen en zeilen op school nam haar volledig in beslag.

Intussen waren de pesterijen van de leerlingen minder geworden, maar Marianne had nog altijd niet het gevoel dat ze haar accepteerden. Een keer sloeg ze het schoolbord open en was daar een groot hakenkruis op getekend. Zoeken naar de schuldige was zinloos, want de kinderen vormden een blok. En verder waren er soms ook opmerkingen of vragen waarvan ze moest slikken en waarbij ze zich moest beheersen om niet haar stem te verheffen of te gaan huilen.

Ze had inmiddels gemerkt dat een enkele collega wangedrag nog altijd met een draai om de oren bestrafte. Daartoe wilde ze zich niet verlagen, dat waren methodes die ze zelf op school nog had meegemaakt. Ze wilde het beter doen – vooral omdat ze niet wist wat de ouders ervan zeiden dat hun kinderen les kregen van een Duitse.

Dat zou ze die avond zien, want de eerste ouderavond van het nieuwe schooljaar stond op het programma. Marianne vond het spannend om met de ouders kennis te maken – en ze dacht dat ze zich wat zekerder kon gaan voelen als ze wist hoe ze tegenover haar stonden.

Gezien de opmerkingen van de leerlingen vreesde ze echter dat de verhalen uit de oorlog bij hen thuis nog altijd leefden. En dat ze ook op de ouderavond aan de orde konden komen.

Van pure opwinding voor de ouderavond reed ze nog een keer naar de villa, om zich om te kleden, want ze wilde graag een goede indruk maken. Ze zocht haar beste kleren uit, een donkerblauwe wijde rok, een blauwgeruite blouse met ruches en haar blauwe pumps, die ze anders nooit droeg omdat ze er niet mee kon fietsen. Dus deed ze die in een zak, want ze wilde niet in haar beste kleren van de fiets vallen.

Toen ze klaar was, bekeek ze zichzelf in de spiegel. Ze was tevreden over haar uiterlijk, maar zag ze er niet wat te Duits uit? Maar wat was te Duits? Haar blonde haar? Haar blauwe ogen? De manier waarop ze zich kleedde? Misschien had ze Bertrand Rémy daarover moeten uithoren...

Nu had ze echter geen tijd meer om na te denken.

Nog eenmaal streek ze over haar kleren, toen pakte ze haar jas van de haak en liep het huisje uit.

Toen ze op school aankwam, was er verder nog niemand. Alleen de conciërge was bezig de schooltrap te vegen. Marianne groette hem kort – ze wist dat hij niet geïnteresseerd was in een praatje – en toen liep ze naar de aula, waar de bijeenkomst zou plaatsvinden.

De ouderavonden op deze school waren anders dan die op het gymnasium bij haar thuis. Het waren eerder grote vergaderingen waarop belangrijke punten uit het schoolleven aan de orde kwamen. Daar behoorde zijzelf ongetwijfeld ook toe.

De aula was voor de gelegenheid passend versierd. Leerlingen van de onderbouw hadden voor decoraties gezorgd. De plaatsen voor de leraren bevonden zich op het podium, net als bij een openbare gespreksronde met wetenschappers. Ervoor stonden tafeltjes waaraan de ouders konden gaan zitten.

Marianne ging op het podium staan en keek naar beneden. Haar ongemakkelijke gevoel werd sterker. Zou ze deze test doorstaan?

Het deed haar een beetje denken aan een schooluitvoering waaraan ze in de tweede klas van de middelbare school had moeten meedoen. De lerares wilde dat ze *Romeo en Julia* opvoerden – voor de hele school. Hoewel Marianne een onbelangrijk bijrolletje had, was ze zo nerveus geweest alsof ze Julia moest spelen. Op dat moment had ze gemerkt dat een publieke carrière niets voor haar was – daarvoor had ze te veel plankenkoorts. Dat ze als lerares op het podium zou moeten staan, had ze niet verwacht. Ze was blij dat de ouderavonden in Duitsland informeler verliepen.

'Ah, mademoiselle Schwarz, u bent er al!'

Monsieur Clement kwam met een tas in zijn hand de aula in lopen. Blijkbaar was hij verrast dat ze daar was.

'Ja, ik wilde op tijd zijn. Ik weet nog niet hoe de ouderavonden hier verlopen.'

Ze had geen idee waarom, maar in aanwezigheid van monsieur Clement begon ze zich zeer onbehaaglijk te voelen. Op de een of andere manier merkte ze bij hem een zekere afkeer tegenover haar, uiteraard bedekt met onberispelijke beleefdheid. Door haar vader wist Marianne echter precies hoe het was als iemand een ander niet kon uitstaan – of wanneer die hem onverschillig liet.

'Prijzenswaardig,' antwoordde hij. 'Gelukkig vinden deze bijeenkomsten niet erg vaak plaats. Maar u raakt er nog wel aan gewend.'

Hij bracht zijn tas en zijn jas, die hij over zijn arm had gelegd, naar een van de plaatsen. Zijn plaats, vermoedde Marianne. Welke was die van haar? Aan Lydie had ze geen steun, die was al een paar dagen ziek, waardoor ze de Duitse lessen ook alleen had moeten geven. Dat was haar vanwege het provocerende gedrag van Bertrand Rémy niet licht gevallen.

Misschien moest ze wachten tot monsieur Dumont kwam. In tegenstelling tot de andere leraren deed hij altijd hartelijk tegen haar.

Monsieur Clement leek haar alweer te zijn vergeten. Hij ging op zijn stoel zitten, haalde een schrift tevoorschijn en begon notities te maken.

Marianne wist niet wat ze moest doen. Ze durfde niet zomaar ergens te gaan zitten. En ze durfde Clement ook niet aan te spreken. Het kwam bij haar op naar zijn zoon te vragen, maar ze wist niet of ze daar wel over moest beginnen. Wat ging die haar aan?

Na een minutenlange kwelling, die voor haar gevoel uren had geduurd, kwamen een paar andere leraren binnen. Ze groetten haar nauwelijks en begaven zich naar hun vaste plaats.

Eindelijk verscheen haar Franse collega monsieur Dumont. Marianne haalde opgelucht adem.

'Ha, daar is de ster van de avond,' zei hij en hij gaf haar joviaal een hand. 'U hebt u echt mooi gemaakt.'

'Ik wilde graag een goede indruk maken, dat is alles,' reageerde Marianne onzeker.

'Dat gaat zeker lukken!'

Marianne wenste dat ze het optimisme van haar collega kon delen. Hij kende de ouders – maar kende hij ze wel goed genoeg?

'Kom, kom maar naast mij zitten. Anders zit Lydie hier, maar die is nog ziek.'

Marianne nam plaats op de stoel naast monsieur Dumont.

'Dit is allemaal vast heel spannend voor u! Ik ben een paar jaar geleden zelf in Duitsland geweest, toen moest ik ook erg wennen aan de gang van zaken daar op school.'

'Hebt u ook deelgenomen aan een uitwisselingsprogramma?' vroeg Marianne. Tot nu toe was dat tussen hen niet ter sprake gekomen.

'Het was meer hospiteren,' antwoordde hij. 'Ik ben er maar een paar maanden geweest. In Keulen. Dat kent u vast.'

'Ja, natuurlijk ken ik dat.'

'Toen gaf ik nog les in Parijs. Dat was een mooie tijd.' Hij kreeg een dromerige blik.

'En waarom bent u hierheen... gekomen?' Bijna had Marianne 'gedeporteerd' gezegd, maar ze wilde niet onbeleefd zijn.

'Tja, dat was de liefde! Helaas, of ik moet zeggen, tot mijn geluk liep ik vlak na mijn terugkeer naar Parijs een beeldschone vrouw tegen het lijf... Tegenwoordig mijn echtgenote. Zij heeft me naar Bar-le-Duc ontvoerd. Inmiddels ben ik hier al tien jaar.'

'Dan... was u zeker een van de eersten die na de oorlog een bezoek aan Duitsland brachten?' vroeg Marianne door.

'Jazeker. En ik ben daar trots op. Om die reden heb ik de rector lang aan zijn hoofd gezeurd om onze school voor het uitwisselingsprogramma op te geven. Gelukkig is dat dit jaar gehonoreerd.'

Marianne had maar wat graag willen weten of daar weerstand tegen was geweest – en wie daar iets op tegen had gehad. Maar de rij stoelen was intussen verder bezet geraakt en ze wilde monsieur Dumont niet in verlegenheid brengen.

In plaats daarvan vroeg ze: 'Hoe is dat toen... zo gekomen? Waarom wilde u naar Duitsland?'

'De cultuur interesseert me. De dichters... Duitsland heeft zulke fantastische literatuur. Goethe, Schiller, Lessing...' Zijn toon werd dweperig. 'Ik wilde zien waar zij hebben rondgewandeld. Ik ben zelfs in Weimar geweest, aan de andere kant van de Muur. Uw landgenoten uit het Oosten hadden toen de grenzen al gesloten, maar dankzij een collega konden we er toch heen. Het was indrukwekkend.'

Dumont deed zijn ogen dicht alsof hij terugdacht aan een vervlogen liefde. Marianne glimlachte. Blijkbaar hadden ze aardig wat gemeen, al was monsieur Dumont minstens twintig jaar ouder dan zij. Dat vond ze prettig, en ze voelde zich wat minder nerveus.

Toen de wijzers van de grote klok in de aula bijna zeven uur aangaven, begon de zaal vol te lopen. Paarsgewijs kwamen de ouders naar binnen, de mannen merendeels in pak, de vrouwen in een zomerjurk of mantelpakje. Veel dames zagen eruit alsof ze net van de kapper kwamen. Marianne werd haast een beetje jaloers. Misschien moest ik hier ook maar eens naar de kapper gaan, dacht ze terwijl ze onzeker aan de wrong in haar nek voelde.

Toen alle ouders binnen waren en de deuren dichtgingen, liep rector Callas naar de katheder die op het podium stond.

'Dames en heren, ik heet u allen welkom op de eerste ouderavond van dit schooljaar. Zoals u misschien al hebt gehoord, is ons een bijzondere eer ten deel gevallen. Ons lyceum is uitgekozen om een jaar lang een gastdocente uit Duitsland te herbergen, die de leerlingen les zal geven in Duits en Frans. Mademoiselle Schwarz komt oorspronkelijk uit Koblenz en is daar lerares aan het gymnasium.'

De rector keek haar aan, wat betekende dat ze moest opstaan.

Marianne ging staan en knikte wat onzeker rond. De blikken van de aanwezigen kon ze niet peilen, maar ergens had ze niet het gevoel dat er veel enthousiasme heerste over haar aanwezigheid.

'Eer!' snoof iemand verachtelijk toen ze weer ging zitten. Marianne keek in die richting en zag een wat grofgebouwde man in een te krap pak. Zijn zwarte haar had aan de slapen zilveren strengen, zijn ogen keken haar recht aan. Het viel Marianne op dat hij enige gelijkenis vertoonde met Bertrand Rémy. Helaas waren zijn gelaatstrekken nog weker. Dat stond ook die arme Bertrand te wachten.

Wat de rector nu zei, kreeg ze maar met een half oor mee, want ze vroeg zich af of Bertrands vader net zo dacht als zijn zoon. Waar zou de jongen zijn haat tegen de Duitsers anders vandaan moeten hebben – beslist niet uit eigen ondervinding. Maar de man die ze voor monsieur Rémy hield was oud genoeg om de oorlog als soldaat te hebben meegemaakt. Hij had er vast vreselijke herinneringen aan overgehouden – maar waarom zette hij zijn zoon tegen haar op? Zíj had hem toch niets aangedaan!

'Mag ik vragen waarom u tijdens de les de nazi's hebt verdedigd, mademoiselle Schwarz?' viel de grofgebouwde man de rector plotseling in de rede.

Even was het doodstil. Aller ogen richtten zich op Marianne.

Blijkbaar lag het niet in de aard van de man het juiste moment af te wachten.

'Monsieur Rémy, neem ik aan?' vroeg ze.

'Jazeker.' Rémy stak zijn borst op en oogstte welwillende blikken van veel andere ouders.

'Welnu, uw zoon heeft me een vraag gesteld – en ik heb absoluut niet de nazi's verdedigd. Dat kan Lydie Delacour bevestigen.'

'Die collaborateur!' mompelde Rémy woedend.

'Wát zegt u daar?' vroeg Marianne en toen keek ze naar haar collega's. Monsieur Dumont was duidelijk kwaad. Lydie was er helaas niet. Gelukkig maar, dacht Marianne terwijl haar maag samentrok.

Voor haar klonk luid geroezemoes.

'Dames en heren!' probeerde de rector de commotie te sussen.

'Ik ben ervan overtuigd dat dit op een misverstand berust.'

Misverstand? Wat viel er mis te verstaan? Of was de Duitse kennis van de jongen zo gebrekkig? Ze wist dat ze Rémy daar niet mee om de oren kon slaan.

'Ik heb met geen woord de nationaalsocialisten verdedigd!' herhaalde Marianne geagiteerd. 'Ik heb alleen geprobeerd uit te leggen waarom het tot de pogroms tegen de Joden is gekomen en welke schuld de Duitsers zich daarmee op de hals hebben gehaald. Ik heb niets vergoelijkt of gebagatelliseerd, en ik heb al helemaal niet de nazi's verdedigd.'

Rémy's gezicht werd donkerrood. Hij balde zijn vuisten. 'Wilt u soms beweren dat mijn zoon liegt?'

Ja, dat wilde ze. Maar Marianne zag in dat dat niets zou opleveren. Rémy geloofde haar niet en dat gold waarschijnlijk voor een groot deel van de aanwezigen. Zo langzamerhand begon ze zich af te vragen of men hier echt zo blij was met een uitwisselingsdocente.

'Ik beweer niets, ik probeer u alleen maar uit te leggen dat er in mijn les geen sprake is geweest van verheerlijking van de nazi's!' voerde ze verder ter verdediging aan. 'Misschien ben ik verkeerd begrepen, waarvoor mijn excuses. Maar het is niet mijn bedoeling geweest politiek bedenkelijke uitspraken te doen. En dat zal ook in de volgende lessen zo blijven.'

Na haar woorden werd het gemompel weer luider.

'Als lerares Frans moet u onze taal toch begrijpen,' mengde zich een vrouw in het gesprek, die blijkbaar Rémy's echtgenote was. Ze keek Marianne met fonkelende ogen aan. 'Waarom bent u hier anders naartoe gestuurd?'

Marianne kreeg ineens het vreselijke gevoel dat deze aanval doelbewust op haar was gericht. De aanwezigen geloofden inwoners als de Rémy's eerder dan haar, die hier vreemd was, en een Duitse. Wat ze ook zei, het zou tegen haar worden gebruikt.

'Dames en heren, kalmte alstublieft!' Eindelijk kwam Callas tussenbeide. 'Blijkbaar is er sprake van een groot misverstand. Ik steek mijn hand in het vuur voor de integriteit van mijn collega!'

Dat leek de gemoederen echter niet te bedaren.

Verbijsterd keek Marianne toe terwijl er nu over haar hoofd heen een discussie werd gevoerd of het wel een goed idee was een Duitse uitwisselingsdocente te laten komen.

De oorlog is dertig jaar geleden, schoot het door haar heen. En nog steeds lijkt niemand hier bereid te zijn te vergeven.

Toen ze opzij keek, ontdekte ze een kwaadaardig lachje op het gezicht van monsieur Clement. De andere leraren wekten een neutrale of onverschillige indruk, maar het spektakel dat de ouders veroorzaakten leek hen te amuseren.

Marianne voelde zich gebruuskeerd. Waarom al die vijandigheid? En waarom leek het Clement plezier te doen dat de ouders zo tegen haar waren? Bij de introductiebijeenkomst twee weken geleden was iedereen toch zo positief en verheugd geweest.

Maar daar waren geen ouders bij aanwezig geweest. Van deze gezichten kende ze er niet een.

Opeens had ze het gevoel geen lucht meer te krijgen. Omdat de ouders heftig met de directeur discussieerden en haar al niet meer leken te zien, stond ze op en liep naar buiten.

Dof weerklonken haar voetstappen in de gang. De stemmen van de ouders achtervolgden haar nog een tijdje. Marianne was zich ervan bewust dat het voor hen koren op de molen was dat ze was weggelopen. Waarschijnlijk zouden ze hun kinderen thuis meteen vertellen wat er gebeurd was. En hoe slap hun lerares gereageerd had. Maar op dit moment kon ze niet terug. In tranen stormde ze de school uit, het plein op, waar de banken stonden. Daar zou weliswaar iedereen kunnen zien dat ze huilde, maar waarschijnlijk waren de ouders nog steeds bezig op haar te hakketakken, want de woorden van Rémy hadden gefungeerd als een lont in een kruitvat.

Eigenlijk kon ze het de mensen niet kwalijk nemen dat ze kwaad op de Duitsers waren – die hadden immers veel leed veroorzaakt. Maar ze was hier omdat ze vriendschap wilde sluiten.

Alleen was hier niemand bereid de vriendschap van een voormalige vijand te accepteren.

Dat maakte Marianne nog treuriger, en ze begon te snikken. Misschien was het geen goed idee geweest hiernaartoe te gaan. Op haar eigen school waren de kinderen op haar gesteld. Normaal gesproken zou ze nu thuis de lessen voor de volgende dag zitten voorbereiden. In plaats daarvan zat ze hier, en afgezien van haar onbegrip en machteloze woede moest ze ook nog morgen vol vrees voor de klas gaan staan...

Ineens kwam er iemand naast haar op de bank zitten.

Door een waas van tranen keek Marianne op. Michel Clement! Waar kwam die ineens vandaan? En wat had hij op het schoolplein te zoeken?

'Ik hoef vast niet te vragen hoe het gegaan is,' zei hij zacht en hij glimlachte. 'Ouderavond zeker?'

Marianne knikte. Michel overhandigde haar een zakdoek. Die was keurig netjes gestreken en gesteven, zodat ze er bijna niet in durfde te snuiten. Maar haar ogen en neus liepen over, dus ze had geen keus.

'Bedankt,' zei ze en ze depte haar tranen weg.

'Mag ik vragen wie u heeft aangevallen?'

'Hoe weet u dat iemand me heeft aangevallen?' Had hij misschien onder het raam staan luisteren?

'Omdat op de ouderavonden met zekere regelmaat iemand wordt aangevallen. Meestal zitten ze op madame Delacour of monsieur Lecomte te hakken. Die lijken zwak, dus denken ze dat te kunnen maken. Zo was het al toen ik nog op school zat. Ik kan me voorstellen dat ze het bij u ook proberen, om te zien hoever ze kunnen gaan.'

Marianne zuchtte. 'Bij mij ligt het anders. De vader van een leerling heeft me verweten dat ik in de les de nazi's heb verdedigd. En behalve monsieur Callas heeft niemand het voor me opgenomen. Het leek of ze allemaal geloofden wat die vader zei – alleen maar omdat ik Duits ben.'

'Tja, Callas is dan ook socialist!' zei Michel lachend.

Marianne vond dat helemaal niet grappig, en dat had hij meteen in de gaten.

'Het spijt me, ik wilde het niet nog erger maken. Feit is dat men in deze stad het een en ander met de Duitsers heeft meegemaakt. Veel jonge mannen zijn na de oorlog niet teruggekomen.'

'Maar inmiddels is dat dertig jaar geleden!' wierp ze tegen. ' Nu moet toch wel duidelijk zijn dat Duitsland geen oorlog meer zal uitlokken. Er is toch het Élysée-verdrag.'

'Verdragen die in Parijs zijn gesloten, zijn in de provincie gebakken lucht.' Michel maakte een afwerend gebaar. De mensen geloven hier wat ze willen geloven. U kunt er zeker van zijn dat zulke ressentimenten bij de meeste jongeren niet meer bestaan. Om die reden trekken er hier ook zo veel weg. Ze zijn het beu de verhalen van de ouderen te horen.'

Blijkbaar gold dat niet voor de Rémy's.

'Hoe zit dat eigenlijk met u?' vroeg ze. 'Waarom bent u nog hier?'

'Nou, beslist niet omdat ik zo gesteld ben op die oude oorlogsverhalen,' antwoordde hij. 'Ik houd gewoon van het landschap. Lach me alstublieft niet uit.' Michel grijnsde.

Marianne was weliswaar niet in de stemming om te lachen, maar toen ze hem aankeek, werd haar hart lichter.

'Bent u graag op de wijnberg?' vroeg ze.

'Ja, heel erg zelfs,' antwoordde hij. 'Ik houd van mijn werk als beheerder. Er is op een wijngoed veel te doen. Ik zou nog liever tussen de wijnstokken rondlopen, maar...'

Hij zweeg even en schudde zijn hoofd alsof hij een ongewenste gedachte van zich af wilde schudden, daarna vervolgde hij: 'Maar zo is het ook oké. Het is goed, eerlijk werk. Mijn vader is vreselijk kwaad dat ik niet meer van mijn leven maak. Met mijn lyceumdiploma zou ik ook leraar kunnen worden, dat wilde mijn vader tenminste. Maar ik had geen zin om te gaan studeren. Al breek ik daardoor met de traditie van de familie Clement;

op de een of andere manier is er altijd wel een zoon leraar geworden.'

Marianne nam Michel een poosje zwijgend op. Haar ogen volgden de welving van zijn lippen, verloren zich in de gouden tint van zijn iris. Dat merkte hij vast wel, maar hij zag blijkbaar geen reden iets te zeggen.

'Tja, het is zoals het is, hè?' zei hij ten slotte. 'Mijn vader zal zich erbij moeten neerleggen. En ik kan ook als wijnboer mijn gezin onderhouden. Het maakt mijn verloofde in elk geval niet uit wat ik ben en doe.'

Verloofde! Marianne had het gevoel dat ze een klap in haar gezicht had gekregen. Michel was dus verloofd – haar dromen spatten van het ene moment op het andere als een zeepbel uit elkaar.

'Hoe zit dat met úw vader?' vroeg Michel nu, waardoor Marianne de neiging kreeg weg te lopen. Maar op de een of andere manier weigerde haar lichaam te gehoorzamen. 'Wat voor plannen had hij met u? Wilde hij dat u lerares werd of hebt u dat buiten hem om besloten?'

Marianne zweeg even verward. Verloofd, verloofd galmde het door haar hoofd. Tegelijkertijd kon ze niet geloven dat het haar zo veel kon schelen. Was ze soms verliefd op Michel? Terwijl ze elkaar maar even hadden gezien? Dat achtte ze onwaarschijnlijk. Maar waarom voelde ze dan zoiets als teleurstelling?

'Ik... ik weet niet wat mijn vader met mij van plan was,' hoorde ze zichzelf uiteindelijk antwoorden. 'Hij was nooit erg aanwezig in mijn leven.'

'O. Zijn uw ouders gescheiden?'

'Nee, nee. Maar ik had toch het gevoel dat hij er nooit was. Hij had alleen oog voor me wanneer ik model zat. Of wanneer hij me wilde fotograferen. Hij is kunstenaar, moet u weten...'

'Aha,' zei hij terwijl hij verlegen op zijn hoofd krabde. Blijkbaar had hij met kunst net zo weinig op als met het leraarschap. 'Tja, eerlijk gezegd kan ik me dat niet zo goed voorstellen, want mijn vader was in mijn jeugd meer dan aanwezig. Door mijn besluit om niet te gaan studeren heb ik me een beetje los kunnen maken. Hij maakt er geen geheim van dat hij mijn beroep afkeurt maar weet ook dat hij er niets tegen kan doen.'

Na een korte stilte voegde Michel eraan toe: 'Maar ik geloof dat ik daarmee ook zijn respect heb verworven – al zal hij dat nooit toegeven.'

Marianne moest er weer aan denken hoe afwijzend Clement had geleken – en dat terwijl zij steeds beleefd tegen hem was geweest en hem op de eerste dag de helpende hand had geboden.

'En hoe zit het eigenlijk met uw vader?' vroeg ze, want die vraag brandde ineens op haar ziel. 'Hoe staat hij tegenover de Duitsers?'

'Heeft mijn vader ook iets tegen u gezegd?' Tussen Michels wenkbrauwen verscheen een rimpel.

'Nee, dat niet, maar... Het leek hem plezier te doen dat de mensen me aanvielen.'

Zoals Michel daarna naar haar keek, had ze er bijna spijt van dat ze hem dat had toevertrouwd. Monsieur Clement was toch zijn vader, en al hadden ze niet altijd dezelfde mening, de familieband was het belangrijkste. Niet alle ouders waren hetzelfde als haar vader...

'Mijn vader weet een goede scène te waarderen. Het heeft waarschijnlijk niets met u te maken, mademoiselle. Vanavond zal hij thuis vast verslag uitbrengen van hoe de mensen zich weer eens hebben gedragen. Als hij ergens een hartgrondige hekel aan heeft, dan is het wel domheid.'

'Dat is beter dan haat tegen de Duitsers.' Marianne was ervan overtuigd dat Michel uit beleefdheid een ontwijkend antwoord had gegeven.

'Wat de Duitsers betreft, dat is een apart verhaal in de familiegeschiedenis. De Duitsers hebben mijn grootvader op hun geweten. Mijn vader moest mijn grootmoeder en mijn tante door de oorlog heen zien te slepen – als veertienjarige! Op de een of andere manier is het hem toch gelukt leraar te worden, en met dezelfde hardheid als die hem indertijd is bijgebracht, regeert hij nu de familie.'

'Dan kan ik er wel van uitgaan dat niemand me hier zal mogen,' zei Marianne terneergeslagen. 'Iedereen heeft hier onder de Duitsers te lijden gehad. Misschien kan ik beter vragen om me weer terug te laten gaan.'

'In geen geval!' zei Michel. 'Wilt u hun laten zien dat u verzoening komt brengen of weglopen?'

'Ik ben daarnet al weggelopen.'

Michel schudde zijn hoofd. 'Nee. U hebt zich een korte pauze gegund. Als je de explosieve gemoederen in Bar-le-Duc niet kent, is dat heel logisch. De ouderavond duurt nog minstens een half uur. Ga weer naar binnen en wapen u tegen de ongerechtigheden. Ze zullen natuurlijk hun pijlen weer op u richten, maar als u hun laat zien dat u zich niet laat intimideren, zullen ze op een dag inzien dat u het goed bedoelt. En dat u een goed mens bent.' Hij keek haar even aan en voegde er toen aan toe: 'En wat mijzelf betreft, ik mag u nu al.'

Hij knikte haar bemoedigend toe. Marianne zuchtte diep. 'Bedankt.'

'Geen dank!' wuifde Michel het weg. 'Als u wilt, breng ik u na afloop thuis. Wat vindt u daarvan?'

Marianne dacht aan zijn verloofde. Zij zou het vast niet prettig vinden dat hij haar thuisbracht alsof ze een afspraakje hadden gehad.

'Nee, bedankt, ik ben hier met de fiets. Het is een erfstuk van de Silbergs, ik wil niet dat hij vannacht verdwijnt.'

'Daar hoeft u niet ongerust over te zijn, er verdwijnt hier maar zelden iets. Bovendien zou niemand zich vergrijpen aan een erfstuk van de Silbergs. Iedereen is bang voor Alain.'

Hij gaf haar een knipoog en stond op. 'Adieu, Marianne! Van iemand met die naam moeten de mensen hier gewoon wel houden!'

Daarop verdween hij tussen de struiken.

Marianne keek hem na en constateerde toen verbaasd dat niet alleen haar tranen gedroogd waren. Er lag een glimlach op haar gezicht en in haar hand hield ze de zakdoek, die hij niet had teruggevraagd.

Van iemand met haar naam moesten de mensen hier wel houden, klonk het in haar na. Natuurlijk, Marianne! Ze heette net als het Franse nationale symbool. Brigitte Bardot had haar vertegenwoordigd, en op het laatst Michèle Morgan. Zouden de mensen zich daarvan bewust zijn? Vast niet. Maar Michel had gelijk. Ze mocht het niet opgeven. Tenslotte was ze nog maar een paar weken hier. Als ze de mensen liet zien dat ze het serieus meende, kon ze hen misschien nog voor zich winnen.

Toen ze bij de deur van de aula terugkwam, werd er nog steeds heftig gediscussieerd. Natuurlijk ging het erover of het wel nodig was geweest een Duitse lerares naar het lyceum te halen.

'Zijn jullie dan vergeten wat die Duitse klootzakken ons hebben aangedaan?'

Rémy's stem leek de aula te willen laten barsten.

Mariannes handen begonnen te trillen. Daarnet was ze nog vastbesloten geweest, maar nu zakte de moed haar weer in de schoenen. Misschien was het toch beter zich niet meer te vertonen. Dan zouden ze wel denken dat ze laf was, maar dan hoefde ze tenminste niet meer met de mensen te argumenteren.

Maar toen was het alsof een klein stemmetje haar toefluisterde: Waarom ben je eigenlijk lerares geworden? Om je te verstoppen? Of om ook volwassenen iets te leren? Bijvoorbeeld dat mensen kunnen veranderen, ongeacht met welke ideologie ze zijn opgezadeld.

Ze haalde diep adem, toen duwde ze de klink omlaag en liep weer naar binnen.

Op slag werd het stil in de zaal. Marianne probeerde de blikken van de aanwezigen te negeren, maar ze voelde ze in haar rug prikken.

'Ah, de Duitse lerares is weer terug!' hoonde Rémy. 'We dachten al dat u weer in de trein naar Duitsland zat!'

Een paar mensen lachten.

Marianne voelde dat ze rood werd. Ze keek naar rector Callas, die eruitzag alsof hij last van een maagzweer had. Ze klom op het podium en maande zichzelf tot kalmte. Alleen op die manier zou ze een passend weerwoord kunnen bedenken om de avond enigszins te overleven.

'Het spijt me u te moeten teleurstellen, monsieur Rémy,' zei ze toen ze terug was op haar plaats. Ze bleef echter staan, om haar stem krachtiger te laten klinken. 'En het spijt me ook wat mijn landgenoten u en uw medeburgers in die vreselijke oorlog hebben aangedaan. De reden dat ik niet in de trein naar Duitsland zit, is dat ik met hart en ziel lerares ben en dat ik uw kinderen wil bijbrengen dat de wereld verandert. Dat mensen veranderen. Zeker, in mijn land zijn er nog altijd nazi's. Het is een illusie te denken dat na de oorlog alles van de ene dag op de andere veranderd is. Maar we hebben wetten die ervoor zorgen dat zoiets niet nog eens gebeurt. En het merendeel van de Duitsers wil vrede en vriendschap met Frankrijk. Het is al een tijd geleden dat het Élysée-verdrag werd gesloten. Ik kan u verzekeren dat in mijn lessen geen gedachtegoed wordt verspreid dat daarmee in tegenspraak is.'

'Wetten!' snoof Rémy, die haar blijkbaar nog niet helemaal had kunnen volgen. 'Wetten die jullie zonder ons niet hadden gehad! En waarschijnlijk zouden jullie weer een oorlog beginnen zodra de geallieerden jullie land niet meer bezetten.'

'Ik denk dat u niet goed hebt geluisterd, monsieur Rémy!' vervolgde Marianne langzaam. Ze voelde dat het aantal mensen in de zaal die tegen haar waren de overhand had, maar gaandeweg werd ze zekerder van zichzelf. 'Ik heb net gezegd dat er in mijn lessen geen gevaarlijk of vijandig gedachtegoed zal worden verspreid. Dat kan ik u garanderen. En ik verzeker u: onze bondskanselier zal geen nieuwe oorlog tegen Frankrijk beginnen. De

Fransen zijn voor ons waardevolle vrienden en bondgenoten, en ik zal de geest van die vriendschap in mijn lessen uitdragen!'

Ze zweeg. Haar hart klopte in haar keel, en ze hoorde zichzelf hijgen alsof ze astma had.

Niemand zei iets.

Eindelijk ging Marianne zitten. Weer keek ze naar de rector, die haar een beetje ongelovig aankeek.

Ze was zich ervan bewust dat Rémy haar niet met rust zou laten. En misschien ging de discussie meteen weer door. Maar ze was niet nog eens weggelopen, dat was het enige wat telde.

18

‘En hoe ging het verder?’ vroeg ik toen ze het album weer dichtsloeg. Ik brandde van nieuwsgierigheid naar wat er daarna op de school gebeurd was. En naar de rol die die geheimzinnige Michel had gespeeld.

‘Allesbehalve goed,’ antwoordde mijn moeder enigszins uitgeput. ‘Maar dat is een ander verhaal. We kunnen nu beter gaan slapen.’

Ik was eigenlijk nog niet moe, maar ik wist dat mijn moeder vroeg op wilde.

’s Nachts spookten er zo veel gedachten door mijn hoofd dat ik weer opstond en op mijn laptop op internet begon te surfen.

Het feit mijn moeder die Michel twee keer in haar verhaal had vermeld, moest iets te betekenen hebben. Welke rol speelde hij?

Omdat het op het bed wat ongemakkelijk werd, besloot ik aan het bureau te gaan zitten. De nachtelijke hemel was met wolken bedekt, er viel geen lichtstraal op het erf.

Toen ik de tafellamp aandeed, zag ik iets op het bureaublad liggen wat me eerder niet was opgevallen.

Een kleine envelop met mijn naam erop. Het handschrift was onmiskenbaar van mijn moeder. Wat zat erin? En waarom had ze me hem niet al eerder gegeven?

Met trillende handen scheurde ik hem open. Er zaten een klein velletje papier en nog een foto in.

Ik keek er verbaasd naar. Kwam die uit mijn moeders album? Ik draaide hem om. Iets anders dan een datum zag ik niet. De datum was echter in een ander handschrift. Dat van mijn moeder kende ik zo goed dat ik het te allen tijde zou kunnen kopiëren, maar de cijfers op de foto waren veel grover en bovendien vlakker en hoekiger dan mama's enigszins ronde letters.

Ik leunde achterover en bekeek de foto. Was het een verwijzing naar wat er ging komen? Was de vage mannelijke gedaante die erop te zien was Michel? Of mijn vader?

Ik pakte het velletje papier.

'Omdat mijn verslag van vandaag je vast nog niet tevreden heeft gesteld, krijg je hier een klein extraatje. Wees er voorzichtig mee en blijf niet te lang op.'

Mijn moeder was leuk. Waarom zou ik van een foto waarop niet veel meer te zien was dan twee gespiegelde figuren en een taart voor een president niet tot de vroege morgen liggen nadenken? Temeer daar haar laatste verhaal een relatief ernstige achtergrond had?

Maar na een tijdje werd me duidelijk dat ze me hiermee echt een aanwijzing had gegeven. Ik klapte mijn laptop weer open en ging op zoek.

19

Foto nr. 7
Er staat een enorme taart op een tafel die met een wit tafelkleed is bedekt. Hij is versierd met rode klaprozen van marsepein en blauwwitte stroken. Op het plakkaat er dwars overheen staat: BIENVENUE MONSIEUR LE PRESIDENT! *In een spiegel tegenover de tafel zijn twee personen te zien. Een van hen is Marianne in een lange rok met een vest, de andere is een jonge man die maar vaag herkenbaar is en blijkbaar de maker is van de foto. (19 oktober 1975)*

'Madame Duval, u hebt uzelf overtroffen!' zei Marianne toen de patissière en haar dochter de taart naar binnen droegen. Alles was op mooie schalen geschikt en straalde in diverse kleuren, bijna alsof Marie Duval had geprobeerd een schilderij te creëren.

Marianne had zich bereid verklaard de bestelling aan te nemen, want ze mocht madame Duval – en ze wist intussen dat het belangrijk voor haar was dat de patissière haar ook mocht. In haar kleine banketbakkerij werd overal over gepraat, en natuurlijk ook over de Duitse lerares die het nog altijd niet had opgegeven.

Vijf moeilijke weken lagen achter haar. In de les waren er van de kant van Bertrand Rémy en zijn vrienden telkens weer aanvallen geweest. Ze bestookten haar met vragen over de SS en de Wehrmacht. De knullen leken met elkaar te hebben afgesproken en de speldenprikken kwamen altijd onverwachts. Natuurlijk alleen wanneer er geen andere leraar bij was.

Ze probeerde alles zo goed mogelijk te beantwoorden, maar dat behoedde haar niet voor verdere vragen. Soms kwam ze daardoor niet aan het behandelen van de lesstof toe. Zo langzamerhand wenste ze dat er een voorbereidingscursus was geweest, want ze had geen idee hoe ze die knullen van het gevraag kon afbrengen.

Lydie Delacour leek echter blij te zijn dat ze er was. Zoals Marianne had ontdekt, was Rémy's verwijt over collaboratie niet helemaal ongegrond. Ze had natuurlijk niet zelf met de Duitsers geheuld, maar dat was wel haar vader verweten.

De oude Delacour had, in de overtuiging dat de nazi's nooit uit het land zouden verdwijnen, zijn kinderen Duits geleerd en verder ook goede betrekkingen met de bezetter onderhouden. Dat was hem bij de bevrijding noodlottig geworden. Na het einde van de oorlog hadden ze hem opgespoord en in de gevangenis gegooid – onder applaus van de stadsbewoners. Daar beroofde hij zich een maand later van het leven, ervan overtuigd dat hij de doodstraf zou krijgen.

Die smet was aan zijn familie blijven kleven en had de oudste dochter van de Delacours de stad al uit gedreven. Lydie bleef alleen maar vanwege haar moeder, die niet weg wilde omdat er iemand op het graf van haar man moest letten. Vooral de eerste tijd na de oorlog was de grafsteen vaak besmeurd en omgegooid – alleen het kordate optreden van een nieuwe pastoor had ervoor gezorgd dat de aanvallen op het graf ophielden. Hij had de geloofsgemeenschap voor goddeloos uitgemaakt, had die met de Filistijnen vergeleken en vanwege de onwil om te vergeven eeuwige verdoemenis over hen uitgeroepen. Dat had bij de gelovige stadsbewoners gewerkt. Misschien spuugde men nog op de grafsteen, maar dat liet geen zichtbare sporen na.

Marianne had met Lydie te doen. Zelf zou ze na dit jaar weer uit de stad weg kunnen – maar Lydie zou moeten blijven zolang haar moeder leefde. Zou ze daarna de kracht hebben weg te gaan? Marianne wist het niet.

Nu verdween het laatste beetje zomer uit Bar-le-Duc, herfststormen schudden de bladeren van de bomen. De mensen bereidden zich voor op de winter. De laatste reparaties aan stallen en huizen werden gedaan. Louise meldde bij het avondeten opgewonden dat ze een nieuwe klant had binnengehaald. Een gordijnfabrikant die zelfs leverde aan het presidentiële paleis in Parijs. Hij bestelde enorme hoeveelheden blauw en rood fluweel. 'Blijkbaar omdat de president zijn woning opnieuw wil inrichten,' verklaarde ze lachend.

Die fantastische transactie leek de villa van de Silbergs een milde glans te verlenen. Ineens zagen de vertrekken er ook voor Marianne niet meer zo koel uit. Nog afgezien van de stemming van de bewoners. Sinds het bekend worden van de zakelijke deal stelde Alain Marianne geen vragen meer over het verleden van haar vader. Hij ging er zelfs toe over haar te negeren wanneer dat maar mogelijk was. Dat had ze beslist liever dan de ogen van de oude man voortdurend op zich gericht te hebben, alsof hij erachter wilde komen of ze persoonlijk verwant was met de moordenaars van zijn zoon.

En het bleef niet bij goed nieuws voor de Silbergs. Alsof de opdracht van de leverancier een goed voorteken was geweest, zat het Bar-le-Duc verder ook mee.

Het leek iedereen heel ongewoon dat de president de streek net in deze tijd van het jaar met een bezoek vereerde. De verkiezing had hij een jaar geleden gewonnen, weliswaar krap aan, maar eigenlijk hoefde hij nu de mensen niet meer te paaien. Toch was Bar-le-Duc heel opgetogen dat Valéry Giscard d'Estaing de stad met een bezoek vereerde, terwijl iedereen dacht dat hij nog nooit van de plaats had gehoord.

Men was al weken bezig met de voorbereidingen. Madame Duval had eens schertsend opgemerkt dat het wel leek alsof Lodewijk XIV op bezoek kwam – alleen de tot eenhoorns gemodelleerde struiken in het park ontbraken nog.

Toen Marianne daarop zei dat je van de struiken anders best aardige harten of sterren kon maken, had ze de sympathie van de banketbakster gewonnen – in elk geval in eerste aanzet. Deze had haar bij zich thuis uitgenodigd en haar toen uitgebreid uitgevraagd over haar familie. Marianne had de vragen zo eerlijk mogelijk beantwoord – ook die over haar vaders verleden als soldaat. Dat haar vader nog altijd een diepe wrok tegen de Fransen koesterde, had ze maar verzwegen.

Blijkbaar waren haar antwoorden de banketbakster goed bevallen. Nog geen week later begonnen de eerste vrouwen haar te groeten wanneer ze haar op straat zagen. Dat had Marianne zo met stomheid geslagen dat ze bijna vergeten was de groet te beantwoorden.

Gelukkig had ze haar stem hervonden – en nu hadden ze haar zelfs betrokken bij de voorbereidingen voor het presidentiële bezoek.

Madame Duval vond het heerlijk als ze geprezen werd om haar bakkunst. Dan gooide ze alle bescheidenheid overboord en koesterde ze zich in haar roem.

'Tja, voor de president moet je je beste beentje voorzetten, hè? Ach, liefje, kun je even hier blijven en die rakkers ervan weerhouden de bloemen van de taarten te pikken? Ik heb iets in de auto laten liggen.'

'Natuurlijk, madame Duval,' antwoordde Marianne, want ze wist dat het zo'n beetje de hoogste eer was als madame Duval het toezicht op haar taarten aan je overdroeg.

'Fijn, het is maar voor even.' Met die woorden draaide de patissière zich om en stevende op haar elegante pumps weg. Marianne keek haar na en wierp een blik door de zaal. De rakkers waarover madame Duval het had gehad, waren niet eens in de buurt. Waarschijnlijk waren die blij dat ze op zondag nu eens niet naar school hoefden. Het was niet bijzonder warm weer, maar ook niet onbehaaglijk, het was lekker genoeg om naar buiten te gaan. Sommigen van hen zag Marianne ervoor aan dat ze in de Ornain zouden springen, aan de lage kant, waar de stroming niet gevaarlijk was. Hier in de school waren ze in elk geval niet.

In plaats daarvan hoorde ze de stemmen van de vrouwelijke helpers, die nog steeds bezig waren de decoraties af te maken. Een grote blauw-wit-rode banier hing boven het podium, ook de boeketten op de tafels waren in de nationale kleuren gehouden. Omdat er geen echt blauwe bloemen waren en rond deze tijd ook geen klaprozen, had de plaatselijke bloemist besloten de andere kleuren in de vorm van linten en papieren bloemen toe te voegen.

'Past u op de taart?' Ineens stond Michel naast haar. Om zijn nek hing een camera. Het toestel leek sterk op dat van haar vader.

Onwillekeurig kromp ze in elkaar. Had hij haar misschien daarnet gefotografeerd?

Nee, dat zou eerder iets voor haar vader zijn geweest.

Marianne stond versteld. De afgelopen weken had ze Michel niet eenmaal gezien. Nu dook hij uit het niets naast haar op en glimlachte alsof het gisteren was dat ze elkaar op het schoolplein hadden getroffen.

'Madame Duval kan elk moment terug zijn,' antwoordde ze terwijl ze probeerde niet te laten merken hoe blij ze was hem te zien.

Hoewel Michel verloofd was, had ze steeds weer aan hem gedacht en zich afgevraagd wat hij aan het doen was. Ze had zijn wegblijven voor zichzelf ermee verklaard dat hij moest meehelpen met de wijnoogst, die in de herfst in volle gang was. Heel vaak waren er tractors met druivenplukkers naar de wijnbergen gereden.

Maar niemand nam daar veel notitie van en ze kon niet met zekerheid zeggen hoe het met de wijnoogst stond. Bar-le-Duc was de stad van de klaprozen en niet van de wijn. De wijnboeren hadden nauwelijks contact met de rest van de bevolking. Wat mede de reden was voor het gebrek aan enthousiasme van de oude Clement voor de beroepskeuze van zijn zoon.

'Wat mij betreft mag ze nog wel wat tijd nemen, dan heb ik tenminste de gelegenheid om een paar foto's te nemen voor ze terugkomt en zich voor de camera opdringt.'

'Werkt u tegenwoordig voor de krant?' vroeg Marianne, want ze kon geen goede reden bedenken waarom hij de taarten voor het nageslacht zou moeten vastleggen – behalve dat het plaatselijke sufferdje erin geïnteresseerd zou kunnen zijn.

'Nee, ze hebben me officieel aangesteld om de voorbereidingen voor de stadskroniek vast te leggen. Het is immers voor het eerst dat een president hier een bezoek brengt.'

'Dus Napoleon is hier niet geweest?' vroeg Marianne schertsend. Louise had haar verteld dat het leger van Napoleon op weg naar het oosten door de stad was gemarcheerd.

'Jawel, natuurlijk is die hier geweest, maar afgezien van het feit dat hij keizer was, is het niet hetzelfde. Dat de huidige president hier komt, betekent iets.'

Michel hield haar blik even vast, een kleine eeuwigheid keek hij haar aan. Het leek wel of zijn blik zich via haar iris in haar ziel wilde boren.

Marianne had er vroeger een hekel aan gehad door haar vader te worden aangestaard, alsof hij zich de lijnen van haar gezicht probeerde in te prenten. Maar bij Michel was het anders, Het was een prettig gevoel, zijn blik was als een streling over haar wangen. Het begon in haar buik te kriebelen. Hij is verloofd, klonk het in haar hoofd. Doe niets waar je spijt van krijgt nu ze je net met rust beginnen te laten...

Na een tijdje kwam Michel weer tot zichzelf. Hij leek op te zijn gegaan in gemijmer, want hij schrok op en zijn blik kreeg een verraste uitdrukking. Van strelen was geen sprake meer.

Had ze het zich alleen maar verbeeld? Nee, Marianne was er zeker van dat het er was geweest.

'Misschien is het goed om de foto's nu te maken,' zei ze, want iets anders kon ze op dat moment in haar verlegenheid niet bedenken. 'Nu is de taart nog vers en is madame Duval er niet. Misschien lukt het om een foto te maken waarop alleen de taart te zien is.'

Michel lachte. 'Blijkbaar ken je onze banketbakster behoorlijk goed.'

'Ik kom er minstens eenmaal per dag en kijk toe terwijl ze werkt.'

'Je hebt kennelijk een goed gevoel voor mensen.'

'Ik ben lerares, ik denk dat je je dat dan wel eigen maakt.'

Ze keken elkaar glimlachend aan, toen vroeg Michel ineens: 'Wat denk je van een uitstapje?'

Zijn glimlach zou Marianne ertoe hebben gebracht elk mogelijk voorstel aan te nemen. Maar toen dacht ze er weer aan dat Michel verloofd was. En dat zij in een glazen huis zat, waarin zelfs het kleinste steentje vreselijke schade kon aanrichten.

'Dat kan niet,' antwoordde ze, hoewel ze heel graag ja had gezegd.

'Waarom niet?'

'Omdat ik hier gastdocente ben. Omdat ik uit Duitsland kom.'

'Alsof dat me ervan zou weerhouden je uit te nodigen!'

'Maar je bent verloofd,' zei ze toen ernstig. Pas het volgende ogenblik besefte ze hoe belachelijk dat klonk. Hij had haar uitgenodigd voor een uitstapje. Als Louise het haar gevraagd had, zou ze meteen ja hebben gezegd. Maar Michel was Louise niet, hij was een man, en Marianne mocht hem heel graag.

Michel snoof. Hij leek wel een beetje kwaad.

'En wat heeft mijn verloving met een uitstapje te maken? Heb je soms een gelofte afgelegd dat je niets met een verloofde man zult ondernemen?'

Marianne boog verlegen haar hoofd.

'En hoe zit dat met monsieur Callas? Die is zelfs getrouwd! Als hij je nou eens voor een uitstapje zou uitnodigen?'

'Dat zou hij niet doen,' antwoordde Marianne. Ze had geen zin zich door hem te kijk te laten zetten.

'Aha, maar stel dat hij het deed? Als hij zou aanbieden met jou door de omgeving te toeren om je iets van ons mooie dal te laten zien, zou je dan meegaan?'

'Ja, dat wil zeggen... nee, ik...'

'En wat is er zo erg aan mij dat je niet met me mee wilt gaan?'

Marianne wenste zich op dat moment ver, ver weg van Bar-le-Duc. Waarom hadden ze haar niet naar Parijs gestuurd? Waarschijnlijk kon Michel aan haar zien wat ze in zijn nabijheid voelde. En dat vond ze ineens heel gênant.

'Jij... Jij bent de rector niet.'

Meteen begon hij schalks te kijken. 'Ach, je gaat alleen met gelijkgestemden op stap? Tja, dan krijgt mijn vader toch nog zijn zin en word ik leraar. Anders geef je me niet de kans.'

Marianne werd nog verlegener. Ze wilde wel ja zeggen, maar stel dat de mensen haar in de gaten hielden? Dat ze verkeerde conclusies trokken? Dan zou er vast een ongekende storm over haar uitbarsten, want dan zouden ze haar niet alleen afwijzen vanwege haar nationaliteit, ze zouden haar bovendien vast voor een slet aanzien. 'Michel, ik...'

'Kijk eens aan, mevrouw de lerares spreekt me bij mijn voornaam aan, wat vind je daarvan?' Nu glimlachte hij breed.

Marianne wist zeker dat ze net zo rood was als de klaprozen op de taart. Kon madame Duval niet een beetje opschieten? En waarom had ze zijn voornaam er eigenlijk uitgeflapt? Ze moest haar verstand verloren hebben...

'Neem me alsjeblieft niet kwalijk, ik...'

'Niet doen,' zei hij en hij pakte haar hand. 'Ga je alsjeblieft niet excuseren, Marianne. Ik vond het toch al idioot dat je me altijd aansprak alsof ik een oude man ben. Ik weet zeker dat we ongeveer even oud zijn, dus hoeven we geen vormelijke beleefdheidsfrasen tegen elkaar te bezigen, vind je niet?'

Nu hij haar hand streelde, zou hij haar alles kunnen vragen. Marianne deed even haar ogen dicht, en toen ze ze weer opendeed, trof ze Michels gouden blik. Het kwam vast door de lichtinval, maar die blik boorde zich in haar hart als een zonnestraal na een lange winter.

'Nou, hoe zit het?' vroeg hij zachtjes. 'Het is maar een uitstapje. Naar een plek waar niemand ons kan zien, maar waar wij over de hele stad kunnen uitkijken.'

'Wil je met me de kerktoren op?'

'Nee, maar het komt in de buurt. Nou?'

Weer lag het bezwaar dat hij verloofd was op haar tong, maar toen hoorde ze zichzelf zeggen: 'Oké. Laten we een uitstapje maken.'

Michel keek haar stralend aan. 'Goed zo! Ik beloof dat ik niets zal doen wat je in verlegenheid brengt.'

'En waar gaan we dan heen? vroeg Marianne, die zelf verrast was over haar besluit.

'Naar het Neuf-Castel!' antwoordde hij.

'Naar het kasteel?' vroeg Marianne verbaasd. Ze herinnerde zich dat de burgemeester haar erover had verteld. 'Mag je daar gewoon in?'

'Dat mag – in het juiste gezelschap,' antwoordde Michel veelbetekenend. 'Wat denk je ervan om gewoon weg te sluipen tijdens de ontvangst van de president? Vanavond?'

'Vanavond?' Marianne sperde verschrikt haar ogen open. 'Maar valt het niet op als jij ontbreekt? En ik...'

'Je kunt je achter het voorwendsel verschuilen dat je je niet lekker voelt. De mensen hebben er begrip voor als een vrouw ongesteld is. En mij... mij zal niemand missen. Iedereen hier weet dat ik kom en ga zoals het me uitkomt. Mijn vader wordt daar witheet van, maar dat kan me niet schelen. Per slot van rekening ben ik een volwassen man.'

Michel hield nog steeds haar hand vast, en hij kneep erin. 'Nou, hoe zit het? Doe je mee?'

'En hoe kom je aan de sleutel?

Michel lachte en liet haar hand weer los. 'Wat ze van jullie Duitsers beweren, klopt echt.'

'Hoezo?' vroeg Marianne een beetje geïrriteerd. Waarom moest hij dit geweldige moment bederven door over de eigenschappen van Duitsers te beginnen?

'Nou, er wordt van jullie toch gezegd dat jullie alles veel te nauw nemen? Dat zie ik nu bevestigd. Jullie willen altijd alles weten, altijd zeker van iets zijn, Maar geloof me, aan het eind van dit jaar zullen je landgenoten je niet meer herkennen. Want dan heb je geleerd echt te leven.'

Nu glimlachte hij naar haar op een manier waardoor ze onmogelijk boos op hem kon zijn. Na een poosje moest ze zelfs lachen, want hij had gelijk: Frans spreken en naar Franse muziek luisteren maakten van iemand nog geen Fransman of Française, daar was ook de juistelevensinstelling voor nodig. Marianne constateerde dat ze tot nog toe over het hoofd had gezien dat de mensen hier wat losser waren dan de mensen thuis.

'Nou, zie je, dat is een begin. En opdat je je geen zorgen hoeft te maken, kan ik je verraden dat we niets illegaals gaan doen. 's Zomers leid ik toeristen rond over de bovenste etages van het kasteel. Op die manier willen we geld voor het museum inzamelen. Daarom heb ik van de burgemeester een sleutel gekregen. Het zomerseizoen is wel voorbij, maar de sleutel heb ik nog steeds.'

'Wanneer heb je dan tijd om toeristen rond te leiden?'

'In het weekend, wanneer ik niet op het wijngoed ben. Zo verdien ik nog wat bij en hoef ik niet de hele tijd tegen het humeurige gezicht van mijn vader aan te kijken.'

En je verloofde? schoot het door Marianne heen. Ze wist niet eens hoe ze heette. Maar misschien was het ook wel goed zo. En het was beslist beter als ze niet over haar begon.

'Ah, Michel, goed dat je er bent!' Ze werden onderbroken door madame Duval, die met nog een taart kwam aanzetten. 'Zorg maar dat je mooie foto's van mij en mijn taarten maakt! Ik wil niet de annalen van de stad ingaan als de gebochelde banketbakster!'

Marianne stapte intussen een beetje bij Michel vandaan. Daar was het weer, het stadje dat overal ogen had. Hopelijk had madame Duval niet gezien dat Michel haar hand vasthield...

'Heb je eigenlijk al kennisgemaakt met onze mademoiselle

Marianne?' vroeg de patissière toen ze de doos had neergezet.

Marianne zag het ervan komen dat óf de president zijn maag bedierf óf de inwoners van Bar-le-Duc dagenlang gratis taart moesten eten zodat er niets verspild werd.

'Ik heb net het genoegen gehad,' zei Michel beleefd. 'Het is wel een fraai toeval dat juist een Duitse lerares de naam van ons nationale symbool draagt, vindt u ook niet?'

'Ach ja, dat klopt, Marianne, ha, ha!' antwoordde madame Duval. 'Daar had ik helemaal niet aan gedacht.'

Daar klonk ze ook veel te opgefokt voor.

'Ik vind dat je de president beslist een hand moet geven, Marianne. Hij zal er enthousiast over zijn je hier te zien – tenslotte kan niet elke stad hier in de streek bogen op een Duitse gastdocente, toch?'

Marianne knikte braafjes, maar op dat moment dacht ze niet aan de president. Ze kon er alleen maar aan denken dat ze vanavond met Michel in het oude kasteel ging rondspoken en van bovenaf naar de mensen kijken.

Een paar uur later, toen de avond boven Bar-le-Duc aanbrak, had het stadsbestuur zich met de president en de andere gasten en de stedelijke notabelen in de aula van de school teruggetrokken, de grootste ruimte in de stad. Valéry Giscard d'Estaing zou in de stad overnachten, wat een hele reeks veiligheidsmaatregelen met zich meebracht. Iedereen die bij de ontvangst aanwezig was, werd door grimmig kijkende mannen in zwarte pakken gefouilleerd.

Die mannen leken over de hele stad verspreid te zijn. Ze stonden voor het hotel en voor de school, en natuurlijk waren er de nodige onopvallende auto's in de buurt van beide gebouwen geparkeerd.

In zijn toespraak bedankte de president de inwoners van de stad dat ze hem gekozen hadden. Marianne had gemerkt hoe verwachtingsvol ze aan zijn lippen hingen. Giscard was pas eind veertig, en een jonge president bracht nieuwe hoop voor het land.

Maar hij repte met geen woord van de Duitse buren, die maar een paar honderd kilometer verderop woonden. Marianne had stiekem gehoopt dat hij iets zou zeggen – maar hoe kon hij weten dat hier een Duits leraresje ernaar verlangde dat de mensen geloof zouden hechten aan de Duitsers als die zeiden dat ze bereid waren een nieuw begin met de betrekkingen te maken?

Gelukkig waren er geen plannen om Marianne aan de president voor te stellen. Natuurlijk praatte de burgemeester met hem, en Alain Silberg. Ook Louise was er – tenslotte had zij de leiding over de textielfabriek – en monsieur Rémy, die commandant bij de brandweer was, wat Marianne op een of andere manier helemaal niet prettig vond. De rij mensen die met Giscard d'Estaing wilden praten was lang en niemand dacht aan de gastdocente. Dat was voor Marianne ergens een opluchting, want het bood haar de gelegenheid volgens plan te verdwijnen. Na een volgende toespraak van de president fluisterde Marianne Lydie toe dat ze zich niet lekker voelde. Lydie knikte begrijpend.

'Als iemand naar je vraagt, zal ik zeggen dat je naar huis bent gegaan.'

'Dank je, dat is heel aardig van je.'

Nog eenmaal keek ze naar de rector, die alleen maar oog voor de president had, toen sloop ze weg. De veiligheidsagenten namen met een knikje nota van haar. Blijkbaar zagen ze in haar geen gevaar.

Zou Michel al buiten zijn? In de zaal had ze hem niet gezien. Wel monsieur Clement, vergezeld door zijn echtgenote en een jonge vrouw, die óf Michels zus óf zijn verloofde moest zijn. Clement had haar alleen maar koeltjes opgenomen en zich toen weer op zijn familie gericht. Wat zou hij ervan zeggen als hij wist dat ze vanavond een afspraakje had met Michel? Dat kon hij maar beter nooit te weten komen...

De avondwind streek aangenaam fris en koel door de straten. Zo te zien waren niet alle inwoners geïnteresseerd in het bezoek van de president. In diverse huizen brandde licht en het geluid van de televisie drong door de ramen. Maar Michel was nergens te bekennen.

Ze hadden afgesproken bij het kruidenierswinkeltje van monsieur Lully, een aardige oude man die ondanks zijn hoge leeftijd nog altijd zelf achter de toonbank stond om de klanten van dienst te zijn. Zijn zoon was inmiddels ook al aardig bejaard, en behalve hij hielpen ook zijn kleinzoon en diens dochter mee.

De geur van selderij en aardappelen dreef Mariannes neus binnen. Ze was er zo. Maar Michel zag ze nog steeds niet. Was hij haar vergeten? Of lukte het hem niet op tijd weg te komen?

'Ha, daar ben je!' klonk het vanaf de hoek van het huis naast de winkel. Toen Marianne zich omdraaide, stapte Michel uit de schaduw. Hij droeg een spijkerbroek en onder zijn leren jack een T-shirt van The Rolling Stones, waarin ze hem bijzonder aantrekkelijk vond. Zo had hij zich bij de receptie niet kunnen vertonen. Was hij er soms al vroeg vandoor gegaan en had hij zich omgekleed?

Marianne liep naar hem toe. 'Dacht je dat ik het zou vergeten?' vroeg ze lachend. Ze had hem maar wat graag een kus gegeven, maar ze hield zich in. Zich door hem laten rondleiden was één ding – hem kussen was een ander verhaal.

'De president is een ontzettend interessante man, dan kan het gebeuren dat je me vergeet.'

'De president is mijn type niet,' flapte Marianne eruit. Toen werd ze rood, want ze wist heel goed dat het voor Michel zo klonk dat hij wel haar type was.

Hij maakte zich los van de muur waar hij tegen aan had staan leunen en kwam naar haar toe.

'O nee? Veel vrouwen hier zullen dat tegenspreken.'

'Ik ben niet van plan met hen om de president te concurreren.'

En ze wilde ook niet met Michels verloofde concurreren, toch?

Dat hij zo dicht bij haar bleef staan dat ze zijn aftershave kon ruiken, prikkelde haar zo dat ze ineens niet meer wist wat ze wel of niet wilde.

'Ik... ik zag je niet op de receptie,' stamelde ze en ze deinsde een beetje achteruit. 'Ben je daar niet geweest?'

Hij glimlachte breed. 'Nee, het was wel genoeg dat mijn vader en moeder er waren met Jeanne.'

'Jeanne?'

'Mijn verloofde. Zij is inmiddels al meer hun dochter dan ik hun zoon.'

'Dat klinkt niet alsof jullie verliefd op elkaar zijn.'

'Ik weet niet of we dat zijn,' was zijn reactie. 'Nu eens denk ik dat ik van haar houd, dan weer niet.'

'En waarom heb je je met haar verloofd als je daar niet zeker van bent?'

'Sinds ik mijn ouders qua beroep heb teleurgesteld, willen ze niets liever dan dat ik een geschikte bruid tot vrouw neem. Tja, en Jeanne is in hun ogen absoluut geschikt.'

Marianne schrok een beetje van de cynische uitdrukking in zijn ogen. Als hij het niet grappig bedoelde, was het gewoon heel erg triest wat hij zojuist had gezegd.

'Maar ik wil je niet met de eigenaardige verhoudingen in mijn familie vervelen. Er is een hertog bij wie we onze opwachting moeten maken.'

Met die woorden haalde hij een sleutelbos uit zijn zak en bood Marianne zijn arm. Die keek weifelend om, maar toen ze zag dat er niemand keek, stak ze haar arm door de zijne.

Michel bracht Marianne naar een kleine zijdeur van het museum, de voormalige dienstingang, zo verklaarde hij.

'Vroeger hoorden er nog een uitgestrekt park en een paar bijgebouwen bij. Grote delen van het kasteel werden al in 1670 op bevel van Lodewijk XIV met de grond gelijkgemaakt omdat hertog Karel IV in verzet was gekomen. De nieuwe hertog werd Stanislaus, de schoonvader van Lodewijk XV. Maar met de hertogelijke heerschappij was het tijdens de revolutie wel gedaan. Gelukkig was de laatste hertog jaren eerder gestorven, anders hadden ze hem zeker opgehangen. Tijdens de Tweede Wereldoorlog is het gebouw behoorlijk beschadigd en het stond op de nominatie te worden gesloopt, maar iemand in de stadsbestuur lijkt over een sprankje verstand en vooruitziendheid te hebben beschikt en heeft zich ervoor ingezet dat het niet werd afgebroken. En wij maken er nu een museum van.'

Hij deed de deur open. Het geknars van de scharnieren weergalmde door de hele ruimte.

De duisternis achter de deur verdween direct toen Michel een schakelaar omdraaide. De gloeilamp leek een beetje dof geworden, maar werkte nog steeds. Ze klommen een smalle trap op waaraan je kon zien dat hij pas later was ingebouwd. De treden knarsten vervaarlijk, maar ze waren bestand tegen haar gewicht.

Bovengekomen deed Michel het licht weer aan.

'We zijn er! De schatkamer.'

Veel was er niet meer van over. Het betrof een ruimte met een vrij hoog plafond waaraan het vorstelijke verleden niet meer was af te zien. Waarschijnlijk hadden de mensen alles wat nog enigszins bruikbaar was allang weggehaald. Alleen vage schaduwen getuigden van de schilderijen die ooit de wanden hadden gesierd. Een eenzaam aan het plafond bungelend peertje verving een waarschijnlijk kristallen luister.

'Dat ziet er triest uit,' constateerde Marianne terwijl ze naar de ramen keek. Haar vrees dat iemand in de stad het licht kon zien branden verdween toen ze merkte dat de ramen waren dichtgespijkerd.

'Ja, dat is zo. Wanneer je dichter bij de muren gaat staan, zie je hier en daar nog stukjes zijden wandtapijt. Bij de schilderingen boven ons konden ze gelukkig niet komen.'

Hij wees naar boven, en toen Marianne haar hoofd in haar nek legde, zag ze de restanten van een kleurige plafondschildering. Hier een kraanvogel, daar vissen, de symbolen van de stad, dan een spinnenweb en ergens anders weer exotische bloemen.

'Dat ziet er minder triest uit, hè?' vroeg Michel. Toen ze hem aankeek, glimlachte hij. Het was alsof hij haar gedachten gelezen had.

'Nee, absoluut niet.'

'Zo vergaat het de meeste mensen. Ze laten hun blik door de ruimte gaan maar komen in eerste instantie niet op het idee naar het plafond te kijken, tenminste, niet voor ik het tegen ze zeg. Als de stad wat meer geld had, zouden ze het bovenste deel van het kasteel kunnen laten restaureren.'

Marianne vroeg zich af waarom Michel geen leraar wilde worden. Ze kon hem zich goed als geschiedenisleraar voorstellen, die kinderen in het museum rondleidde en hun leerde zien wat essentieel was.

'Kom, het wordt nog mooier,' zei hij na een poosje, en hij ging haar voor.

De aan de schatkamer grenzende vertrekken leken allemaal nog troosteloozer. Ook op de plafonds was niet veel bezienswaardigs te vinden, wat echter niet kwam doordat er iets was weggebikt.

'Hertog Stanislaus was zelden hier, daarom hield hij zich niet erg met het kasteel bezig,' verklaarde Michel toen hij haar trieste blik zag. 'Hij moest aan het hof zijn – de landerijen werden overgelaten aan beheerders.'

Ze bleven staan voor een stenen wenteltrap. Marianne voelde zich in het trappenhuis net als in een griezelfilm. Het ontbrak er nog maar aan dat graaf Dracula de trap af kwam zweven.

'Kijk,' zei Michel terwijl hij een zaklamp aandeed. Hier was blijkbaar geen licht.

Het schijnsel viel op een van de pilaren waarop het plafond van het trappenhuis rustte.

'Ursula,' las Marianne de inscriptie, die in sütterlinschrift in de sokkel van de zuil was gekrast. 'Een Duitse naam.' En de naam van haar zus.

'Lotharingen maakte tot 1766 deel uit van het Heilige Roomse Rijk van de Duitse Natie. Maar het zou ook kunnen dat de naam ten tijde van de Duitse bezetting na de Duits-Franse Oorlog hier in de pilaar is gekerfd. Dat is niet precies meer vast te stellen.'

‘En niemand weet wie die Ursula was?’

‘Ik neem aan een van de dienstmeisjes van de slotheren op wie iemand verliefd was.’

‘Maar had de degene die verliefd was dan niet een hart om de naam moeten zetten?’

Michel schudde zijn hoofd. ‘Nee, waarom? Zo veel meisjes met die naam zullen er in die tijd niet zijn geweest. Degene die haar op de pilaar vereeuwigde, wilde haar vast niet in verlegenheid brengen. Maar ik kan me voorstellen dat hij er plezier in had hier langs te lopen en haar naam te lezen en aan haar te denken.’

Zijn woorden stierven weg in de duisternis. Marianne wierp nog een blik op de naam. Wat romantisch, iemand die zijn liefde in steen had gebeiteld.

‘Maar de pilaar kan natuurlijk ook voor iets anders staan.’

Met schitterende ogen keek Michel Marianne uitdagend aan. Ze wist uiteraard wat hij bedoelde en werd rood. Een dikke harde pilaar... Ze voelde haar onderlijf pulseren, en een smachtend verlangen waardoor ze betreurde dat ze indertijd niet met Christoph had geslapen. Dat ze helemaal nog nooit met een man had geslapen. Ineens voelde ze zich een ouwe vrijster. Michel zou zich vrolijk om haar maken als hij het wist.

Maar dat behoorde hem niet te interesseren. Hij was verloofd, en dus zou hij nooit te weten komen dat ze nog maagd was.

‘Ja, misschien had hij dat wel in zijn hoofd,’ zei ze, want ze wilde niet preuts overkomen.

Michel gaf haar een por met zijn elleboog alsof ze iets onfatsoenlijks had gezegd. Toen scheen hij op de trap.

‘Zullen we naar boven?’

Marianne knikte. Maar ze vond het ergens een beetje jammer om bij de Ursula-pilaar weg te gaan. Ze voelde het nog steeds kriebelen in haar buik, en dat was een prettig gevoel.

Michel ging haar voor de wenteltrap op. Marianne volgde hem en probeerde niet naar beneden te kijken, want ze werd op grote hoogte altijd duizelig. Hoe hoger ze kwamen, hoe verstikkender de lucht werd. Onder de kap van het kasteel rook het naar oud stof en verrot hout. Marianne moest niezen toen er wat stof van een balk dwarrelde.

Als er hierboven kamers waren geweest, dan waren die vast alleen voor de dienstbodes. In de zomer moest het er ondraaglijk heet zijn.

Maar de dienstbodevertrekken in een gang met rijen deuren waren niet hun bestemming, zo bleek. Even later werd de lucht beter, en ook leek het minder donker te worden.

Verrast zag Marianne dat ze onder een glazen koepel stonden.

'Interessant, hè?' vroeg Michel. 'Het leuke aan de koepel is dat je hem van benedenaf niet ziet. De toren steekt er ver boven uit en trekt bekijks, maar de echte sensatie van het kasteel zijn deze koepel en de ruimte eronder.'

In tegenstelling tot de andere vertrekken zag het er hier heel netjes uit. De vloer was geveegd; een oude matras leunde tegen de muur. Tegen een van de ramen stond een ladder. Michel legde de zaklamp op de vloer, liep naar de andere kant van de ruimte en bracht iets in beweging wat piepend meegaf.

Marianne besefte pas dat het om een zwengel ging toen een van de ruiten boven hen wegschoof.

'Voilà, het planetarium van hertog Karel III!' verklaarde Michel. 'Hier trok hij zich altijd terug om naar de sterren te kijken. Hij heeft zelfs een Nederlandse telescoop laten komen. Dat pronkstuk staat daarginds.' Hij wees op een nis, waarin de telescoop haast niet opviel. 'Helaas heeft hij er niet door kunnen zien welk lot zijn slot onder zijn nageslacht boven het hoofd hing.'

'Had Karel IV dat lot dan verdiend?' vroeg Marianne bedrukt.

'Wie zal het zeggen?' antwoordde Michel. 'In het stadsarchief is maar weinig over hem te vinden. Hij stond in elk geval afwisselend in de gunst bij de Franse koning en de Duitse keizer. Na de Dertigjarige Oorlog lag het gebied nog in puin, en de koning zal er genoeg van hebben gehad dat deze graaf niet bereid was zich aan zijn zijde te scharen. In de negentiende eeuw kwam toen de spoorbaan in de streek en daarmee andere vorsten: fabriekseigenaren en bankiers. Er werd een fabriek in de buurt van de stad gevestigd, die weer welvaart bracht.'

'En die fabriek was zeker niet toevallig de textielfabriek van de Silbergs?'

Michel lachte veelzeggend. 'Ja, misschien wel. En ze kochten ook de villa aan de rand van de stad.'

'Die van de geschifte rechter is geweest.'

'Geschift zou ik hem niet noemen, maar excentriek was hij wel. Hij moet zonder een woord te zeggen uren door de stad hebben gelopen, en kleine meisjes in parken hebben geobserveerd.'

'Dat verzin je!' protesteerde Marianne.

Michel grijnsde en haalde zijn schouders op. 'Wie weet. Er zijn zo veel verhalen over de oude rechter. Sommige zijn wellicht waar, andere niet. Er is niemand meer die hem bij leven gekend heeft, dus moet je op de verhalen afgaan, hè.'

Het viel Marianne weer op dat Michel een heel aparte man was. Ze moest denken aan de blowende knul in de disco waar Celia haar mee naartoe had gesleept. Michel was anders dan zij, ook al was hij even oud. Hij was echter niet in Parijs opgegroeid, maar in Bar-le-Duc, een stadje aan de Ornain.

'En, zullen we buiten naar de sterren kijken?' vroeg hij, haar gedachten onderbrekend.

Marianne keek hem verward aan. 'Ik dacht dat de telescoop daarvoor diende.'

'Zeker, maar dat pronkstuk daar mist een lens. Ik probeer al een tijdje een opticien in Metz zover te krijgen dat hij een nieuwe voor me maakt. Maar tot nog toe is hij niet gezwicht.'

'Probeer het dan ergens anders.'

Michel schudde zijn hoofd. 'Uitgesloten. Die opticien in Metz is mijn oom. Alleen hij kan voor zijn neef gratis een nieuwe maken. Als je zo'n lens ergens anders laat maken, kost het een vermogen, maar dat heeft niemand hier. De Silbergs zullen elke franc in de textielfabriek blijven steken, en dat is ook goed, want die is het hart van de stad. Zonder de fabriek gaat het bergafwaarts, ben ik bang. – We wilden dus naar boven!' Hij kwam overeind en stak zijn hand naar haar uit.

'Het glas kan wel breken!' voerde Marianne aan. 'En dan vallen we naar beneden!'

'En dan?' wuifde Michel haar bezwaar weg. 'Dan glijden we een paar meter op ons achterwerk omlaag en belanden met prikkende voeten op de muur. Dit is geen toren, het maakt deel uit van het gebouw.' Zonder op antwoord te wachten pakte hij haar hand en trok haar naar de ladder. Even later klommen ze naar buiten. Toen ze merkte dat ze van haar schoenen alleen maar last zou hebben, deed Marianne ze halverwege uit en liet ze vallen. Toen ze boven op de koepel waren gekomen, gingen ze zitten.

Michel had gelijk. Als ze naar beneden gleden zouden ze op veilige bodem landen. De koepel was zoiets als een luchtbel op een vijver. En het mooie was dat je van daaraf over de stad en het dal kon uitkijken. Wanneer het in de zomer zo heet was dat je je billen aan het glas brandde, zou je vast de klaprozenvelden kunnen zien.

'Zie je wel, dat was toch helemaal niet erg!' zei hij. 'Goed dat je je schoenen hebt uitgedaan. Met blote voeten heb je meer grip op het glas, het zijn net zuignappen.'

Hij maakte een ploppend geluid, waardoor Marianne moest lachen.

Ineens waren hun gezichten vlak bij elkaar. Hun ogen raakten in elkaar verstrikt, en toen boog Michel zich plotseling naar haar toe. Zijn lippen vlijden zich warm en zacht op de hare, haast als vanzelfsprekend, alsof ze er hoorden.

Marianne schrok, maar tegelijkertijd verloor ze alle kracht. Zelfs als ze het had gewild, had ze zich niet aan hem kunnen onttrekken. Zijn kus was heel anders dan die van de jonge mannen die haar in bed hadden willen krijgen, met wie ze nooit was meegegaan. En de kus was ook heel anders dan de kussen van Christoph, die had gedacht een brave echtgenote van haar te maken.

'Wat was dat nou?' vroeg Michel toen hij zich weer terugtrok.

'Ik weet het niet,' antwoordde ze, hoewel ze het precies wist.

'Dan moeten we het nog maar eens doen. Misschien weten we het dan wel.'

Weer zoenden ze, en weer had Marianne het gevoel dat haar lichaam zou oplossen en op de avondbries zou wegzweven.

Maar toen, als een ijskoude douche, deed haar verstand zich gelden, en maakte ze zich van hem los. Hij is verloofd, dacht ze. Ook al doet hij alsof zijn verloofde hem koud laat, ze bestaat, ze hoort bij zijn leven. Ze gaat immers ook met zijn ouders mee.

'Wat is er?' vroeg hij verrast.

'Ik... het is beter dat ik ga.'

'Maar waarom dan?'

Omdat je een verloofde hebt, had ze hem graag naar het hoofd geslingerd, maar dat kreeg ze niet over haar lippen. Toch scheen hij het te weten.

'Marianne.' Hij pakte haar vast en keek haar aan. Haar weerstand zakte weg. 'Ze betekent niets. Niet meer. Ik heb ingestemd omdat ik dacht dat ik van haar hield, maar... sinds ik je heb gezien, laat de gedachte aan jou me niet met rust. Ik moet de hele tijd aan je denken. Daarom sloop ik door de stad, maar ik ontliep je telkens. Daarom kwam ik op de bank naast je zitten toen ze je op de ouderavond hadden geschoffeerd. Ik wilde bij je zijn. Hoe dan ook. Ook al ben ik verloofd. Er bestaat misschien ook zoiets als vriendschap tussen man en vrouw. Misschien kunnen we vrienden zijn.'

Marianne was daar niet zeker van. Vriendschappen onderhield ze al een hele tijd niet meer, in elk geval geen echte. Misschien waren ook haar schoolvriendinnen, met wie ze naar haar Franse platen had geluisterd, geen echte vriendinnen geweest. Ze had wel altijd mensen om zich heen, maar nu moest ze constateren dat dat geen echte vrienden waren. En wat ze voelde wanneer ze Michel zag, was ook geen vriendschap. Dat ging veel dieper. Dat was iets waarover ze niet durfde te denken, want hij had zijn leven in Bar-le-Duc, en zij was hier maar een jaar. Of beter gezegd, nog maar negen maanden.

'Je krijgt er last mee,' zei ze ten slotte. 'De meeste ouders mogen me nog altijd niet. En die ouders zijn inwoners van de stad, wellicht zelfs je buren.'

'Denk je dat me dat iets uitmaakt?' Michel maakte een afwijzend gebaar. 'Bovendien, wat hebben we gedaan? We hebben gezoend! Nou en? En er zal geen goddelijke bliksem op je neerdalen als we elkaar af en toe zien, zoenen en elkaar iets over ons leven vertellen. Dus, wat denk je? Kun je daarmee leven?'

Hij had haar al een keer beloofd dat er verder niets zou gebeuren. En nu hadden ze gezoend en hadden ze het erover elkaar vaker te ontmoeten.

Maar kon ze nee zeggen?

Daar was ze niet toe in staat.

'Ja, daar kan ik wel mee leven,' antwoordde ze terwijl ze naar de zoom van haar rok tuurde. Misschien moest ze op spijkerbroeken overgaan, net zoals Michel. Op de een of andere manier had ze nooit zin gehad die te dragen, maar nu...

'Goed,' zei hij en hij drukte haar hand. 'Ik beloof je dat ik je alleen zal kussen wanneer je dat wilt. Je zou me een teken kunnen geven.'

'Zwaaien misschien?' vroeg Marianne en ze zwaaide. Michel boog voorover en kuste haar.

'Zie je wel, het werkt,' zei hij toen hij zich terugtrok. 'En van nu af aan moet je uitkijken met zwaaien. Want als ik dan toevallig in de buurt ben, kom ik naar je toe om je te kussen, ongeacht voor wie het echt bedoeld was en wie er bij je is.'

Marianne betwijfelde of hij dat zou doen. Maar ze vond het leuk dat hij het zei.

'Oké,' zei ze. 'Doe dat. Maar nu moet ik echt gaan. Anders geeft Louise me nog als vermist op omdat het bericht is rondgegaan dat ik naar huis wilde, terwijl ik daar niet ben als ze thuiskomt.'

'Een momentje,' zei hij. 'Kijk naar de sterren. Baad een beetje in hun licht. Dan beloof ik dat ik je naar huis breng. In elk geval tot zo ver het betamelijk is.'

En dus bleven ze op de koepel naar de hemel zitten kijken.

20

‘Dat was het moment waarop ik verliefd werd op je vader,’ zei een stem achter me. ‘Of beter gezegd, het moment dat ik besefte dat ik van hem hield. Waarschijnlijk was ik al verliefd op hem geraakt toen ik hem de eerste keer zag, maar mensen zijn raar. Ze voelen iets, maar erkennen dat pas na een tijdje. Heel vaak zie je elkaar, en dan is er die ene blik, die ene aanraking, en is het ineens duidelijk.’

Ik had niet gemerkt dat mama de deur open had gedaan, zo verdiept was ik in de foto.

‘Is Michel Clement mijn vader?’ vroeg ik.

‘Ja, hij is je vader.’ Mijn moeders blik dwaalde langs me heen naar het raam, alsof daar een geest was verschenen. Maar al wat je zag waren haar spiegelbeeld en het mijne.

Ik zweeg verrast en verbaasde me dat ik daar zelf niet op was gekomen. Ze had het beslist niet over die Michel gehad als hij niet een speciale rol in haar leven had gespeeld.

Al jaren had ik me afgevraagd hoe het zou zijn wanneer ik het eindelijk te weten kwam. Ik had op een uitbarsting van emoties gerekend, maar nu... had ik alleen een raar gevoel.

‘Je bent dus verliefd op hem geworden tijdens de presidentiële ontvangst?’ verbrak ik het zwijgen.

‘Nee, niet direct. Maar daardoor raakten we aan de praat over de taarten. En toen begon het balletje te rollen, zoals ze dat zo mooi zeggen.’

Ik knikte en had nog even nodig om het nieuws te verwerken. Het was niet alsof er een last van me afviel, en er ging ook geen golf van geluk door me heen. Ik vroeg me eerder ongerust af of Michel Clement misschien tijdens haar verblijf in de stad gestorven was...

'Je weet, ik wil niet op het verhaal vooruitlopen, maar daarnet, toen ik in bed lag, bedacht ik dat ik je niet alleen moest laten met die foto,' vervolgde mijn moeder. 'Natuurlijk ging er nog wel wat tijd overheen voordat Michel en ik een stel werden. Hij was immers verloofd en ik was niet van plan hem van zijn verloofde af te pakken.'

Op de een of andere manier geloofde ik haar niet. Zoals haar ogen oplichtten toen ze het over hem had! Maar natuurlijk had mijn moeder haar morele principes. Hoe zouden die twee een stel zijn geworden? Had hij omwille van haar zijn verloving uitgemaakt? Wat was er in dat jaar gebeurd waardoor ze het me nooit had willen vertellen?

'Heb je een foto van hem waarop hij goed te zien is? Niet alleen een silhouet...'

'Nee,' antwoordde ze. 'Helaas heb ik geen andere foto van hem.'

'Echt niet?'

Ze knikte. 'Op de een of andere manier is het er nooit van gekomen. En ik heb me er ook nooit mee beziggehouden of ik een foto van hem had. Ik droeg hem in mijn hart, dat was genoeg. En als er foto's werden gemaakt, dan deed hij dat, met zijn camera. Meer dan een schaduw kreeg je nooit van hem te zien.'

'Heb jij je door hem laten fotograferen?'

'Hij deed het gewoon – omdat hij me zo mooi vond, zei hij. Ik kan niet beoordelen of ik indertijd mooi was, maar hij zag iets in me.'

Ze dacht even na en zei toen: 'Wat denk je ervan om morgen een uitstapje te maken?'

'Waarheen dan?' vroeg ik.

'Dat zul je wel zien. Laat je verrassen.' Ze kwam naar me toe, omhelsde me en gaf me een kus. Toen ging ze terug naar haar eigen slaapkamer.

Ik keek nog een tijdje naar de foto en probeerde het verhaal dat die vertelde te ontdekken. Een foto was maar een momentopname, nooit het hele verhaal.

Maar ik meende het ineens te bespeuren.

Die nacht lag ik nog lang wakker en probeerde ik me mijn vader voor te stellen. Aan de gedaante in de spiegel kon je alleen zien dat hij iets langer was dan mijn moeder, en heel slank.

Het was echt jammer dat mijn moeder geen andere foto van hem had – in elk geval geen die ze me kon laten zien. Ze had gezegd dat er van hem ook op andere foto's nooit meer dan een schaduw te zien was geweest – en die schaduw was hij ook in mijn leven. Wat wenste ik dat die schaduw, dat silhouet, contouren zou krijgen!

Toen ik merkte dat mijn gedachten geen resultaat opleverden, vroeg ik me af waar ze me morgen mee naartoe wilde nemen. Bij mijn moeder kon je nooit weten wat de aankondiging van zo'n uitstapje inhield. Al toen ik nog een kind was waren we vaak op goed geluk weggegaan, zomaar ergens heen. Soms was de tocht doel op zich, soms wist mijn moeder het doel wel maar verraadde ze het me niet, opdat het uitstapje spannend bleef.

In dit geval zou het echter beslist niet zomaar een uitstapje zijn. Ik was ervan overtuigd dat het iets met het album te maken had.

21

Foto nr. 8
Marianne op een ondergesneeuwde wei. Ze heeft haar ogen dicht en houdt haar armen gespreid. Een paar vlokken dwarrelen in haar gezicht, raken verzeild in haar haar, dat los over haar lichte jas valt. Ze glimlacht verliefd naar degene die haar fotografeert. Van de fotograaf zelf is slechts een schaduw in de sneeuw te zien. (10 december 1975)

Nadat de herfst de streek behoorlijk veel onrust had bezorgd, bracht een woeste winter sneeuw naar Bar-le-Duc. Die kwam van de ene dag op de andere, met luid geloei als bij de wilde jacht. En elke ochtend die aanbrak werden de witte massa's meer.

Als altijd begon Mariannes wekker ook die ochtend om zes uur te rinkelen. Toen ze overeind kwam en het licht aandeed, geloofde ze haar ogen niet. Er glinsterde ijs op de ruiten van het huisje. Ze waren helemaal bevroren! Een kille vlaag streek over haar gezicht, haar neus was ijskoud. Verrast ging ze rechtop in bed zitten.

Natuurlijk was het vuur in de tegelkachel al lang uitgegaan – er kwam niet eens meer een beetje warmte van af. Blijkbaar was de temperatuur verder gedaald. Het liefst was Marianne weer onder haar dekbed gekropen om van Michel te dromen, maar de school had geen consideratie met een koukleumende Duitse lerares.

Rillend stapte ze uit bed, sloeg het dekbed om en snelde naar de kachel. Waarschijnlijk zou de warmte zich pas verspreiden wanneer ze al lang weg was, maar toch maakte Marianne een vuurtje en legde er een paar kolen op.

Haar tanden klapperden toen ze zich vlug waste – omdat ze de vorige avond vergeten was de boiler aan te zetten, was het water natuurlijk ook koud.

In elk geval lagen er warme kleren klaar. Ze had wel wat spullen meegenomen, maar toen duidelijk werd dat het niet genoeg was om de kou hier te trotseren, was ze met Louise gaan winkelen. Haar salaris was niet heel ruim, maar het was genoeg voor warm ondergoed en een dikke wollen jas, en ook had ze een spijkerbroek gekocht. Louise gaf haar een zelfgebreide trui. Het bezwaar dat het toch nog geen Kerstmis was, had ze niet geaccepteerd.

'Ik heb meer dan genoeg truien,' had Louise gezegd. 'Ik heb hem echt niet nodig, en ik heb ook geen zin hem weer uit te halen, dus neem hem of geef hem aan de school.'

Marianne had niemand kunnen bedenken aan wie ze de trui zou kunnen geven. Lydie was er te tenger voor, en met de andere docenten had ze nauwelijks contact. En ze betwijfelde of monsieur Dumont wel van de kleur lichtblauw hield.

Nu was ze blij dat ze Louises cadeau geaccepteerd had. Het duurde niet lang voor de wol haar huid verwarmde en de kou verdreef. De trui was een soort pantser, en dat kon ze vandaag goed gebruiken.

Toen ze het huisje verliet, dacht ze weer aan Michel. Hij kwam vaak in haar gedachten voor, inmiddels vormde hij zelfs een vast deel van haar leven.

Ze zagen elkaar bijna wekelijks. De laatste keer was toen de eerste sneeuw viel. Michel had haar meegenomen naar een wei die door kromme wilgen werd omzoomd en uit een sprookje leek te komen. Terwijl de vlokken neerdwarrelden had ze met haar armen wijd staan dansen – en Michel had daar foto's van gemaakt.

'Gewoon, omdat ik zo graag naar je kijk,' verklaarde hij, want hij maakte vaker foto's van haar en Marianne vermoedde dat hij ze op de muur van zijn onderkomen bij de wijnboer plakte omdat hij haar daar om zich heen kon hebben zonder dat iemand er iets op tegen had.

Michel had haar ook over Kerstmis verteld, dat van hem verwacht werd dat hij het feest met zijn verloofde vierde. Doordeweeks was zijn werk een goede uitvlucht om uit de buurt van haar en zijn familie te blijven. Maar tijdens de feestdagen zouden ze hem voor zich opeisen, daar viel niet aan te ontkomen.

Marianne had stiekem gedroomd dat ze op z'n minst een van de feestdagen met elkaar zouden doorbrengen, maar die droom wervelde weg met de sneeuwvlokken.

Het was nog maar een week voor de kerst. Omdat ze wist dat de Silbergs het in de villa zouden vieren en er misschien wat gasten kwamen, had ze al een paar dagen geleden cadeautjes gekocht en uitgekeken naar een nieuwe jurk. De afgelopen jaren waren de kerstdagen de enige feestdagen geweest waarop ze tijd had om te lezen en uit te rusten, en daardoor was ze niet op een echt feest voorbereid geweest en had ze niets van thuis meegenomen dat ze bij een feestelijke gelegenheid kon dragen.

Misschien moest ze vanmiddag nog maar even bij het museum langsgaan. Maar nu lag er weer een nieuwe lesdag voor haar. Hoewel de weg naar de stad niet erg goed sneeuwvrij was gemaakt, stapte ze na het ontbijt op de fiets.

In het leslokaal aangekomen had ze zich er al mentaal op voorbereid dat ze weer door de Rémy-bende getreiterd zou worden. Die knullen schenen er maar geen genoeg van te krijgen. Blijkbaar had de oude Rémy veel literatuur over de Tweede Wereldoorlog tot zijn beschikking, anders kon ze de steeds concreter wordende vragen niet verklaren.

Ze was er inmiddels toe overgegaan bij vragen over de nazi's te doen alsof ze ze niet had gehoord. In het geval dat er niet aan een antwoord te ontkomen viel, antwoordde ze zo neutraal mogelijk, meestal ontwijkend, want ze wist dat in de handen van Bertrand Rémy elk woord een steen werd die hij naar haar toe zou slingeren wanneer het hem uitkwam.

Langzaam liep de klas vol. Een paar leerlingen groetten, andere zwegen. Degenen die groetten hoorden bij de ouders die inmiddels geen moeite meer met haar hadden – dankzij madame Duval. Degenen die zwegen en haar blik meden, kwamen uit gezinnen waar nog steeds over de zin van de lerarenuitwisseling werd gediscussieerd. Zij die brutaal tegen haar grijnsden zonder iets te zeggen, behoorden tot Rémy's vriendenkring. Veertienjarige jongens voelden zich superieur aan iemand van zesentwintig.

Die ochtend begon de les net als altijd. Die ging over Hölderlin. Marianne had net over het leven van de dichter verteld. Dat was eigenlijk geen reden om over het nationaalsocialisme te beginnen. Maar op een of andere manier vond Rémy altijd wel een reden. Nu vroeg hij of Hölderlin voor de nazi's een favoriete dichter was.

Op het moment dat Bertrand met een boosaardig lachje zijn hand opstak, werd er op de deur geklopt. Blijkbaar had God die dag compassie met haar, dacht Marianne en ze onderbrak de les om de bezoeker binnen te laten.

Rector Callas kwam binnen.

'Mademoiselle Schwarz.' Het gezicht van de rector stond ernstig. Marianne wist niet wat ze van zijn komst in de les moest denken. Waren er weer absurde beschuldigingen geweest? Was dat soms de reden waarom Rémy die dag bijzonder kwaadaardig grijnsde?

'Ja, wat kan ik voor u doen?' vroeg ze en ze voelde dat haar rechterooglid begon te trillen. Zulke tics had ze sinds enkele weken, en ze traden telkens op wanneer zich iets onaangenaams aandiende.

'Kunt u even meekomen, ik wil iets met u bespreken.'

Marianne staarde hem verschrikt aan, toen knikte ze. Terwijl ze de klas uit liep werd er achter haar gefluisterd: 'Misschien wordt ze er wel uitgegooid.'

Dat had ze anders als een mes in haar rug ervaren – maar op dit moment interesseerde het haar niet. Ze voelde kramp en steken in haar buik, nog erger dan wanneer ze ongesteld werd. De vraag wat de rector nu ineens met haar wilde bespreken lag als een steen op haar maag – en de weg naar het verlossende kantoor leek eindeloos. Toen ze daar eindelijk aankwamen, verzocht hij haar plaats te nemen.

'Ik weet niet hoe ik moet beginnen,' zei hij frunnikend aan zijn manchetknoop. 'Zoals u weet, heb ik u de afgelopen tijd als docent aan deze school bijzonder leren waarderen.'

Aha, dus toch, ging het door Marianne heen. Iemand heeft weer een totaal ongegrond bezwaar tegen me ingediend – en het is de rector nu vast te veel geworden.

Eigenaardig genoeg dacht ze allereerst aan Michel. Wat zou hij ervan zeggen als ze weer weg moest? Hij was nog steeds verloofd, hij zou weer net zo door kunnen gaan als vroeger. Het was alleen dat zij hem niet meer kon missen...

Monsieur Callas moest iets hebben gezegd, maar doordat ze in gedachten was geweest, had ze het niet gehoord. Nu keek hij haar ernstig aan.

'Uw vader is gisteren overleden. Ik heb net het telegram gekregen en ik dacht, ik laat het u persoonlijk weten.'

'Mijn vader is... dood?' Die woorden voelden in Mariannes mond volkomen vreemd. Haar vader was nooit ziek geweest, zelfs de griep was met een grote boog om hem heen gelopen. En dit was geen nieuws waar ze rekening mee had gehouden...

Ze schudde verward haar hoofd. Voor haar geestesoog verscheen de dag van haar vertrek naar Frankrijk, de dag waarop ze haar vader voor het laatst had gezien. Daarna had ze geen contact meer met haar familie gehad. Van haar plan om Ursula misschien te schrijven had ze toch maar afgezien.

En nu was haar vader dood.

'Ik neem aan dat u naar de begrafenis wilt,' zei de rector.

Marianne knikte. Dat werd waarschijnlijk van haar verwacht. Meestal trok ze zich weinig aan van verwachtingen, maar aan deze moest ze voldoen. Haar vader mocht haar dan wel genegeerd hebben en voor zijn kunst hebben uitgebuit, maar hij was haar vader. Ook al had hij nooit met haar met een bal gespeeld of haar leren fietsen.

Er werd geklopt. 'Binnen!' riep de rector.

Lydie verscheen in de deuropening.

'U wilde me spreken, monsieur le directeur?' vroeg ze. Toen zag ze Marianne, die er nog steeds als verdoofd bij zat.

'Ja, goed dat je er bent, Lydie. Er is een sterfgeval in de familie van mademoiselle Schwarz, waardoor ze een paar dagen afwezig zal zijn.'

Lydie keek hem geschrokken aan. Marianne kon niet zeggen of ze schrok vanwege het feit dat er een sterfgeval was of omdat ze weer voor de klas moest staan waarin de zoon van de nazi-jager zijn gang ging.

'Wat... wat erg,' zei ze en ze keek meelevend naar Marianne. 'Natuurlijk neem ik de lessen over.'

Callas knikte tevreden. Lydie zag eruit alsof ze in een citroen had gebeten. Marianne had met haar te doen. Maar ze kon niet wegblijven bij de begrafenis van haar vader. Ondanks alles wat er gebeurd was.

'Als u wilt, mag u meteen naar huis gaan,' bood de rector welwillend aan. 'Pak uw spullen, ik geef u vrij. Dan kunt u morgen naar Duitsland terugkeren.'

Marianne knikte en stond houterig op. De gedachte naar huis te gaan beangstigde haar, want ze wist niet wat ze moest verwachten. Maar ze had geen keus.

Ze dacht weer aan Michel. Ze moest het hem laten weten.

In de weken na die keer dat ze op de glazen koepel van het kasteel hadden gezeten, hadden ze elkaar meermalen ontmoet. Vaak spraken ze af bij het kasteel, soms ook buiten de stad waar niemand hen kon zien. Eenmaal was hij met haar naar de Ornain gereden. Het was toen heel stormachtig, de wind had de bomen doen schudden en ze waren tot de conclusie gekomen dat het beter was in het voorjaar nog eens terug te gaan. Ze hadden gezoend en alvast voor het voorjaar op diezelfde plek afgesproken.

Toen ze bij het klaslokaal kwam, ging de bel voor de pauze al. Het was haast niet te geloven dat ze bijna het hele lesuur in het kantoor van de rector had gezeten.

De kinderen die haar tegemoet kwamen stormen merkte ze nauwelijks op. Haar vader was gestorven. De man die ze een paar maanden geleden voor het laatst gezien had. De man die haar niet eens een paar hartelijke woorden had meegegeven. Ze had er nooit over nagedacht hoe het zou zijn als haar ouders stierven. Wat ze zou voelen. Ze zocht naar een gevoel in haar binnenste, hij was toch haar vader, maar daar was geen verdriet, alleen ongeloof, verwarring en iets wat ze niet kon benoemen. En de gedachte aan Michel. Michel, die moest weten waarom ze de komende dagen niet met hem kon afspreken.

Maar toen versplinterden de glazen wanden om haar heen.

'Ah, die ouwe nazi heeft eindelijk in het stof gebeten!' zei Bertrand Rémy met een vals lachje achter haar rug. Zijn woorden troffen haar als een steen tegen haar hoofd.

Dat was te veel voor haar. Bliksemsnel draaide ze zich om en gaf de jongen een draai om zijn oren. Zijn hoofd sloeg door de luide klap opzij. Het geluid overstemde alles.

Verrast staarde Bertrand haar aan. En ook Marianne keek ontzet. Ze had nog nooit zo haar zelfbeheersing verloren dat ze een leerling had geslagen.

De andere kinderen verstarden direct. Sommigen van hen stonden met open mond. Dit hadden ze van de Duitse lerares niet verwacht.

Bertrand vertrok zijn gezicht als een huilende baby, toen liep hij weg. Mariannes knieën werden slap. Hiermee had ze haar eigen graf gegraven. Zijn vader zou beslist buiten zichzelf zijn.

Natuurlijk zou hij haar niet geloven. En eigenlijk was er ook niets wat een oorvijg rechtvaardigde. Ze had het moeten negeren – maar daar was ze niet toe in staat geweest..

Terwijl aller ogen nog steeds op haar gericht waren draaide ze zich om en liep naar het afdak om haar fiets te halen. Rémy en de rector wisten waar ze haar konden vinden.

De volgende uren bleef ze zich angstig afvragen wat er nu zou gaan gebeuren. Ze was ervan overtuigd dat er elk moment iemand kon verschijnen om haar ter verantwoording te roepen. Waarschijnlijk zou het ook consequenties hebben voor haar Duitse school.

Toen ze het echt benauwd kreeg van angst, werd er op het raam geklopt. Ze ging ervan uit dat het dienstmeisje een bericht voor haar kwam brengen.

Maar er keek geen vrouwengezicht door de ruit.

Het was Michel, die naar haar lachte en zwaaide. Wat kwam hij hier doen? Om deze tijd?

Natuurlijk was er momenteel op het wijngoed weinig te doen. Hoop op ijswijn hadden de wijnboeren niet meer, daarvoor waren er te weinig druiven aan de wijnstokken overgebleven.

De gedachte met hem alleen in het huisje te zijn en dan ontdekt te worden als iemand uit de villa haar wilde halen, leek haar toch te riskant.

Ze sloeg dus haar jas om en liep naar buiten.

Het goud in zijn ogen trof haar als een zonnestraal.

Met zijn donkere cabanjas en wollen muts leek hij op het eerste gezicht een havenwerker. Dat vond Marianne geweldig en ze ergerde zich een beetje dat ze niet echt van zijn bezoek zou kunnen genieten. De koffer achter haar vermaande haar eindelijk te gaan inpakken, en ze had last van haar geweten omdat ze een jongen had geslagen.

'Hé, wat doe jij hier?' vroeg ze, waarop hij haar zonder omhaal tegen zich aantrok en kuste.

'Ik heb niet gezwaaid,' zei ze lachend toen hij haar weer losliet. Zijn kus brandde nog op haar lippen, een vuurtje waarvan de gloed zich door haar aderen verspreidde en haar hele lichaam verwarmde.

'O nee?' vroeg hij met gespeelde verbazing. 'Op de een of andere manier leek het van wel. Toen dacht ik, ik doe het gewoon.'

Marianne lachte. Het had zo'n mooie dag kunnen worden. Michel verscheen nooit volgens een vast plan, hij kwam en ging al naargelang hij tijd en zin had. Naast haar andere zorgen had ze zich afgevraagd hoe ze hem kon vinden. Zijn vader zou hem misschien over het sterfgeval hebben verteld, maar misschien ook niet. Ze kon zich voorstellen dat ze geen onderwerp van gesprek was in huize Clement. En Michel zou zich dan afvragen waarom hij haar niet toevallig in de stad tegenkwam.

En nu stond hij hier gewoon in de tuin van de villa. Nog nooit was hij zo dicht bij haar huisje geweest. Had hij misschien gevoeld dat ze hem wilde zien?

'En hoe was je dag?' vroeg hij terwijl hij zijn arm om haar heen sloeg en haar naar het bankje voor het raam trok, dat met een dikke laag sneeuw bedekt was. 'Hoeveel nazivragen van dat klootzakje heb je vandaag moeten beantwoorden?'

Sinds een tijdje heette Bertrand Rémy bij Michel alleen nog maar 'dat klootzakje'. Dat maakte het een beetje draaglijker om over hem te praten. Soms kon ze er ook om lachen wanneer Michel de jongen nadeed en de absurdste vragen stelde over de kleur van Hitlers ondergoed.

Maar vandaag was ze niet in de stemming om te lachen.

'Ik heb dat klootzakje om de oren geslagen.'

'Echt?'

Marianne knikte. 'En zeg alsjeblieft niet dat hij het verdiende. Dat is wel zo, maar ik ben lerares en geen leerling uit zijn klas of uit een van de hogere klassen.'

Michel fronste zijn voorhoofd. 'Begrepen. Dat is natuurlijk helemaal niet goed. Wat was de aanleiding? Jouw hand is toch nog nooit uitgeschoten!'

Marianne tuurde even naar het met sneeuw bedekte park.

'Ik heb nooit een goede relatie met mijn vader gehad,' begon ze toen. 'Dat heb ik je al eens verteld. Vandaag kreeg ik het bericht dat hij is overleden.'

'Dat spijt me heel erg,' zei Michel. Er gleed een schaduw over zijn gezicht.

'Dank je, maar dat hoeft niet. Je hebt hem niet gekend, waarschijnlijk had je hem niet gemogen als je hem had leren kennen. Maar... toen die knul achter mijn rug siste dat "die ouwe nazi eindelijk in het stof had gebeten", werd het me te veel. Toen verloor ik mijn zelfbeheersing.'

'De sufferd!' bromde Michel. 'Zijn vader heeft na de oorlog een tijd in een commissie gezeten die collaboratie aan het licht bracht. Met zijn hulp zijn veel collaborateurs de gevangenis ingegaan of hebben de doodstraf gekregen. Die verraders hebben hun Franse medeburgers bij de Gestapo zwartgemaakt. De Rémy's zijn er vreselijk trots op dat ze bij degenen hoorden die hen hebben bestraft.'

'Mijn vader heeft niet bij de Gestapo of de SS gezeten,' zei Marianne. 'Hij heeft alleen maar als soldaat aan het westelijk front gevochten. Ik wil niet goedpraten wat hij gedaan heeft, en kan ook zijn ideeën niet begrijpen. Hij heeft aan de oorlog een intense haat tegen de Fransen overgehouden. Daar ben ik altijd tegen ingegaan en ik begon me al vroeg voor Frankrijk te interesseren. Daar heeft hij me vaak om geterroriseerd. Dat ik er hier nu ook last mee krijg, is op de een of andere manier... niet te bevatten.'

'Het is goed dat je niet dezelfde haat voelt als je vader.' Hij streelde zachtjes haar wang.

'Nee, ik voel geen haat. Tenminste, niet tegen Frankrijk en de Fransen. Ik besef dat wij Duitsers vreselijke dingen hebben gedaan. Daar schaam ik me voor. Maar moet een mens niet naar zijn daden worden beoordeeld? Ik probeer in mijn lessen Goethe en Schiller dichter bij de kinderen te brengen, ik probeer hun iets van de huidige cultuur mee te geven, van de kunst. En tijdens elke les krijg ik minstens één vraag over de nazi's. En ze worden elke keer schaamtelozer.'

Marianne zweeg. Het was misschien voor haar eigen bestwil als ze teruggging. Vanwege de oorvijg zou ze worden ontslagen, en Bar-le-Duc zou verder kunnen leven in het geloof dat alle Duitsers slecht waren.

'Het was misschien beter geweest als ik hier nooit was gekomen.'

Michel schudde zijn hoofd. toen legde hij zijn arm om haar heen. 'Je weet dat dat niet waar is. Je volgde je hart. En als je niet hiernaartoe was gekomen, had ik je nooit leren kennen. Dat zou echt jammer zijn geweest.'

Met die woorden legde hij zijn lippen op haar mond. Hoewel hij haar teder kuste, had Marianne het gevoel dat er een vuurstorm door haar aderen trok. Ze wist dat ze het niet moesten doen, maar ze kon zich er ook niet tegen verzetten. Ze voelde zijn warmte, rook zijn geur en zijn nabijheid gaf haar een wonderbaarlijk geborgen gevoel. Het liefst was ze altijd zo blijven zitten, maar ze wist dat het niet kon. Er was een vrouw die op hem wachtte, die wachtte tot hij de ring aan haar vinger stak. Hij had het nog steeds niet uitgemaakt en Marianne kreeg het vermoeden dat hij dat nooit zou doen.

Maar op dat moment, toen zijn tong zacht en sensueel over haar lippen streelde en zich voorzichtig een weg in haar mond baande, kon haar dat allemaal niet schelen. Ze voelde een brandend verlangen hier, in de sneeuw, met hem te vrijen – maar toen trok Michel zich terug.

Zijn gezicht was gloeiend rood, zijn ogen schitterden. Marianne kon duidelijk zien dat hij haar verlangen deelde. Marianne wilde met hem vrijen, al zo lang, en ineens kon het haar niet schelen dat hij een verloofde had en zou gaan trouwen. Ze wilde alleen maar hem, ze wilde hem voelen zoals ze het zich in haar fantasie had voorgesteld.

'Kom,' zei ze en ze pakte zijn hand en trok hem mee het huisje in.

Ze hadden de deur nog niet achter zich dichtgedaan of ze kusten elkaar wild en hartstochtelijk. Michels lippen bleven even op de hare, toen gleden ze kussend over haar wangen en hals. Marianne begon te kreunen toen hij op een plekje kwam waardoor haar hele lijf aangenaam begon te kriebelen.

'Ik... ik ben nog maagd,' fluisterde ze. Ze vond dat nogal pijnlijk, maar ze wilde niet dat hij zou schrikken. Ze wist namelijk wat er de eerste keer gebeurde, haar medestudentes, die het al jaren geleden hadden meegemaakt, hadden er in geuren en kleuren over verteld.

'Ik zal voorzichtig zijn,' beloofde hij en hij begon haar jas uit te trekken.

Zijzelf knoopte zijn jas, en vervolgens zijn overhemd open. Even schoot de gedachte door haar heen dat het misschien een schandaal zou veroorzaken als ze werden betrapt. Maar toen zette ze die gedachte opzij, trok hem naar het bed en concentreerde zich op zijn lippen, die haar borsten streelden en toen naar haar buik afdwaalden.

Toen hij ten slotte in haar kwam, deed hij dat heel voorzichtig.

Marianne voelde even pijn, maar die was lang niet zo erg als haar medestudentes het haar hadden afgeschilderd. Hadden die misschien de verkeerde mannen gehad? Even bleef Michel op haar liggen, toen begon hij zich te bewegen. Daarbij kuste hij haar, en Marianne voelde zich algauw alsof ze door een maalstroom werd meegesleurd waaraan niet te ontkomen viel. Ze kreunde, en toen ze opzij keek zag ze dat de ruiten, die die ochtend nog met ijs bedekt waren geweest en inmiddels waren ontdooid, beslagen waren.

Ze verloor haar aanvankelijke schroom om hem aan te raken, en toen haar eerste orgasme zich aankondigde, klauwde ze met haar handen in zijn billen. Op dat moment dacht ze er alleen maar aan dat ze blij was deze eerste keer met hem, de man van wie ze zeker wist dat ze van hem hield, mee te maken.

Vlak voordat Michel klaarkwam, trok hij zich terug. Met zijn hand omvatte hij zijn lid en trok zich af. Zijn zaad sproeide hij uit op haar buik.

De warmte deed haar kreunen.

Even later ging hij naast haar liggen en kuste haar. 'Het is beter zo,' fluisterde hij. 'Ik wil geen kindje bij je maken, begrijp je?'

Marianne begreep op dat moment alleen maar dat ze nog nooit zoiets heerlijks had gevoeld. Ze draaide zich naar hem toe en kuste hem, sloeg haar arm om zijn schouders en trok zijn bovenlichaam op haar borsten.

Een poosje bleven ze zo liggen, tot Michel zei: 'Ik moet weg.'

Naar haar? vroeg Marianne zich af, maar ze verdrong de gedachte. Ze wilde dit volmaakte moment niet laten bederven. Dus vroeg ze niets, maar keek alleen toe hoe hij zijn spullen, die rondom het bed verspreid lagen, verzamelde en zich weer aankleedde.

Tegen het avondeten had Marianne haar koffer gepakt. Nog altijd was er niemand van de school verschenen. Maar het verhaal dat ze Bertrand Rémy een klap had verkocht, was vast al rondgegaan.

Even voor achten liep ze naar de villa. De Silbergs wisten nog niets van de dood van haar vader – tenzij het nieuws al tot de fabriek was doorgedrongen.

Opnieuw zocht Marianne naar verdriet bij zichzelf, maar als het er al was, hield het zich goed verscholen. De uitbarsting op het schoolplein leek de enige emotie te zijn die ze voor haar vaders dood had kunnen opbrengen. Meer dan ooit leek hij haar ver weg, als een foto die je in een oude doos vond.

Bij de deur kwam Marianne Louise tegen. Ze kwam net van de fabriek en klopte de sneeuw van haar laarzen.

'Wat een ellende!' foeterde ze. 'Kan er nou niet eens een jaar geen sneeuw vallen? – Ah, Marianne! Hoe is het jou vandaag vergaan?'

Het speet Marianne dat ze Louises stemming zou bederven door wat ze te vertellen had. Ze leek zo onbezorgd en vrolijk – ondanks haar ergernis over de sneeuw.

‘Ik...’ Ze stokte. Stel dat ze eerst eens zei dat het goed met haar ging? Maar waarschijnlijk zou Louise toch wel merken dat ze loog. ‘Ik heb vandaag bericht gekregen dat mijn vader is overleden.’

Louise sloeg geschrokken haar hand voor haar mond. ‘Wat vertel je me nou? Hoe dan?’

‘Ik weet nog niets over de exacte omstandigheden. Rector Callas heeft me alleen verteld dat hij gestorven is en me vrij gegeven om naar de begrafenis te gaan.’

‘Dat is toch vreselijk.’ Louise sloot haar in haar armen. Ze leek bedroefder dan Marianne zelf. Maar het deed haar goed getroost te worden.

Marianne besloot de andere sensatie van de dag te verzwijgen – voorlopig.

‘Kom eerst maar eens binnen, ik zal Sophie zeggen dat ze chocolademelk voor je moet maken,’ zei Louise toen ze haar weer losliet, en ze trok haar toen mee naar de keuken.

Het duurde niet lang of het aroma van de cacao ging door het huis en overheerste de geuren van het avondeten, dat op de warmhoudplaten stond.

Louise en Marianne gingen aan de keukentafel zitten, die vroeger gediend had als eettafel voor de dienstmeisjes, maar er nu alleen nog stond omdat de keuken er anders te kaal uitzag. Vroeger was er waarschijnlijk groente op fijngehakt en brood op gesneden, maar destijds was er ook meer personeel geweest.

Sophie, die dienstmeisje en kokkin tegelijk was, bewoog zich als een schim door de keuken. Het was Marianne nog nooit gelukt een gesprek met haar te beginnen. Ze wist ook niet waar ze woonde en uit welke familie ze kwam.

‘Mama blijft trouwens nog een tijdje bij *grand-mère*,’ zei Louise toen Sophie een beker chocolademelk voor haar neerzette. ‘’s Winters wordt haar reuma altijd erger.’

Zo langzamerhand begon Marianne zich af te vragen of de kwalen van haar moeder niet een voorwendsel voor madame Silberg waren om niet met haar schoonvader onder één dak te hoeven wonen.

Marianne had een paar weken na haar aankomst kennis met haar gemaakt en toen al het gevoel gehad dat ze zich in het huis niet prettig voelde. Door het gedrag van haar eigen moeder voelde ze dat intuïtief aan.

'Dat spijt me,' antwoordde Marianne, terwijl ze haar klamme handen om de warme beker sloot.

'Dat is niet nodig. Mijn grootmoeder is al behoorlijk oud en het is eigenlijk elk jaar hetzelfde.'

Louise roerde wat in haar beker rond, toen nam ze een slokje en zei: 'Ik vind het heel erg dat je vader is overleden. Ik heb de mijne nooit gekend maar als mijn moeder doodging, zou ik erg verdrietig zijn.'

Wat moest Marianne daarop zeggen? Dat noch haar vader noch haar moeder haar zo na stond dat ze er verdrietig om zou zijn? Wat haar vader betreft voelde ze een vreemde spijt, ze was van het bericht geschrokken – maar was ze nou echt verdrietig?

'Het kwam totaal onverwacht,' zei ze. 'Voor ik naar Frankrijk ging, heb ik hem nog gezien, op het station.'

'Bracht hij je weg?'

Marianne begon triest te lachen. 'Nee, dat zou hij nooit hebben gedaan. Ik kwam hem toevallig tegen. Hij was op weg naar München en ik naar Parijs.'

'Hij was vast trots op je.'

'Nee, helaas was hij dat allesbehalve.' Marianne merkte dat Louise verschrikt naar haar keek. In de drieënhalve maand dat ze hier nu was, hadden ze het nooit over haar familie gehad. Ze praatten over algemene dingen en uit angst het misnoegen van Alain Silberg te versterken was Marianne tijdens het avondeten meestal terughoudend geweest. En ook vanwege Michel Clement bracht Marianne niet elk weekend met Louise door.

'Waarom niet? Je bent lerares, dat is toch een respectabel beroep!'

Marianne roerde in haar chocolademelk. Ineens wenste ze dat ze wat later was gekomen. Misschien had ze niets moeten zeggen... Maar nu was het te laat en was ze Louise een verklaring schuldig.

'Dat is het ook, maar mijn vader zag veel anders dan ik,' verklaarde ze. 'Waarschijnlijk had hij gewild dat ik zou trouwen en kinderen zou krijgen in plaats van te gaan studeren. Maar ik wilde iets bereiken. En ik wilde altijd naar Frankrijk. En zoals je ziet, is me dat gelukt.'

'Ik wilde altijd in de textielfabriek werken,' zei Louise op haar beurt. 'Het kwam niet bij me op iets anders te willen. Grootvader nam me altijd mee, als klein kind al. Hij liet me de weefgetouwen zien en legde uit hoe ze werkten. Later leerde hij me hoe je verschillende soorten stoffen kunt vervaardigen. De leraren op het lyceum wilden dat ik ging studeren, maar ik wilde altijd alleen maar tussen de ratelende weefgetouwen en stoffen zitten.'

Terwijl ze sprak, kreeg haar gezicht een dromerige uitdrukking, bijna alsof ze het over een geliefde had. Bij die gedachte werd Marianne rood, want ze dacht weer aan de hartstocht waaraan ze zich met Michel had overgegeven.

'Wil je dan niet trouwen?' vroeg Marianne vlug terwijl ze haar beker naar haar lippen bracht om haar gezicht een beetje te bedekken. Gelukkig gloeiden haar wangen niet alleen vanwege de herinnering aan Michel, de warme chocolademelk deed de rest.

'Jawel, ooit...' Louise stokte. Ze wekte de indruk dat ze niet meende wat ze zei. 'Maar vóór alles wil ik onze fabriek behouden en zo mogelijk uitbreiden. Ik weet nu al dat grootvader de man die met me trouwt zal dwingen in de fabriek te stappen. Hij zal hem dwingen stukje bij beetje te leren hoe je zaken moet doen. En dan zal hij me de fabriek afpakken, omdat hij van mening is dat ik beter kinderen kan krijgen. En dat wil ik hoe dan ook voorkomen. Ik wil me de fabriek niet laten afpakken.'

'Dat klinkt een beetje naar Elizabeth I,' merkte Marianne glimlachend op. Eigenlijk waren Louise en zij niet zo heel verschillend. Ook voor haar stond haar werk op de eerste plaats.

'Wat was er dan met haar?' vroeg Louise verbaasd.

'Zij is ook niet getrouwd, omdat ze wist dat ze door een huwelijk de Engelse troon zou verliezen. Daarom heeft ze een minnaar genomen, maar haar adviseurs hebben haar nooit tot een huwelijk kunnen bewegen.'

Louise lachte schalks. 'Nou, als het zo zit, zal ik het ook maar zo laten. De fabriek betekent alles voor me. Ik zou nooit iets doen wat daar schadelijk voor zou kunnen zijn. Maar ik vrees dat iemand die niet samen met mij is opgegroeid, dat anders ziet.'

Er volgde een stilte op haar woorden. Allebei waren ze even in hun eigen gedachten verdiept. Toen klonken er voetstappen bij de deur.

'Louise, waar blijft het eten?' vroeg een stem van achter de deur. Marianne keek op haar horloge. Het was twee over acht. Wat Louise de eerste dag tegen haar had gezegd, klopte blijkbaar.

'We zaten gewoon een beetje te praten, excuses, grand-père,' zei ze, en ze stond op. 'We komen meteen.'

Marianne ontweek de blik van de oude Silberg. Natuurlijk dacht hij dat het haar schuld was dat ze laat waren.

Aan tafel had Marianne het gevoel dat de chocolademelk in haar buik in steen veranderde. Dat gevoel kreeg ze meestal onder het eten, tenzij monsieur Alain de maaltijd in zijn werkkamer gebruikte. Helaas gebeurde het maar een- of tweemaal per maand dat hij zich om ondoorgrondelijke redenen niet wilde vertonen. Louise vermoedde dat het de dagen waren waarop hij werd overmand door melancholie over de dierbaren die hij verloren had. Omdat hij niet zijn zwakheid wilde tonen en aan tafel in bijzijn van hun gast gaan huilen, bleef hij in zijn eigen vertrekken en trok hij zich pas laat op de avond terug in zijn slaapkamer.

Die dag leek hij niet zozeer melancholisch als wel gespannen. Marianne wist dat ze hem ook van haar vaders overlijden moest vertellen, maar haar keel zat dicht. Wanneer Alain een gespannen indruk wekte, volgde er meestal een politieke discussie over de

Tweede Wereldoorlog en het naziverleden van Duitsland. Dat maakte Marianne elke keer onzekerder. Inmiddels wist ze absoluut niet meer wat ze moest zeggen. Ze scheen nooit de juiste toon te treffen. Het was bij monsieur Alain nog erger dan bij de jonge Rémy.

Terwijl ze hun soep opaten heerste er een kil zwijgen. Marianne deed haar best zich op haar bord te concentreren, maar had de indruk dat monsieur Alain naar haar keek.

'Monsieur Rémy is vandaag bij me geweest,' zei de oude Silberg achteloos. 'Hij was buiten zichzelf van kwaadheid en wilde u spreken, mademoiselle Schwarz.'

Marianne verstijfde. Steun zoekend keek ze naar Louise. Die leek net zo verbluft als zijzelf. Maar hoe zou ze ook kunnen weten wat zich vandaag had afgespeeld?

'Hij zei dat u zijn zoon hebt geslagen. Is dat waar?'

'Ja, dat is waar,' antwoordde Marianne. Ze was ervan overtuigd dat Silberg een vriend van Rémy was – en dat hij haar nu een uitbrander ging geven. Misschien gooide hij haar wel het huis uit. Misschien was hij daarom zo gespannen.

'Waarom hebt u dat gedaan?'

Marianne werd rood. Ze schaamde zich vreselijk vanwege die oorvijg. Eigenlijk had ze naar de Rémy's moeten gaan om zich te verontschuldigen. Maar daar had ze de moed niet voor kunnen opbrengen.

'Ik...' begon ze, maar de woorden droogden op in haar mond. Waarmee moest ze het rechtvaardigen? Dat iemand haar vader had beledigd? Dat zou Silberg, die alle Duitsers haatte die in de Wehrmacht hadden gevochten, beslist geen geldig excuus vinden.

Maar het was gebeurd, ze kon het niet meer ongedaan maken.

Marianne wiste haar lippen af, hoewel er niets te wissen viel, het was alsof ze de schande van haar mond wilde wissen. Ze keek even naar Louise, die haar enigszins verschrikt aankeek. Blijkbaar had ook zij niet verwacht dat Marianne een kind om de oren zou slaan.

'Kort daarvoor had ik bericht gekregen dat mijn vader is overleden,' begon Marianne ten slotte. Uitvluchten zouden niet helpen, met de waarheid bereikte ze hier in huis waarschijnlijk meer – ook al zou het niets aan de consequenties veranderen. 'Een van de leerlingen, Bertrand, zei opgewekt achter mijn rug "dat die ouwe nazi eindelijk in het stof had gebeten". Toen verloor ik mijn zelfbeheersing.'

Marianne keek beschaamd naar het tafellaken.

'Kijk me eens aan,' zei monsieur Alain na enkele minuten stroef zwijgen.

Marianne hief haar hoofd. Haar ogen brandden, alsof ze gehuild had.

Hun blikken ontmoetten elkaar secondenlang. Monsieur Alain leek haar gezichtsuitdrukking te peilen, er iets in te zoeken.

'U hebt er spijt van,' constateerde hij even later. 'Ik zie berouw op uw gezicht.'

'Ik had me niet zo mogen laten provoceren,' antwoordde Marianne. Het liefst had ze weer haar hoofd gebogen. Maar Alains blik hield de hare vast. 'Ik had niet mijn zelfbeheersing mogen verliezen. Daar heb ik inderdaad spijt van.'

'Nou, ik heb niet veel met de Duitsers op, en nog minder met degenen die tegen ons gevochten hebben.' Hij keek haar aan. Zijn blik was hard – en toch anders dan anders. Dat maakte Marianne extra bang, omdat ze zijn uitdrukking niet kon duiden. 'Maar ik weet het te waarderen als een kind haar vader verdedigt – zelfs als hij een nazi was. In die zin ben ik heel tevreden over mijn eigen reactie.'

Als hij daarbij zou hebben geglimlacht, zou Marianne zich vast een beetje opgelucht hebben gevoeld. Maar monsieur Alain glimlachte niet. Dat ergerde haar.

'En hoe hebt u dan gereageerd, grand-père?' vroeg Louise. Haar stem klonk alsof die uit een ander vertrek kwam.

'Nou, ik heb tegen hem gezegd dat bij mij op school, wanneer leerlingen brutaal waren, er tikken met het rietje werden uitgedeeld. Ik wist natuurlijk niet wat de reden was, maar die kleine Rémy is een snotaap die meer van het verleden van zijn vader denkt te weten dan zijn vader zelf. Ik heb monsieur Rémy dan ook aangeraden het knaapje beter op te voeden – en zich niet te beklagen als een lerares het nodig vindt om tot disciplinaire maatregelen over te gaan.'

Dus monsieur Alain had het voor haar opgenomen? Marianne kon het niet vatten.

'Mademoiselle Schwarz, misschien is het u niet duidelijk, maar ik ben u nooit vijandig gezind geweest,' zei monsieur Alain, zich nu weer tot Marianne wendend. 'Ik heb grote moeite met de Duitsers en met het feit dat velen van hen hun schuld niet willen erkennen. Omdat u van Louise weet wat er met mijn zoon is gebeurd, kunt u dat misschien begrijpen. Maar ikzelf verwacht ook dat Louise een knaap die haar vader beledigt om de oren slaat. Ik ken uw vader niet, ik weet alleen wat u over hem hebt verteld. Hij heeft in de Wehrmacht gezeten. Hij was een nazi. Hij heeft een schuld op zich geladen. Maar hij was uw vader – en hij is dood. Je spreekt geen kwaad van de doden en je matigt je op je veertiende geen oordeel aan over wie dan ook van wie je zelf geen leed hebt ondervonden. Er zijn anderen die dat oordeel mogen vellen, maar niet een jongen die zijn lerares wil provoceren.'

'Toch zal het wel consequenties hebben,' zuchtte Marianne.

'Nou, en?' was het weerwoord van de oude man. 'Bent u daar bang voor?'

'Ja, want ik zou het jaar hier graag afmaken. Ik wil niet voortijdig weggaan. Ik ben hier niet als veroveraar gekomen, maar als een mens die iets wil leren. Ik wil graag begrijpen hoe het de mensen hier is vergaan en nog vergaat. Want ook al was mijn vader een nazi: ik ben dat niet.'

Monsieur Silberg knikte. 'Nou, laat de mensen dan zien dat u volhardend bent. Gelukkig telt de naam Silberg in deze stad meer dan welke andere ook. Ik zal morgen de rector bellen. Hij zal er begrip voor hebben dat iemand in uw situatie zijn geduld verliest.'

'Dank u, monsieur Silberg, dat is heel aardig van u,' antwoordde Marianne beduusd.

Daarmee leek de zaak voor monsieur Alain te zijn afgehandeld. Het dienstmeisje verscheen met het hoofdgerecht, heerlijke kalfsfilet, en vanaf dat moment had hij alleen maar oog daarvoor.

Het hart klopte Marianne in de keel en haar gezicht gloeide. Ze keek naar Louise. Wat dacht zij? Was ze misschien boos omdat ze haar niet over de oorvijg had verteld? Maar dat had ze op dat moment niet belangrijk gevonden...

De rest van de avondmaaltijd verliep in stilte.

Zoals altijd bleven ze ook die avond zitten tot monsieur Alain zijn sigaar had opgerookt. Dat was meestal het vredigste deel van het avondeten, want wanneer hij rookte, ging hij op in zijn herinneringen. Alsof hij dan vergat dat Marianne aan tafel zat, vertelde hij over avondwandelingen door de klaprozenvelden met zijn vrouw of de glorietijden van zijn fabriek.

'Mijn vader heeft in de Eerste Wereldoorlog gevochten,' begon hij mijmerend nadat hij zijn sigaar had opgestoken. 'Dat moet een zware tijd voor hem zijn geweest. Ik weet niet veel meer van hem, maar een keer toen hij met verlof was, vertelde hij me een verhaal. Het was kerstavond 1914, de oorlog was in volle gang. Duitsers, Fransen en Engelsen stonden tegenover elkaar. Iedereen hield er rekening mee dat er ondanks de kerst een aanval zou komen. Toen klonk er verrassend genoeg een kerstlied uit de Duitse loopgraven. De Engelsen vielen in, en de Fransen ook. Witte vlaggen werden uit de loopgraven omhooggestoken en een voor een kwamen de soldaten eruit om samen Kerstmis te vieren. Dat verhaal heeft veel indruk op me gemaakt.' Hij zweeg even, toen keek hij Marianne aan, die bij de gedachte aan het tafereel kippenvel had gekregen. 'U gaat toch naar de begrafenis van uw vader?'

Marianne knikte. 'Ja, morgen al. Rector Callas heeft me een paar dagen vrij gegeven.'

Monsieur Alain knikte, toen vervolgde hij: 'Zorgt u er alstublieft voor dat u er met Kerstmis weer bent. Ik wil het graag met u vieren.'

Marianne wist niet wat ze daarop moest zeggen. Was het dan echt mogelijk dat de gevolgen van de oorvijg aangenamer waren dan ze het zich had voorgesteld? Ze had het akelige gevoel dat het muisje nog een staartje zou krijgen. Maar monsieur Silberg had gelijk, ze moest de mensen laten zien dat zij anders was dan haar landgenoten dertig jaar geleden. Misschien waren woorden en verklaringen niet voldoende, en kon ze hen mogelijk door daden overtuigen. En door het feit dat ze bleef – als het mocht...

's Avonds laat, toen ze de laatste dingen in haar koffer had gepakt, verscheen Louise voor het raam. Ze klopte, en Marianne liet haar binnen.

'Ik dacht dat je naar bed wilde,' zei Marianne verbaasd. Toen ontdekte ze een donkere kledingzak over Louises arm.

'Ik weet niet of je rouwkleding hebt, en omdat we ongeveer dezelfde maat hebben, wilde ik vragen of je dit misschien mee wilde nemen.' Louise glimlachte bemoedigend naar haar.

Marianne noodde haar binnen, toen vroeg ze: 'Wat is dat?'

'Mijn rouwkleding. Ik heb dit mantelpakje gedragen op de begrafenis van mijn grootmoeder. Het is heel mooi, vrijwel nieuw. Ik wil het je wel lenen, als je dat prettig vindt.'

'Dat is... heel aardig van je!' antwoordde Marianne. Ze had er inderdaad nog niet over nagedacht wat ze bij de uitvaart zou dragen.

'Pas het straks maar even. Als het je bevalt, neem je het mee, zo niet, dan laat je het hangen. Ik zal Sophie een keer sturen om voor de kerst de vloer te dweilen en de ramen te lappen.'

'Zo lang blijf ik zeker niet in Duitsland,' antwoordde Marianne. 'Rector Callas heeft me vijf dagen vrij gegeven.'

'En de kerstvakantie begint volgende week. Eigenlijk zou jij dat het best moeten weten.'

Dat was Marianne helemaal vergeten. De kerstvakantie! Die

begon in Frankrijk al voor de feestdagen. En daardoor zou ze het heel lang zonder Michel moeten stellen, want die moest vast bij zijn familie blijven – of bij zijn verloofde.

Dat stak haar.

Louise leek dat voor verdriet aan te zien, want ze legde de kledingzak opzij en omhelsde haar spontaan.

'Het komt allemaal wel goed,' zei ze, alsof ze haar gedachten had kunnen lezen. 'Je jaar hier duurt nog lang. Ik wed dat je hier in de zomer niet meer weg wilt.'

Louise hield haar nog een poosje vast, toen liet ze haar weer los.

'Het is heel aardig van je grootvader dat hij moeite voor me wil doen,' zei Marianne, want ze had het gevoel dat ze nog iets moest zeggen. 'Ik was erg verrast door wat hij zei.'

'Ja, ik ook,' antwoordde Louise. 'Dat verhaal van zijn vader vertelt hij meestal alleen aan mensen op wie hij zeer gesteld is.'

'Nou, ik geloof niet dat ik daar nu meteen bij hoor, dat zou een beetje onrealistisch zijn, toch?' Marianne lachte.

'Je hebt met die oorvijg in elk geval diepe indruk op hem gemaakt.'

'Echt?' Marianne vertrok haar gezicht. 'Het is toch eerder iets wat iemands reputatie aantast. Ik weet zeker dat Rémy wel iets weet te verzinnen om me het leven zuur te maken. Als Callas hem niet tegenhoudt, haalt hij misschien zelfs het ministerie van Onderwijs erbij.'

'En dan in de openbaarheid brengen dat zijn zoon lastercampagnes voert? Weet je eigenlijk wel wie die Rémy is?'

Bijna had ze zich laten ontvallen dat Michel Clement het haar had verteld. Maar van hun stiekeme kussen wist zelfs Louise niets. En als het aan Marianne lag, zou ze het ook nooit te weten komen. Tenzij Michel een einde maakte aan zijn verloving. Dan mocht niet alleen iedereen het weten, maar zou ze ondanks mensen als de Rémy's er zelfs ook over kunnen denken te blijven.

‘Hij heeft meegewerkt aan de processen tegen collaborateurs,’ antwoordde ze.

‘Ja, inderdaad. En na een tijdje begon hij zelfs fatsoenlijke mensen zwart te maken, die nooit iets met de nazi’s te maken hadden gehad. Gelukkig hebben ze hem op de vingers getikt. Je kunt maar beter bij hem uit de buurt blijven, maar laat je door die snotaap van een Bertrand niets wijsmaken. Die draai om de oren heeft hij verdiend, geloof me.’

Louise gaf haar nog een kus op haar wang, Toen liep ze naar de deur. ‘Welterusten. En mochten we elkaar morgen niet meer zien, dan wens ik je goede reis. Kom in elk geval met de kerst weer terug, zodat grootvader zijn goede humeur niet verliest en zich weer bedenkt.’

Marianne wenste haar ook welterusten, toen zag ze Louises gestalte uit het lichtschijnsel van het raam verdwijnen, de duisternis van het park in.

22

‘We zijn er!’ verkondigde mijn moeder terwijl ze haar auto in een zijstraatje tot stilstand bracht. De straten van Mayen waren om deze tijd leeg, de ochtendspits was allang voorbij en de stad viel langzaam terug in haar ochtendlethargie.

We stapten uit en trokken onze jassen aan. Het was koud geworden, er dwarrelde wat sneeuw naar beneden. De omliggende wouden waren in nevel gehuld. Hier had het voorjaar de strijd tegen de winter nog lang niet gewonnen.

De lange nacht en het verhaal van mijn moeder zaten nog in mijn lijf. Het was immers de eerste keer dat ze rechtstreeks over mijn vader had gepraat. Dat ik te weten was gekomen wie hij was.

Ik brandde van nieuwsgierigheid.

Ik zou het liefst meteen naar Frankrijk zijn gegaan om naar sporen van mijn vader te zoeken, misschien zijn graf, maar mijn moeder had zo haar eigen plannen. Dus waren we naar haar geboortestad gegaan, waar ze tot haar zeventiende had gewoond. Ik was er nog nooit geweest, mijn moeder had de plaats zorgvuldig gemeden. En ik had er ook nooit bijzonder veel behoefte aan gehad hiernaartoe te gaan. Maar nu was ik benieuwd waar onze wandeling ons zou brengen.

Arm in arm liepen we langs de middeleeuwse vestingwerken naar een enorm huis dat zich aan het einde van de straat bevond. De bomen eromheen waren kaal, twee bonte kraaien wipten op de takken. Het ijzeren hek dat het terrein omgaf, zag er nogal gehavend uit. Een plek waar een sierelement was afgebroken, was provisorisch met gaas gerepareerd.

Het huis erachter verkeerde in dezelfde deplorabele staat. De prachtige jugendstilramen op de begane grond waren dichtgetimmerd met houten platen die behoorlijk door het weer waren aangetast. Het smalle paadje was min of meer overwoekerd door gras en mos, op de weinige plaatsen waar nog steen doorheen schemerde, groeiden gele korstmossen.

Het dak van het huis leek wat ingezakt en van de oorspronkelijk kleur van het schilderwerk was weinig overgebleven.

Toch kon ik me voorstellen hoe het er hier zou uitzien als het gebouw gerestaureerd zou worden. Er stak een prachtige villa achter die bouwval, die wachtte tot hij bevrijd werd. Maar die bevrijding zou miljoenen kosten – geld dat de eigenaar blijkbaar niet had.

'Je kunt je niet voorstellen hoe blij ik was toen ik hoorde dat ik het huis niet zou erven,' begon mijn moeder terwijl ze haar hand op het hek legde.

'Heb jij hier vroeger gewoond?' Ik had het nog nooit gezien, ook niet op foto's.

Mama knikte. 'Na de dood van mijn vader heeft mijn moeder het huis natuurlijk geërfd. Normaal gesproken zouden na haar dood mijn zus en ik ieder de helft krijgen. Maar mijn vader had mij uit zijn testament geschrapt en me onterfd.'

'Heeft hij je onterfd?' Ik schudde niet-begrijpend mijn hoofd. Naar wat ik had gehoord, was hun verstandhouding niet goed geweest, maar was dat een reden om je dochter te onterven? Had hij dat vanwege de uitwisseling met Frankrijk gedaan? En was voor hem een verzoening, in welke vorm dan ook, uitgesloten geweest?

Dat kon ik me van mijn grootvader, van wie ik alleen een paar schilderijen kende, helemaal niet voorstellen.

'Jazeker. En daarmee heeft hij me een dienst bewezen. Ik ben nooit van plan geweest in dit huis te gaan wonen – en ik had ook geen zin in ruzie met Ursula. Haar man was erg op bezit georiënteerd, ik wist zeker dat hij een gat in de lucht zou springen wanneer hij eindelijk het huis in handen zou krijgen.'

'Zo hoog zal hij wel niet hebben gesprongen.' Ik wees naar het huis. Het had er zo mooi kunnen uitzien – als iemand ervoor had gezorgd.

'Ja, daar ziet het wel naar uit, hè? Na de begrafenis van mijn vader heb ik nauwelijks meer contact met Ursula gehad. En toen ik uit Frankrijk terugkwam, had ik weinig zin weer contact op te nemen. In mijn buik groeide het eerste deel van een nieuwe familie – in elk geval dacht ik dat er een nieuwe familie zou komen.' Ze keek me liefdevol aan. 'Nou, voor een moeder-dochterduo was het in elk geval genoeg. En ik hoop heel erg dat we uiteindelijk minstens een trio worden. Zo niet een kwartet.'

Ik aaide over mijn buik. Ja, dat hoopte ik ook. Ik was net als zij, ik wilde een gezin. Koste wat het koste!

'En als je je zus zou bellen? Jullie hebben toch geen ruzie gemaakt, of wel soms?'

'Nee, dat klopt. Maar op de een of andere manier hadden we allebei geen behoefte aan contact. Bij de begrafenis van onze moeder hebben we elkaar voor het laatst gezien. En daar liepen we als vreemden langs elkaar heen.'

Dat klonk zo vreselijk triest dat de tranen me in de ogen sprongen. Ik kon niet anders, ik moest mijn moeder knuffelen. Toen ze me tegen zich aandrukte, werd het trieste gevoel weer wat minder.

'Ben je hier voor vandaag nog wel eens geweest?' vroeg ik toen ik weer wat gekalmeerd was. 'Ik bedoel, sinds je met je familie hebt gebroken.'

'Natuurlijk,' antwoordde mama. 'Wanneer ik in de buurt ben, ga ik hier altijd even heen om te kijken wat er in de tussentijd is gebeurd.'

'En, gebeurt er iets?'

Mama schudde haar hoofd. 'Nee, in elk geval niet zodanig dat je het meteen zou zien. Misschien valt er af en toe een dakpan af, en binnen komt waarschijnlijk de kalk van de muren. Weet je, dit huis heeft er nooit erg vriendelijk uitgezien. Ook in de zomer had je het gevoel dat iets het licht dempte. Mijn vader hield van die getemperde sfeer... Ik daarentegen was blij toen ik hier weg kon.'

Ze keek nog een poosje naar het huis. Ik had graag geweten wat er in haar omging. Maar dat zou haar geheim blijven, zoals zo veel.

'De reden waarom we hierheen zijn gegaan, is dat ik je over de begrafenis van mijn vader wil vertellen. En je het graf van je grootouders wil laten zien. Als je er moeite voor had gedaan, had je het kunnen vinden. Je wist immers hoe ze heetten.'

Ik had ze inderdaad niet geprobeerd te vinden. Ze waren vreemden voor me geweest, schimmen. Maar nu werd ik nieuwsgierig. Ik wilde weten wie ze waren.

'Ben je daar echt in die Franse kleren verschenen?'

Mijn moeder knikte. Haar ogen twinkelden schalks.

'Ik wist heel goed dat ik daarmee opzien zou baren.'

'Heb je er een foto van?'

'Nee, helaas niet. Je zult het dus helemaal moeten doen met wat ik je vertel. Maar het is geen lang verhaal. Eigenlijk is het maar kort, want ik had toen al geen contact meer met wie dan ook. Toen ik aankwam, nam ik een hotelkamer, de goedkoopste die ik kon krijgen, want veel geld had ik niet.'

'Je logeerde niet thuis?'

'Mijn moeder wilde niet dat ik haar op de zenuwen zou werken en op haar zak zou teren. Bovendien was mijn zus er met aanhang. Ze had toen twee kinderen, die nog erg klein waren. En ik wilde ook niet in het huis van mijn jeugd verblijven. Ik vond het daar akelig. Zelfs als ik nu een sleutel had, zou ik nog niet naar binnen willen gaan.'

Ze wees naar het huis en bleef even stil. 'De geest van mijn vader waart daar vast nog altijd rond, en waarschijnlijk zou ik het gevoel hebben dat hij me weer vanuit een of andere hoek heimelijk fotografeert om als model voor een van zijn schilderijen te dienen. Nee.' Ze schudde haar hoofd. 'Ik zal daar geen voet meer binnen zetten. En dat was toen ook al zo.'

Ze keek nog een tijdje naar de villa, toen legde ze haar hand op mijn arm. 'Kom, dan gaan we naar het kerkhof om naar hun graf te kijken.'

Ik knikte en nam het huis nog een keer in me op, toen liep ik achter haar aan terug naar de auto.

23

Foto nr. 9
De zestienjarige Marianne slapend op een ligstoel. Haar ogen gaan schuil achter een zonnebril, ze heeft een witte zomerjurk aan, waarvan de rok bol staat van de ruches. Haar hand hangt over de rand van de ligstoel omlaag.

Op de achtergrond is een tuin te ontwaren, die er heel netjes en verzorgd uitziet, en ook een beetje steriel. Het interessantst is de weerspiegeling in haar zonnebril. Daarin zie je een man met een camera. (25 juli 1967)

Op de ochtend van de begrafenis was Marianne erg onrustig.

De vorige dag was ze twee keer op weg naar haar ouderlijk huis gestrand. Telkens was ze na een paar straten omgekeerd. Ze was bang voor de confrontatie met haar moeder – en haar zus. Die hadden allebei al lang niets meer van haar gehoord. Het was mogelijk dat haar vader zijn vrouw en dochter had verteld over hun ontmoeting op het station. Maar bij Richard Schwarz was het ook voorstelbaar dat hij het gewoon was vergeten.

Vandaag zat er niets anders op – tenzij ze niet naar de begrafenis ging. Maar iets weerhield haar om dat zelfs maar te overwegen. Haar vader mocht eigenaardig zijn geweest en zich nauwelijks als een vader hebben gedragen – maar ze was het eens met wat Alain Silberg had gezegd: over de doden niets dan goeds, want hij kon niet meer goedmaken wat hij had gedaan of nagelaten.

Marianne stond dus op, deed de gordijnen van haar hotelkamer open en keek naar buiten. Een druilerige winterochtend lag over de daken van de huizen. Ook hier waren massa's sneeuw gevallen, erboven hing een dichte nevelwolk.

Een dag als deze zou haar vader prachtig hebben gevonden. Waarschijnlijk zou ze meteen na school naar het atelier zijn gedirigeerd om model voor hem te zitten – ook al had ze nog zo veel huiswerk.

Die tijden waren voorbij, voor eens en voor altijd.

Marianne wendde haar blik van het raam af en keek naar het mantelpakje dat ze keurig netjes op een hangertje aan de garderobekast had gehangen. Het leek wel iets van een filmster. Brigitte Bardot had het vast goed kunnen dragen, Marianne zelf leek het te gedistingeerd. Al tijdens de reis had ze bedacht dat ze haar vader de laatste eer ging bewijzen in een pakje dat afkomstig was van zijn vermeende vijanden. Daar zou hij zich bij leven beslist vreselijk kwaad om hebben gemaakt.

Ze schaamde zich er een beetje voor, maar op een of andere manier beviel de gedachte haar wel. Ze zou haar vader laten zien dat ze bij haar standpunt bleef – ook al waren de afgelopen maanden allesbehalve gemakkelijk geweest.

Nadat ze gedoucht had, kleedde ze zich aan en was verbaasd hoe goed het pakje zat. Louise had niet alleen veel verstand van stoffen, ze had ook een goed oog voor maten. Misschien moest haar textielfabriek ooit toch meer kledingstoffen gaan produceren. Marianne was er inmiddels van overtuigd dat Louise dat diep in haar hart wilde.

Toen ze klaar was, bekeek ze zichzelf in de spiegel – en betreurde het dat Michel haar zo niet kon zien. Hij zou vast verrukt zijn geweest. Misschien genoeg om bij zijn verloofde weg te gaan?

Nee, zover wilde Marianne niet doordenken. Ze wilde eigenlijk helemaal niet aan Michels verloofde denken en aan het feit dat hij niet van plan was haar op te geven. De hele situatie was gewoon vreemd, en gedachten daaraan kon ze nu niet gebruiken.

In plaats daarvan was ze blij dat het pakje zo perfect zat dat niemand er iets op zou kunnen aanmerken en dat het tegelijk zo elegant was dat niemand haar voor een eenvoudige lerares zou houden.

Een uur voor het begin van de uitvaartdienst was Marianne klaar. Het rommelde in haar maag en haar knieën voelden slap. Haar handen trilden toen ze een pakje papieren zakdoekjes in haar handtas stopte.

Omdat ze de moed niet had gehad naar huis te bellen, had ze zich tot de pastoor van de kerkgemeente gewend. Van hem had ze vernomen dat de dienst om 13.00 uur zou plaatsvinden. Tot dan kon ze misschien op een kerkbank zitten nadenken...

Al onderweg naar Mayen had ze gemerkt dat ze niet zozeer bedroefd was als wel bang voor wat er ging gebeuren wanneer haar familie haar bij de uitvaart zag. Zouden ze haar overladen met verwijten – of haar misschien zelfs links laten liggen? Wat zou Ursula zeggen? En dan had ze ook nog dat pakje aan...

Misschien was het toch beter om eerst naar huis te gaan.

Ze liet de man bij de receptie een taxi bestellen en liep toen de lobby in.

Nog geen tien minuten later stond de taxi voor het hotel. Marianne stapte in en noemde het adres van haar ouderlijk huis. Ze was zich ervan bewust dat het pijnlijk zou worden, maar ze zouden niet anders van haar verwachten. En met de taxi had ze niet de gelegenheid zomaar om te keren.

Voor haar ouderlijk huis stonden alle merken auto's op een rij, de meeste zilvergrijs of zwart. Haar vader was beroemd, maar de voertuigen behoorden niet toe aan bewonderaars, maar aan de familie.

Bij de aanblik ervan zonk Marianne de moed in de schoenen. Geconfronteerd worden met haar moeder en haar zus was al erg genoeg, maar nu kreeg ze ook nog eens te maken met de rest van de familie. Ze had haar ooms en tantes slechts zelden gezien, maar naar haar idee verschilden ze weinig van haar vader. Omdat ze geen behoefte had aan discussies over de vraag of het voor een Duitse wel juist was om als uitwisselingsdocent naar Frankrijk te gaan besloot ze het niemand te vertellen. Het was genoeg als ze het erop hield dat ze als lerares op een gymnasium in Koblenz werkte.

Ze liep over het smalle kiezelpad naar de deur. Binnen waren stemmen te horen. Erg bedroefd klonken ze niet. Wat dat betreft hoefde ze in elk geval niet te huichelen, want ze wist dat haar moeder absoluut niet verdrietig was om de dood van haar man. Ursula misschien wel, want zij had haar vader het meest na gestaan.

Ze streek nog vlug haar mantelpakje glad, toen belde ze aan. Het duurde even, maar ten slotte verscheen er iemand achter de geribbelde ruit van de voordeur en werd er opengedaan.

'Marianne?'

Ursula keek haar verbijsterd aan. Haar ogen waren rood en ze had in de afgelopen jaren een wat voller figuur gekregen.

Óf ze had er geen rekening mee gehouden dat haar zus zou komen opdagen, óf ze herkende haar niet meteen.

'Ja,' antwoordde Marianne, onzeker of ze haar moest omhelzen of niet. 'Hoe gaat het met je?'

Ursula kon even niets uitbrengen. Ze maakte ook geen aanstalten haar zus te omarmen.

'Goed... eh... kom binnen.'

Terwijl ze naar binnen ging, dacht Marianne weer aan de laatste keer dat ze hier de kerstdagen had doorgebracht. En het viel haar op dat ze dit huis absoluut niet had gemist. Ursula had de deur nog niet achter hen dichtgedaan of ze voelde zich als in een gevangenis. De kille atmosfeer die er hing, en de zwaarmoedigheid die ze al lang niet meer had gevoeld, waren weer terug. Nu werd haar weer duidelijk waarom ze zo blij was geweest dat ze het huis uit kon toen ze ging studeren.

Ze liep achter haar zus aan naar de grote woonkamer, waar de gasten zich rond haar moeder hadden verzameld.

Ursula zei niet: 'Kijk eens wie er is!' en toch draaiden alle aanwezigen hun hoofd om toen ze de kamer binnenkwam en verstomden de gesprekken op slag. Dat vond ze een beetje pijnlijk – des te meer omdat ze bij sommige gezichten geen naam wist. Het waren te verre verwanten, en ze hadden elkaar te lang niet gezien. Misschien verging het sommigen van de aanwezigen wel net zoals haar.

Haar moeder keek haar net zo ongelovig aan als haar zus even eerder.

Een ogenblik aarzelde ze, toen stond ze op en kwam naar haar toe.

'Marianne! Fijn dat je gekomen bent!'

Irene Schwarz sloot haar dochter in haar armen, maar het had net zo goed de omhelzing van een volkomen vreemde kunnen zijn. Een vreemde met een lichte kegel.

'Nu zijn zelfs alle twee mijn dochters er,' zei ze, maar het klonk bepaald niet hartelijk. Eerder alsof ze er zojuist nog over hadden zitten roddelen dat Marianne niet eens het fatsoen had op de begrafenis van haar vader te verschijnen.

En daar stond ze dan, veel te elegant gekleed voor een lerares, in een mantelpakje dat de nakomelinge van een graaf haar had geleend.

'Kom, ga zitten, Marianne! Vertel eens hoe het met je gaat.'

Waarschijnlijk kwam het doordat ze gedronken had. Marianne vond de vraag naar hoe het met haar ging volkomen ongepast. Haar vader zou over een uur ten grave worden gedragen. Dan zou het passend zijn hem te gedenken.

Marianne had geen idee waar ze moest beginnen. Wat zou haar familie het minst afschrikken? Dat ze nog niet getrouwd was? Dat ze bezig was aan een jaar in Frankrijk? Dat daar mensen woonden die dachten dat alle oudere mensen hier nazi's waren?

'Wat doe je tegenwoordig?' vroeg Irene nadat ze weer was gaan zitten. Ze wekte niet bepaald de indruk dat ze om haar man treurde. Dat kon Marianne haar niet kwalijk nemen.

'Ik geef les,' antwoordde ze. 'Op het moment op een Frans gymnasium.' Marianne vroeg zich af wie monsieur Callas van haar vaders dood op de hoogte had gebracht. Waarschijnlijk had Ursula zich tot het gymnasium in Koblenz gewend – tenslotte wist ze dat ze daar het laatst had gewerkt. En waarschijnlijk had ze van de rector daar ook gehoord dat ze in Frankrijk zat. Het had dus geen zin om de hete brij heen te dansen.

'Op een Frans gymnasium,' echode een man die mogelijk een oom was, maar Marianne kon zich zijn gezicht of zijn naam niet herinneren. 'Dat zou je vader beslist niet zijn bevallen.'

Het liefst had ze haar ogen dichtgedaan. Ze kon het niet meer aanhoren.

'Vader wist ervan,' beweerde ze. 'Ik heb hem vlak voor mijn vertrek op het station ontmoet.'

Er ging gemurmel door de omstanders. Op dat moment wenste ze dat monsieur Rémy er was, zodat hij en haar familie elkaar konden verscheuren. Blijkbaar was niemand ook maar een centimeter van zijn oude standpunt afgeweken.

Toen Marianne naar haar moeder keek, merkte ze dat deze bleek was geworden. Ze leek ineens niet meer aangeschoten. Het was alsof haar bedroefdheid weer terug was. Of was ze eerder geschokt? Had hij haar moeder niet verteld dat hij haar had gezien? Natuurlijk niet. Haar vader had het vast niet vermeldenswaardig gevonden.

'Het lyceum waar ik lesgeef, ligt in de Lorraine,' vertelde Marianne verder. Ergens had ze er plezier in haar familie nog meer te kwetsen. Michel zou zich kapot lachen wanneer ze het hem vertelde.

'In Lotharingen, zul je bedoelen,' zei een man wiens naam ze zich herinnerde. Oom Hans. Het was de broer van haar vader, drie jaar ouder dan hij. Wat politieke gezindheid betreft verschilden ze weinig van elkaar, maar Hans had altijd meer aandacht aan zijn gezin geschonken en had niet met een camera achter iedereen aan gelopen.

'Het heet nu Lorraine,' antwoordde ze rustig. 'De tijden waarin het anders heette zijn voorbij en de Fransen zijn ook niet meer onze vijanden.'

Marianne haalde diep adem toen ze de blikken van haar familie voelde. 'Bovendien is dit geen geschikte dag om het er hier over te hebben, dat zullen jullie toch wel met me eens zijn.'

Haar familie was het vast niet met haar eens, maar vanaf dat moment negeerden ze haar. Dat was voor Marianne het beste wat haar kon overkomen.

Gelukkig was het algauw tijd om naar de kerk te gaan. Marianne stapte bij haar moeder en zus in de auto. Na een tijdje scheen het haar toe dat ze in een koelcel opgesloten zat, want geen van beiden zei een woord. Het misnoegen was tastbaar.

'Zeg, ben je vader echt op het station tegengekomen?' vroeg Ursula uiteindelijk, waarmee ze een woedende blik van haar moeder oogstte. Blijkbaar hadden ze afgesproken niet met haar te praten. Dat haar zus daartegen inging, maakte haar bijna weer sympathiek.

'Jazeker. Op 1 september, toen ik naar Frankrijk vertrok.'

'En je hebt hem gesproken?'

'Ja, maar eventjes.' Marianne wilde niet uitleggen dat het eigenlijk geen gesprek was geweest. Niet meer dan 'hallo' zeggen. Haar vader had niet geweten waarom ze naar Frankrijk ging. Maar dat was nu ook niet meer van belang.

Marianne keek naar haar moeder. Die had er niets op te zeggen.

En Ursula barstte van nieuwsgierigheid.

'Waar is je man?' vroeg Marianne, want eigenlijk had hij als schoonzoon met hen mee moeten rijden.

'Ergens bij de andere mannen.'

Dat klonk alsof ze het niet precies wist. Bij de andere mannen? Of bij de schilderijen, om hun waarde te schatten? Marianne wist dan wel niet veel van hem, maar één ding had ze meegekregen: dat hij al aan het begin van hun relatie bevriend was met een paar kunsthandelaren. Waarschijnlijk had hij niet kunnen wachten om de schilderijen van Richard Schwarz in handen te krijgen. En nu beleefde hij die geluksdag eerder dan hij waarschijnlijk had verwacht.

Vreemd dat haar vader de hebzucht in zijn ogen niet had opgemerkt.

Marianne keek uit het raampje. Het gesprek, dat eigenlijk geen gesprek was geweest, zakte weg in de bekleding van de auto. De kerk was vlakbij. Weldra zouden ze stilhouden en dan was zwijgen toch al geboden.

Toen ze na de mis naar het graf van haar vader liepen en de pastoor met de zegening begon, brak de zon door en zette het kerkhof in een bleek licht. Marianne was ervan overtuigd dat de bijzondere sfeer hem zou zijn bevallen. Toen ze bij het graf kwam om een handje aarde op de kist te gooien, voelde ze toch een zekere zwaarmoedigheid. Er kwamen geen tranen op, maar dat leek ook niemand te verwachten. Bovendien was ze veilig onder haar hoedje met voile. Ze konden haar gezicht slecht zien.

In de kerk had ze niets anders kunnen doen dan staren naar de eikenhouten kist waarin hij lag. Die leek veel te groot voor hem, en hij was massief. Waarschijnlijk zouden ze over een paar decennia, wanneer ze het graf moesten verplaatsen omdat er een nieuwe weg werd aangelegd, zijn botten en zijn pak nog intact in zijn kist aantreffen. Omdat hij een beroemde schilder was, zouden ze zijn graf heus niet zomaar ruimen.

In welk pak hadden ze hem eigenlijk begraven? Door haar late komst had ze het sluiten van de kist gemist, wat ze wel best vond. Het laatste beeld dat ze van haar vader had, was dat op het perron, toen ze tegen hem zei dat ze naar Frankrijk ging. Ze stelde zich voor hoe hij in dat pak op een satijnen kussen lag, misschien met zijn hoed op zijn hoofd en handschoenen aan.

Zouden ze hem zijn camera hebben meegegeven als gift voor gene zijde? Die gedachte bezorgde haar kippenvel en ze richtte zich liever weer op het praatje van de pastoor.

En nu stond ze dus voor zijn graf terwijl de zon scheen en de ogen van honderden mensen op haar gevestigd waren. Velen van hen zouden hun ziel ervoor verkopen daar in haar plaats te staan. Ze hadden allemaal haar vader graag gekend, wilden dat nog steeds en hadden er geen idee van dat zelfs zij, zijn dochter, hem niet had gekend.

Na de begrafenis gingen ze terug naar de villa van de familie, die ineens veel te klein leek voor de vele gasten die zich schijnbaar of echt betrokken voelden bij het overlijden van Richard Schwarz. Marianne hield zich afzijdig. De aandacht van de aanwezigen ging uit naar haar moeder, zijzelf moest daar niets van hebben. En zittend in de kleine eetkamer verbaasde ze zich dat het huis haar altijd zo reusachtig, zo leeg had geleken. Als haar vader wat socialer was geweest, had hij het gemakkelijk met leven kunnen vullen, maar dat had hij nooit gewild. En zo'n toestroom van mensen als vandaag had hij zeker vreselijk gevonden.

Na een hele tijd, toen de mensen helemaal niet meer bedroefd leken te zijn maar lachten en discussieerden over de waarde van de schilderijen van haar vader, kwam Irene Schwarz naar Marianne toe.

Ze had hem behoorlijk om, en eerst dacht Marianne dat ze de verkeerde kamer in was gelopen. Maar toen zag ze dat ze een leren map bij zich had.

'Hier zit je!' zei ze toen ze Marianne aan de tafel met eten aantrof, waarvoor vreemd genoeg niemand zich scheen te interesseren.

Het voelde vreemd dat haar moeder plotseling aandacht voor haar had.

Ze kwam naast haar zitten, maakte de ritssluiting van de map open en haalde er een envelop uit.

'Dit had je vader in zijn zak toen ze hem bij...' Mariannes moeder stokte. Ze begon onbeheerst te praten, zoals altijd wanneer ze het stiekem over een van zijn affaires had. 'Toen hij gevonden werd. Neem het mee, ik wil het hier niet hebben.'

Marianne keek haar onthutst aan. Toen opende ze de envelop en verstijfde.

Er zaten twee foto's van groot formaat in. Beide met ongeveer hetzelfde tafereel.

Marianne op het station. Blijkbaar had haar vader van de gelegenheid gebruik gemaakt om haar zonder dat ze het merkte nog een laatste keer te fotograferen.

Haar moeder keek met trillende lippen naar haar. Blijkbaar wilde ze er nog iets aan toevoegen. Iets wat Marianne niet prettig zou vinden en waarvan ze niet wist of ze het wel moest zeggen.

'Dank u wel,' zei Marianne, hoewel ze niet zeker wist of ze wel dankbaar moest zijn. Die foto's waren wel heel vreemd. Niet te geloven dat hij haar op het station had gefotografeerd. Hoelang had hij gewacht voor hij haar had aangesproken? Had hij gehoopt dat zijn trein eerder zou binnenkomen dan die van haar? Had hij ten slotte ingezien dat een ontmoeting onvermijdelijk was?

Marianne was ervan overtuigd dat die niet onvermijdelijk was geweest. Hij had gewoon alleen maar hoeven blijven staan op de plek waarvandaan hij de foto's gemaakt had. Hij had altijd al geweten waar hij moest staan om niet te worden opgemerkt.

'Je lijkt op haar, weet je dat?' De stem van haar moeder klonk snijdend.

'Op wie?' vroeg Marianne verbaasd terwijl ze de foto's weer in de envelop liet verdwijnen.

'Haar. Die hoer van hem. Een van hen.' Haar moeder keek haar provocerend aan. Het werk van de alcohol.

'Hij wisselde net zo vaak van vrouw als van overhemd, maar een is er altijd gebleven, hoeveel bedden hij ook in is gekropen.

Waarschijnlijk kon het haar ook niet schelen met wie of hoelang hij al getrouwd was.'

Marianne schudde haar hoofd. Haar moeder was dronken. Waarschijnlijk erger dan je kon zien.

'Het is een wonder dat ze zich vandaag niet heeft vertoond. Het heeft in de krant gestaan. Ik heb haar weliswaar nergens gezien, maar misschien stond ze ergens achteraf of verstopt achter een struik.'

Ze giechelde hysterisch en haar blik verdween even in de ruimte. Het was alsof ze een gedachte probeerde te volgen die haar door de alcohol ontglipte.

'Weet je, het is net zoals in *Die Wahlverwandtschaften*.' Ze begon te lallen. 'Als hij met me neukte, dacht hij aan haar. Zo sterk dat hij uiteindelijk een kind bij me heeft gemaakt dat op haar lijkt.'

'Mama!' riep Marianne geschrokken. Ze had haar moeder nooit zulke vulgaire taal horen uitslaan.

'Het kon hem niet schelen dat ik nog een kind kreeg, hoor je? Hij zat liever in zijn atelier te schilderen en aan zijn liefjes te denken. Hij liet jou helemaal aan mij over.'

En u me aan het kindermeisje, dacht Marianne bitter. Ze kon zich niet herinneren dat haar moeder ooit met haar had gespeeld. Er waren kindermeisjes geweest, die van tijd tot tijd wisselden. En Ursula. Ursula, die nu bij haar man stond, die vast stond uit te rekenen welk deel van de erfenis zijn vrouw zou krijgen.

'Maar toen,' vervolgde haar moeder haar tirade terwijl ze over haar schouder keek naar een van de schilderijen die aan de muur hingen. 'Toen viel hem op wat er met jou aan de hand was. Hij begon je stiekem te fotograferen. Hij wilde je schilderen, keer op keer. Jij was de vervangster wanneer hij niet bij haar kon zijn. Nog een geluk voor jou dat je vader nooit op het idee is gekomen zijn muzen naakt te schilderen. Anders had je je nu moeten schamen.'

Ze lachte, net zo vulgair als ze net gepraat had. Zou haar man die kant van haar hebben gekend?

Weer constateerde Marianne dat ze zo goed als niets over haar vader wist. Op welke vrouwen viel hij? De gedachte dat haar moeder werd bedrogen, had haar met afschuw vervuld. Maar nu zag ze haar moeder voor zich en vroeg ze zich af wie die andere vrouwen dan waren geweest. Wie hij was. Wat hij had gezocht. En wat hij bij zijn favoriete muze had gevonden. Wat zij bij hem had gevonden.

Ineens kreeg Marianne zin met die vrouw te gaan praten.

'Wie is het?' vroeg ze, op gevaar af dat haar moeder tegen haar zou uitvallen.

Irene Schwarz staarde haar dochter inderdaad woedend aan. Maar haar woede gold niet Marianne.

'Ze heet Bacher. Als je wilt, kun je naar de werkkamer van je vader gaan, daar vind je haar adres wel.'

'Is hij... bij haar gestorven?' Intussen was het Marianne duidelijk wat haar moeder aan het begin van hun gesprek had willen zeggen. Blijkbaar had hij bij zijn muze het leven gelaten.

'Nee, bij een ander snolletje, een jonge meid, die hem dus te veel is geworden.'

Het leek of Irene elk moment kon gaan kotsen.

'Hij kreeg een hartinfarct, is zomaar onder het neuken in elkaar gezakt. Een dood zoals hij zou hebben gewild.' Weer dat lachje. Marianne was het liefst de kamer uitgerend, want ze had het gevoel dat ze geen lucht meer kreeg.

'En ik moet het nu uit de openbaarheid zien te houden,' voegde ze er bitter aan toe. 'Uiteraard mag ik zijn naam niet door het slijk halen, dan zouden zijn schilderijen minder waard worden, zegt zijn agent. Maar geloof me, ik zou het graag van de daken schreeuwen. Het liefst had ik het er in de kerk al uitgegooid!'

Toen haar moeder zich naar haar toe boog, deinsde Marianne terug. Ze dacht dat ze haar misschien naar de keel wilde vliegen. Maar Irene raakte haar niet aan.

In plaats daarvan probeerde ze weer op te staan.

Nog eenmaal keek ze met glazige ogen naar haar dochter, toen draaide ze zich om en waggelde de kamer uit.

Marianne voelde zich misselijk. De bedompte lucht, de woorden van haar moeder en de waarheden die aan het licht waren gekomen bezorgden haar hoofdpijn.

Ze vluchtte voor de stemmen, de kamer uit, naar het kantoor van haar vader. Opeens was het net als destijds toen ze bericht van de universiteiten had gekregen. Ze geloofde bijna dat hij elk moment kon binnenkomen en haar zou uitfoeteren omdat ze in zijn spullen snuffelde.

Maar toen ze besefte dat hij nooit meer zou verschijnen, liep ze naar zijn bureau. Het was opgeruimd. Er lagen geen schetsen of onafgemaakte tekeningen op. Ook geen foto's en mappen. Waarschijnlijk had haar moeder er al voor gezorgd dat alles zorgvuldig werd gecatalogiseerd – zodat niemand bij de nalatenschap zou worden benadeeld.

Maar Marianne was helemaal niet op zoek naar schetsen en foto's. Ze legde de envelop op het tafelblad en begon haar vaders adresboek door te bladeren. Was hij echt zo dom geweest om de namen van zijn muzen daarin te noteren?

Een schilder had modellen nodig. Ze betwijfelde of hij met alle vrouwen die ooit model voor hem hadden gestaan naar bed was geweest. Degenen met wie hij dat gedaan had, zaten echter goed verborgen tussen de talloze modellen.

En inderdaad, daar stond ze. Johanna Bacher. Adres en telefoonnummer in Mayen stonden erbij. Genoteerd in zakelijk handschrift, alsof het om zomaar iemand ging.

Johanna Bacher. Een naam die geen bijzondere klank had. Het klonk een beetje Oostenrijks. Dat was misschien iets wat haar vader was bevallen, een Oostenrijkse in Duitsland. Een Française zou hij nooit als model hebben gekozen. En dan Mayen... Dat verraste Marianne nog het meest. Zijn geliefde woonde in dezelfde plaats als zijn echtgenote! Terwijl zij altijd had gedacht dat hij zijn zakenreizen gebruikte om naar zijn 'muzen' te gaan. Irene had haar elk moment tegen het lijf kunnen lopen, maar die vermoedde niets. En hoe zat het met die andere vrouw? Wist zij wie ze bij het boodschappen doen toevallig tegenkwam? Dat was waarschijnlijker, want bij openbare gelegenheden had haar moeder Richard Schwarz altijd vergezeld.

Marianne schreef naam, adres en telefoonnummer op de envelop met de foto's. Ze wist niet wat ze ermee moest. Haar moeder zou waarschijnlijk gek worden als ze contact met die vrouw opnam. Ging het Marianne eigenlijk wel iets aan? Was ze er echt zo op gebrand haar vader te leren kennen? Haar vader, die aan alles wat ze deed een hekel had gehad?

Toen ze nog eens rondkeek, besefte ze hoe moeilijk geheimen bewaard konden worden wanneer de persoon aan wie ze hadden toebehoord niet meer leefde. Veel had haar vader in zijn graf meegenomen – maar ook hij had niet al zijn geheimen kunnen bewaren.

En nog minder kon hij beletten dat ze nu in handen kwamen van degenen die hij zijn leven lang gekwetst had en die misschien zouden proberen wraak te nemen.

De volgende ochtend stond Mariannes besluit vast. Ze ging de minnares opzoeken. Ze had nog een dag, waarom zou ze niet blijven en haar geboortestad bekijken? De afgelopen avond was ze blij geweest dat ze uit haar ouderlijk huis weg kon. Haar moeder was blijven doordrinken, en wie weet had ze later op de avond het vunzige geheimpje van haar man wel verklapt. Marianne had dat niet meer meegekregen, ze was voor die tijd weggegaan.

's Nachts had ze bedacht dat die Johanna Bacher en zij misschien echt het een en ander gemeen hadden. Ook zij had met een man geslapen die al aan een ander was beloofd. Een verloving was weliswaar geen huwelijk, maar toch net zoiets.

Sinds ze uit Bar-le-Duc weg was, had ze niet meer aan de gepassioneerde middag met Michel gedacht. Het was heerlijk geweest, maar iets in haar weigerde er ten volle van te genieten, dat gevoel weer te beleven, want haar verstand bleef volhouden dat hij zo goed als getrouwd was.

Ze belde het nummer dat ze in haar vaders adresboek had gevonden.

Er klonk een zachte, melodieuze, donkere stem. Dat hadden ze in elk geval niet gemeen.

'Mevrouw Bacher?' vroeg Marianne met bonzend hart.

'Ja?' De stem van de vrouw klonk verbaasd. Geen Oostenrijks accent.

'Mijn naam is Marianne Schwarz.' Ze zweeg even om de vrouw in de gelegenheid te stellen zich af te vragen wie ze was. Had haar vader het tegen zijn muzen over zijn dochters gehad? En hoe hadden die vrouwen zich daarbij gevoeld?

'U wilt me zeker spreken, hè?' vroeg Johanna Bacher. Lag er afwijzing in haar stem?

'Ja, als dat voor u geen probleem is. Ik... ik heb uw adres gevonden tussen de papieren van mijn vader.'

'En heeft uw moeder dingen over mij verteld?'

Mariannes wangen gloeiden. Plotseling vroeg ze zich af wat ze zich erbij had voorgesteld om contact met mevrouw Bacher op te nemen. Het ging haar niets aan. Haar vader hoorde in vrede te rusten. Ze wilde het afsluiten. Maar nu was het te laat.

'Ja, dat is zo. Ze zei dat ik op u leek.'

Aan het andere einde van de lijn klonk gesnuif. Blijkbaar wist ze van die vergelijking.

'En u wilt dat nu zelf controleren? Of wilt u iets over uw vader weten?'

'Allebei,' antwoordde Marianne, want dat was de waarheid.

'Goed. Hebt u vanmiddag tijd? Ik vertrek morgen naar Barcelona en blijf daar dan drie maanden. Tot het weer lente wordt.'

'En ik ga morgen weer naar Frankrijk,' zei Marianne, alsof ze wilde testen hoe Johanna Bacher daartegenover stond. 'Vanmiddag komt me goed uit.'

'Oké, kom dan maar!' zei Johanna Bacher. 'Het adres hebt u, neem ik aan.'

'Dat heb ik. Dank u wel.'

Marianne zei gedag en hing op. Ze keek uit het raam, haalde diep adem en pakte de hoorn weer op. Ditmaal koos ze het nummer van de receptie. 'Kunt u alstublieft voor over een half uur een taxi bestellen? Bedankt!'

Johanna Bacher woonde in een onopvallend huis, een rijtjeshuis aan de rand van de stad. De perfecte camouflage voor de bezoeken van haar vader. Terwijl Marianne naar nummer 17 zocht, probeerde ze zich voor te stellen hoe hij hier langs was gelopen, in zijn donkere jas, met zijn tas in zijn hand en zijn hoed op zijn hoofd.

Het was wel vreemd, ze had zich nog nooit zo intensief met haar vader beziggehouden. Na de oorvijg met Kerstmis had ze hem het liefst helemaal uit haar leven geschrapt – en dat had ze de jaren daarna ook gedaan. En nu stond ze hier. Een half jaar geleden zou ze nog van zichzelf hebben gedacht dat ze haar verstand had verloren.

Ten slotte vermande ze zich en liep naar de voordeur. De luide bel klonk door het hele huis. Even later werd er een grendel teruggeschoven.

Een slanke blonde vrouw in een donkere coltrui en donkere broek deed open. Op het eerste gezicht leek ze niet erg op Marianne. Hoe kwam haar moeder op het idee?

Johanna Bacher was ruim twintig jaar ouder dan Marianne, en ook twintig jaar jonger dan Richard Schwarz was geweest. En blijkbaar was ze in de rouw.

'U bent zeker Marianne?' vroeg ze toen ze de jonge vrouw die voor haar stond even had opgenomen.

'Inderdaad.'

De vrouw gaf haar een hand. 'Mijn deelneming. Het spijt me erg van uw vader.'

'Dank u wel,' zei Marianne. 'Het spijt mij ook – voor u. U stond hem zeer na.'

'Bedankt.' Er gleed een bitter lachje over haar gezicht.

'Dat zijn wel genoeg plichtplegingen, hè?' zei ze. 'Kom binnen, dan kunnen we praten.'

De woonkamer van Johanna Bacher was tot aan de nok gevuld met kunstvoorwerpen. Onwillekeurig vroeg Marianne zich af of haar vader het huis had ingericht of dat ze zelf kunst verzamelde. Hoeveel betaalde je als schilder eigenlijk aan het model?

'Wilt u iets drinken? Water of koffie?'

'Nee, dank u,' antwoordde Marianne, hoewel haar tong van pure opwinding aan haar gehemelte plakte. 'Ik wil alleen maar praten. Over mijn vader. Ik wil u geen verwijten maken, ik wil niemand beschuldigen, ik wil gewoon praten.'

Johanna Bacher glimlachte en ging toen in de stoel tegenover haar zitten.

'Nou, wat wilt u weten? Hoe ik hem heb leren kennen? Wat we gedaan hebben, waarover we praatten? Ach ja, hebt u al gezien hoeveel we op elkaar lijken?'

Marianne schudde haar hoofd. Ze voelde dat de vrouw haar bezoek niet op prijs stelde, en het verbaasde haar dat ze er toch mee had ingestemd. Marianne was immers de dochter van de vrouw die Richard Schwarz niet voor haar wilde verlaten.

'Ik wilde eigenlijk alleen weten welke indruk u van hem had. Of hij bij u ook altijd zo onverschillig was, of hij u ook heimelijk fotografeerde.'

'Nee, we hadden eigenlijk geen geheimen voor elkaar,' antwoordde ze. 'Richard was een warmhartige man die goed voor me zorgde. Ook toen zijn seksuele belangstelling voor mij verdwenen was. Ik hoefde hem maar om hulp te vragen en hij was er voor me. Hij kwam naar me toe, leende me geld, bracht me in contact met de juiste mensen. Ik heb uw moeder altijd benijd dat ze zo'n echtgenoot had. En een beetje wenste ik dat hij de mijne was.'

'Dat klinkt als een totaal andere man dan die ik heb meegemaakt,' antwoordde Marianne verbaasd. Haar vader had nooit een bijzonder behulpzame indruk gewekt. Maar misschien kwam dat doordat niemand het van hem verlangde. Doordat niemand hem het gevoel gaf dat hij nodig was. Haar moeder was altijd koel tegen hem geweest, soms ook snibbig, wanneer ze wist dat hij weer naar zijn muzen ging. En zijn dochters hadden geleerd zichzelf te vermaken.

'Wij hadden altijd het gevoel dat het beter was hem met rust te laten,' zei ze. 'We hebben altijd onszelf geholpen. Hij waarde soms urenlang door het huis zonder met iemand te praten. Zonder iemand iets te vragen. Mijn conversatie met hem draaide er meestal om hoe ik moest zitten wanneer hij me portretteerde.'

Johanna Bacher hield haar hoofd scheef en nam haar op. Ziet ze enige gelijkenis met zichzelf? dacht Marianne terwijl ze probeerde het beklemmende gevoel kwijt te raken dat het korte bezoek aan haar ouderlijk huis bij haar had opgeroepen.

'U bent de lerares, nietwaar? De kleine rebel.'

Marianne trok verbaasd haar wenkbrauwen op.

'Praatte hij met u over mij?'

'Ja, heel vaak zelfs. Hij was erg kwaad over uw voorliefde voor Frankrijk. Soms vloekte hij verschrikkelijk, vooral toen uitkwam dat u Frans studeerde. Vreselijke ervaringen in de oorlog hebben hem in dat opzicht bitter gemaakt.'

'Hij gaf me een oorvijg toen ik hem duidelijk wilde maken dat de Fransen niet meer onze vijanden zijn.'

'En daar had hij spijt van,' zei Johanna, die blijkbaar op de hoogte was van alle incidenten in de familie. 'Hij heeft het er met mij over gehad. Hij zei dat hij een fout had gemaakt.'

Marianne schudde haar hoofd. Nee, hij had er beslist geen spijt van gehad. Hij was altijd een fanatieke vijand van Frankrijk geweest, een man die niet kon vergeten. En die er de pest in had toen zijn kinderen zich eigenzinnig gingen gedragen.

'U schudt uw hoofd, maar het is waar,' zei Johanna. 'Hij zei dat hij u niet had mogen slaan. Zijn visie op Frankrijk was onveranderd, en hij was verontwaardigd dat u de taal van de vijand leerde, maar hij zag in dat hij u die draai om de oren niet had mogen geven.'

Marianne dacht aan de klap die ze Bertrand had verkocht. Ook zij wist dat ze dat niet had moeten doen.

'Ik had hem geprovoceerd,' zei ze toen, want dat had de jongen ook bij haar gedaan. 'Misschien had ik het er niet op moeten laten aankomen. Maar ik heb nooit begrepen waarom hij niet bereid was de Fransen te vergeven.'

'Ach, de ideeën van mensen zijn lastig te veranderen. Vooral bij het ouder worden zijn ze er niet zo gemakkelijk van te overtuigen dat vijanden vrienden kunnen worden. Politici kunnen dat misschien, maar anderen valt het zwaar. Hij had naar een zielenknijper moeten gaan om van die antipathie af te komen.'

Had ze zojuist zielenknijper gezegd? Dat vond Marianne sympathiek.

'Heeft hij er eigenlijk ooit met een woord van gerept dat hij bij ons weg zou gaan?' vroeg ze terwijl ze weer aan haar moeder dacht, voor wie het waarschijnlijk beter was geweest als ze Richard Schwarz nooit had gekend.

'Nee, nooit. Weet u, ik ben niet zo'n vrouw die eisen aan mannen stelt. In de loop van mijn leven heb ik geleerd dat het beter is te nemen wat je vrijwillig aangeboden krijgt dan iets te eisen. Natuurlijk moet je je wensen uiten en erop letten dat je niet gebruikt wordt. Maar eisen stellen levert niets op, het maakt in het ergste geval alles kapot. Zo was het ook bij uw vader. Ik hield heel veel van hem, maar ik wist dat je hem niet vast kon houden. Hij was kunstenaar, hij zag de wereld met andere ogen.'

Tranen vertroebelden Johanna Bachers blik. Misschien had ze geen eisen aan haar vader gesteld, dat was Marianne wel duidelijk, maar wensen had ze zeker gehad, En hoop dat die wensen ooit zouden worden vervuld. Niets van dat alles zou nog gebeuren.

Toen ze uiteindelijk afscheid van Johanna Bacher nam, zag ze de verhoudingen van haar vader, die haar vroeger tegen de borst hadden gestuit, enigszins anders. Natuurlijk was zijn gedrag tegenover zijn gezin niet sympathieker geworden, maar ze wenste dat hij een streep onder zijn huwelijk had gezet om zichzelf en ook zijn vrouw de mogelijkheid te bieden gelukkig te worden.

24

Het kerkhof zag er rustig en verlaten uit. Intussen was de middagzon tussen de wolken tevoorschijn gekomen en scheen door de kale takken van de bomen die de plek als een net overspanden.

Op veel van de grafstenen groeide mos, bij een aantal was een groot deel van de inscriptie onder een groen tapijt verdwenen.

Ik had er normaal gesproken geen problemen mee over een kerkhof te lopen, maar nu voelde ik me onbehaaglijk. Niet vanwege de grafsteen die op me wachtte. Om de een of andere reden zag ik weer de foto's van stervende of dode kinderen op de onlinefora voor me. Toen een piepkleine kindergrafsteen met een plastic windmolentje in mijn blikveld kwam, wendde ik vlug mijn hoofd af. Nee, ik wilde er niet aan denken hoe ik mijn kindje zou begraven als het de geboorte niet overleefde.

Mijn moeder leek niets te merken van wat er door me heen ging. Doelgericht bracht ze me naar een graf. Een grote stenen engel, helemaal groen van het mos, spreidde armen en vleugels uit boven twee grafplaten. Op een ervan stond een verwelkt bosje rozen.

RICHARD SCHWARZ, stond er in de steen gegraveerd. 1909-1975.

Ik rekende het na. Toen mijn moeder geboren werd, was haar vader eenenveertig. Blijkbaar was ze een nakomertje geweest, een ongelukje. Misschien had mijn grootmoeder gelijk gehad dat mijn moeder puur verwekt was omdat haar vader aan zijn geliefde dacht en alleen zijn echtgenote had gehad om zijn lusten te bevredigen.

De grafplaat ernaast was die van mijn grootmoeder. Ze had haar man ruim tien jaar overleefd. Had ze dan nooit de behoefte gehad mij te leren kennen? Ik was toch haar kleindochter! Of was het mijn moeder zo goed gelukt zich voor haar familie te verbergen?

Ik herinnerde me dat we af en toe verhuisden, maar dat kwam door mama's werk, doordat ze telkens iets nieuws wilde proberen.

Op het graf van mijn grootmoeder stonden geen bloemen.

Van wie kwamen de rozen? Leefde Johanna Bacher nog? Inmiddels moest ze ver in de tachtig zijn.

'Ze zet nog altijd bloemen op zijn graf,' zei mijn moeder, alsof ze mijn gedachten had gelezen. 'Hij schijnt bij haar echt een heel andere man te zijn geweest. Ergens zou ik nog steeds willen dat hij voor haar had gekozen. En dat hij het geluk dat hij met haar beleefde, ook aan ons kinderen had doorgegeven.'

Ze legde een arm op mijn schouder, alsof ze zich ineens slap voelde.

'Mama?' vroeg ik. 'Is alles in orde?'

Ze knikte. 'Ja. Nu is het in orde. Het valt me alleen soms zwaar in te zien dat een mens niet altijd zijn neigingen kan volgen, niet altijd samen kan zijn met degene van wie hij houdt. Mijn vader heeft niet voor zijn persoonlijke geluk gekozen, en dat geldt ook voor mij.'

'Voor jou?'

Ze glimlachte. 'Dat is een ander verhaal. Laten we gaan, het leven wacht. En ik ben nog niet helemaal klaar met het verhaal van vandaag. Daar horen een lekker stuk taart en een grote kop eikeltjeskoffie bij.'

Daarop gaf ze me een arm en liepen we terug naar de poort.

25

Foto nr. 10
Een hoge den in de hal van een deftig uitziende villa. De takken buigen door onder de ballen en lametta. Bovenop prijkt een trompetspelende kerstengel. Onder de boom liggen een paar pakjes. Ook al valt er geen kleur te bekennen, het wekt de indruk van een stralende, warme kerstavond. (24 december 1975)

Hoewel Marianne niet wist wat haar in Bar-le-Duc te wachten stond, was ze blij toen ze uit de trein stapte. Er was de laatste week nog meer sneeuw gevallen. Langs de straten lagen hoge bergen. Een paar geparkeerde auto's verdwenen onder een dikke witte laag.

Er waren bijna geen mensen op straat, maar de werkdag zat er ook alweer een uur op, en de meesten zaten liever in hun warme huis dan buiten met de buren te kletsen.

De afgelopen dagen hadden hun sporen nagelaten. Marianne voelde zich mat en uitgeput. Dat kwam vooral doordat ze 's nachts nauwelijks had geslapen. Steeds weer had ze zich afgevraagd hoe haar vader echt was geweest. Het gesprek met Johanna Bacher schoof over de beelden in haar hoofd heen. Haar vaders gezicht werd daardoor onscherp, als dat van een vreemde dat je na een vluchtige ontmoeting weer snel vergat.

Wat was de waarheid? Dat wat zij zelf had meegemaakt? Dat

wat Johanna had verteld? Of had de enige echte waarheid zich in het hoofd van haar vader bevonden? Verschillende werelden, verenigd in één ziel.

Door haar gepieker merkte ze niet dat ze de huizen voorbijliep en intuïtief de weg naar de villa insloeg. Pas toen ze de stad een flink eindje achter zich had gelaten, kwam ze weer uit de maalstroom van haar gedachten. Boven haar spande zich de paarsblauwe hemel, waaraan de eerste sterren ijzig fonkelden.

De weg naar de villa was verlaten, maar ergens had Marianne het gevoel dat ze niet alleen was. Had iemand uit de stad haar gevolgd? Was hij dezelfde weg ingeslagen?

Ze draaide zich om, maar kon niemand ontdekken.

Met een wee gevoel in haar maag liep ze verder. Sinds wanneer was ze bang in het donker? Ze had deze weg ook weleens na middernacht in volslagen duisternis afgelegd.

Marianne schudde haar hoofd. Toen dacht ze aan Michel. Tijdens de feestdagen zou hij bezet zijn, maar misschien kwam er toch een gelegenheid. Hij kon haar geen mooier kerstcadeau geven dan door te komen en haar te kussen.

Ten slotte verscheen er een lichtje voor haar. Ze was bijna bij de villa, toen er plotseling iets van opzij kwam aanvliegen. Marianne hoorde alleen een suizend geluid, toen voelde ze een explosie van pijn bij haar slaap, waardoor ze begon te kreunen. Haar koffer viel uit haar hand en even later zakte ze op haar knieën. Het flakkerde voor haar ogen. De aanval was zo onverwacht gekomen dat ze niet wist wat ze tegen haar hoofd had gekregen, noch waar het vandaan kwam en wie het had gegooid.

Trillend voelde ze aan haar wang en haar slaap en schrok toen ze haar rode vingertoppen zag. Ze draaide haar hoofd opzij, maar zag nog steeds sterretjes. De aanvaller zag ze niet, maar ze had hoe dan ook het gevoel dat er iemand naar haar stond te kijken. Toen ze omlaag keek, zag ze een met ijs bedekte steen, ook met haar bloed erop.

Iemand had een sneeuwbal met een steen erin naar haar hoofd

gegooid. Eerst staarde ze er ongelovig naar, toen schoten de tranen in haar ogen. Wie had dit op zijn geweten? De jonge Rémy? Had hij elke dag op de loer gelegen? Hij kon toch niet weten dat ze juist vandaag terug zou komen?

Ze krabbelde overeind en keek om zich heen. Er was nog steeds niemand te zien. En er waren ook geen voetstappen te horen. Misschien zat de knaap nog tussen de bomen. Waarschijnlijk lachte hij in zijn vuistje vanwege zijn voltreffer.

Het bloed stroomde over haar wang en drupte in de sneeuw. Ze moest denken aan het sprookje van Sneeuwwitje. Drie druppels bloed op de besneeuwde vensterbank.

Ik moet naar huis, zei ze tegen zichzelf. Ik kan hier niet blijven.

Hoewel ze over haar hele lijf trilde, pakte ze haar koffer en tilde hem op. Met haar vrije hand drukte ze een zakdoek tegen haar wang. De kou verdoofde de pijn een beetje, maar de pijn in haar ziel zat veel dieper.

Ten slotte kwam ze bij de poort van de villa. Het pad erachter was netjes sneeuwvrij gemaakt.

Toen ze door de voordeur stapte, werd ze duizelig en zakte ze weer op haar knieën. Clémence kwam zacht kwispelend overeind, liep op haar af en snuffelde aan haar. Toen blafte ze een keer.

'Lieve help!' riep Louise, die uit de eetkamer kwam aanstormen. 'Wat is er gebeurd? Je bloedt!'

Ze hielp Marianne overeind en leidde haar naar de keuken, waar ze haar aan de keukentafel neerzette.

Vlug sommeerde ze het van schrik verstijfde dienstmeisje verband en jodium te gaan halen.

Marianne voelde zich misselijk. Had ze door de klap tegen haar hoofd een hersenschudding opgelopen? Of iets nog ergers?

Louise voelde voorzichtig aan haar gezicht.

'Een sneeuwbal,' zei Marianne versuft. 'Ik ben onderweg door een sneeuwbal geraakt.'

'Dat kan geen gewone sneeuwbal zijn geweest!' zei Louise terwijl ze de wond voorzichtig begon te deppen. 'Het ziet er eerder naar uit dat het een ijsbal was!'

'Een steen!' kreunde Marianne toen Louise jodium op de wond deed. Weer schoten de tranen in haar ogen, maar door de pijn verdween ook de misselijkheid. 'In de sneeuwbal zat een steen, om hem harder te maken.'

Louise schudde haar hoofd. 'Verdomde etterbakjes,' mompelde ze. 'Laten ze die maar naar elkaar gooien! Ze moesten ze een pak rammel geven.'

Marianne klampte zich aan de tafelrand vast. Wat Louise zei, drong nauwelijks tot haar door.

'Ik vraag me af wat ze bij ons terrein te zoeken hebben,' ging Louise door met foeteren. 'Als mijn grootvader het te weten komt, zal dit op de eerstvolgende raadsvergadering een hoop gedonder geven.'

Marianne luisterde als verdoofd. Toen Louise dat merkte, stopte ze.

'Moeten we dokter Thierry laten komen?' vroeg ze bezorgd en ze voelde voorzichtig aan Mariannes slaap.

'Nee, het gaat wel. Ik denk dat ik maar even ga liggen.'

'Oké, maar vandaag slaap je niet daarbuiten. Wie weet wat die rotknulletjes nog meer hebben bedacht. Jammer dat Clémence geen goede waakhond is, ik had haar graag achter ze aan gestuurd.'

Marianne schudde haar hoofd. 'Nee, laat maar, dat is niet nodig. Het was een stomme streek, misschien wilde iemand me die oorvijg betaald zetten. Dat heb ik verdiend, ik had de jongen niet moeten slaan.'

'Een wraakactie is een wel heel povere reden,' antwoordde Louise, terwijl ze haar overeind hielp. 'Als dat het geval is, moest ik me voor mijn medeburgers hier schamen. Jij bent de lerares van die kinderen, en afgezien van die oorvijg, die was uitgelokt, heb je je nergens schuldig aan gemaakt.' Louise haalde diep adem. 'Ik weet wat er wordt gezegd. Het geroddel dringt door tot in de fabriek, en als ik het hoor, leg ik de mensen uit dat we in 1975 leven en niet in 1945. Het is makkelijk om aan het oude vijandbeeld vast te houden, in elk geval lijkt dat in deze stad zo te zijn. In Parijs denken ze al helemaal niet meer aan de oorlog, daar laten ze de mensen leven zoals ze willen.'

Marianne merkte dat Louise trilde van opwinding. Zijzelf had het gevoel dat de vloer onder haar wegzakte toen Louise haar de keuken uit en de trap op leidde. Voor een deur op de tweede verdieping bleven ze staan.

'Dit is een van de logeerkamers. We krijgen de komende dagen veel logés, daarom heb ik hem alvast in orde gemaakt. Jij blijft hier, begrepen?'

Marianne knikte. Haar wang klopte en ze voelde zich nog steeds zo zwak dat het niet in haar opkwam te protesteren.

'Goed, ga even liggen, ik haal wat spullen voor je en breng je het eten. En dan kun je me misschien vertellen hoe het in Duitsland en bij je familie was.'

Marianne zakte neer op het bed. Door de warmte in de kamer begonnen haar wang en slaap te kloppen, maar het was fijn een beetje vertroeteld te worden. Zo fijn dat ze zich zelfs in staat voelde om te praten over wat er bij de begrafenis was gebeurd.

Tijdens de kerstdagen kon Marianne de aanval en ook de begrafenis die ze achter de rug had een beetje naar de achtergrond dringen.

De Silbergs hadden vrienden uit heel Frankrijk uitgenodigd en Marianne was onder de indruk wie daar allemaal bij hoorden.

Ook Louises moeder zag ze gedurende de feestdagen wat vaker, maar wanneer deze niet bezig was om voorbereidingen te treffen voor de maaltijden, leek ze heel stil en teruggetrokken. Ze deed Marianne een beetje aan haar vader denken. Ook zij sloop door het huis. Had zij inmiddels eveneens een ander leven om in te vluchten? Misschien een man die ze zag wanneer ze voor haar moeder zorgde?

Het was geen zonde als een weduwe weer verliefd werd en op zoek ging naar nieuw geluk. Maar wellicht voelde ze zich verantwoordelijk voor Louise, hoewel die zelf al getrouwd had kunnen zijn. Het was ook mogelijk dat ze dacht dat ze de herinnering aan haar man zou bezoedelen als ze haar eigen leven leidde, of dacht dat de oude Alain boos op haar zou worden als ze niet meer terugkeek maar vooruit, terwijl zijn zoon die mogelijkheid niet had.

Zulke gedachten schoten door Marianne heen terwijl ze, zittend voor het raam, met een beker warme chocolademelk in haar handen de laag sneeuw steeds dikker zag worden.

De wond op haar wang genas goed, maar toch was ze blij dat Michel haar zo niet zag. Ze was ervan overtuigd dat hij de juiste conclusie zou trekken en het 'klootzakje' een pak slaag zou geven.

Ze had er bijna spijt van dat ze inmiddels weer in het huisje terug was. Vooral 's nachts was het erg. Niet alleen omdat haar vader nog door haar hoofd spookte, maar ze vreesde ook dat Bertrand Rémy en zijn vriendjes een manier zouden vinden om op het terrein van de familie Silberg te komen. Alain Silberg stond weliswaar in Bar-le-Duc zo hoog in aanzien dat eigenlijk niemand het zou wagen zich zijn woede op de hals te halen, maar Marianne kon zich voorstellen dat Rémy's zoon zich daar niets van aantrok. Wanneer ze buiten geruis hoorde, werd ze wakker, wanneer er schaduwen langsgleden meende ze een gedaante te zien, en wanneer ze wakker werd van gerinkel of gekraak keek ze meteen naar de ruit om te zien of die nog heel was.

Het was belachelijk – ze was bang voor een leerling! Zij was toch degene die ontzag hoorde in te boezemen!

In de nacht na eerste kerstdag werd ze uit haar slaap opgeschrikt doordat er op het raam werd getikt.

Met bonzend hart tuurde ze naar buiten, maar ze kon eerst niemand ontdekken. Toen zag ze echter een silhouet. Het leek een man te zijn, ingepakt in een dikke jas, met een muts op zijn hoofd.

Was dat Rémy? Marianne stond op, sloop naar de tegelkachel en pakte de ijzeren pook. Wat ze ermee moest doen als zou blijken dat er een kind voor de deur stond, wist ze niet. Daar verscheen de gedaante weer! En het volgende ogenblik werd er op het raam geklopt.

Marianne haalde diep adem en deed toen met een ruk de voordeur open. Op hetzelfde moment herkende ze in de dreigende gedaante Michel, die in de maneschijn voor de deur stond.

Michel! Hij was gekomen! Ze had het gehoopt, maar dat hij het ook zou doen had ze niet verwacht. Het was immers de nacht van eerste op tweede kerstdag, dan werd er toch eigenlijk nog steeds kerst gevierd. Was hij ertussenuit geknepen?

'Hé, wat is dat?' vroeg hij terwijl hij speels de pook uit haar hand pakte. 'Daar wou je me toch niet mee gaan slaan, hè?'

'Nee, jou niet. Maar ieder ander wel,' antwoordde ze.

'Ook de Kerstman? Stel je voor dat die had aangeklopt en dat jij hem daarmee in de pan had gehakt.'

Marianne trok Michel het huisje in en deed de deur dicht. Michel zette de pook naast de deurpost en nam haar toen in zijn armen.

'Wat is er met je wang? Waarom zit daar een pleister, heb je een puistje uitgedrukt?'

Toen hij aan de pleister wilde komen, zei Marianne vlug: 'Nee, niet doen. Ik ben geraakt door een sneeuwbal, dat is alles.'

'Bestaan er dan zulke harde sneeuwballen in Duitsland? Wie heeft je daarmee bekogeld?'

'Nee, ik ben in een sneeuwballengevecht terechtgekomen. Nogal heftig.'

'Het is altijd heftig wanneer iemand gewond raakt,' antwoordde hij. 'Als ik die knaap te pakken krijg, belandt hij halsoverkop in de sneeuw.'

'Laat maar, het is heus niet ernstig en het geneest wel weer.'

Marianne trilde inwendig. Het liefst had ze hem verteld wat er echt gebeurd was, en dat dat ook de reden was waarom ze de pook in haar hand had gehad. Maar ze wilde niet dat hij zich er onnodig over opwond en het allemaal nog erger maakte.

'En, wat brengt je hier?' vroeg ze, want ze wilde het niet meer over de sneeuwbal hebben.

'Ik wilde je zien,' antwoordde hij. 'Er is zo veel gelukzaligheid om me heen dat ik ervan moet kotsen. Ze hebben geen idee wat me echt gelukkig maakt.'

Voor ze iets kon zeggen, begon hij haar te kussen. Zijn lippen smaakten naar kaneel, en zijn huid rook naar koekkruiden, alsof hij de afgelopen dagen in een bakkerij had doorgebracht. Blijkbaar ging het er tijdens de feestdagen bij de Clements net zo aan toe als bij de Silbergs, alleen waren er niet zo veel onbekende gasten, maar vierden ze het in familiekring.

'Dat klinkt alsof je het heel zwaar hebt,' zei ze toen hij haar mond weer losliet.

'Dat is ook zo. Stel je voor, mijn charmante tantes zeurden me weer aan mijn hoofd over de bruiloft. En ze brachten Jeanne in verlegenheid met vragen over het aantal geplande kinderen. Als het aan hen ligt, moet ze de oven flink stoken zodat er binnen tien jaar minstens elf broden uit glijden.'

'Wat een smakeloze vergelijking,' was Mariannes reactie, maar ze moest wel giechelen.

'Tja, de vraag van mijn tante was ook smakeloos. En het erge is dat mijn vader noch mijn moeder tussenbeide kwam. Jeannes ouders zagen er ook al uit alsof ze het geweldig zouden vinden wanneer er binnenkort een voetbalploeg door hun tuin rent.'

'En jij?' vroeg Marianne, toen bedacht ze weer dat als alles zo bleef, hij degene was die die kinderen met Jeanne zou krijgen. Dat hij elke nacht met haar zou slapen. Dat gaf haar een felle steek. Ze maakte zich los uit zijn omarming, liep naar de kast en haalde een kandelaar met een kaars tevoorschijn. Echt licht maken wilde ze niet, dat leek haar niet zo romantisch.

'Als het aan mij lag, kreeg ik met Jeanne helemaal geen kinderen. Dat kan mijn zwakke hart niet verdragen.'

'Jij hebt toch geen zwak hart!' antwoordde Marianne terwijl ze een lucifer afstreek. De pit van de kaars knetterde zachtjes toen ze hem aanstak, de geur van verbrand zwavel dreef haar neus in.

'Jawel, dat heb ik,' hield hij vol. 'Heb ik je dat nooit verteld?'

Marianne dacht net als daarvoor dat hij een grapje maakte. Die sterke, jonge man kon onmogelijk iets aan zijn hart hebben!

'Nee. En jij moet ook goed bedenken of je met Kerstmis wel verhalen moet vertellen die niet waar zijn.'

'Daar heb ik heus wel over nagedacht!' antwoordde hij. 'Bij een leugen slaat de bliksem in je kont en word je gestraft doordat de tantes nog tot na oudejaarsavond blijven.'

Hij begon te lachen, toen trok hij haar mee, ging op een stoel zitten en zette haar op zijn schoot. 'Maar het is waar, mijn hart is niet in goede conditie. Het zit in de familie. Eigenlijk moet ik fysieke inspanning helemaal vermijden. Dat vergaten de tantes toen ze wilden dat ik elf kinderen verwekte.'

Marianne was sprakeloos. Hij praatte er zo luchtig over, alsof hij het over een kinderziekte had die hij had overleefd. En intussen sloeg hij gewoon zijn arm om haar heen.

'Kijk niet zo ongelovig!' zei hij. 'Ik ga er niet dood aan als we met elkaar slapen! Je moet alleen niet van me verlangen dat ik net als Hercules een rotsblok optil. Dan wordt het zwart voor mijn ogen, dat kan ik je verzekeren.'

Bezorgdheid bekroop Marianne. Als hij echt ziek was, konden de dokters dan niets voor hem doen? En waarom vertelde hij het juist nu? Omdat het gewoon in hem opkwam?

'Sinds wanneer heb jij iets aan je hart?' vroeg ze.

'Altijd al. Daar ben ik mee geboren. En daarom kan ik alleen als beheerder op de wijnberg werken, terwijl ik veel liever tussen de wijnstokken zou zitten.'

Weer kuste hij haar, en ook in zijn kus kon ze geen aanwijzing vinden dat hem iets scheelde. Hij leek te bruisen van leven.

'Ik heb een cadeautje voor je,' zei hij toen hij haar weer losliet. 'Hier.' Uit de tas die hij naast de stoel had laten vallen, haalde hij een pakje ter grootte van een schoolschrift, maar dan dikker, tevoorschijn. Er zat geen kerstpapier omheen, in elk geval geen echt kerstpapier. Het was crèmekleurig en bedrukt met groene linten die hier en daar strikjes vormden.

'Een cadeautje?' Marianne werd warm en koud tegelijk. 'Maar ik... ik heb niets voor jou.'

'Ach, echt niet?' Hij pakte haar vast en drukte haar tegen zich aan. 'En ik dacht nog wel, dit is mijn cadeau. Maak het open, alsjeblieft!'

Marianne schoof haar vinger onder het papier. Het was eigenlijk zonde om het weg te gooien, misschien kon ze er een schoolboek mee kaften. Dus maakte ze het pakje heel voorzichtig open.

Het voorwerp dat erin zat voelde koel en zowel ruw als glad aan.

'Een fotoalbum?' vroeg ze verbaasd.

'Ja, een album. Zodat je alle foto's die ik van je maak erin kunt plakken. Doe het maar open.'

Er zaten al een paar opnamen in. De taart voor de president en ook de laatste foto van haar, dansend in de sneeuw.

'Vind je het mooi?' vroeg hij toen hij zag dat ze gefascineerd de bladzijden omsloeg.

'Het is prachtig,' antwoordde ze, en ze kuste hem.

'Geef me nog een kus en ik ben tevreden,' zei hij en hij kuste haar opnieuw. Ditmaal lang en hartstochtelijk, en nog eens toen ze hem meetrok naar het bed en hem uit zijn kleren hielp.

Die nacht hoefde ze niet bang te zijn voor wat er buiten was.

26

Toen we weer op het wijngoed aankwamen, voelde ik me op de een of andere manier verkleumd. De kennismaking met mijn voorouders had haar sporen achtergelaten.

Mijn vader maalde door mijn hoofd.

Als ik naar het kerkhof van Bar-le-Duc ging, zou ik daar dan zijn graf vinden? Zou ik te weten komen wanneer hij het leven van mijn moeder, en daarmee ook het mijne, voorgoed had verlaten?

De brievenbus voor het huis puilde uit van de post. Mama kreunde toen ze het zag.

'Het catalogusseizoen is weer begonnen,' mopperde ze, terwijl ze haar gordel losmaakte en uitstapte. 'Ga maar vast naar binnen,' zei ze en ze gooide me haar sleutelbos toe. 'En zet koffie. Ik bel straks de bezorgservice wel.'

Bezorgservice? Had mijn moeder een rekening bij een pizzabesteldienst?

Toen de koffie begon door te lopen, kwam ze eraan met de post. Er zaten inderdaad veel catalogi bij.

'Kantoorartikelen, kelderapparatuur, landbouwmachines...' mompelde mijn moeder terwijl ze sommige catalogi op de ja- en andere op de nee-stapel legde. 'Ze denken echt dat ik elk kwartaal een nieuw wijnbergrupsvoertuig ga aanschaffen.'

'Kantoorartikelen schijn je toch nodig te hebben.' Ik wees naar de ja-stapel.

'Die heb je altijd wel nodig,' antwoordde ze. 'Met al die administratie die je als ondernemer moet doen! Soms lijkt het wel of ik nu meer papier verbruik dan toen ik nog lesgaf.'

'In die tijd waren het vooral de leerlingen die voor al dat papier in huis zorgden,' antwoordde ik, waarna ik twee bekers uit de kast pakte. Ik kon me de stapels papier die zich in onze meestal kleine woningen hadden opgehoopt nog goed herinneren. Nadat ik een van de dictees met een bloemetje had versierd, was het me ten strengste verboden er ooit nog aan te komen.

'Dat klopt, maar toen was het makkelijker er weer van af te komen. Ik vraag me af of er nog steeds door mij gecorrigeerd werk in een of ander schoolarchief ligt.'

'Uiteraard!' zei ik terwijl ik de koffie inschonk.

Het sorteren van de catalogi duurde nog ruim een kwartier, toen had mijn moeder ook de rekeningen die ertussen zaten gevonden.

'Soms wilde ik dat ik een ansichtkaart kreeg, of een brief waarin geen getallen onder een streep staan. Brieven staan tegenwoordig vol met getallen en vorderingen, nooit met groeten en gedachten.'

Ik kon het verlangen van mijn moeder begrijpen, maar we hadden nooit veel post gehad waar geen rekeningen of reclamefolders bij zaten. Tantes die ons met vakantiegroeten jaloers wilden maken hadden we niet. En mijn moeder had ook nooit een grote vriendenkring gehad.

'Misschien moet ik gaan reizen, dan kan ik je schrijven,' stelde ik voor. 'We laten dan die hele sms-onzin zitten en communiceren alleen nog maar via de post.'

'Dat zou fijn zijn,' zei mijn moeder. 'Jij stuurde me altijd zulke leuke kaarten. Maar je bent al een hele tijd niet meer weggeweest. En wanneer het erom gaat te weten of je goed bent aangekomen, zou ik niet zonder sms'en willen. Natuurlijk, vroeger deden we het ook zonder, maar nu ben je eraan gewend je niet dagenlang zorgen te hoeven maken.'

Ik glimlachte tegen mijn moeder. Ze maakte zich altijd zorgen om me, dat wist ik. Daar gaf ik eigenlijk geen aanleiding toe, want tegenwoordig reisde ik nog maar zelden, en vroeger was ik altijd samen met David geweest, die me had beschermd.

Maar misschien moest ik daar verandering in brengen en eindelijk weer eens weggaan. Voor het eerst weer alleen, mijn verleden tegemoet. Vanavond zou ik tijd nemen om daarover na te denken.

Later die avond, toen de pizza van de bezorgdienst niet meer was dan een herinnering en een overgebleven korst, haalde mijn moeder een fles wijn uit haar privékelder, die eigenlijk geen kelder was maar een op temperatuur gehouden kamer.

Het edele nat stamde uit het jaar dat ze hierheen was verhuisd, dat zag ik aan het enigszins provisorisch aandoende etiket. Indertijd waren er geen hoeveelheden geproduceerd die interessant zouden zijn geweest voor de handel. Dus had ze de flessen domweg opgeslagen en beweerde ze dat de mensen ooit een vermogen zouden neertellen voor die zeldzame wijn.

'Weet je zeker dat hij nog goed is?' vroeg ik sceptisch. Voor mij had ze een fles druivenmost meegebracht, van de laatste oogst.

'Natuurlijk smaakt hij goed!' zei mijn moeder; ze ontkurkte de fles op professionele wijze en rook aan de hals. Toen goot ze hem in de decanteerkaraf, precies zoals ik het op een van haar cursussen had geleerd. Een zurige lucht verspreidde zich. Ik bekeek de karaf weifelend.

'En wat doe je als hij in azijn is veranderd?'

'Dan verkoop ik hem als zodanig. Of ik maak er een vinaigrette van voor over de salade bij de volgende wijntelersbijeenkomst.'

'Ben je dan alweer aan de beurt?'

'Nee, ik geloof dat het nu Lachmanns beurt is. Ik heb met die arme Kilian te doen.'

Ik keek naar mijn glas druivenmost. Weer zag ik het stoeltje met de beertjes voor me. Weer voelde ik het verlangen van de verlaten vader.

‘Ik kan hem wel aanbieden een salade mee te brengen.’ Mama schokschouderde, liet de wijn in de karaf zachtjes walsen en goot er toen wat van in haar glas. Nadat ze een slok had genomen, stootte ze een triomfantelijk ‘Ha!’ uit.

‘Zo slecht?’ vroeg ik.

Ze hield me het glas onder de neus. Ik deinsde terug. ‘Lieve help! Je wordt al dronken als je eraan ruikt.’

‘Ja, hij heeft een behoorlijk alcoholgehalte,’ antwoordde ze. ‘Beslist te veel voor handelswijn. Maar misschien valt er nog iets mee te beginnen.’

‘Je zou hem kunnen verdunnen,’ adviseerde ik. ‘Dat deden ze in de middeleeuwen ook, dat schijnt zelfs gezond te zijn.’

‘Dat is niet gezond, dat is heiligschennis!’ zei mijn moeder. Toen verzonk ze in gedachten. Begon de alcohol soms al te werken?

‘Ik ben een keer op het wijngoed geweest waar Michel werkte,’ mijmerde ze terwijl ze in het glas keek.

‘Dus het heeft iets met hem te maken, dat je een wijngoed hebt gekocht?’ vroeg ik.

‘Ja, misschien was dat een van de redenen. Of ik ben in een eerder leven Française geweest. Hoe laat het zich anders verklaren dat ik zo naar de Franse cultuur verlangde?’

‘Deelde je moeder de visie van haar man?’

‘Ik denk het wel. In elk geval leek het zo. We hebben het er nooit over gehad. Na het gesprek op de begrafenis, toen ze dronken was, beperkte onze conversatie zich tot een paar woorden, die ik me algauw niet meer kon herinneren. Net zoals ze in mijn kindertijd nauwelijks aanwezig was, was ze later nog slechts een schim die af en toe aan de rand van mijn herinnering opdook. Ik ben natuurlijk naar haar uitvaart gegaan – op die dag heb ik een oppas voor je geregeld.’

Ik trok mijn neus op. ‘Gina.’ Mijn oppas was vreselijk geweest, ze had de hele tijd naar televisieprogramma’s zitten kijken die mij absoluut niet interesseerden. Verder had ze urenlang aan de telefoon gehangen om met haar vriendinnen over jongens te praten. De rekening was even hoog geweest als haar honorarium. Mijn moeder was daar vreemd genoeg niet over gevallen. Ze leek enigszins afwezig en liet me zelfs wat langer opblijven.

'Je had me moeten vertellen dat je naar haar begrafenis was,' zei ik. 'Zo niet op de dag zelf, dan toch later.'

'Ja, waarschijnlijk had ik dat moeten doen. Maar vermoedelijk ben ik het gewoon vergeten. Toen mijn moeder dood was, was de laatste band met mijn familie verbroken. Mijn zus heb ik nog eenmaal gezien, maar er was geen contact meer tussen ons. Ik weet niet eens of ze nog leeft.'

'Je had waarschijnlijk wel bericht gekregen als dat niet zo was.'

Mama schudde haar hoofd. 'Nee, dat denk ik niet. Haar man is mijn bestaan vast vergeten en haar kinderen heb ik nooit leren kennen. Eigenlijk triest. Je hebt wel familie, maar toch ook weer niet.'

'Vertel eens over dat bezoek aan het wijngoed,' vroeg ik, want ik wilde niet dat ze weer in gedachten aan haar familie verzonk. En ik wilde liever iets over de Franse zon horen. Mijn lichaam voelde zwaar aan. Geen wonder na alles wat ik die dag had gezien en te weten was gekomen.

'Daar valt niet veel over te vertellen,' antwoordde ze. 'Het was eigenlijk niets bijzonders. Michel en ik maakten regelmatig uitstapjes. Een keer was zijn baas er niet, toen heeft hij me meegenomen. Ik was overweldigd door al die gebouwen en gereedschappen. Ik had er tot dan toe nauwelijks over nagedacht hoe wijn wordt gemaakt. Maar die middag heeft misschien sporen nagelaten die ertoe hebben geleid dat...' Ze spreidde haar armen, alsof ze haar hele wijngoed wilde omvatten.

Ze hield iets voor me verborgen, dat voelde ik. Maar ik besefte dat ze niet alle verhalen zou prijsgeven. Een paar geheimen moest je als mens bewaren, ook tegenover je dochter.

27

'Wil je echt al weer weg?' vroeg mijn moeder toen ik mijn spullen in mijn koffer stopte. Ik had eigenlijk twee weken zullen blijven, maar het werd er maar één. Al bij onze terugkeer uit Mayen had ik heimelijk besloten de tweede week te gebruiken om me in het spoor van mijn moeder te begeven – naar Frankrijk. Dat besluit was de afgelopen nacht nog versterkt.

Ik wist nu meer over mijn eigen familie, mijn onbekende grootouders, mijn moeder en ook een beetje over mijn vader, zodat ik ernaar verlangde Bar-le-Duc met eigen ogen te aanschouwen.

Ik wilde niet alleen maar de foto's zien en de bijbehorende verhalen horen, ik wilde zelf ervaren hoe het daar was, de villa zien en de school. Klaprozen waren er nog niet in deze tijd, maar misschien kon ik op die grote weide gaan staan en me voorstellen hoe die golfde van het rood. Ik wilde sporen van mijn vader vinden. Als ik ze vond, was het verhaal compleet. Nou ja, bijna dan, want mijn moeder was me nog een paar maanden van haar 'klaprozenjaar' in Bar-le-Duc verschuldigd.

Vanmorgen had ik haar in alle vroegte uit bed gehaald. Ze wist nog helemaal niets van mijn reisplannen.

'Ja, mam,' beantwoordde ik haar vraag. 'Ik wil graag nog een paar dingen afhandelen voor ik weer aan het werk ga. Bovendien krijg ik binnenkort het onderzoek.' Mijn moeder knikte. Ze leek een beetje teleurgesteld. Het liefst had ik haar nu al ingewijd in mijn plannen, maar ik wilde er eerst zelf zeker van zijn dat ik zou gaan. Wanneer de reis geboekt en mijn koffer gepakt was, zou ik het haar vertellen – zodat er geen kans bestond dat ze het me nog uit mijn hoofd kon praten. Ik zag mijn moeder er wel voor aan mijn toestand aan te voeren, en te vragen of de reis niet te vermoeiend voor me zou zijn.

Ik streelde mijn moeder over haar wang. De sneeuwbal had een litteken nagelaten, een minuscuul putje op haar rechter jukbeen. Ik dacht vroeger dat het door de waterpokken kwam, want zo'n litteken had ik boven mijn oog. David had er soms teder over gestreeld en er kusjes op gegeven. Had Michel dat bij haar ook gedaan?

'Ik kom je gauw weer opzoeken,' beloofde ik. 'Je hebt me in elk geval al erg geholpen met deze week.'

'En hoe zit het met het verhaal?' vroeg ze. 'Wil je het dan niet verder horen?'

'Ja, natuurlijk wel,' antwoordde ik. 'Maar je zou het me ook aan de telefoon kunnen vertellen.'

En zij zou me ook kunnen vragen te blijven om het te horen, maar zo was ze niet. Ze zette nooit iemand onder druk bij haar te blijven.

'Ik weet iets beters,' zei ze na even nadenken. 'Ik zal het voor je opschrijven en het je dan sturen. Stukje bij beetje. En wanneer je weer hier komt, vertel ik je de rest, als je dat wilt.'

'Wat een geweldig idee!' Ik omhelsde haar stevig en richtte mijn aandacht toen weer op mijn koffer. Over een uur ging mijn trein. Omdat mijn moeder me naar het station zou brengen, hadden we nog tijd voor een croissantje met aardbeienjam.

Tegen de middag kwam ik in Keulen aan. Op het station was het een behoorlijk gedrang. Een paar schoolklassen en groepen sporters waren op stap en probeerden op de een of andere manier bij elkaar te blijven.

Ik tilde mijn koffer in de eerste de beste tram en probeerde me af te sluiten voor de stemmen om me heen. Mijn gedachten waren bij mijn plan. Een paar dagen Frankrijk op zoek naar mijn vader. In mijn buik kriebelde het van opwinding.

Thuis aangekomen haalde ik mijn sleutel uit mijn tas.

'Nicole?' klonk het plotseling uit een hoek. Even later maakte een gestalte zich los uit de schaduw naast de voordeur.

Ik hapte naar lucht. 'David!'

Zijn naam was niet meer dan een zucht uit mijn mond. Hij stond in levenden lijve voor me! Nog altijd was zijn kin gladgeschoren, nog altijd glansden zijn ogen in dat ondoorgrondelijke grijsgroen dat al naargelang de lichtval van tint kon verschieten. Nog altijd zag hij er schaamteloos goed uit in zijn grijze pak met de smaragdkleurige das, die het groen van zijn ogen accentueerde.

En hij keek nog net zoals toen ik hem van mijn zwangerschap vertelde. Wat wilde hij? En hoe wist hij dat ik hier was? Als ik werkte kwam ik nog later thuis. Stond hij al lang bij mijn deur op de loer? Zoiets kon ik me van hem niet voorstellen, daar had hij het veel te druk voor.

'Hallo, Nicole. Ik... ik wilde met je praten,' verklaarde hij nadat hij me even had opgenomen. Zoals hij mijn naam uitsprak! Heel anders dan laatst aan de telefoon. Er ging een weldadige rilling door me heen, maar die drong ik terug. Voorzichtig! leek een stemmetje tegen me te roepen. Hier voor je staat de man die je verlaten heeft omdat je zwanger bent geworden.

'Heb je mijn mobiele nummer niet meer?' vroeg ik terwijl ik mijn sleutelbos strakker vastklemde. Ik had met alles rekening gehouden, maar niet dat David hier zou opduiken. Wilde hij nu over ons kindje praten? Had Hilda op zijn geweten gewerkt?

'Jawel, dat heb ik, maar ik dacht dat ik beter persoonlijk kon langsgaan.' Er verscheen een lachje op zijn gezicht dat ik niet goed kon duiden.

Ik staarde hem aan alsof ik een religieuze verschijning zag. Hij had niets van zijn fascinatie verloren. Ik was er nog altijd verbaasd over dat zo'n man ooit op me was gevallen. Met mijn zwarte haar en donkere ogen was ik niets bijzonders, in Keulen liepen er honderden vrouwen rond zoals ik.

Maar de gedachte aan mijn kindje bracht me weer vlug met beide benen op de grond. Hij was vast niet hier omdat hij me terug wilde – of misschien toch?

'Wil je... mee naar boven komen?' vroeg ik. De gedachte dat hij weer in ons huis zou rondlopen stond me op de een of andere manier niet aan.

'Ik wilde eigenlijk vragen of je vanavond met me uit wilt.'

'Wat?' Ik flapte het eruit voor ik het wist.

'Uit eten. Jij en ik. Met z'n tweetjes. Heb je daar zin in?'

Zin? Nu hij er was had ik best zin. Niemand moest beweren dat zwangere vrouwen geen zin meer hadden in seks. Maar de gedachte wat er achter zijn uitnodiging kon zitten, doofde het vlammetje weer meteen.

'Waarom wil je me mee uit eten nemen?' vroeg ik, want ik wilde niet langer de vrouw zijn die bij zijn aanblik verstijfde en in een onzeker meisje transformeerde.

'Ik wil iets met je bespreken.'

'Heb je dan niet alles al gezegd?' vroeg ik. 'Je wilt het kind niet en ik stel geen eisen. Of ben je van gedachten veranderd?'

Ik probeerde niet al te hard te praten, want ik wist dat meneer Kellermann voor zijn open raam zat en alles hoorde wat er beneden op straat werd gezegd. Het was al genoeg dat de buren smiespelden vanwege Davids vertrek.

'Laten we in alle rust over alles praten. Ik ben er toen vandoor gegaan, dat was niet goed.'

Zou hij tot inkeer zijn gekomen? Wilde hij zich nu toch om het kind bekommeren? Bij me terugkomen?

Ineens bonsde mijn hart net zoals voor onze eerste date. Voor ik het kon beletten kwamen er verwachtingen in me op.

Zou ik hem nog willen hebben als hij terug wilde komen?

Ja, dat wilde ik.

En Kilian?

Zijn warmte en vriendelijkheid was ik niet vergeten – maar er was nog niets tussen ons. We hadden nog niet eens gezoend. Dus had ik nog niets gedaan wat het onmogelijk maakte weer een relatie met David aan te gaan.

En verdorie, dat wilde ik maar wat graag!

Ik herinnerde me echter ook heel goed hoe hij de afgelopen weken tegen me had gedaan – laatst aan de telefoon, toen ik hem over ons kindje had verteld en hij zo gevoelloos had gereageerd.

En toch klopte mijn hart vol verwachting door zijn verschijnen en zijn verzoek. Was er dan misschien toch nog hoop?

'Oké,' zei ik, en ik probeerde mijn vreugde niet al te zeer te laten blijken. 'Laten we samen gaan eten en praten.'

Zijn glimlach werd breder, alsof hij had geweten dat ik zou toestemmen. Mannen als hij wisten precies welke antwoorden er op bepaalde vragen volgden.

'Oké, vanavond tegen achten? Ik kom je halen, en we zoeken iets leuks uit aan de Rijn.'

Iets leuks aan de Rijn. Iets wat ik misschien nog niet kende?

'Goed. Nou, tot acht uur dan.'

'Ik zal er zijn.'

Hij draaide zich om en liep de straat af. Ik keek hem gefascineerd na.

Mijn hoofd zat vol gedachten, hoop en verwachting liepen in elkaar over. Toen besefte ik wat het cruciale verschil was met vroeger. Vroeger gingen we nooit bij elkaar weg zonder elkaar aan te raken of te kussen. Nu was elke vorm van lichamelijk contact uitgebleven.

De uren daarna hield ik me bezig met de vraag wat ik die avond aan moest trekken. Er was geen reden om af te zien van mijn geliefde stretchjurken – maar ik moest constateren dat ik geen goede avondjurk meer had die me paste.

Maar waarom maakte ik me daar eigenlijk druk om? Ik was zwanger! De mensen zouden toch wel zien wat er aan de hand was.

Uiteindelijk koos ik voor een zwarte jurk met lange mouwen die ik in niet-zwangere tijden had gekocht en die nog steeds heel goed zat.

Ik stak mijn haar op, wat ik lang niet meer had gedaan, en toen het buiten donker werd, bekeek ik mezelf in de spiegel. De babybuik tekende zich duidelijk af onder de strakke stof. Maar wat was daar mis mee? Ik had vaak meegemaakt dat andere mensen welwillend tegen zwangere vrouwen glimlachten. Ze hadden immers een dikke buik vanwege een kind en niet door te veel eten, waarover ze zich dan eerder vrolijk zouden hebben gemaakt, hoewel hun dat net zomin iets aanging als de zwangerschap van een onbekende.

Maar mijn gezicht oogde allesbehalve uitgerust. De verhalen van mijn moeder hadden, evenals de zorgen om mijn kindje, hun sporen nagelaten. Het leek wel of ik naar een heel andere vrouw keek. Ik zag er ouder uit. Vroeger had ik me heel wat verbeeld als mensen beweerden dat ik hooguit dertig was. Maar nu constateerde ik dat ik tegen de veertig liep en dat je dat ook aan me zag. En ik was zwanger.

Maar daar had ik nog steeds geen spijt van. Ik hoopte alleen dat ik het kindje ook zou zien opgroeien.

Om acht uur precies werd er aangebeld. Ik keek uit het raam en zag Davids auto staan. Hij kwam me afhalen alsof het om een rendez-vous ging. En vreemd genoeg was ik ook net zo opgewonden als bij een rendez-vous.

Eigenaardig, dat had ik ook met Kilian kunnen hebben, een heuse date zelfs. Die had ik afgewezen, hoewel ik hem sympathiek vond. En sinds mijn bezoek aan zijn wijngoed had ik hem niet meer gesproken, hoewel hij me zijn telefoonnummer had gegeven. Maar het verhaal van mijn moeder had me gewoon te veel in beslag genomen. En ik was er minder dan ooit over uit of het tijd was voor een nieuwe relatie. Misschien zou Kilian een vrouw met een ziek kindje wel helemaal niet willen. Misschien kwam zijn eigen kind binnenkort terug.

En mijn allergrootste bedenkingen golden mijn eigen gevoelens. Hield ik van hem? Nee, in elk geval niet zoals ik van David had gehouden. En dat gevoel herinnerde ik me nog opperbest. Ik meende het zelfs nog te voelen.

Misschien zou ik het allemaal helderder zien als ik in Bar-le-Duc was. Op de een of andere manier had ik het gevoel dat ik daar iets belangrijks zou ontdekken.

Ik drukte op de deuropener en hoorde even later voetstappen de trap op komen. Ik zag al voor me hoe de buurvrouw op de begane grond door haar spionnetje loerde om erachter te komen wie haar avondlijke rust verstoorde.

Terwijl ik bij de deur stond te wachten, klopte mijn hart in mijn keel. Ja, dit was echt met een eerste date te vergelijken.

Maar ik was er hoogst onzeker over wat ik van David kon verwachten. Misschien zou hij me wel gewoon meedelen dat ik hem voor eens en voor altijd met rust moest laten...

Toen hij bij mij aanbelde, haalde ik diep adem. Je redt het, zei ik tegen mezelf. Wat deze avond ook mag brengen, je redt het wel.

Toen deed ik open.

David keek op. Hij droeg een heel stijlvol pak en een wit overhemd, zonder das. Daar hield ik van. Zo zag hij eruit als een van die modellen die op grote reclameborden horloges of parfum aanprezen. In die outfit, daarvan was ik overtuigd, kon hij iedere vrouw krijgen.

Had hij misschien al een ander?

Bij die gedachte kwam mijn maag in opstand. Terwijl het toch uit was tussen ons en alles wat ik nog van hem had, mijn kindje was.

'Hoi,' zei ik wat onzeker.

'Hoi,' was zijn korte reactie. Geen kus, en ook geen bloemen in zijn hand. Dat zette me weer met beide benen op de grond. Dit was geen date. Het was een ontmoeting om iets te bespreken. Tussen twee voormalige partners.

'Ik dacht, we gaan naar de Rijn, ik heb een tafel gereserveerd in Rheinblick.'

Ik knikte. Rheinblick was een voormalige grot die verbouwd was tot een heel chic restaurant.

'Ben je bij je moeder geweest?' vroeg hij terwijl we verder de binnenstad in reden. Ik vroeg me af hoe hij in de buurt van de Rijn een parkeerplaats wilde vinden. De grote hotels langs de rivier beschikten over parkeergarages, maar ik was er niet zeker van of je daar gewoon je auto neer kon zetten.

'Ja,' zei ik. Waarschijnlijk had Hilda het tegen hem gezegd. 'Ik wilde er even tussenuit.'

Vroeger zou ik hem zeker hebben verteld wat ik daar had meegemaakt. Dat ik te weten was gekomen wie mijn vader was en nu op het punt stond naar zijn vaderland te reizen op zoek naar sporen. Maar de afgelopen maanden hadden een glazen wand tussen ons geschoven, een barrière die het me onmogelijk maakte te praten over dingen die we vroeger heel vanzelfsprekend zouden hebben uitgewisseld. Het was alsof hij niet meer bij me hoorde.

'Mijn moeder heeft je gebeld, hè?' vervolgde hij, na even te hebben gezwegen. Ik wenste dat hij ophield om een gesprek met me te willen voeren. Vroeger hadden we er geen problemen mee om ergens over te praten, maar nu merkte ik dat het hem ook moeite kostte.

'Inderdaad,' antwoordde ik. 'Dat was heel lief van haar, ze vroeg of ze me kon helpen.'

'Ja, zo is mijn moeder,' zei hij.

En jij? vroeg ik in stilte, maar voor ik die vraag hardop kon stellen, kwamen we bij een lege parkeerplaats, alsof hij die gereserveerd had. David had altijd al verdomd veel geluk gehad, ook als het alleen maar om het parkeren van zijn auto ging.

In deze tijd van het jaar zaten er nog geen gasten buiten, hoewel er hittestralers stonden. De tent zat flink vol. De plaatsen aan het raam waren zonder uitzondering bezet. Jammer, want ik had graag naar de avondlijke Rijn gekeken, waarop nu en dan een schip voorbijvoer.

De tafel die David gereserveerd had, bevond zich ergens in het midden. Dat vond ik niet zo prettig, want echt belangrijke dingen besprak ik liever niet midden tussen de andere gasten, die soms een goed gehoor bleken te hebben.

Maar misschien ging het ook wel niet om iets belangrijks. Misschien wilde hij me echt alleen maar weer eens zien. Misschien had zijn moeder tegen hem gezegd dat hij zich om me moest bekommeren.

We gingen zitten en onmiddellijk verscheen er een kelner. David vroeg om de wijnkaart en keek toen naar mij.

'Ik neem water,' zei ik.

Toen de kelner weg was, keken we elkaar zwijgend aan.

Ik vroeg me af waarom we hier waren. Wilde hij toch met mij over ons kindje praten? Wilde hij me misschien toch zijn steun aanbieden? En zo ja, hoe moest ik daar dan op reageren?

'Nou, daar zitten we dan,' begon ik, want ik voelde dat hij een zetje nodig had.

'Ja, daar zitten we dan,' herhaalde hij.

'Wat heb je op je hart?' vroeg ik terwijl ik hem aan het satijnen kleedje zag frummelen waarop de kandelaar stond. Bij hem was dat een teken dat hij niet goed wist waar hij moest beginnen.

Hij keek me aan. Verdorie, zijn ogen waren nog altijd mooi. De hele man voor me was mooi.

'Ik ga me laten steriliseren.'

Die woorden troffen me als een baksteen die uit de lucht kwam vallen.

Een hele tijd staarde ik David aan alsof hij uit een ander melkwegstelsel afkomstig was.

'Wat zeg je nou?' vroeg ik toen, hoewel ik hem heel goed had verstaan.

Hij wilde zich laten steriliseren. Wat moest ik daarop zeggen? Blijkbaar wilde hij zijn standpunt dat hij geen kinderen wilde nog eens benadrukken. Goed, als hij het zo wilde zien...

Maar waarom zaten we dan in 's hemelsnaam hier? Alleen omdat hij me dat wilde vertellen? Of wilde hij me onder de neus wrijven dat geen vrouw hem ooit nog zo zou kunnen bedriegen als ik?

Ik begon te koken van woede.

'En nu denk je dat je dat al veel eerder had moeten doen. Dan had ik je niet zo kunnen belazeren.'

Mijn stem werd schril en ik sprong op. Ik zag nu in hoe dom het was geweest om Davids uitnodiging aan te nemen.

'Nicole,' zei hij en hij pakte mijn hand. 'Blijf zitten. Ik ben niet hier om je verwijten te maken.'

'En je vertelt me dat je je laat steriliseren! Denk je dat dat niet als een verwijt klinkt?' Mijn stem werd nog schriller. Ik voelde blikken van het tafeltje naast ons, maar dat kon me niet schelen. 'Denk je dat dat niet klinkt alsof geen vrouw je nog ooit kan besodemieteren?'

'Nicole... Het is beter zo.'

'Ja, beter voor jou! Ik heb lange tijd alles gedaan om het jou naar de zin te maken, maar hoe zit dat met mij? Je wist dat ik een kind wilde! Had je niet één keer kunnen toegeven? Niet één enkele keer?'

'Een kind is geen jurk of een beeldje dat je weer kunt verkopen wanneer je er genoeg van hebt,' repliceerde hij. Ook in zijn ogen flakkerde woede op. 'Een kind betekent verantwoordelijkheid, levenslang, en ik ben niet bereid die op me te nemen!'

Dat hij dat zo openlijk toegaf, verraste me. Tegelijkertijd maakte het me nog kwader.

'Bovendien had je me van je plannen moeten vertellen. Je had het niet zomaar moeten doorzetten!' vervolgde hij kwaad terwijl hij mijn pols zo strak vasthield dat het pijn deed.

'Wat dan? Zodat je meteen naar de dokter had kunnen rennen

om het eens en voor altijd te voorkomen?' voer ik tegen hem uit. Achter me hoorde ik gefluister. Zou het zo meteen klachten gaan regenen vanwege onze aanvaring? Op dat moment was ik zo geladen dat de mensen zich er maar beter buiten konden houden. Mijn hart klopte in mijn keel en ik kreeg een rood waas voor mijn ogen. 'Roodzien' was dus echt geen mythe.

'Ik denk dat je meteen een andere vrouw had moeten zoeken!' slingerde ik hem daarna nog naar zijn hoofd. 'En laat me nu los!'

Ik trok mijn pols los uit zijn greep, draaide me om en wilde de zaak uitrennen. Maar zo ver kwam ik niet. Mijn hart sloeg over, ik werd ineens opzij getrokken en toen werd het zwart voor mijn ogen. Alsof na een theatervoorstelling het gordijn dicht werd getrokken.

Toen het licht weer aanging, klonk er geen applaus voor mijn geslaagde vertolking van een hysterica. Een man in het wit boog zich over me heen. Hij had een bril met een zwart hoornen montuur op en een wit poloshirt aan. Het kostte even tijd voor ik besefte dat ik in een ziekenwagen lag.

'Mevrouw Schwarz? Hoort u mij?' vroeg hij.

'Wat is er gebeurd?' vroeg ik. Mijn stem voelde rauw aan en mijn lippen stonden strak.

'U bent flauwgevallen. Niet ongewoon in uw toestand, waarschijnlijk een probleem met uw bloeddruk.'

Flauwgevallen?

Nu herinnerde ik me het gordijn weer.

'Mijn toestand?' vroeg ik enigszins verward. Acuut schoot bezorgdheid om mijn kindje door mijn aderen. 'Is er iets met mijn baby?'

Mijn nekharen stonden ineens rechtop van schrik. Ik probeerde overeind te komen en verwachtte elk moment een bloedplas tussen mijn benen aan te treffen. Maar ik zag alleen mijn dijen, die door mijn rok werden bedekt. Iemand had mijn pumps uitgetrokken en mijn enkels leken wat gezwollen, maar dat was niet ongewoon.

'Uw metgezel zei dat u zwanger bent. Maar geen zorgen, voor zover ik het kan beoordelen, is met uw kindje alles in orde. Ik heb u alleen een licht kalmerend middel gegeven omdat uw polsslag erg hoog was.'

'Moet ik naar het ziekenhuis?' vroeg ik terwijl ik weer ging liggen.

'Nee, maar u kunt u beter thuis laten brengen en gaan rusten. En mocht u morgen klachten hebben, waar ik niet van uitga, neemt u dan alstublieft contact op met uw huisarts.'

Tien minuten later stapte ik de ziekenwagen weer uit. Ik voelde me sterk en rustig – dat gold althans voor mijn lichaam. Maar ik was op van de zenuwen van bezorgdheid.

Ik ging ervan uit dat ik een taxi moest aanhouden. Toen zag ik David voor de deur van het restaurant staan.

'Hé, daar ben je,' zei hij alsof er geen ruzie was geweest.

'Je had naar huis moeten gaan,' antwoordde ik terwijl ik huiverend over mijn schouders wreef.

'Ik kan je toch niet voor een etentje uitnodigen en je dan maar laten zitten.' Er gleed een scheef lachje over zijn gezicht.

Je hebt me anders wel laten zitten toen ik je vertelde dat ik een kind van je kreeg, schoot door me heen.

'Kom, ik breng je naar huis.'

'Ik kan ook een taxi nemen,' zei ik.

'Ik sta erop,' antwoordde hij rustig; gelukkig deed hij geen poging me een arm te geven. 'Kom nu maar, Nicole.'

'Oké, voor mijn part.'

'Het maakt voor mij niet uit.' Daarop draaide hij zich om en liep naar zijn auto. Misschien had ik voet bij stuk moeten houden wat de taxi betreft, maar daar had ik geen energie meer voor.

Tijdens de rit naar mijn huis was David heel stil. En ik was ook niet in de stemming om te praten. Het kalmerende middel circuleerde door mijn aderen en maakte me slaperig. Straatlantaarns en stoplichten gleden voorbij. De weinige voorbijgangers op het trottoir nam ik nauwelijks waar. Mijn gedachten waren bij mijn moeder – en bij Kilian.

Het speet me dat ik niet genoeg tijd had gehad om hem te leren kennen. Misschien had ik toch nog een week moeten blijven. Dan was deze avond me ook bespaard gebleven.

Het was een hele kunst om rond dit uur een parkeerplaats te vinden, maar David had weer geluk. Eerst was ik daar blij om, maar dat werd even later anders toen hij vroeg: 'Heb je er iets op tegen dat ik nog even met je mee naar boven ga?'

Als hij geen parkeerplaats had gevonden, had ik simpelweg de auto uit kunnen glippen en dag kunnen zeggen. Maar nu hing die vraag tussen ons in.

'Waarom?' vroeg ik. Ik voelde me suffig en wilde gewoon alleen maar naar bed. Alleen. Ik wilde hem niet bij me hebben. Ik wilde verwerken wat er gezegd en gebeurd was.

'Ik denk dat er vannacht iemand op je moet passen. De dokter heeft je immers een kalmeringsmiddel gegeven.'

Een kalmeringsmiddel dat ik niet nodig had gehad als ik me niet vanwege jou had opgewonden – die woorden lagen op mijn tong, maar ik sprak ze niet uit.

'Het gaat wel.'

David schudde zijn hoofd. 'Nee, het gaat niet. Als je in de spiegel kijkt, zul je zien dat het niet gaat.'

Ik leunde tegen het portier van de auto. Uren, dagen eerder had ik er alles voor gegeven om dat aanbod van hem te krijgen. Toen ik de diagnose te horen kreeg, had ik hem zo graag bij me gehad. En nu...

Nu zou David waarschijnlijk net zolang aandringen tot ik toegaf. Zo was het altijd geweest, dat werd me nu duidelijk. David had altijd zijn zin doorgedreven, of ik het wilde of niet. Hij had er gewoon voor gezorgd dat ik wilde wat hij wilde, door zachte drang, door me om te praten en door te vleien.

Ik begreep ineens totaal niet meer waar ik de moed vandaan had gehaald om mijn eigen verlangen door te zetten, het verlangen naar een kind.

'Oké, je kunt op de bank slapen,' zei ik, opdat hij niet op verkeerde gedachten kwam. En opdat ik niet op gedachten kwam waarvan ik morgenochtend spijt zou krijgen.

Toen stapte ik uit en liep naar de voordeur.

David volgde me zwijgend de trap op.

Ik had me vaak voorgesteld hoe het zou zijn wanneer hij terugkwam. Nu ik de deur openmaakte en hem binnenliet, voelde ik geen vertrouwdheid meer. Ik had van de spullen die van hem waren en die hij bij me had achtergelaten niets weggedaan, en ook was ik niet panisch begonnen de meubels te verplaatsen. Toch voelde David nu als een indringer aan.

Ik zette mijn tas neer, liep naar de woonkamer en begon beddengoed tevoorschijn te halen. David bleef bij de deur staan.

'Dat met ons...' begon hij aarzelend. 'Het spijt me dat het zo gelopen is. Ik...'

Ik verstijfde. Moest hij nu daarover beginnen? Ik wilde naar bed en stond op het punt naar mijn slaapkamer te verdwijnen en de wereld buiten te sluiten. En nu begon hij aan een gesprek over onze relatie.

'Mij ook,' antwoordde ik zuchtend. Wat wilde hij horen? Dat het me speet dat ik zwanger was geworden en daarmee alles kapot had gemaakt?

Ik kwam overeind en draaide me om. Als ik hem onder andere omstandigheden zo had gezien, had ik waarschijnlijk gewenst dat hij naar me toe kwam, me in zijn armen nam en me dan op de bank beminde.

'Maar ik heb geen spijt van ons kind,' voegde ik eraan toe; dat was de zekerste manier om hem op afstand te houden – en mezelf niet op domme gedachten te laten komen. 'Ik heb me altijd te veel naar jouw wensen geschikt, we deden altijd wat jij wilde. Ik wilde een kind, David! Nu krijg ik het, of misschien krijg ik het ook wel niet, want over twee weken zegt de specialist misschien wel dat het een ernstige hartafwijking heeft en niet levensvatbaar is. En dan heb ik niets meer. Of kom je dan bij me terug, gesteriliseerd en wel, zodat er niets meer kan gebeuren?'

Mijn hart ging tekeer, en ik raakte in ademnood. Ik moest mezelf kalmeren als ik niet een tweede keer in zijn aanwezigheid wilde instorten. Ik moest voor alles de kamer uit.

'Nicole, ik...' begon hij.

Ik stak mijn hand op en bracht hem tot zwijgen. 'Zeg alsjeblieft niets meer. We hebben alles besproken, ik ben moe en heb rust nodig.'

Door tranen verstikt liep ik de kamer uit. In de slaapkamer trok ik kwaad mijn jurk uit. Die zou ik in de vuilnisbak gooien, want ik wilde niet aan deze avond worden herinnerd.

Huilend viel ik ten slotte neer op mijn bed. Een deel van mij, het domme, hoopvolle, misschien naïeve zat er ergens op te wachten dat David me kwam troosten. Dat hij zou zeggen dat alles wat ik had gezegd onjuist was en dat hij weer voor me zou zorgen.

Maar de deur bleef dicht, ik hoorde hem niet eens in de naastliggende kamer. Misschien had hij zich ook wel bedacht en was hij al weg. Ook goed. Ik klampte me vast aan mijn dekbed en bleef huilen tot de slaap me naar het rijk van de vergetelheid voerde.

28

Toen ik de volgende ochtend wakker werd, was David al weg. Ik was bijna teleurgesteld dat hij geen bericht had achtergelaten. Maar wat had hij na mijn optreden van gisteren ook moeten doen?

Ik begon me schuldig te voelen.

Ik had het gisteren niet echt gemerkt, maar nu ik weer in mijn herinnering opriep wat ik had gezegd, viel me op dat hij anders was geweest dan toen we elkaar de laatste keer zagen. Hij was in geen tijden zo zorgzaam geweest en had zich zelfs impliciet verontschuldigd! En hij leek nog iets anders op het hart te hebben gehad. Iets wat ik niet had willen horen. Maar nu speet het me dat ik het geblokkeerd had en me zo krengerig had gedragen.

Ik kende David eigenlijk wel en wist dat hij als het om privézaken ging, soms heel lomp kon zijn. En dat hij het gesprek begon met de sterilisatie, was behoorlijk stom van hem – in elk geval als zijn bezoek zoiets als een toenaderingspoging had moeten zijn. Maar was dat wel het geval?

Terwijl ik mijn ontbijt klaarmaakte, vroeg ik me af hoe het zat met mijn gevoelens voor hem.

Een restje liefde voor hem zat nog in me, maar nadat we uit elkaar waren gegaan was er grote schade aangericht. Als hij – zoals ik die eerste smartelijke weken had gewenst – bij me terug zou komen, zou ik dan weer net zo met hem kunnen omgaan als vroeger? Zou ik kunnen vergeten en vergeven?

Ik dacht aan mijn moeder. Hoe had zij zich gevoeld toen mijn vader uit haar leven was verdwenen? Was haar liefde ook door een barst weggesijpeld? Of was die er nog altijd?

Misschien had ik moeten blijven en de andere helft van haar verhaal moeten horen voor ik naar Keulen vertrok. Dat had me tenminste deze vreselijke avond bespaard.

Maar toen dacht ik weer aan mijn plannen. In Bar-le-Duc zou ik genoeg fysieke afstand van David hebben en de mogelijkheid om mijn afkomst te ontraadselen.

Ik maakte het me gemakkelijk op de bank, en bij de gedachte dat David daar had gelegen voelde ik ineens een dwaas verlangen naar hem. Misschien had ik gisteren echt te heftig gereageerd.

Ik klapte mijn computer open en riep de onlineportal van ons reisbureau op. Met een paar muisklikken boekte ik de reis – en bespaarde me op die manier toelichtingen, waarin ik geen zin had.

Toen ik klaar was, pakte ik mijn telefoon en toetste mijn moeders nummer in.

'Ha, liefje, hoe gaat het met je?' vroeg ze terwijl ze met pannen rammelde. 'Ben je weer gewend in Keulen?'

'Een beetje,' antwoordde ik. 'Je gelooft nooit wie er gisteren bij me was!'

'David?' raadde ze.

Ik hapte verbaasd naar adem. 'Heeft hij je gebeld? Waarom heb je me geen berichtje gestuurd?'

'Omdat ik niet wist dat hij bij jou zou opduiken. Hij wilde je spreken. Ik heb tegen hem gezegd dat je weer naar Keulen was gegaan. Wat wilde hij van je?'

'Me choqueren met het feit dat hij zich laat steriliseren.' Dat ik vermoedde dat er meer achter zat, verzweeg ik. Ik wist dat ze stiekem wenste dat we weer bij elkaar zouden komen. En om eerlijk te zijn, verging het mij net zo. Maar na gisteravond was dat waarschijnlijk voorgoed uitgesloten.

'Wat zeg je?'

Liet mijn moeder nu de pollepel uit haar hand vallen? Het klonk in elk geval zo.

Ik schetste haar kort wat er was gebeurd, maar liet mijn verblijf in de ambulance weg. Dat zou haar alleen maar onnodig ongerust maken – en haar er misschien toe aanzetten me mijn plannen weer uit het hoofd te praten.

'Eerlijk gezegd begrijp ik hem niet,' zei mijn moeder toen ik klaar was. 'Hij is momenteel helemaal in de war. Maar het is zijn beslissing, oké dan maar.'

Ik zweeg. Mijn moeder eveneens.

'O ja, ik heb een interessante ontmoeting gehad met Kilian Lachmann,' zei ze, uiteindelijk een ander onderwerp aansnijdend. 'Je schijnt indruk op hem te hebben gemaakt.'

De dag werd steeds beter.

'En wat zei hij?'

'Dat jullie in een café zijn geweest en elkaar bij hem thuis getroffen hebben, en dat je hem eigenlijk nog een etentje verschuldigd bent. Wanneer ben je dan met hem op stap geweest? En waarom heb je me daar niets van verteld?'

'Daar was geen gelegenheid voor,' antwoordde ik. De ware reden was dat ik een slecht geweten had gehad vanwege David. Ik betwijfelde of dat nog eens het geval zou zijn. Maar maakte ik nog kans om Kilian nader te komen? Wanneer ik terug was uit Frankrijk, zou ik weer aan het werk gaan. En hij woonde kilometers van Keulen vandaan. Om hem echt te leren kennen zou ik een tijdje daar moeten blijven. Dat zou mijn moeder zeker prettig vinden, maar kon ik zomaar bij haar intrekken? Zou ik dan niet mijn zelfstandigheid verliezen?

'Ik ben in elk geval zo vrij geweest hem jouw telefoonnummer te geven,' verklaarde mijn moeder. 'Ik heb zo het gevoel dat meneer Lachmann graag contact met je op wil nemen.'

'Dat heb je toch niet echt gedaan, hè?

'Je kent je oude moeder toch. Natuurlijk heb ik dat gedaan. Je had eens moeten zien hoe zijn ogen begonnen te glanzen toen hij het over jou had.'

Er verscheen een glimlach op mijn gezicht. 'Je wilt toch niet voor koppelaarster gaan spelen, mam?'

'Koppelaarster? Hoe zou ik!' protesteerde ze. 'Ik weet toch dat mijn dochter een eigen willetje heeft. Maar ik weet ook dat het misschien goed voor je zou zijn met een man te praten die het niet over sterilisatie heeft.'

Ik dacht weer aan zijn handen en lippen en aan het feit dat ik in het café rood was geworden. Nee, ik had absoluut geen afkeer van hem. En hij leek ook duidelijk belangstelling voor mij te hebben.

'Hallo, ben je daar nog?' vroeg mijn moeder.

Ik kromp in elkaar.

'Ja, ik ben er nog...'

'Heb ik iets verkeerds gedaan? Had ik hem je nummer niet moeten geven? Hij praatte zo aardig over je, ik dacht dat jullie elkaar sympathiek vonden.'

'Dat klopt, maar... hij woont op zijn wijnberg en ik zit hier. Het was echt fijn om met hem te praten. Maar ik weet niet...'

'Het betekent toch niet dat je na een telefoontje al meteen iets met hem moet beginnen. Ik weet dat dat gedoe met David nog vers is, en bovendien zal hij altijd de vader van je kind zijn. Maar... als ik in het leven iets geleerd heb, dan is het wel dat je een kans op een paar leuke momenten niet voorbij moet laten gaan. Ook al heb je eerder niet bepaald fijne dingen meegemaakt.'

'Ik denk niet dat ik nu gelegenheid heb om me om fijne momenten te bekommeren. Ik ga morgen naar Frankrijk.'

Even heerste er stilte op de lijn.

'Je wilt naar Frankrijk?' vroeg ze toen verbaasd.

'Ja, ik wil graag de plaats zien waar je gewerkt hebt. De oude school, de villa en de klaprozenvelden...'

Nu zweeg mijn moeder een poosje. Ik hoorde haar ademen in de hoorn, de verbinding was dus niet verbroken.

'Mam?' vroeg ik. Om de een of andere reden zat mijn keel dicht. Ik wist niet wat het was, maar ik had weer het gevoel dat ik een grens had overschreden. Weer tegen de wens van iemand anders was ingegaan.

'Ja, ik ben er nog,' zei ze met heldere stem. Het leek of ze alleen maar even in haar pannen had gekeken en daarom had gezwegen.

'En wat denk je? Is het niet goed dat ik erheen wil?'

'Je wilt hem gaan zoeken, hè?'

'Ja, ik wil weten wat er met hem is gebeurd. Eerlijk gezegd ben ik daarom weggegaan. Om een reis naar Bar-le-Duc te boeken.'

'En waarom heb je dat niet tegen me gezegd?' Mama klonk verwijtend. Dat kon ik haar niet kwalijk nemen.

'Omdat je misschien zou hebben geprobeerd het uit mijn hoofd te praten.' Nu schaamde ik me een beetje. Mijn moeder was de laatste tijd ongekend openhartig geweest. En ik verzweeg een plan dat direct met haar foto's en verhalen te maken had.

'Dat had ik misschien wel geprobeerd, ja,' gaf ze toe.' 'Misschien ook niet. De afgelopen dagen is me duidelijk geworden dat ik een fout heb gemaakt. Ieder kind heeft er recht op zijn vader te kennen – ongeacht het verhaal dat erbij hoort. Ik ben te egoïstisch geweest.'

'Nee, je was bang. Bang voor mijn vragen.' En bang dat er oude wonden werden opengehaald. Dat kon ik goed begrijpen.

'Je bent me overigens nog het laatste deel van je verhaal schuldig,' bracht ik haar in herinnering, want eigenlijk hadden we afgesproken dat ze me dat zou sturen.

Ze zweeg even.

'Ja, het donkere deel van het verhaal,' zei ze toen. 'Ik ben al begonnen het op te schrijven. Wanneer ga je precies weg morgen?'

'Tegen de middag.'

'O, dan...'

Op een of andere manier was de hartelijke klank uit mijn moeders stem verdwenen.

'Mam, het spijt me dat ik het je niet verteld heb. Ik... ik wist eerst niet eens of ik echt wel zou gaan. Maar onderweg naar huis werd ik zekerder van mijn besluit. En na de avond met David helemaal. Ik wil zien waar je toen rond hebt gelopen, ik wil de villa zien, kijken of de textielfabriek er nog staat, en... vóór alles zou ik hem willen vinden.'

Mijn moeder zweeg nog steeds. Dat bezwaarde me, want ik had haar niet willen kwetsen met mijn opwelling. Misschien had ze ook mee gewild?

Het zou geen probleem zijn geweest om er vanuit Koblenz heen te gaan. En dan had ik mezelf de episode David bespaard. Waarom deed ik toch altijd alles verkeerd?

'Het is goed dat je de reis onderneemt,' zei mijn moeder ten slotte. Nu klonk haar stem weer wat milder. Blijkbaar had ze wat ik haar verteld had eerst moeten verwerken. 'Het is goed dat je op zoek gaat naar je vader. En ik... ik moet je iets opbiechten.'

'Wat?' vroeg ik. Toen bleef het even stil aan de andere kant van de lijn. Mijn moeder leek met zichzelf te worstelen.

'Mam, ben je daar nog? Alles in orde?'

Mijn moeder zuchtte.

'Ik heb altijd beweerd dat je vader dood was,' begon ze. 'Om eerlijk te zijn weet ik niet of hij nog leeft of niet.'

'Wat?'

Haar woorden troffen me als een vuistslag. Ik was blij dat ik zat, want de grond werd onder mijn voeten weggeslagen.

'Je vader... hij... hij was ziek, in zekere zin, hij had die hartafwijking, maar of hij nog leeft of niet, kan ik niet met zekerheid zeggen. Het was makkelijker dat indertijd te zeggen, ik... Het spijt me.'

Ik schudde mijn hoofd. Tot dusver was ik ervan uitgegaan dat hij dood was. En nu zei mijn moeder dat ze het niet wist?'

Nu was ik degene die zweeg. Ik wist niet wat ik moest denken of voelen, ik was als verlamd. Mijn vader kon dus nog in leven zijn? Waarom had ze me dat niet gezegd?

'Nicole?' hoorde ik haar stem in de hoorn.

'Hij leefde dus nog toen jullie uit elkaar gingen?' vroeg ik, terwijl ik voelde hoe mijn hart wild tekeerging en mijn maag verkrampte. Al die jaren was ik gewend aan de gedachte dat hij dood was. Ik was zelfs nooit van iets anders uitgegaan. En nu biechtte mijn moeder op dat hij mogelijk nog in leven was.

'Toen ik uit Frankrijk wegging, leefde hij nog, ja. Ondanks zijn zwakke hart.'

Een paar dagen terug, toen we over het kerkhof liepen, dacht ik dat mijn moeder het nog over een ander graf zou hebben, dat van mijn vader. Maar we waren koffie gaan drinken en het graf van mijn vader bleef een mysterie.

Was dat er nu wel? We wisten het niet. Maar de mogelijkheid dat Michel Clement nog altijd in Bar-le-Duc of ergens anders in Frankrijk was, prikkelde me. Ik voelde me ineens net een detective.

'Waarom heb je me dat niet verteld?' vroeg ik verbijsterd. 'Waarom heb je me al die tijd voorgelogen?'

'Ik had het je eerder moeten vertellen, sorry,' zei ze toen. 'Uit pure angst, uit teleurstelling heb ik alles van hem diep verdrongen, alsof het om een dode ging die je kunt vergeten. Maar toen ik hem voor het laatst zag, leefde hij, hij leefde onmiskenbaar. Maar... ik dacht dat het zo makkelijker zou zijn.'

'Je had me kunnen vertellen dat hij nog leefde. Dat hij je alleen had verlaten.' Mijn hart begon tekeer te gaan. Ik werd vreselijk opgewonden van die hele kwestie. Ik werd heen en weer geslingerd tussen vreugde en verontwaardiging, en tegelijkertijd had ik geen zin om ruzie met mijn moeder te maken, terwijl ze toch een grote fout had gemaakt door het me te verzwijgen.

'Zo simpel ligt het niet. Ik... Hij heeft me niet verlaten. In elk geval niet op de manier die jij denkt. En ik zou het daar ook nog over hebben gehad.'

'En als mijn kindje gezond was geweest? Als het geen mogelijke hartafwijking had gehad, zou je het me dan ooit hebben verteld?'

'Ik... weet het niet. Het leek me allemaal niet belangrijk voor mijn leven.'

Ik wist me geen raad. De tranen stroomden over mijn wangen. Ik sprong van de bank en begon te ijsberen. Hoe zou mijn leven zijn verlopen als ik het had geweten? Zou ik mijn vader gehaat hebben omdat de relatie tussen hem en mijn moeder niet had gewerkt? Of zou ik mijn moeder hebben gehaat? Dat laatste was voor mij haast ondenkbaar, want onze verstandhouding was altijd heel goed geweest. Maar misschien zou het allemaal anders zijn gelopen.

Opnieuw zwegen we.

Ik wist nog niet goed hoe ik met deze informatie moest omgaan – maar ik was blij dat de waarheid aan het licht was gekomen. Ik had tijd nodig om na te denken – dat zou ik hopelijk in Bar-le-Duc hebben.

'Heb je ooit iets van zijn zwakke hart gemerkt?' vroeg ik uiteindelijk. Als mijn vader het voor elkaar had gekregen met zijn hartafwijking oud te worden, gold dat misschien ook voor mijn kindje. Hoe dan ook had ik een gezonde moeder en mijn kind een gezonde vader.

'Nee, maar we hebben ook niet aan extreme sport gedaan. Seks telt niet mee.'

'Mam!'

'Accepteer nou maar dat je moeder seks heeft gehad, anders zou jij er niet zijn geweest, toch?'

Ze had natuurlijk gelijk.

'Als ik hem vind, wat moet ik dan tegen hem zeggen?' vroeg ik.

Mijn moeder nam de tijd voor een antwoord. Waarschijnlijk had ze zich zo vastgeklampt aan de gedachte dat hij dood was dat ze al aan die gedachte gewend was.

'Zeg tegen hem dat je zijn dochter bent,' zei ze ten slotte ernstig. 'En als hij dan niet ontploft en je er uitgooit omdat hij denkt dat je een bedriegster bent, vertel hem dan het deel van het verhaal dat ik je uiterlijk morgen zal sturen. En vertel me later hoe hij reageerde en hoe hij eruitziet.'

‘Dat zal ik doen,’ beloofde ik.

‘Nicole? Kun je me vergeven dat ik heb gezegd dat je vader dood was?’

Ik perste mijn lippen op elkaar. Dit was eigenlijk de eerste grote leugen die onze goede verstandhouding verstoorde. De jaren van onze innige band konden er niet door worden uitgewist, maar ergens had ik het gevoel dat er iets veranderd was.

‘Geef me tijd,’ antwoordde ik, want iets anders kon ik niet zeggen. Ik had tijd nodig om door te krijgen wat het betekende dat ik had gedacht dat hij dood was. En dat hij misschien nog leefde. Dat mijn moeder het had verzwegen en me had misleid, lag me zwaar op de maag.

‘Oké, maar praat alsjeblieft met me, ja?’

‘Goed, dat doe ik.’

Met die woorden hing ik op.

Toen de telefoon na een half uur weer overging, was ik er zeker van dat het mijn moeder was. Waarschijnlijk wilde ze me zeggen dat de tekst er nu was.

Sinds de openbaring van even eerder had ik niet op mijn computer gekeken maar was in plaats daarvan begonnen met inpakken voor de reis. Daar kon ik goed bij nadenken. Maar het viel me zwaar om de vragen die door mijn hoofd schoten op een rijtje te zetten. Wat had tot de breuk tussen mijn ouders geleid? En waarom had mijn moeder eigenlijk beweerd dat mijn vader dood was? De onzekerheid knaagde aan me.

Ik liet mijn koffer, die uitpuilde van de spullen, voor wat hij was en nam op. Een heel klein beetje hoopte ik dat ze me het verhaal nu toch nog ging vertellen.

Maar in plaats van een zachte vrouwenstem hoorde ik een mannelijke, die me trof als een bliksemschicht.

‘Waarom ben je zomaar verdwenen, zonder afscheid te nemen?’ werd er gevraagd.

Even was ik te verbluft om te antwoorden. Mijn moeder had

wel gezegd dat ze Kilian mijn nummer had gegeven, maar dat hij vandaag al zou bellen...

'Ha... hallo, meneer Lachmann,' antwoordde ik.

'Kilian,' zei hij. 'We waren het er toch over eens dat we elkaar bij de voornaam zouden noemen?'

Verdorie, waarom moest hij juist nu contact opnemen! Ik kneep mijn ogen dicht en probeerde de gedachten aan mijn vader van me af te schudden.

'Oké, Kilian,' antwoordde ik, en nadat ik mezelf vermand had, voegde ik eraan toe: 'Wat verschaft mij de eer van je telefoontje?'

'Ik miste je.'

Daardoor werd ik opnieuw met stomheid geslagen. Dat meende hij toch niet serieus?

'Echt? Vind je het jammer dat ik niet meer in de buurt van jouw wijnberg en op jouw wijngoed rondhang?'

'Jazeker. Weet je, ik houd wel van een beetje spioneren, dat houdt je scherp. En net toen ik aan je begon te wennen, was je zomaar ineens verdwenen.'

'En dan bel je mijn moeder om mijn telefoonnummer te achterhalen.'

'Eigenlijk wilde ik je spreken. Je aan onze afspraak herinneren.'

'We hebben geen afspraak.'

Ineens moest ik aan David denken. En het volgende ogenblik ergerde ik me daar bijna een beetje over. Ik had een geweldige man aan de telefoon die het niet moe werd me naar een afspraakje te vragen, en ik dacht aan David. David, die gisteren het gesprek begonnen was met de verklaring dat hij zich wilde laten steriliseren.

'Daarom bel ik ook,' zei hij. 'Ik weet het, we zijn nu mijlenver van elkaar verwijderd, maar ik heb een onderpand, je moeder, in mijn buurt. Je zult altijd weer naar haar toe komen, heb ik dat goed? In het gesprek met haar liet ze tenminste niet doorschemeren dat jullie met ruzie afscheid hebben genomen.'

'Nee, dat is ook niet het geval,' zei ik. 'Maar hoor eens, Kilian, ik vrees dat onze date er niet zo vlug van komt. Ik ben tot de conclusie gekomen dat ik nog niet over het gedoe met mijn vriend heen ben. En ook mijn kindje... Dat heeft me nu nodig. Over veertien dagen krijg ik daar duidelijkheid over.'

Ik kon als het ware horen hoe er een schaduw over zijn gezicht trok – al zei hij niets.

'En wie weet ben ik na die veertien dagen niet meer dezelfde. Misschien heb ik dan nog meer tijd nodig. Tijd om mijn leven helemaal opnieuw in te richten. Dat wil ik je niet aandoen. Je verdient een vrouw met wie je opnieuw kunt beginnen, een vrouw zonder problemen, een vrouw die je bij de strijd om je zoon kan steunen. Ik heb de afgelopen week het een en ander geleerd over mensen, verlangens en over mezelf. Die week heeft me voor een raadsel gesteld dat ik moet oplossen voor ik er hoe dan ook weer over kan denken aan een nieuwe relatie te beginnen. En een relatie begint bij mij helaas altijd met een afspraakje.'

Had ik dat echt gezegd?

Ik probeerde de echo van mijn woorden te horen, maar die was er niet. In plaats daarvan klopte mijn hart in mijn oren.

Maar ik wist dat mijn ziel had gesproken. Dat dit was wat ik voelde. Kilian was een geweldige man. Als ik hem vóór David had ontmoet, wie weet zou ik dan nu de wijnkoningin van mijn moeders buurtgemeenschap zijn. Maar ik zat hier in Keulen, werkte bij een reisbureau, verkocht andere mensen droomvakanties en was zwanger van een kindje terwijl ik niet wist of het wel gezond ter wereld zou komen. Mijn weg was een andere, en ook al beging ik daarmee een fout, het was beter bij Kilian absoluut geen verwachtingen te wekken.

'Dan zie je dus geen hoop voor ons?' Hij klonk zo teleurgesteld dat het me bijna speet dat ik dat allemaal had gezegd..

'Er is altijd hoop,' antwoordde ik vaag. 'Maar soms mag je pas hoop koesteren als er enige tijd overheen is gegaan. Pas wanneer de ballast is afgeworpen en alles weer in orde is. Wanneer je hoofd vrij is.' God, waar haalde ik het vandaan? In elk geval scheen het hem te bevallen.

'Goed,' zei hij zachtjes. 'Ik zal hoop blijven houden. Misschien zien we elkaar op een dag weer.'

'Dat weet ik wel zeker,' antwoordde ik en ik zei gedag.

29

De volgende ochtend was ik al om zes uur op. De koffer stond gepakt bij de deur. Ik was opgewonden. Gisteravond had ik lang nagedacht over de mogelijkheid dat ik mijn vader toch nog zou ontmoeten. Aan de ene kant had me dat euforisch gemaakt, anderzijds joeg het me angst aan. Wist hij van mijn bestaan? Ik betwijfelde het. En hoe zou hij reageren als hij het hoorde? Als zijn hart het nog deed, zou ik hem dan de genadeslag geven? Antwoord op die vragen had ik natuurlijk niet gevonden, maar ik had besloten stapje voor stapje te werk te gaan.

Ik haalde diep adem en keek op mijn horloge. Nog een uur. Misschien had ik nog wat langer in bed moeten blijven.

Ik pakte mijn mobiel en controleerde mijn mail. Gisteravond had ik ervoor gezorgd dat ik ook de juiste app op mijn mobiel had om te kunnen lezen wat mijn moeder me wilde toesturen. Zij was meer een type om belangrijke dingen op papier te zetten, maar in dit geval was ze gedwongen van de computer gebruik te maken.

Maar er was nog niets binnengekomen. In plaats daarvan vond ik een voicemailbericht. Wanneer was dat gekomen?

Nu schoot me weer te binnen dat ik het trilalarm van mijn mobiel had uitgezet.

'Hallo, Nicole, sorry dat ik zo vroeg bel, maar er is iets wat ik je graag wil vertellen,' klonk Hilda's stem. 'Bel me alsjeblieft terug, en zeg wanneer het je schikt.'

Ik zette mijn mobiel uit. Wat wilde ze me vertellen? En vooral, wat had David over het mislukte etentje verteld? Ik keek naar mijn koffer. Wanneer ik eenmaal onderweg was, zou het een hele week duren voor ik terug was. En ergens had ik het gevoel dat ze me iets belangrijks wilde vertellen.

Bovendien ging mijn trein pas om elf uur, misschien kon ze naar het station komen...

Ik vatte moed en belde terug.

'Nicole!' riep ze blij toen ze mijn stem herkende. 'Hoe gaat het met je?'

'Goed, zei ik, 'ik sta op het punt te vertrekken, wat is er?'

'Waar ga je heen?' vroeg ze, mijn vraag in eerste instantie negerend.

'Naar Frankrijk. Ik ga op speurtocht.'

'Naar nieuwe hotels voor het reisbureau?' Hilda vond het fascinerend dat ik reizen verkocht. En ze had me vaak aan mijn hoofd gezeurd dat ik veel meer moest reizen. Maar zonder David had ik niet willen gaan. Dit was de eerste reis in jaren die ik helemaal alleen ondernam.

'Nee, ik ga naar de plaats waar mijn moeder vroeger les heeft gegeven.'

'Heeft je moeder in Frankrijk lesgegeven?' Hilda was oprecht verbaasd, en ik wist ineens niet of ik geen slapende honden wakker maakte.

'Ja, ik wist het tot voor kort zelf ook niet. Maar nu heeft ze het me verteld, en ik wil mijn laatste vakantieweek daar doorbrengen, er door de straten lopen, voor die angstaanjagende week begint. De week van het onderzoek.'

'Om angst te bezweren is een reisje vast niet verkeerd. Vooral als er een speurtocht aan vastzit.'

Hilda klonk alsof ze ook al eens zo'n reis had ondernomen. Ik vroeg me af of het misschien een nieuw werkterrein voor ons reisbureau kon worden, een speurtocht naar het verleden.

'Dan is wat ik je op je reis kan meegeven misschien precies

goed,' voegde ze eraan toe. 'Wanneer vertrek je?'

'Aan het eind van de ochtend.'

'Dat komt goed uit. Heb je zin in koffie? En een verhaal? Ik kan je niet beloven dat het een leuk verhaal is, maar het is er een dat je misschien kan helpen een beetje orde in je leven te krijgen.'

Hilda had een verhaal voor me? Waarover?'

Toen kreeg ik een ingeving.

'David heeft met je gepraat, hè?'

'Inderdaad. En ik denk dat het tijd wordt dat ik me bij zoonlief eens flink onbemind maak. Iemand moet iets doen, ik kan het niet meer aanzien.'

Wilde ze proberen ons weer bij elkaar te brengen? Ik wist niet of ik daar wel zin in had. Moeders konden wat dat betreft soms een beetje eigenaardig zijn.

'Oké, laten we samen koffiedrinken,' stemde ik desondanks toe. Tegen Kilian kon ik zeggen dat ik niet klaar voor hem was, maar een vrouw als Hilda scheepte je niet zomaar af. Zij behoorde onmiskenbaar tot de top tien van de mensen die mij het allerbest kenden.

'Prima! Laten we dan gewoon op het station afspreken, daar hebben we meteen alles wat we nodig hebben, desnoods ook vet diepvriesvoer. En dan is het voor jou niet zo ver naar de trein.'

'Klopt. Oké, tot straks!'

'Tot straks!' zong ze en ze hing op.

Ik staarde even naar mijn mobieltje, alsof ik niet kon geloven dat het gesprek van daarnet echt had plaatsgevonden. De mail van mijn moeder was er nog steeds niet. Was het haar gisteren niet gelukt het verhaal af te maken? Ik had me verheugd op lectuur voor de reis, maar misschien zou wat Hilda me ging vertellen me zozeer bezighouden dat ik niet aan lezen toekwam.

Het station van Keulen kwam op me over als een oude vriend. De toegangsdeuren stonden wijd open, en bij wijze van uitzondering was er geen stroom reizigers die me dwong te wachten. Ik liep langs een paar jongens met koptelefoons op, die de muziek zo hard aan hadden staan dat ik had kunnen meezingen.

Hilda wachtte me op bij een aanplakbord voor een musical, bij de kruising naar de eettentjes. Als je vanaf de andere kant via de Domplatte kwam leek het station wat robuuster, maar hier bruiste het van leven en rook het naar een allegaartje van alles wat waarschijnlijk ongezond was.

Het was fijn mijn ex-schoonmoeder in spe te zien. Ze zag er in haar witte, met paarsblauwe bloemen bezaaide blouse, die ze onder een lila jas droeg, heel jeugdig uit. Haar haar was nu wat korter dan bij onze laatste ontmoeting, nu inmiddels bijna een half jaar geleden.

'Hallo, liefje,' zei ze tegen me, alsof ik nog steeds samen was met haar zoon, en ze omhelsde me hartelijk alsof er de afgelopen maanden geen relatie was verbroken. 'Fijn dat je er bent! Je ziet er een beetje moe uit.'

Wat dat betreft nam Hilda nooit een blad voor de mond.

'Ik heb de afgelopen weken niet erg veel geslapen,' bekende ik. 'Geen wonder, toch?'

'Nee, dat is echt geen wonder,' erkende Hilda. 'Zullen we daar naartoe gaan? Daar hebben ze de beste koffie van het station.'

We liepen naar een bakkerswinkeltje waar je je koffie niet aan statafels hoefde te gebruiken, maar waar gezellige zithoekjes waren. Verbazend genoeg was het er nog zo goed als leeg. Op het schuim van de chai latte die Hilda voor ons haalde, zat een hartje van cacao.

'Verbazingwekkend wat ze tegenwoordig allemaal hebben. Vroeger kreeg je een kopje koffie, en dat was het.'

Ze glimlachte naar me, een beetje onzeker, en ik voelde dat wat ze op haar hart had, niet gewoon maar een leuk onderwerp voor een koffiepraatje was.

'Het spijt me dat ik het je niet eerder heb verteld,' zei Hilda terwijl ze onrustig het servetje in haar hand kneedde. 'David... er is een reden waarom hij zich zo heftig tegen een kind verzet.'

Wat betekende dat? Kwam er nu nog een onthulling op me af? Die van gisteren had ik nog niet eens verwerkt. 'En die is?" vroeg ik wat onzeker.

Ik wist van hem al dat er in zijn familie geen hartkwalen of iets dergelijks voorkwamen. Maar er waren blijkbaar wel dingen die ik nog niet wist.

'Vóór jou heeft hij ooit een vriendin gehad met wie het wat serieuzer werd,' antwoordde Hilda. 'Misschien heeft hij je over haar verteld?'

Natuurlijk, hij had me verteld dat hij voor mij met andere vrouwen samen was geweest. Over de ergste relaties had hij iets meer vermeld, maar nu Hilda me zo aankeek, vreesde ik dat hij een episode had verzwegen.

'Ze heette Michelle,' vervolgde ze.

'Van een Michelle weet ik niets.' Mijn maag verkrampte. Waarom had hij het niet over die vrouw gehad?

'Dat heeft zo z'n redenen. De relatie is verbroken...' Ze stokte. In haar ogen zag ik diep medeleven. Zelf voelde ik me alsof ik dichter naar een afgrond werd geduwd. Wat kwam er nu? Een verbroken relatie was toch geen reden om geen kinderen te willen! En zich te laten steriliseren.

'Michelle raakte zwanger, maar ze verloor het kindje in de vijfde maand,' zei Hilda ernstig. 'Ze werd zwaar depressief, en ook al deed David nog zo zijn best om haar bij te staan, ze brak met hem. Een jaar later hoorde hij dat ze een zelfmoordpoging had gedaan. Die heeft ze overleefd, maar hij voelde zich schuldig.'

'Wat zeg je?' vroeg ik geschrokken. Er gleed een ijskoude rilling over mijn rug. Tegelijkertijd vroeg ik me af waarom David me daar nooit over had verteld. Blijkbaar was hij precies zoals mijn moeder...

'De relaties erna waren geen van alle van lange duur,' vervolgde Hilda. 'Hij leek gestrest. Als moeder heb ik dat duidelijk gemerkt. Je weet niet half hoe graag ik wilde dat hij weer een vrouw zou vinden als Michelle. Op een dag stelde hij jou aan me voor. En ik wist dat jij die vrouw zou kunnen zijn.'

Een dood kindje, een depressieve vriendin, een zelfmoordpoging... Ik boog mijn hoofd. Wat kwam er nog meer? Waarom had iedereen om me heen geheimen?

Bovendien vond ik het onprettig dit van mijn bijna-schoonmoeder te horen. Híj had het me moeten vertellen! Ik was niet samen met Hilda, maar met hem!

Toen vielen me ineens de schellen van de ogen. Misschien had hij dat gewild. Laatst, toen ik in het restaurant eerst op tilt was geslagen en toen van mijn stokje was gegaan. Ik zou het waarschijnlijk nooit meemaken, maar ik wenste toch dat ik wist hoe die avond anders zou zijn afgelopen. Zoals een dvd waarop je een andere afloop van een film kon zien.

'Heeft hij je verteld dat hij zich wil laten steriliseren?' Ik voelde me een beetje verdoofd. te veel waarheden konden de kracht van een mens behoorlijk ondermijnen.

Hilda knikte. 'Ja. En ik was vast net zo geschokt als jij. Maar geloof me, dat was niet de enige reden waarom hij je wilde spreken.'

'Natuurlijk, hij wilde me van Michelle vertellen.'

'Nee, dat denk ik niet. Die geschiedenis zal hij nooit vrijwillig aan iemand vertellen. Er is nog iets anders.'

'En jij kunt me niet zeggen wat?' Per slot van rekening had ze net zijn grootste geheim verklapt.

'Nee. Hij moet het je zeggen.'

Ik zweeg een poosje, want ik moest mijn gedachten ordenen. Een partner die haar kindje had verloren. David die haar niet kon helpen om over het verlies heen te komen. Die misschien zelf het verlies niet had verwerkt. Die zich schuldig voelde vanwege de zelfmoordpoging. Waarom had David me die geschiedenis niet verteld? Dat had me kunnen helpen om het te begrijpen.

Ik keek op de klok. Nog een kwartier tot de trein er was.

'Ga je David over ons gesprek vertellen?' vroeg ik aan Hilda, die in gedachten verzonken van haar koffie nipte.

'Hij zal stinkend kwaad zijn,' antwoordde ze met een besmuikt glimlachje. 'We hebben er nooit over gepraat, maar er was zoiets als een stilzwijgende overeenkomst tussen ons om het aan niemand te vertellen. Ik dacht altijd dat hij het je zelf zou vertellen, maar...'

'Waarschijnlijk is dat aan iemand voorbehouden van wie hij echt houdt,' zei ik, met ietwat zelfmedelijden.

'Dan zou jij de eerste zijn die het te horen had gekregen. Daar ben ik van overtuigd.'

Ik schudde mijn hoofd. Ik kon me niet voorstellen waarom je voor iemand van wie je hield iets zou verzwijgen. Ook al was het een pijnlijke geschiedenis. Maar toen dacht ik weer aan mijn moeder. Ik wist dat ze van me hield en toch had ook zij me de waarheid onthouden.

'Je moet niet je hoofd schudden, Nicole.' Hilda legde haar hand op de mijne. Aan haar ringvinger glinsterde een groene steen. Ze had altijd al een zwak voor opzichtige ringen gehad. David had me ooit gevraagd of ik me zoiets als verlovingsring kon voorstellen. Dat had ik heftig verworpen, want ik hield meer van eenvoudige sieraden. 'Hij houdt van je! Ook nu nog. Hij is alleen vreselijk bang om het te tonen.'

Ik keek naar mijn beker. Er was een vlieg in verdwaald, die vertwijfeld met zijn pootjes trappelde. Ik viste hem eruit en liet hem wegvliegen.

'Denk er tijdens je reis eens over na of het niet mogelijk is weer contact met hem te hebben. Je zou hem kunnen bellen.'

Ik dacht aan Kilian. Aan de momenten tussen ons. Momenten waarop iets had kunnen gebeuren – en waarop er niets gebeurd was. Aan het telefoontje waarin ik hem had afgewimpeld. Telkens weer had ik David in mijn hoofd gehad, ik had Kilian met hem vergeleken, had aan hem gedacht, telkens weer.

'En als hij niet meer met me wil praten? Bij het etentje ben ik tenslotte volkomen doorgedraaid.'

'Ik weet zeker dat hij op een teken van je zit te wachten. Hij is sinds het voorval in het restaurant alleen heel erg onzeker. David is een beste jongen, en ook al lijkt het niet zo: hij houdt van kinderen. Hij is alleen bang weer alles te verliezen. Dat moet je in je achterhoofd houden wanneer jullie elkaar weer zien. Praat alsjeblieft met elkaar!'

Ik knikte. Nog iets waar ik over moest nadenken. Gelukkig duurde de treinreis wel even.

Maar nu was het tijd om naar het perron te gaan. Het was me al vaak overkomen dat de volgorde van de rijtuigen ineens was veranderd – en ik wilde niet naar mijn wagon hoeven rennen.

'Volgende week, vrijdag om elf uur wordt er een echocardiogram van de kleine gemaakt,' zei ik terwijl ik het handvat van mijn rolkoffer omhoogtrok. Op de een of andere manier had ik het idee dat ze dat moest weten. 'Duim je voor me?'

'Dat zal ik doen,' antwoordde ze. 'Ach ja, doe Marianne de groeten van me wanneer je haar spreekt. Ik mis haar, en ik zou graag weer eens iets met haar ondernemen.'

'Natuurlijk, ze zal vast gauw contact met je opnemen.' Ik knuffelde haar glimlachend, toen nam ik afscheid en liep naar het perron.

Toen de trein het station uitreed, kletterde de regen tegen de ruiten van de ICE. De dom verdween langzaam uit het zicht, en daarmee ook de stad. Ik leunde achterover en keek op mijn mobiel. De mail van mijn moeder was er! Mijn hart begon sneller te kloppen. Het verhaal over de breuk met mijn vader, zo voor het grijpen. Maar ik aarzelde.

Wat Hilda had verteld spookte nog steeds door mijn hoofd. Davids vriendin. Het dode kindje. Zijn angst dat het zich allemaal zou herhalen.

Ik voelde me zo hulpeloos. Wat moest ik doen?

Een antwoord zou ik alleen krijgen als ik nog eens met hem ging praten. Ditmaal moest ik contact met hem opnemen. Maar daar had ik kracht voor nodig, en op dat moment had ik die niet.

Ik moest eerst de kwestie met mijn vader afhandelen.

Ik opende de mail. De bijlage was gigantisch, maar omdat we ons nog in de regio Keulen bevonden, had ik nog een goede netverbinding en kon ik hem snel downloaden.

Mijn moeder was heel creatief geweest. Ze had de bijbehorende foto's gescand en in de tekst verwerkt – daarom was het bestand zo groot.

De scans waren heel duidelijk, alsof de foto's er als afdrukken bij zaten. De tekst eronder leek bijna minuscuul, maar ik voelde duidelijk hoe belangrijk die was. Als mijn moeder woord had gehouden, stond op die bladzijden de reden waarom ik mijn vader nooit had leren kennen.

Ik keek naar mijn buurman, maar die had een koptelefoon op en was verdiept in zijn krant.

Ik kon dus ongestoord opgaan in het verhaal van Michel Clement.

30

Foto nr. 11
Marianne zit in een witte jurk midden in een klaprozenveld. De opname is ingekleurd zodat de kleurenpracht te zien is. In de zee van rood lijkt ze op een fee. Ze heeft haar hoofd van de fotograaf afgewend. Haar profiel steekt duidelijk als een marmeren buste af tegen de diepblauwe zomerhemel. Ze kijkt in de verte, alsof ze daar iets zoekt. (Ongedateerd)

De junimaand kwam met onweersbuien naar Bar-le-Duc, die Marianne aan het huisje kluisterden zonder de hoop Michel toevallig tegen te komen.

Urenlang zat ze 's middags voor het raam te peinzen en ze kon zich absoluut niet concentreren op de dictees die ze moest corrigeren. Ze keek naar de regendruppels en probeerde zich voor te stellen dat het kussen waren die Michel haar uit de verte toestuurde.

Het was onwaarschijnlijk dat hij hier in de zomer opdook, want de oude Silberg zou hem dan vast hebben gezien en vervolgens aan Michels vader hebben verteld dat hij op het terrein rondsloop. Maar Marianne stelde zich voor dat hij daar lak aan had en op een gegeven moment wanneer ze opkeek, voor het raam naar haar stond te kijken. En haar misschien ook fotografeerde.

Het was onbegrijpelijk dat ze bij hem gesteld was op iets waaraan ze bij haar vader zo'n hekel had gehad: het fotografische oog dat haar volgde en observeerde.

Maar hoe vaak ze ook opkeek en door de natgeregende ruit tuurde, hij verscheen niet.

Zuchtend richtte ze zich weer op de dictees. Bij een paar leerlingen leek het of ze de Duitse taal standvastig afwezen. Veel fouten waren te vermijden geweest als ze zich wat beter geconcentreerd hadden.

Andere leerlingen gingen daarentegen vooruit. Vooral de meisjes waren beter geworden.

Een tikje tegen het raam deed haar opschrikken van haar correctiewerk. Bij het raam stond echter niet Michel, maar Louise. Ze hield een grote zwarte paraplu in haar hand. Marianne keek op haar horloge. Half vijf. Het was nog geen etenstijd, maar Louise kwam af en toe na haar werk langs wanneer ze iets belangrijks te vertellen had.

Inmiddels waren ze goede vriendinnen, die bijna alles met elkaar deelden. Wat ze met Michel had, kon Marianne haar niet toevertrouwen, maar verder alles.

Ze stond op, liep naar de deur en deed open.

'Heb je het al gehoord? Michel Clement gaat de volgende maand trouwen!'

Louises wangen gloeiden van opwinding, alsof ze zelf de bruid was.

Marianne verstijfde.

'Wat zeg je daar?' vroeg ze verward.

'Michel gaat trouwen!' herhaalde Louise. 'De datum is vastgesteld op 3 juli. Wat een verrassing, hè? En ik dacht al dat het uit was tussen hem en Jeanne.'

Marianne wist niet wat ze daarop moest zeggen. Het bericht trof haar als een klap in haar gezicht. Het was ongeveer een week geleden dat ze elkaar voor het laatst hadden gezien. Wat was er gebeurd? Was dat de reden waarom hij niet geprobeerd had met haar in contact te komen? Dat zij 's middags niet naar de velden kon, betekende toch niet dat ze hier opgesloten zat! Ze ging naar school, liep door de stad. Als hij had gewild, had hij haar kunnen zoeken en ontmoeten. Maar hij had zich niet laten zien.

En nu vertelde Louise haar van zijn aanstaande huwelijk. Dat kon niet waar zijn! Hij had haar toch beloofd bij Jeanne weg te gaan. En nu werd er een huwelijksaankondiging gedaan? In een plaats als Bar-le-Duc deed je dat niet zomaar!

'Weet je dat zeker?' vroeg ze nadat ze zich enigszins hersteld had. Misschien was het allemaal maar een gerucht...

'Heel zeker!

Ze haalde een stukje papier uit haar tas. Marianne zag dat het een krantenknipsel was. Een huwelijksaankondiging.

'Dit vond ik vandaag in de middagpauze in ons plaatselijke sufferdje.' Louise legde het papiertje op de stapel dicteeschriften.

Sprakeloos bekeek Marianne de advertentie waarin de families Clement en Mathieu het huwelijk van hun kinderen aankondigden. Op 3 juli... Daarmee hadden ze het dus officieel gemaakt. Maar waarom? Wat was er de afgelopen week gebeurd? Had Michel gemerkt dat hij niet meer van haar hield? Kon je zo makkelijk binnen een week de liefde voor iemand verliezen?

'Er schijnt eerder een flinke ruzie tussen hem en zijn vader te zijn geweest. Een van onze werknemers schijnt iets gehoord te hebben toen ze langs hun huis liep. De oude Clement maakte hem uit voor collaborateur. Blijkbaar had hij weer eens te diep in het glaasje gekeken.'

Marianne was blij dat ze zat, want haar knieën werden ineens slap. Om welke reden zou hij zo tegen zijn zoon uitvaren? Dwong hij hem nu misschien met zijn verloofde te trouwen?

'In elk geval zal er binnenkort een bruisend feest worden gegeven. Het is geweldig dat je er dan nog bent en het kunt meemaken. Bij bruiloften is de hele stad aanwezig, het is vast heel anders dan bij jullie in Duitsland.'

Marianne werd duizelig. Louises stem klonk steeds verder weg, wat ze nu zei kreeg ze helemaal niet meer mee. Het enige waaraan ze op dat moment nog kon denken, was dat Michel haar had verraden. Hij had beloofd dat ze hoe dan ook een manier zouden vinden – maar met deze huwelijksaankondiging was het over. Ze kon bijna voor zich zien hoe hij met die Jeanne danste en haar verliefd in de ogen keek.

'Marianne?' haalde Louises stem haar uit haar gedachten. Toen ze weer tot zichzelf kwam, lag Louises hand op haar schouder. 'Is alles in orde?'

'Ja... ja,' antwoordde ze en ze probeerde zichzelf weer in de hand te krijgen. Ze mocht in geen geval laten merken hoe ze zich nu voelde. Anders wilde Louise weten waarom. En dan zou ze haar geheim niet langer kunnen bewaren.

'Het is alleen vreselijk warm vandaag, en ik ben ongesteld.'

Dat was goed. Ongesteld zijn was een goeie smoes voor een vrouw wanneer ze zich niet goed voelde.

Er verscheen een zorgelijke rimpel op Louises voorhoofd. 'Zal ik tegen Sophie zeggen dat ze thee voor je moet maken?'

'Nee, dank je, dat is niet nodig.' Ineens wenste Marianne dat Louise haar alleen liet. Ze had even tijd nodig om het nieuws te verwerken. Ze wilde wachten tot de barst in haar hart haar ogen bereikte en ze haar tranen eindelijk de vrije loop kon laten.

'Goed, laat het maar weten als ik iets voor je kan doen.'

Louise trok zich terug. Bij de deur keek ze nog eens om. Op haar gezicht zag Marianne medeleven. Zou ze iets vermoeden? Of voelde ze zich schuldig dat ze haar met het knipsel van streek had gemaakt?

Maar waarom zou een vrouw van streek raken door een huwelijksaankondiging? Alle vrouwen waren dol op bruiloften, vooral op eentje waar ze misschien een knappe jongeman zouden kunnen leren kennen.

Ook Marianne hield van bruiloften, vroeger had ze altijd dromerig naar het paar gestaard en gewenst op een dag zelf zoiets te mogen beleven, met een man die begreep wat voor haar in het leven belangrijk was.

De afgelopen maanden had ze er steeds vaker van gedroomd dat ze met Michel voor het altaar stond. Ze kon geen enkele reden bedenken waarom dat niet zou kunnen. Ze waren allebei katholiek, ze werkten in dezelfde plaats – Marianne was ervan overtuigd hier in de buurt een baan te vinden, leraren werden altijd gevraagd, en ze had het gevoel dat haar Frans nog beter was geworden.

Maar zij was een Duitse en hij een Fransman. In deze tijd hoefde dat geen belemmering te zijn, maar Marianne had duidelijk voor ogen hoe Michels vader altijd naar haar keek. En hoe hij geglimlacht had toen Rémy haar voor alle ouders schoffeerde.

Toen Louise verdwenen was, bleef Marianne nog lang naar de deur zitten staren.

Het viel haar zwaar de volgende ochtend te doen alsof er niets gebeurd was. Telkens weer moest ze aan de huwelijksaankondiging denken. De woorden brandden nog steeds voor haar ogen. Toen ze naar school fietste zat ze zo te piekeren dat ze bijna een auto die uit een zijstraat kwam over het hoofd zag. Pas toen ze het woedende getoeter van de chauffeur hoorde, die vol op de rem moest trappen, schrok ze op uit haar gedachten.

'Kun je niet uitkijken?' brulde hij tegen haar.

Marianne keek hem verschrikt aan en mompelde een verontschuldiging. Toen dwong ze zichzelf om beter op te letten, ze had toch echt geen zelfmoordplannen.

Maar zodra ze op school was, kwamen de gedachten terug. Ze dacht eraan dat ze Michel hier voor het eerst had ontmoet. Toen had ze hem al onweerstaanbaar gevonden. Zou het allemaal anders zijn gelopen als ze wat later was gekomen? Had ze dan geen kans gehad verliefd op hem te worden? Zou haar leven hier dan rustiger zijn verlopen?

Nee, beslist niet, want tenslotte was het Michel die haar had bijgestaan, die haar moed had ingepraat en haar leven had verzacht. En zelfs als ze elkaar die ochtend niet hier hadden ontmoet, dan was dat misschien later wel ergens anders gebeurd. Aan het lot viel niet te ontkomen.

Met de gedachte dat deze dag ook weer voorbij zou gaan, sleepte ze zich de trap op. Toen hoorde ze gelach in de lerarenkamer. Iemand riep 'gefeliciteerd' en een andere stem voegde eraan toe: 'Dan zul je binnenkort je kleinkinderen hier als leerling inschrijven.'

Marianne verstijfde. Het was haar meteen duidelijk waar ze het over hadden. Natuurlijk over het aanstaande huwelijk van de zoon van Clement.

Mariannes hand bleef nat van het zweet op de deurklink liggen.

Het liefst had ze rechtsomkeert gemaakt en was ze naar huis teruggegaan. Maar de lessen begonnen zo en ze moest zich in de lerarenkamer laten zien. Ze zou er niet omheen kunnen Clement met het aanstaande huwelijk te feliciteren.

Die rotvent, dacht ze kwaad. Hij zal vast onbeschaamd naar me grijnzen, omdat hij weet dat ik iets met zijn zoon had. En omdat hij gewonnen heeft.

Na een poosje had ze zichzelf weer zo onder controle dat ze de lerarenkamer binnen kon stappen. Luid gejuich sloeg haar als een oorvijg tegemoet.

'Ha, daar is onze Duitse collega!' riep Clement goedgeluimd toen hij haar zag. 'Kom, neem een glas champagne! Het is hoogst ongebruikelijk, dat geef ik toe, maar we hebben iets te vieren.'

Voor ze kon tegenstribbelen drukte hij haar een glas in de hand. Marianne keek rond. De vrouwelijke collega's leken allemaal een beetje tipsy, zelfs Lydie. De rector scheen dat niet te storen, hij had ook een glas in zijn hand. Hoe wilden ze straks hun lessen tot een goed einde brengen?

Marianne forceerde een glimlachje. Blijkbaar verwachtten ze dat ze vroeg wat er te vieren viel. Maar ze besloot hun voor te zijn.

'Hartelijk gefeliciteerd met de verloving van uw zoon!' zei ze terwijl ze naar hem proostte. Nu hij gewonnen had, wilde zij ten minste een goede verliezer zijn. Huilen kon ze thuis wel weer.

Clement keek haar verrast aan. Blijkbaar had hij erop gerekend haar in shock te zien, maar Marianne had inmiddels geleerd haar gevoelens te verbergen. Hij vermoedde vast hoe ze zich voelde, maar ze wilde hem niet het genoegen doen voor alle collega's van zwakte blijk te geven.

'Hartelijk dank, aardig om dat te zeggen.'

Hun blikken ontmoetten elkaar. Marianne kon de triomf in zijn ogen zien. En wie weet, misschien zag hij in haar ogen de ontgoocheling, maar oppervlakkig gezien leek ze hem oprecht te feliciteren, en dat was het enige wat telde.

Toen ze 's middags bij het huisje kwam, stak er een envelop tussen de deurpost. Wat kon dat zijn? Een berichtje van Louise, die haar 's ochtends niet meer had aangetroffen? Of wilde Alain haar voor een gesprek uitnodigen?

Ze pakte de brief en nam hem mee naar binnen. Ze zette haar tas neer, gooide de sleutel op het tafeltje naast de deur en ritste de envelop, waar geen afzender op stond, met haar vinger open.

Er zat een simpel velletje papier in dat eruitzag alsof het uit een schoolschrift was gescheurd.

'Kom alsjeblieft om tien uur naar het oude kasteel,' stond erop. Het was niet ondertekend, maar Marianne herkende het handschrift.

Stuurde Michel haar een berichtje? Waarom kwam hij niet zelf? Was hij bang voor haar reactie?

Marianne staarde naar het briefje.

Wat een lafaard, dacht ze. Hij weet dat ik het weet en durft zich niet te vertonen. Zuchtend viel ze neer op een stoel. Het briefje hield ze nog steeds in haar hand. Wat moest ze doen? Naar hem toe gaan? Of liever doen alsof de brief was weggewaaid? Zou ze het bewust negeren? Hij ging immers binnenkort trouwen. Alles wat ze elkaar gezegd en beloofd hadden, was nu van nul en generlei waarde.

Marianne had haast liever gehad dat hij niets van zich had laten horen. Tegelijkertijd wist ze dat aan een gesprek met hem niet viel te ontkomen. Zelfs als ze het briefje negeerde, zou hij beslist op een gegeven moment naast haar opduiken.

In elk geval was hij zo netjes haar de mogelijkheid te bieden zich op het gesprek voor te bereiden.

Maar wat verwachtte hij? Dat zij zou zeggen dat alles in orde was? Dat ze blij voor hem was? Dat ze opgetogen was dat ze zijn toekomstige maîtresse was – of dat hij het uitmaakte?

Dat kon hij niet van haar verlangen.

Ze werd kwaad. Waarom viel ze altijd op de verkeerde mannen? Waarom had ze zich toch met Michel ingelaten? Waarom had ze zijn glimlach en zijn gouden ogen niet kunnen weerstaan?

Ze had nee moeten zeggen toen hij haar vroeg of ze een uitstapje konden maken. Ze had niet met hem naar het kasteel moeten gaan, niet op de koepel van het planetarium moeten gaan zitten. Niet door de klaprozenvelden moeten lopen.

Maar ze had het gedaan en betaalde daar nu de prijs voor.

Bij het avondeten was ze vreselijk onrustig. Ze at nauwelijks iets en keek telkens weer op haar horloge. Nog steeds had ze niet besloten of ze zou gaan of niet. Haar verstand zei haar dat ze een fles uit de wijnkelder van de Silbergs moest bietsen en zich tomeloos bedrinken. Maar in haar hart klampte ze zich nog vast aan de gedachte dat het allemaal een vergissing was, een misverstand, en dat Michel zich niet zou laten dwingen om met Jeanne te trouwen. Dat hij er misschien met haar vandoor wilde gaan, ook al was dat tegen alle regels.

Bij Christoph had Marianne niet het gevoel gehad dat ze met hem wilde weglopen – bij Michel wel.

'Is alles in orde?' vroeg Louise toen ze merkte hoe stil ze was.

Eerder moest ze iets tegen haar grootvader hebben gezegd, maar Marianne had niet geluisterd.

'Ja, hoor, alleen mijn menstruatie, die speelt me nog steeds parten.'

'Dan hebt u een goede cognac nodig, mademoiselle!' kwam Alain tussenbeide. 'Dat helpt ook bij Duitse vrouwen, geloof me!'

Marianne stemde toe, een cognacje kon geen kwaad. Van de champagne 's ochtends had ze ook geen last gehad. Ze had zelfs het gevoel gehad dat ze daardoor de les beter was doorgekomen, onverschilliger. Het was haar gelukt de opgestoken hand van Bertrand Rémy net zolang te negeren tot hij het opgaf omdat het bloed uit zijn vingers was getrokken. Als het verdriet er niet was geweest, het smartelijke verlangen naar Michel en de wetenschap dat ze hem binnenkort zou verliezen, dan had ze deze dag gevierd.

Toen ze in stille eendracht met Louise en Alain met haar glas in de hand bij de open haard zat, besefte ze dat ze moest gaan. Ze moest de confrontatie met Michel aangaan. Haar collega's had ze misschien kunnen misleiden, maar hem niet, en zichzelf nog minder. Ze verlangde naar hem. Ze zou hem een flinke draai om de oren geven en hem dan kussen zoals ze nooit eerder had gedaan.

Klokslag half tien wenste ze de anderen goedenacht en verliet ze de villa. Eerst zette ze koers naar het huisje, want ze wist dat Louise haar soms door het raam nakeek, alsof ze er zeker van wilde zijn dat ze er heelhuids aankwam.

Maar toen zwenkte ze af en liep door de bloementuin, omringd door de geuren, langs het groentebed en vervolgens voorbij het struikgewas dat de tuin tegen de blikken van buitenstaanders beschermde. Ten slotte kwam ze bij het fietsenrek. Ze maakte de grote poort zo zachtjes mogelijk open, toen stapte ze op haar fiets en reed weg.

De stad leek rond deze tijd uitgestorven. Ergens blafte een eenzame hond, maar meer leven was er niet – hoewel de maan net opkwam. Waarschijnlijk zat iedereen in de brasserie van monsieur Claude aan de andere kant van de stad. Die was een paar weken geleden geopend en was erg in trek. Louise vermoedde dat het kwam doordat de oudere vrouwen zeiden allerlei schandalige verhalen over hem te hebben gelezen.

Monsieur Claude zou een schrijver zijn die Parijs was ontvlucht omdat de echtgenoot van een van zijn maîtresses achter hem aan zat. De uitgeverij zou al een opsporingsbericht hebben doen uitgaan, maar blijkbaar wilde Claude zich niet meer aan de letteren wijden maar aan eten en spiritualiën, en dus had hij hier een brasserie geopend en niemand verteld hoe hij heette.

Marianne zette haar fiets in het fietsenrek bij het winkeltje. Terwijl ze bij de zijingang van het kasteel stond te wachten, deed ze haar ogen dicht en haalde diep adem. De nachtlucht temperde de onrust in haar hart een beetje. Misschien was het verbeelding, maar op de een of andere manier rook het naar klaprozen.

Marianne herinnerde zich weer de nacht in het klaprozenveld. De eerste bloemen hadden zich vertoond, schuchtere rode propjes op een dichte groene ondergrond.

Michel en zij hadden elkaar in de openlucht bemind, wat ongewoon voor haar was, want seks was tot nog toe voor haar iets geweest wat achter gesloten deuren hoorde plaats te vinden. Waar niemand het kon zien.

'Hier ziet ook niemand ons,' had hij haar gerustgesteld. 'Hier zijn wij alleen – en waarschijnlijk nog een paar stelletjes die ongestoord met elkaar willen vrijen.'

Marianne had gegiecheld toen hij met klaprozen over haar buik en borsten streelde. Op die momenten had ze geen zorgen gehad, niet aan school en de aanvallen van Rémy gedacht. Ze had alleen de nachtelijke wind gevoeld en Michel, die haar met zijn lichaam warm had gehouden.

Samen hadden ze naar de sterren gekeken, vanaf de grond over de kopjes van de slaperige klaprozen heen. Ze was zo gelukkig geweest dat het eindelijk zomer was en ze het klaprozenveld kon zien.

Ze vergat dat haar tijd hier binnenkort ten einde liep.

'Marianne!' zei Michel plotseling terwijl hij uit de schaduw stapte. 'Je bent er!'

Marianne sloeg haar armen over elkaar. Ze wist zelf niet waarom ze het had gedaan. Michel ging binnenkort trouwen. Daar was alleen iets tegen te doen als hij tegen zijn vader in opstand kwam – en ze vreesde dat dat niet zou gebeuren.

Toen Michel haar probeerde te kussen, ontweek ze hem.

'Ik geloof dat ik je met je aanstaande huwelijk moet feliciteren,' zei ze zuur.

'Kom mee,' fluisterde hij.

'Waarom?'

'Omdat we dit niet hier buiten moeten bespreken, vind je niet?'

Eigenlijk liet het Marianne koud waar ze het bespraken. Toch liet ze zich door Michel het kasteel en de koepelzaal in trekken.

'En nu?' vroeg ze.

Michel zuchtte en boog zijn hoofd. 'Je hebt het dus gelezen.'

'Ja, inderdaad. Ik dacht eigenlijk dat je bij Jeanne weg zou gaan, maar blijkbaar heb ik me vergist.'

Michel stak zijn handen in zijn zakken en zuchtte. 'Mijn vader wil het. Ik kan er niets tegen doen.'

'Je bent bijna dertig!' zei ze bitter. 'Kun je niet tegen je vader zeggen dat je je eigen beslissingen neemt? Dat heb je verder toch ook altijd gedaan! Waarom nu niet?' Marianne vond dat ze klonk als een klein meisje dat haar zin niet kreeg. Maar dat klopte ook ergens wel. En het was erger. Ze kreeg niet degene van wie ze hield,

'Zo simpel is het niet,' antwoordde hij. 'Hier in deze contreien kun je het niet zo makkelijk anders doen. Alles verloopt volgens vaste patronen en... Ik kan niet anders.'

Marianne knikte. Het liefst zou ze zijn weggelopen, maar ze was niet in staat zich te verroeren.

'Bovendien moet jij binnenkort weer terug naar Duitsland,' voegde hij eraan toe.

Nu had ze het gevoel dat ze een klap in haar gezicht had gekregen. Tot nu toe was het geen probleem geweest. Af en toe hadden ze ervan gedroomd dat ze hier zou blijven, de Rémy's en Clements ten spijt. Ze had in Duitsland niets wat haar bond. Ze kon in vrijheid beslissen waar ze haar leven wilde doorbrengen – en met wie.

Maar nu voelde ze zich een beetje als indertijd met Christoph aan het meer, die ook had gemeend te weten wat voor haar het beste was.

Ze kon het niet geloven.

Wel was het ditmaal anders. Van Christoph had ze misschien niet gehouden, maar van Michel hield ze wel. Ze wilde hem in geen geval opgeven, en al helemaal niet voor een ander. Zijn besluit leek echter vast te staan.

Minutenlang zwegen ze. Toen greep hij in zijn schoudertas.

'Hier, ik heb iets voor je!'

Hij gaf haar een envelop.

'Wat is dat?' vroeg Marianne.

'Pak aan, en kijk.'

'Is het zoiets als een afscheidscadeau?

Michel keek haar smekend aan. 'Pak het alsjeblieft aan, en bekijk het.'

Marianne maakte de envelop open. Er zat een foto in. Eerst dacht ze dat het een schilderijtje was, maar toen herkende ze zichzelf erop.

'Ik heb de foto laten inkleuren. Je zag er zo prachtig uit in het klaprozenveld, dat wilde ik vasthouden.'

De tranen schoten Marianne in de ogen. Ze herinnerde zich die geweldige middag nog – maar net zoals de klaprozen weldra uitgebloeid zouden zijn, zou ook haar liefde verdwijnen. Zodra de trouwring aan zijn vinger zat, zouden ze elkaar niet meer kunnen zien. Dan zou hij met zijn kersverse vrouw op huwelijksreis gaan en moest zij terug naar Duitsland.

'Hou je van haar?' vroeg Marianne nadat ze de foto een tijdje had bekeken. Weer stond het huilen haar nader dan het lachen.

‘Je weet dat ik van jou houd,’ antwoordde hij ontwijkend.

‘Misschien is dat zo, maar hoe zit dat met haar? Hou je van haar?’ Marianne keek hem recht in de ogen. Teleurstelling en woede schoten door haar heen.

‘Ik ken haar al heel lang en...’

‘Goed, dan hoop ik dat jullie samen gelukkig worden.’

Ze wilde langs hem heen lopen, maar hij pakte haar arm en hield haar tegen. ‘Marianne, begrijp het toch alsjeblieft!’

‘Ik begrijp het helemaal,’ antwoordde ze snibbig.

‘Nee, dat denk ik niet.’ Hij pakte haar hand en nam hem teder in de zijne. Marianne wilde hem terugtrekken, maar hij liet niet los. ‘Alsjeblieft, vergeef me. Ik hou meer van jou dan al het andere op deze wereld, maar er zijn in mijn leven dingen die ik moet doen. Je weet dat ik niet om de verwachtingen van mijn vader geef, maar aan deze ene moet ik voldoen. Het zou voor iedereen grote consequenties hebben als ik het niet deed. Mijn vader zou jouw leven op school tot een hel maken. En hij zou er misschien voor zorgen dat je een slechte beoordeling krijgt. Hij heeft grote invloed op rector Callas.’

Hij trok haar naar zich toe, en net als anders kon ze hem niet weerstaan. Ze was zo kwaad dat ze zijn haar uit zijn hoofd had kunnen trekken, en toch liet ze toe dat hij haar kuste, dat zijn tong haar mond opende en hem met zachte drang veroverde. Zijn kus was als bedwelmende nectar die haar van haar verstand beroofde, en toen ze uiteindelijk op de matras neerzakte, kon ze aan niets anders denken dan dat ze deze man zozeer begeerde dat ze hem met huid en haar wilde toebehoren, voor de laatste keer.

Hij trok zijn overhemd over zijn hoofd, toen knoopte hij haar jurk open. Zacht streelde hij haar borsten, en Marianne voelde zich alsof er vuur in haar schoot brandde. Het laatste waar ze onderweg aan had gedacht, was dat ze met hem naar bed zou gaan.

En nu liet ze toe dat hij haar uitkleedde, zij kleedde hem uit en spreidde toen haar dijen, zodat hij in haar kon komen.

Ze vrijden heftig alsof de oude markies elk moment kon verschijnen en hen betrappen. Marianne vroeg zich af of de in steen vereeuwigde Ursula hierboven ook haar minnaar had ontmoet, of ze elkaar ook op de vloer hadden bemind. Ze werd bevangen door een ongekende wellust, nooit eerder had ze dat zo sterk ervaren als op dat moment. Michel bewoog vlug en krachtig en wendde zijn blik niet van haar af, alsof hij zich elke trek van haar gezicht voor eeuwig wilde inprenten.

Voor hij zich terug kon trekken, sloeg ze haar benen om zijn heupen en hield ze vast. Als dit de laatste keer was dat ze vrijden, wilde ze iets van hem houden. Ze wilde zijn zaad in zich, ongeacht wat dat kon aanrichten.

Michel begreep haar bedoeling en leek boos te worden, maar hij trok zich niet terug, hij stootte nog heftiger toe, alsof hij haar er daardoor toe kon bewegen los te laten. Maar dat deed ze niet, en uiteindelijk gaf hij zich kreunend over en kwam in haar klaar.

Pas toen de bedwelming voorbij was, besefte ze wat ze gedaan had. Ze voelde zijn zaad vochtig en kleverig tussen haar benen. Maar ze had geen spijt. De woede en teleurstelling waren er nog steeds. Maar op dat moment voelde ze zich de overwinnaar van Jeanne, haar onbekende concurrente.

'Zien we elkaar nog?' vroeg hij toen hij zich een half uur later uit haar omarming losmaakte. Marianne keek naar de glazen koepel.

'Misschien,' antwoordde ze. 'Wie zal het zeggen.'

'Je zou naar de bruiloft kunnen komen,' stelde hij voor.

Marianne glimlachte scheef. 'Zou jij dan naar de mijne komen? Zou het jou geen pijn doen als je mij met een ander zag?'

Michel zweeg. Natuurlijk zou het hem pijn doen. En haar deed het net zo goed pijn. Mogelijk waren er mensen die ertegen konden dat er in het leven van hun geliefde nog anderen waren. Ze wist dat zij er niet tegen kon.

'Oké,' zei hij. Het was de eerste keer dat ze hem een Engels woord hoorde gebruiken. 'Maar je moet weten dat ik van je hou. Dat ik altijd van je zal blijven houden. En als... Als er ooit...'

‘Heb het alsjeblieft niet over “ooit”,’ zei Marianne, want ze zag weer de minnares van haar vader voor zich. Die had ook gehoopt dat hij ooit voor haar zou kiezen. En toen was ze ineens oud. ‘We hebben wat we nu hebben. Iets anders zal er niet zijn.’

Nu kwam ook zij overeind. Ze was graag nog een tijdje naar de sterren blijven liggen kijken, maar er hadden zich wolken boven de koepel samengetrokken.

Zwijgend verlieten ze het kasteel.

‘Ik breng je,’ zei Michel.

‘En hoe moet het dan met mijn fiets?’ Die kon ze onmogelijk in het fietsenrek bij het winkeltje laten staan.

‘Die doe ik in de kofferbak. Het is niet goed als je om deze tijd in je eentje op pad bent. Je weet dat die Rémy nog altijd op je loert.’

Marianne vond het lief dat hij zo bezorgd om haar was. Maar de ontkiemende domme hoop drukte ze meteen de kop in. Hij moet niet zijn leven vanwege mij veranderen, zei ze tegen zichzelf, hoewel dat nou juist was wat ze wilde. Ik wil hem niet dwingen.

‘Ik heb deze route sinds de oorvijg al zo vaak gereden. Maar goed, als jij dat wilt.’

Michel knikte tevreden.

De maan had zich intussen weer door het wolkendek heen gevochten, maar de sterren was dat nog niet gelukt. Michel laadde Mariannes fiets in de kofferbak van zijn vaders auto, toen stapten ze in.

Tijdens de rit spraken ze weer geen woord. Marianne had gewoon het gevoel dat alles al gezegd was. Als ze nog meer zou zeggen, zou het neerkomen op bidden en smeken, en dat zou toch niets meer hebben opgeleverd.

Een stukje voor de poort van de villa stopte hij. Rondom tsjirpten de krekels. In de struiken ritselde het, waarschijnlijk een wild beest.

Michel zette de motor af, stapte uit en haalde de fiets uit de kofferbak.

'Weet je, als ik het kon, zou ik mijn vader een flinke klap verkopen,' zei hij. 'Het liefst zou ik zijn hele slangenverzameling de lucht in laten gaan. Het zou leuk zijn als het ineens slangen regende.'

'Dat kun je niet maken,' zei Marianne, hoewel ze moest glimlachen bij de gedachte dat Clement zijn slangen probeerde te vangen. 'En zelfs als je het zou doen, zou er niets door veranderen. Het enige wat je zou kunnen doen is tegen hem zeggen dat je het niet doet. De verloving verbreken. Dat wil je niet, dus laat het nu maar zo.'

'Marianne.' Hij streek een haarlok uit haar gezicht.

Marianne deed haar ogen dicht. Ditmaal zou ze niet meer voor de betovering zwichten. De nachtlucht had haar ontnuchterd. Ze opende het portier en stapte uit .

'Het ga je goed, Michel. Pas goed op jezelf,' zei ze. Toen draaide ze zich om en liep met de fiets naar de poort. Voor ze daar was, stond hij ineens bij haar en kuste haar, vertwijfeld en stevig.

'Pas jij ook goed op jezelf, Marianne,' zei hij, toen liet hij haar los en liep terug naar de auto. Marianne keek toe terwijl hij hem keerde en wegreed.

Toen barstte ze in tranen uit.

Op de een of andere manier slaagde ze erin in bed te belanden. Ze voelde zich ellendig. De wellust was verdwenen, de herinnering eraan smaakte bitter.

Marianne hoopte alleen maar dat de slaap gauw zou komen en haar zou meevoeren naar een oord van vergetelheid. Morgen zou ze weer moeten functioneren, hoe dan ook, maar nu kon ze zwak zijn.

Ze sliep nog maar net toen er heftig op haar deur werd gebonsd. Verschrikt sprong ze uit bed.

Was dat Michel? Wilde hij haar zeggen dat hij van gedachten veranderd was?

De schaduw die op het raam viel, had echter vrouwelijke contouren.

'Marianne!' riep Louise in paniek.

Was er iets gebeurd? Misschien met de oude Silberg? Hij had bij het avondeten een stille indruk gewekt – mogelijk ging het toen niet goed met hem.

Toen ze opendeed, keek ze in het gezicht van een ontstelde Louise.

'Je moet meekomen... De school staat in brand!'

'Wát?'

De woorden schoten door haar heen. Brand in de school! Wat was er gebeurd?

Even kwam het in haar op dat Michel erachter zou kunnen zitten. Dat hij misschien zijn vaders kabinet met al die slangen vol alcohol in brand had gestoken. Ze kon zich niet voorstellen dat hij niet woedend was omdat hij moest buigen voor de wil van zijn vader.

'Ik trek vlug wat aan!'

'Goed, ik ga met grootvader vast vooruit, kom maar na op de fiets. De brandweer zal er vast ook gauw zijn.'

Zich afvragend waarom de Silbergs het bericht hadden gekregen dat de school in brand stond, stapte Marianne naar de kledingkast.

Daar haalde ze de blauwe zomerjurk uit die ze zojuist nog had gedragen bij de ontmoeting met Michel, schoot hem aan en sloeg een vest om, want de nachtlucht was fris.

Toen liep ze het huisje uit.

Ze liep met haar fiets naar de poort, stapte op en begon te trappen. Net als altijd kostte de klim haar moeite, maar ze wist dat het beter zou gaan wanneer ze eenmaal boven op de heuvel was gekomen. Dan hoefde ze zich maar naar de stad te laten rollen. Toen ze de top van de heuvel had bereikt, trapte ze nog even flink door. De fiets won vaart en Marianne deed even haar ogen dicht om te genieten van de wind.

Ineens ging er een schok door de fiets. Er klonk een krakend geluid. Marianne deed verschrikt haar ogen open, maar het was al te laat. Ze verloor haar evenwicht en even later viel ze hard op de grond. Ze sloeg een keer over de kop, toen bleef ze liggen. Terwijl ze zich afvroeg wat er gebeurd was, ging het gordijn voor haar ogen dicht.

Toen Marianne weer bijkwam, wist ze in eerste instantie niet waar ze was. Om haar heen was alles wit. Een lamp scheen fel in haar gezicht, waardoor ze haar ogen weer dicht moest doen. Haar hoofd bonsde.

Wat was er gebeurd?

Boven haar klonk gepiep. Eerst dacht ze dat het net als het bonzen alleen maar in haar hoofd zat, maar toen lukte het haar omhoog te kijken. Toen merkte ze dat ze in een bed lag – een ziekenhuisbed.

Hoe was ze hier beland? Ze probeerde het zich te herinneren, maar het enige wat in haar opkwam was Michels afscheidskus voor de poort van de villa. Zijn vertwijfelde kus.

En toen...

Ze dacht een tijdje na, tot haar te binnen schoot dat er iemand op de deur van het huisje had geklopt. Ja, Louise was naar haar toe gekomen en had iets gezegd over brand in de school. En dat ze met haar grootvader vooruit zou gaan.

Meer kon ze zich niet herinneren.

Het gepiep van het apparaat boven haar werd luider.

Even later kwam er iemand in een witte jas binnenstormen.

De man had dun donker haar en op zijn neus stond een zwarte hoornen bril.

Toen hij zag dat Marianne wakker was, ontspande hij een beetje.

'Ah, welkom terug, mademoiselle,' zei hij hartelijk. 'Ik ben dokter Lavalle, de spoedeisendehulparts van het ziekenhuis.'

Spoedeisendehulparts? Had ze een ongeluk gehad?

'Wat is er gebeurd?' vroeg Marianne instinctief in het Duits.

'Wat zegt u?' vroeg de dokter verbaasd.

'Wat is er gebeurd?' vroeg ze nog eens, nu in het Frans.

'Ah! U bent gevallen op de weg vanaf de villa van de Silbergs. De villa van de gestoorde rechter.'

Geen twijfel aan, ze was nog in Bar-le-Duc. Het ziekenhuis had ze tot nu toe alleen in het voorbijgaan gezien, het zou nooit bij haar zijn opgekomen dat ze daar op zekere dag zou belanden.

'Gevallen?' vroeg ze een beetje traag van begrip. Haar hoofd voelde alsof het elk moment kon barsten. Lichte misselijkheid overviel haar.

'U bent met de fiets gevallen. Mademoiselle Silberg heeft u gevonden en hiernaartoe gebracht.' De dokter deed haar een bloeddrukmanchet om.

Marianne probeerde het zich te herinneren, maar dat lukte nog steeds niet.

'Gelukkig hebt u alleen een hersenschudding en wat lichte kneuzingen. Het had veel erger kunnen zijn!'

Op dat moment had Marianne niet het gevoel dat het nog erger had kunnen zijn, want ze voelde zich nu al verschrikkelijk. Geleidelijk aan begon ze haar ledematen te voelen. Op veel plaatsen klopte en trok het.

'Ik houd u een paar dagen hier, zodat we er zeker van kunnen zijn dat u verder niets mankeert.'

'Maar... ik moet naar school,' zei ze. 'Ik ben lerares. ik moet lesgeven.'

'Ik weet zeker dat de school het wel een paar dagen zonder u redt. Bovendien hebben ze daar momenteel andere zorgen, schat ik. Vlak voordat u hier werd gebracht is daar in een bijgebouw brand uitgebroken. De leerlingen zijn vrijgesteld om te helpen met opruimen.'

De brand, natuurlijk! Hoe zat het daarmee? En met Michel?

Van bezorgdheid kreeg ze een knoop in haar maag. Lieve god, alsjeblieft, smeekte ze in stilte, maak dat hij geen stommiteit heeft uitgehaald.

'Rust maar uit. Uiterlijk over een week kunt u weer aan het werk, maar nu hebt u even rust.'

Hij klopte met zijn vlakke hand naast haar op de deken, lachte haar bemoedigend toe en verdween.

Marianne staarde naar de deur. Ze had een heleboel te verwerken, maar op dat moment vroeg ze zich maar één ding af: of het goed ging met Michel.

Die middag, toen ze net uit een lichte sluimering was ontwaakt, werd er voorzichtig op de deur geklopt.

'Binnen!' riep ze, want in de kamer was niemand anders dan zij, hoewel er plaats was voor een tweede bed.

Louise stak eerst haar hoofd om de deur, maar toen Marianne overeind ging zitten kwam ze helemaal binnen.

'Nou, jij bent ook een mooie!' zei ze verwijtend. 'Valt daar zomaar van de fiets!'

Marianne was blij Louise te zien. Nu kon ze tenminste vragen wat er aan de hand was – en misschien ook iets over Michel te weten komen.

'Vergeef me. Dat was niet mijn bedoeling.'

Louise ging op de rand van het bed zitten. 'Je hebt ons allemaal behoorlijk laten schrikken. Bij de school was het vreselijk veel gedoe, de hele stad was op de been en hielp met het blussen van de brand. Gelukkig was het niet de school zelf, maar een bijgebouw, de schuur waar de conciërge zijn gereedschap bewaart, maar toch was er grote commotie.'

Louise ratelde als een waterval door. Marianne wist inmiddels dat ze dat alleen maar deed wanneer ze opgelucht was over iets waar ze zich zorgen om had gemaakt. Ze pakte glimlachend haar hand vast, als een bezorgde oudste zus die constateerde dat de jongste er toch beter van afgekomen was dan gedacht.

'Toen je niet kwam opdagen, maakte ik me zorgen. Ik wist immers dat je zou komen, maar je was er niet, en ik trof je ook niet aan bij de leraren. Dus ben ik teruggereden, en daar lag je, midden op de weg. Je hebt geluk gehad dat daar rond die tijd niemand langsrijdt, ze hadden je makkelijk over het hoofd kunnen zien.'

Er volgde een beschrijving van haar redding, hoe Louise haar bewusteloos de auto in had gesleept en met haar naar het ziekenhuis was gereden.

'Mijn nek had wel gebroken kunnen zijn,' zei Marianne geschrokken.

'Ach wat! Ik had het wel gemerkt als je iets aan je nek of rug had gehad. Een paar jaar geleden is er een man uit een fruitboom gevallen. Hij was op slag dood omdat hij zijn nek had gebroken. Zijn hoofd stond heel vreemd naar opzij, zo!' Ze deed haar hoofd opzij alsof ze nadenkend naar de hemel keek. 'Toen ik merkte dat je nog ademde, wist ik dat je niet je nek had gebroken. En toen heb ik je gewoon naar het ziekenhuis gebracht.'

'Dank je,' zei Marianne. Op de een of andere manier voelde ze zich al een beetje beter. Het was goed iemand te hebben die een beetje op je lette. In Koblenz had ze haar huisgenote, maar met haar was het anders. Louise was de afgelopen maanden als een zus voor haar geworden – een betere zus dan Ursula ooit was geweest.

'Ik zie dat de dokter je weer een beetje heeft opgelapt,' constateerde ze nadat ze Marianne een poosje had geobserveerd.

'Er viel niet veel op te lappen. Volgens dokter Lavalle heb ik alleen een hersenschudding en een paar kneuzingen.'

'En overal schrammen. Je ziet eruit alsof je op een cactus bent gevallen.'

Marianne begon te lachen – en moest dat meteen bekopen met stekende hoofdpijn.

'Je moet voorlopig maar geen grappen maken,' zei ze terwijl ze haar hand op haar slaap legde.

'Goed, dan heb ik het later nog wel over die cactus.'

Ze keek een tijdje glimlachend naar haar, toen pakte ze de tas die ze had meegebracht.

'Hier,' zei ze en ze haalde een grote pot met ingemaakte aardbeien tevoorschijn. 'Grand-père zegt dat ik je dit moet geven. Het doet wonderen.'

'Echt? En weet je zeker dat je grootvader er geen wonderolie in heeft gedaan zodat ik naar de wc kan blijven rennen?'

'Ach wat, zoiets zou grootvader nooit doen. Bovendien zit de pot stevig dicht. En jullie zijn toch over de vijandschap heen?'

Dat was inderdaad zo. Daar was Marianne nog steeds verbaasd over. Sinds de dood van haar vader en de oorvijg voor Bertrand Rémy was monsieur Alain niet meer over de Wehrmacht of iets dergelijks begonnen.

'Je kunt de pot het best door een van de verpleegkundigen laten openmaken, die zijn heel sterk. Het fruit komt uit onze tuin, de oogst van afgelopen zomer. Grootvader is er altijd heel trots op.'

'Bedank hem hartelijk van me.'

'Dat zal ik doen. Maar hij zal vast van je verwachten dat je hem persoonlijk bedankt. Anders komt hij weer met zijn oorlogsverhalen aanzetten.' Louise knipoogde.

'Dat doe ik, beloofd...' Marianne dacht er even over na hoe ze de brandende vraag die ze op het hart had het best kon formuleren. Toen begon ze: 'Weten ze al wat de oorzaak van de brand was?'

'De gendarmerie en de brandweer denken dat er iemand bij de schuur heeft staan roken. Waarschijnlijk een stel kwajongens die een sigaret uit hun handen hebben laten vallen. Toen begon het ineens te branden, want de conciërge bewaarde er ook brandbaar spul. De jongens raakten in paniek, zijn weggerend en het vuur laaide op. Gelukkig is het niet op de school overgeslagen. Maar de leerlingen kunnen blij zijn, ze moeten vandaag opruimen en hoeven niet naar de les. Verder moet de rector gedreigd hebben ze een brandoefening te laten doen. Ik hoop dat dat pas gebeurt wanneer je weer beter bent, dan kun je me erover vertellen. In al die jaren dat ik op het lyceum zat, is er nooit brand of een brandoefening geweest.'

Dat klonk niet alsof Michel erachter zat. Hoe had ze aan zijn verstand kunnen twijfelen? Hij mocht dan geweigerd hebben om leraar te worden, maar hij ging trouwen met Jeanne. Hij beschikte over gezond verstand en dat gebruikte hij regelmatig. Deze keer was Marianne daar blij om.

'Nou, ik zal je nu maar met rust laten. Morgen kom ik weer, als je wilt.'

'Dat zou fijn zijn,' antwoordde Marianne. 'Bedankt.'

Louise knuffelde haar nog een keer, toen verdween ze. Marianne keek nog eens naar de pot, waar een halve klas genoeg aan zou hebben. De zonnestralen die door het raam van de ziekenkamer naar binnen vielen, lieten het rode sap oplichten als een lavalamp, alleen dreven de vruchten niet alle kanten op.

De volgende middag kreeg ze bezoek van een jonge gendarme in een blauw uniform, die zich voorstelde als brigadier Luc Jordan.

'Hoe gaat het met u, mademoiselle?' vroeg hij toen hij binnenkwam.

'Nou, zoals het nu eenmaal met je gaat als je een hersenschudding hebt,' antwoordde ze met een triest glimlachje. 'Wat kan ik voor u betekenen?'

'Ik wil graag even met u praten.' Zijn stem klonk alsof ze geen andere keus had.

'Maar natuurlijk...'

De gendarme ging naast haar bed zitten op de stoel die een verpleegster had gebracht.

Marianne keek hem vragend aan. Wat moest hij hier? Ze was toch alleen maar met haar fiets gevallen, anders niet. Probeerde iemand haar soms de brand op school in de schoenen te schuiven? Maar daar was ze niet eens geweest...

Met het bonzen van haar hart kwam ook de stekende pijn in haar slapen terug. Was de pijnstiller alweer uitgewerkt?

'Hoelang bent u al in Bar-le-Duc?' vroeg hij terwijl hij zijn notitieblokje tevoorschijn haalde.

'Sinds afgelopen september, dus bijna een jaar.'

'En hoe vergaat het u hier?'

'Heel goed. Natuurlijk zijn er af en toe problemen, maar die zijn op te lossen.'

De gendarme knikte. 'U neemt toch deel aan een uitwisselingsprogramma?'

'Ja, ik ben gastdocent aan het lyceum. Voor Duits en Frans. Oorspronkelijk kom ik uit Koblenz.'

Jordan ging door met notities maken. Toen keek hij haar aan.

'We hebben de fiets waarmee u bent gevallen onderzocht.'

Marianne trok verrast haar wenkbrauwen op. 'Mijn fiets?'

Ze had er eerder op gerekend dat hij over de brand zou beginnen.

'Ja, mademoiselle Silberg heeft ons erop gewezen.'

Aha, Louise zat hier dus achter. Maar waarom? Wat viel er aan de fiets te onderzoeken? Hij was oud, er was iets losgeschoten. Dat was toch geen reden om de gendarmerie in te schakelen...

'Mademoiselle Silberg heeft ons verteld dat u al eerder het slachtoffer van een gewelddadige aanval bent geweest. Is dat juist?'

Bijna had Marianne nee gezegd, maar toen schoot het haar weer te binnen. De steen die ze bij haar terugkomst uit Duitsland tegen haar hoofd had gekregen. De schaduw die achter een boom was verdwenen.

Louise had zo haar vermoedens gehad, maar er was geen bewijs.

'Ja, maar ik denk dat het een kwajongensstreek was. Wraak voor een oorvijg die ik een van de leerlingen heb gegeven.'

'Hebt u een leerling geslagen?'

'Ja. Destijds had ik een sterfgeval in de familie. Toen die jongen een hatelijke opmerking maakte, kon ik me niet beheersen.'

Ook dat kwam in het notitieblok van brigadier Jordan te staan. Wat hij van haar verklaring vond, kon ze niet aan zijn gezicht aflezen.

'Mademoiselle Silberg zei dat u een steen tegen uw hoofd hebt gekregen, klopt dat?'

‘Een steen in een sneeuwbal.’ De klassieke truc tegen vijanden in een sneeuwballengevecht, dacht Marianne, en ineens meende ze het litteken op haar wang te voelen jeuken.

De agent merkte dat niet. ‘Bent u afgelopen woensdag rond tien uur ’s avonds bij het museum geweest?’ was zijn volgende vraag.

Het bloed steeg Marianne naar de wangen. Had iemand haar gadegeslagen? Ontkennen zou niet helpen. Misschien kwam het door de val en de hersenschudding dat ze niet begreep waar hij naartoe wilde.

‘Ja, daar ben ik geweest. Ik...’ Ze kon hem niet vertellen dat ze Michel Clement daar had ontmoet. Waarschijnlijk kende de vader van de jonge gendarme de oude Clement, en dan zou de hel pas goed losbarsten.

‘En u hebt daar uw fiets bij de kruidenier neergezet.’

‘Ja.’

‘Stonden daar nog andere fietsen?’

‘Nee,’ antwoordde Marianne een beetje verward. ‘Alleen die van mij.’

De gendarme krabbelde iets op zijn blocnote, toen keek hij haar aan.

‘U vraagt zich vast af waarom ik dit allemaal wil weten.’

Marianne keek hem aan en had het liefst de deken tot over haar kin getrokken.

‘Goed, dan zal ik u niet langer in spanning houden,’ zei de gendarme. ‘Aan het voorwiel van uw fiets zijn beschadigingen aangetroffen die erop wijzen dat iemand geprobeerd heeft een valpartij te veroorzaken. Een ooggetuige verklaarde dat ze een jongen met de naam Bertrand Rémy op genoemde tijd bij de winkel heeft gezien. Ze heeft zelfs gezegd dat ze de jongen aan uw fiets heeft zien prutsen.’

Mariannes mond viel open. Sprakeloos keek ze de agent aan. Dat was toch niet mogelijk!

‘Bertrand Rémy zit bij u in de klas, nietwaar?’

'Ja.' Het knikken veroorzaakte pijn in haar voorhoofd. Haar hele lichaam leek te kloppen, alsof haar hart moeite had haar bloed door de aderen te pompen.

'Ik heb de afgelopen uren een beetje rondgevraagd. Naar wat ik heb gehoord, zijn er tussen u en de jongen spanningen geweest.'

Marianne werd duizelig. Ze had geloofd dat die zaak was afgedaan, maar nu kwam dat ook dat weer terug.

'U wordt zo bleek, gaat het wel goed met u?' vroeg de gendarme bezorgd. Blijkbaar had hij gemerkt dat het bloed uit haar wangen was weggetrokken.

'Ja, het gaat wel,' antwoordde ze terwijl ze in gedachten koortsachtig naar een rechtvaardiging voor de oorvijg zocht. Ze zouden beslist haar de schuld geven, de Rémy's genoten immers aanzien in Bar-le-Duc.

'Welnu, dan vraag ik u: wilt u aangifte doen tegen Bertrand Rémy wegens het toebrengen van lichamelijk letsel? Omdat hij nog minderjarig is, zal zijn vader de hechtenis voor zijn rekening moeten nemen.'

Marianne dacht nu echt dat ze op de knop moest drukken om de verpleging te alarmeren. Ineens duizelde het haar.

Maar de duizeligheid verdween even snel als die was gekomen. Het had niet geklonken alsof men haar wilde vervolgen.

'Ik... ik weet het niet... Het is nog maar een kind. Als hij aan de fiets heeft gerommeld, was dat toch zeker een domme kwajongensstreek.'

'Een streek die u het leven had kunnen kosten!' gaf de gendarme te kennen. 'U had uw nek kunnen breken. Dan was het moord geweest.'

Marianne zag hem ervoor aan dat hij te veel misdaadseries keek. Misschien droomde hij van een carrière bij de recherche.

Gelukkig kwam er het volgende moment een verpleegster met een dienblad binnen.

'Zo, tijd voor uw medicijnen!' riep ze opgewekt. Marianne was opgelucht. Op die manier kon ze nog wat tijd winnen.

'Goed,' zei de agent terwijl hij naar de pillen en de injectiespuit op het dienblad keek alsof het een schrikbeeld uit een horrorfilm betrof. 'Laat het maar weten wanneer het weer beter met u gaat. Ik zal uw zaak nog openlaten, tot u me meedeelt of u aangifte wilt doen of niet.'

'Hartelijk dank, brigadier Jordan, ik neem nog wel contact met u op.'

'Aangifte?' vroeg de verpleegster verbaasd. 'Tegen wie dan?'

'Tegen degene die met mijn fiets heeft gerommeld,' antwoordde Marianne, voor de gendarme haar erop kon wijzen dat het niet toegestaan was informatie over lopend onderzoek openbaar te maken.

'Die moet smartengeld betalen!' zei de verpleegster daarop, zonder te weten wie ze uitfoeterde. 'Ah, meneer de gendarme, wilt u ons alstublieft alleen laten? Ik moet mijn patiënte nu een injectie geven, en ze zal het niet prettig vinden als een vreemde man naar haar achterste zit te staren.'

De gendarme nam daarop met hoogrood hoofd afscheid.

Even later kromp Marianne in elkaar bij de prik. De zuster had haar gered. En ze had gelijk. Maar Bertrand was nog maar een kind. Een boosaardig kind dat door zijn vader was opgehitst. Daarvoor moest monsieur Rémy worden bestraft. Maar smartengeld, zoals de verpleegster had gezegd, was niet op zijn plaats.

Ze zou erover nadenken en het met Louise bespreken. Die had beloofd vandaag op bezoek te komen. Misschien kon zij haar raad geven.

31

Er klonk een zacht geruis door de straten van Bar-le-Duc toen ik het station achter me liet. Het leek wel alsof er een heftige voorjaarsstorm door een wilgenbos woedde. De straten waren nagenoeg leeg, op een hoek stonden twee oude mannen met elkaar te praten. Ze schenen geen notitie van me te nemen.

Ik trok mijn rolkoffer door de deur van het kleine hotel met de blauwe luiken. Het zag er heel leuk uit en in het hoogseizoen was het vast behoorlijk in trek. De entree oogde verrassend modern. Ik had eigenlijk bruin betegelde muren en een enorm olieverfschilderij van de eerste eigenaar verwacht. Maar de ruimte was licht en knus ingericht met een blank houten receptie en gezellige, met blauw beklede fauteuils. Een grote spiegel tegenover de stoelen bood niet alleen de gasten gelegenheid hun kleding te controleren, hij maakte de entree ook groter. Alleen de buitenkant van de lift was intact gelaten, zoals hij eind negentiende eeuw was ingebouwd.

‘Goedendag, madame, wat kan ik voor u doen?’ vroeg de jonge vrouw achter de balie. Ze had haar zwarte haar in een wrong opgestoken en droeg een blauw pakje met een halsdoek, waardoor ze er een beetje uitzag als een stewardess.

‘Er is voor mij een kamer gereserveerd, op de naam Schwarz.’ Mijn Frans klonk me vreemd in de oren. Ik had het voor het laatst gesproken toen ik met een reisgezelschap naar Parijs was geweest. Mijn laatste dag in de buitendienst van het reisbureau was nu vijf jaar geleden. Maar de woorden kon ik allemaal vinden – voor de dochter van een voormalige lerares Frans zou het ook een schande zijn geweest als ik ze was vergeten.

De receptioniste keek het even na op de computer en draaide zich toen om naar het sleutelbord.

'Welkom in Bar-le-Duc, madame Schwarz. Dit zijn uw kamersleutels. Wilt u dit formulier nog even invullen, alstublieft?'

Ze zei 'madame' tegen me. Ik moest lachen. Ze dacht natuurlijk dat ik getrouwd was.

Ik vulde het aanmeldingsformulier in en stak de sleutel bij me.

'Pardon, weet u misschien of de villa van de familie Silberg er nog is en wie daar nu woont?'

De receptioniste keek me verbaasd aan. Blijkbaar had ze er niet opgerekend dat iemand de Silbergs kende. En al helemaal niet een toerist uit Duitsland.

'Ja, het huis staat er nog en is in het bezit van madame Silberg.'

Madame Silberg, niet monsieur? Bedoelde ze Louises moeder – of was Louise gewoon niet getrouwd?

Daar zou ik achter komen wanneer ik er was.

Mijn hotelkamer was klein, maar heel degelijk ingericht. De meubels leken allemaal uit vroegere eeuwen te stammen, maar waren puntgaaf opgeknapt en roken allesbehalve muf.

Ik zette de koffer op het bed, maakte hem open en legde mijn spullen in de kleine kledingkast.

Toen liep ik naar het raam. Van hieruit had ik een heel mooi uitzicht op de stad. Er was vast het een en ander veranderd, de meeste huizen waren gerenoveerd, oude gammele gebouwen waren verdwenen, een paar nieuwe verschenen, maar ik kon me nog indenken hoe het geweest moest zijn toen mijn moeder hier was. Ik probeerde me voor te stellen hoe ze op haar fiets door de straten reed, die nu geasfalteerd waren of van nieuwe kasseien voorzien. Rond deze tijd van het jaar waren de bloembakken nog leeg, maar in de zomer zag het er hier vast heel mooi uit. Ik betreurde het bijna dat ik in dit grauwe jaargetijde hier was gekomen, maar in de zomer was ik uitgerekend. Bovendien had ik geen moment langer willen wachten met het achterhalen van het lot van mijn vader.

Het bereik van mijn mobiel was niet erg goed, maar het hotel had wel wifi, dus kon ik daarvan gebruik maken. Ik riep de kaarten-app op en probeerde me te oriënteren.

De villa van de Silbergs bevond zich een beetje buiten Bar-le-Duc, achter een klein bosgebied, zoals mijn moeder het had beschreven. Het was een eindje weg, maar met een flinke wandeling zou ik er wel komen. Onderzoekend keek ik naar de lucht. In het voorjaar wist je maar nooit of het weer zou omslaan, maar ik was optimistisch – en had regenkleding bij me.

Toen ik klaar was met uitpakken, vertrok ik. Oorspronkelijk was ik van plan geweest pas morgen naar de villa te gaan, maar inmiddels brak de zon door de wolken.

De straten van de stad waren rond deze tijd erg leeg. Ik kwam alleen een paar jongeren tegen, ze waren druk in gesprek en lieten elkaar dingen op hun smartphone zien. Maar rond deze tijd werkten de meeste mensen natuurlijk.

In elk geval was te zien dat de stad de staalcrisis had overleefd. Ze wekte een moderne indruk en adverteerde met haar toeristische attracties. Ik ontdekte een klein informatiebord waarop het kasteelmuseum werd gepresenteerd, dat nu prachtig gerestaureerd was. Ook het andere kasteel en de klokkentoren werden genoemd.

Onderweg vond ik zelfs de patisserie van de vrouw met wie mijn moeder zo'n beetje bevriend was geraakt. Inmiddels werd die echter door een andere familie uitgebaat en mijn moeder had de zaak zeker niet teruggekend, want hij was licht en modern ingericht. Het gebak en de taarten zagen er echter ook nu heel aantrekkelijk uit en ik besloot er op de terugweg iets te gaan kopen.

Voor de school hield ik halt.

Daar leek de tijd te hebben stilgestaan. Van het gebouw had mijn moeder geen foto gehad, maar haar verhaal had een zo duidelijk beeld in mijn hoofd achtergelaten dat ik meteen zag dat het sinds de jaren zeventig nauwelijks veranderd was. Natuurlijk werd het gebouw goed onderhouden, ik vond zelfs een bord dat erop wees dat het tegenwoordig een monument was.

Het schoolplein was op dit uur uitgestorven, de leerlingen waren al naar huis. Een dorre tak fladderde boven het zand naast de banken, die inmiddels een nieuwe verflaag hadden gekregen.

Ik maakte een foto met mijn telefoon. Die zou ik misschien vanavond naar mijn moeder sturen.

Ook het kasteel vond ik – de plaats waar ik waarschijnlijk was verwekt. Het museum, dat toen nog in de kinderschoenen had gestaan, was nu heel mooi gerenoveerd en maakte op borden reclame voor een kunsttentoonstelling.

Ik vroeg me af of de zaal met de koepel waar mijn moeder en Michel elkaar ontmoetten, er nog steeds was. Misschien zou ik er morgen eens gaan kijken.

Maar nu barstte ik van nieuwsgierigheid naar de villa en het huisje waar mijn moeder had gewoond. Zou madame Louise me binnenlaten? Zou ze zich mijn moeder nog herinneren?

Mijn voeten deden pijn toen ik ten slotte op aanwijzing van mijn mobiel bij de villa aankwam.

Het terrein leek een beetje verwilderd, maar het huis schitterde als een parel op een versleten gewaad. Misschien lag het aan het voorjaar, aan het feit dat het groen nog op zich liet wachten. In de zomer zou het er hier vast veel vriendelijker uitzien.

Bij de poort drukte ik op de bel. Omdat er een intercom was, wilde ik niet zomaar de poort openmaken en aan de voordeur verschijnen. Ik wachtte een paar minuten en met elke seconde die verstreek, verdween de hoop iemand aan te treffen. Misschien waren de Silbergs uit.

'Kom binnen!' zei ineens een stem, zonder te wachten op wat

ik te zeggen had. Het was een krakerige oude stem, nauwelijks herkenbaar als die van een vrouw. Was dat Louise? Ik rekende het na. Zij was iets ouder dan mijn moeder, maar die klonk helemaal niet als een oude vrouw. Leefde de weduwe Silberg nog? Alain was vast al overleden.

Waarschijnlijk verwachtte de bewoonster iemand, want de poort zoemde open.

Er knarste grind onder mijn schoenen toen ik het pad naar het huis opliep. Tevergeefs keek ik uit naar het bijgebouw waar mijn moeder had gewoond.

Ondanks de kale struiken en de schade die de winter het koetshuis had toegebracht, was het er prachtig, bijna net als in zo'n televisieserie over Engelse families waarin geheimen een grote rol spelen.

De eerste indruk die ik van het huis had gekregen, werd enigszins tenietgedaan toen ik dichterbij kwam. Vanuit de verte kon je de sporen van de tijd niet zien, maar nu werden ze duidelijk: barsten in de muren, afschilferend pleisterwerk, rode stenen die door de gaten in het wit als bange gevangenen tevoorschijn piepten. Ook de trap had schade opgelopen. Dat de treden in het midden doorzakten, was echter niet alleen toe te schrijven aan de afgelopen veertig jaar.

De vrouw die opendeed, was een jaar of tien ouder dan mijn moeder. Ze droeg haar met brede grijze strengen doortrokken haar in een wrong in haar nek. Haar linkerhand wekte een vreemde indruk, alsof hij niet echt bij haar hoorde, Had ze een beroerte gehad? Of zich verwond aan een weefgetouw? In haar donkerblauwe jurk zag ze er in elk geval nog steeds heel elegant uit.

'Madame Silberg?' vroeg ik, hoewel ik ervan overtuigd was dat ik tegenover Louise stond. 'Mijn naam is Nicole Schwarz, ik wil graag met u praten.'

Ongeloof verscheen op haar gezicht toen ze mijn naam hoorde.

'Schwarz, zegt u?'

Ik knikte. En vroeg me tegelijkertijd af of ik niet beter eerst had kunnen bellen. Maar daarvoor was het te laat. 'Mijn moeder is Marianne Schwarz. Ze heeft me verteld dat ze een jaar hier is geweest als uitwisselingsdocent.'

Louise staarde me aan alsof ik een geestverschijning was. Onzekerheid beving me. Zou ze wel met me willen praten?

'Lieve help, hoe is het mogelijk... Mariannes dochter.'

'Ja.' Ik probeerde te glimlachen, maar besefte dat dat niet goed lukte.

Achter Louise Silbergs voorhoofd gistte het. 'Dan... is je moeder nog in leven?' Blijkbaar had ze het tegendeel gedacht.

'Zeker wel. Ze heeft me van haar verblijf hier verteld, en ik wilde graag de plaatsen zien waar ze is geweest.' Louise knikte. Haar blik viel op mijn buik. Het was nog nauwelijks te zien, maar ze scheen te voelen dat ik zwanger was. En er was nog iets anders in haar ogen. Een schaduw die ik eerder, toen ze opendeed, nog niet had gezien.

'Goed, kom toch binnen. Veel heb ik niet te bieden, maar koffie en een glas water heb ik in elk geval.'

Ik wilde al opmerken dat dat niet nodig was, maar ik wilde haar gastvrijheid niet afwijzen.

'Dank u wel,' zei ik dus en ik volgde haar het huis in.

Clémence, de hond, leefde natuurlijk niet meer. De plek die mijn moeder had beschreven, was leeg. Een oude bloemenvaas met een lange barst stond op de plaats waar destijds de hondendeken had gelegen.

Louise leidde me naar de keuken, die op een of andere manier koel aanvoelde. Een diensmeisje dat maaltijden bereidde en warme chocolademelk maakte, leek er niet meer te zijn. In plaats daarvan ontdekte ik een zak met het opschrift van een bezorgdienst. Blijkbaar liet ze haar eten brengen.

'Het is zo lang geleden dat ik van je moeder heb gehoord. We hadden afgesproken elkaar te schrijven, en een tijdje hebben we ons ook aan die afspraak kunnen houden. Maar toen kwam het leven ertussen, mijn grootvader stierf, het ging slecht met mijn moeder en ik moest de fabriek verkopen. Inmiddels is die afgebroken, er zit nu een energiebedrijf.'

Met een bittere uitdrukking wees ze naar het raam, in de verte, waar bij de rivier de dromen van de Silbergs waren begraven.

'Ik ben altijd aan Marianne blijven denken. Maar toen ik eindelijk tijd had om te reizen, was het contact allang verbroken. Zoals je ziet, ben ik niet erg gezond. En toen de brieven uitbleven, dacht ik dat ze overleden was. Ze was jonger dan ik, maar het leven kan verraderlijk zijn.'

Ik hoorde dat haar stem trilde. Blijkbaar was ze bijna in tranen.

'Met mijn moeder gaat het goed,' zei ik terwijl ik zacht mijn hand op haar arm legde. 'Ze heeft een wijngoed bij Schweich, in de buurt van Koblenz. Ze zal blij zijn te horen dat u haar niet vergeten bent.'

'Maar je moeder is mij vast vergeten, hè?'

Ik schudde mijn hoofd. 'Nee, nee. Ze heeft me over u verteld. Ze heeft me alles verteld.'

Louise keek me aan. 'Als je moeder je het verhaal heeft verteld, dan weet je vast ook van mijn grootvader Alain.'

Ik knikte.

'Hij was een heel vriendelijke man, die echter het ergste heeft meegemaakt wat een mens kan worden aangedaan.'

'Het verlies van zijn zoon,' zei ik en ik voelde mijn maag verkrampen.

'Ja, precies, het verlies van zijn kind.' Louise keek me onderzoekend aan. 'Je lijkt niet erg op Marianne, maar ik zie veel gelijkenis met Michel Clement. En wel zo duidelijk dat de mensen er vroeger over gesmiespeld zouden hebben als ze je hadden gezien.'

'Wist u dat ze iets met elkaar hadden?'

'Ik kwam het pas te weten toen je moeder in het ziekenhuis lag. Het ongeluk met de fiets.'

Ik knikte, en was blij dat ik met het verhaal zover was.

'Ze wist niet wat ze moest doen. Met zichzelf. Met de jonge Rémy en met Michel. Ik weet zeker dat ze me alleen wilde vragen of ze aangifte tegen dat rotjoch moest doen omdat hij haar bijna om het leven had gebracht, maar toen kwam alles eruit. Ze vertelde me dat haar hart brak toen ik haar berichtte over Michels aanstaande huwelijk. Dat vond ik heel erg. Haar kwetsen was het laatste wat ik wilde. Ik had nog liever een mes in mijn eigen hart gestoken.'

Ze maakte een theatraal gebaar, dat niet bij haar fragiele verschijning paste. De herinnering leek haar enigszins gesterkt te hebben, want ze ging nu meer rechtop zitten, en haar stem klonk jonger – waarschijnlijk hoefde ze die hier in huis niet vaak te gebruiken. Ik vroeg me af waar haar kinderen waren. Of was ze misschien nooit getrouwd en had ze geen gezin gesticht? Had ze alleen voor de fabriek geleefd en bij de sluiting moeten constateren dat die haar beste jaren had opgeslokt?

Louises onderzoekende blik liet me niet los. Waarschijnlijk vermoedde ze waar ik op dat moment aan dacht.

'Weet je, eerlijk gezegd ben ik in mijn leven maar twee keer verliefd geworden. Eerst op mijn grootvaders textielfabriek – en daarna op je moeder.'

Ik keek haar verrast aan. Was dat de reden waarom ze nooit was getrouwd?

'Je kijkt alsof je door de bliksem bent getroffen,' zei Louise lachend. 'Maar het klopt. Toen ik je moeder voor het eerst zag, werd ik meteen verliefd op haar. Ik wist al dat ik nooit met een man samen wilde zijn, en ik wist dat dat een van de grootste zonden was die onze kerk kende.' Ze haalde haar schouders op. 'Binnen mijn familie was er geen sprake van dat ze mij met een vrouw zouden laten samenleven. Gelukkig zijn de tijden wat dat betreft intussen veranderd.'

Haar blik zweefde dromerig naar de verte. 'Je kunt je niet voorstellen hoe vaak ik 's nachts wakker lag en aan je moeder dacht. Ik wilde bij haar zijn, samen met haar in slaap vallen. Ik wil je niets vertellen wat je gênant zou kunnen vinden, maar het was zo. Toen Marianne me vertelde dat ze een affaire met Michel Clement had, stortte mijn wereld in. Ik heb een hele tijd gedacht dat ze net zo was als ik. Ook bij haar leek haar werk voor alles te gaan, ook zij was op haar leeftijd nog niet getrouwd. Maar die knappe Michel had haar hart veroverd, en niet ik.'

Dat klonk verschrikkelijk eenzaam. Maar ik kon me voorstellen hoe het voelde als je van iemand hield terwijl de liefde niet wederzijds was.

En waarschijnlijk had Louise haar geaardheid haar leven lang moeten verbergen en nooit kunnen hopen op vervulling van haar verlangens. Dat deed me veel verdriet.

'Je bent zeker op zoek naar je vader, hè?' Louise nam me aandachtig op. 'Je moeder hoopte dat die dag nooit zou komen, maar nu is het zover, toch?'

Ik vroeg me af of ik haar kon toevertrouwen wat er met mijn kindje aan de hand was. Ze zou het vast niet rondvertellen. Bovendien voelde ik dat ze echt meelevend zou zijn. En wat was er eigenlijk verkeerd aan om het iemand te vertellen die zo'n nauwe band met mijn moeder had gehad? Ook al waren ze nooit een stel geworden...

'Waarschijnlijk zou ik het u nooit hebben gevraagd als er niet een duidelijke reden voor was geweest. Ik ben zwanger, en mijn kindje... De dokter vreest dat het een hartafwijking heeft.'

Louises lippen werden een smalle streep en tussen haar ogen verscheen een zorgelijke rimpel. 'Wat vreselijk. Maar onder die omstandigheden...' Ze zweeg en dacht even na, toen vervolgde ze: 'Michel Clement stamt uit een familie waarin hartafwijkingen telkens terugkwamen. Zijn grootvader had het en hijzelf ook. Ik wil je bezorgdheid niet aanwakkeren, maar...'

'Ik vermoedde al dat het in de familie van mijn vader zit,' zei ik.

'Michels familie was een heel vreemd allegaartje. De hartafwijking mag dan een paar mannen enigszins hebben gehinderd, maar dat was waarschijnlijk alleen maar commutatieve gerechtigheid. De familieleden met de afwijking waren altijd de temperamentvolle, terwijl de gezonde mafketels en opportunisten waren. Michels vader was daarvan het beste voorbeeld. Hij verzamelde planten in herbariums en slangen in glazen potten, en had het in zijn hoofd gezet dat zijn zoon net zo moest worden als hij – een saaie piet. Maar Michel erfde de hartafwijking en werd daardoor heel anders. Ja, het schijnt dat de hartafwijking de telgen ertoe bracht anders te leven, anders te denken. Af te wijken. En te houden van wie ze wilden. Natuurlijk moet je die hartkwaal serieus nemen, vooral nu het kind nog niet geboren is. Ik ben dan wel geen arts, maar ik kan je nu al voorspellen dat je kind, als het er eenmaal is, rebels zal zijn. Het zal zijn medicijnen slikken, maar verder doen wat het wil. Tenzij je het aan banden legt, zoals Michels vader heeft gedaan. Jammer dat Marianne zich niet sterker tegen monsieur Clement heeft verzet. Ze had er vast voor kunnen zorgen dat die banden werden verbroken.'

'Door Michel te vertellen dat ze zwanger was, bijvoorbeeld?'

'Ja, precies.' Louises ogen schitterden. Ineens was ze weer de dertigjarige met enige levenservaring, maar die het grootste deel van haar leven nog voor zich had. 'Ze had het hem moeten vertellen. Maar helaas was ze niet meer hier, anders had ik haar dat aangeraden. Ze heeft me over je geschreven, heel kort, een keer, en me toen verboden het tegen hem te zeggen. Zo onzinnig!' Ze tikte tegen haar voorhoofd. 'Ik had het hem moeten vertellen! Alleen omdat ik van haar hield heb ik ermee ingestemd, en misschien ook een beetje omdat ik jaloers was op Michel. Ik had het hem moeten zeggen, dan was hij naar haar toe gegaan. Daar zou hij gek genoeg voor zijn geweest, ik zou me zelfs kunnen voorstellen dat hij voor haar Duitser zou zijn geworden.'

Zou dat echt zijn gebeurd? Of zou hij in het keurslijf van zijn familie zijn blijven zitten?

'Wat er is gebeurd, kunnen we niet meer terugdraaien,' zei ik. Maar misschien kunt u me zeggen waar ik hem kan vinden. Leeft hij eigenlijk nog?'

'O ja!' antwoordde Louise. 'Je vader woont in Metz, hij is hier weggegaan toen zijn huwelijk stukliep en hij zich niet meer door zijn vader onder druk wilde laten zetten. Maar het gaat, voor zover ik gehoord heb, niet erg goed met hem. We hebben een tijdje los-vast contact gehad, maar we zijn elkaar uit het oog verloren.'

Mijn hart begon te bonzen. Mijn vader leefde nog – in elk geval voor zover Louise wist. En hij woonde in Metz. Er was beslist een treinverbinding met die stad.

'Wil je naar hem toe?' vroeg Louise.

Ik knikte. 'Ik moet hem zien. Op z'n minst één keer. Ook al zal hij misschien vreselijk kwaad op mijn moeder zijn.'

'Dat is hij vast niet. Hij zal verrast zijn, maar niet kwaad. Michel is een lieve man, hij verdiende niet dat er zo met hem werd omgegaan. Hij zal het begrijpen.'

Ze glimlachte bemoedigend naar me. 'Doe hem alsjeblieft de groeten van me. En je moeder ook. Maar hou alsjeblieft voor je wat ik je daarnet heb toevertrouwd. Niet iedereen kan de waarheid verdragen, en ik zou niet willen dat je moeder zichzelf iets verwijt.'

Er klonk een luide bel. 'Ah, daar is mijn eten!' Louise stond op en pakte de zak van de besteldienst. Blijkbaar wilde ze die ruilen voor eentje met inhoud. 'De zoon van monsieur Claude biedt ouderen in de stad de mogelijkheid hun avondeten te laten brengen. Ik had nooit gedacht dat ik op een dag tot die oudere mensen zou behoren – maar zo gaat dat nu eenmaal.'

'Is dat die schrijver van die schandalige verhalen?'

'Of hij schandalige verhalen heeft geschreven weet ik niet, maar er doet er wel een de ronde over hem. Maar als er iemand achter hem aan zat, heeft die hem nooit gevonden, en zal hij hem ook niet vinden. Claude is het afgelopen jaar gestorven, op negenennegentigjarige leeftijd. Dat moet komen door de schone lucht hier.'

Ze keek me aan terwijl de bel voor de tweede keer klonk. Zou de chauffeur weer wegrijden als ze zich niet vertoonde?

Waarschijnlijk had hij geduld en wist hij dat ze even nodig had.

'Wanneer je kindje er is, doe me dan een plezier en kom me dan een keer opzoeken, voor ik doodga,' zei ze met een milde glimlach. 'En wil je je moeder vragen me weer eens te schrijven? Het is hier zo eenzaam, in het huis van de gestoorde rechter. Omdat hij gestoord was, is zijn geest een zwijgzame metgezel.'

'Ik zou eerder hebben gedacht dat de geest van uw grootvader hier was.'

Louise schudde haar hoofd. 'Nee, helaas niet. Zijn ziel is naar zijn vrouw en zijn zoon toe, hij is uit het huis weg en is samen met hen gelukkig. En het zal niet lang meer duren voor ik hem achterna ga. Dan kan de rechter zich voor mijn part in zijn eentje dood vervelen.'

Weer klonk de bel. Ik was ervan overtuigd dat het geluid doden tot leven kon wekken.

'De derde keer!' zei Louise schalks. 'Ik moet gaan, anders denkt hij nog dat ik dood ben neergevallen en laat hij de ambulance komen.'

Met die woorden liep ze naar de deur.

32

Foto nr. 12
Een stuk of twintig jongeren staan of zitten met een schetsboek in een klaprozenveld. Niet ver bij hen vandaan rijst een gedenksteen op voor de Voie Sacrée, de bevoorradingsweg naar Verdun. Marianne zelf is niet te zien, maar wel haar schaduw, die zich aftekent op de grond voor het monument. Een paar kinderen lijken geconcentreerd, andere in gedachten verzonken. Een jongen kijkt naar Marianne en lacht tegen haar. (Ongedateerd)

Toen Marianne het ziekenhuis verliet, bleef ze nog even op de trap naar de straat voor haar staan kijken.

Haar hersenschudding was over, en de kneuzingen waren alleen nog maar bleke plekken. Maar vanbinnen was er bij haar iets veranderd. Er was iets kapotgegaan wat het plezier om hier te zijn voorgoed had bedorven. Een maand, zei ze bij zichzelf, nog een maand en dan begint de vakantie. Dan zou ze weggaan. Dat zou ze niet met een licht hart doen, maar ze zou zich opgelucht voelen.

Intussen had ze een besluit genomen wat Bertrand Rémy betreft. Ze zou geen aangifte tegen hem doen. Louise had haar weliswaar iets anders aangeraden, maar ze begreep ook dat Marianne, als ze de aangifte doorzette, uiteindelijk de verliezende partij zou zijn.

'De mensen zouden denken dat ik op wraak uit ben, dat ik alles zou doen om die knul ervan langs te geven.'

'Wat hij ook heeft verdiend,' gaf Louise te kennen.

'Maar ik wil geen wraak nemen. Ik wil gewoon doorgaan met lesgeven. Het oordeel over wat Bertrand Rémy gedaan heeft, moeten de mensen in de stad maar vellen.'

Marianne wist zeker dat ze dat ook zouden doen.

Ze liet zich door een taxi naar de villa brengen. Onderweg zag ze dat een van de huizen feestelijk versierd was. Het huis van de Clements.

Ze was het bijna vergeten.

Marianne staarde naar de linten en het bord dat aankondigde dat Michel en Jeanne zouden gaan trouwen. Haar slapen begonnen weer te kloppen. Maar ze was ervan overtuigd dat dat niet meer door de hersenschudding kwam. Het was heel gewone hoofdpijn, veroorzaakt door teleurstelling en verdriet.

Ze had zo gehoopt dat hij zou komen, dat hij haar een keer zou bezoeken. Maar dat had hij niet gedaan. De kus voor de poort, de kus voor de brand uitbrak, was het laatste wat ze van hem had.

In het huisje geurde het naar lavendel. Sophie had grondig schoongemaakt, de bedden verschoond en haar kleren opgeruimd. Het fotoalbum lag op haar nachtkastje. Marianne streek er met haar vinger over, daarna trok ze haar ziekenhuiskleding uit en schoot iets gemakkelijks aan. Ze wilde naar de rivier gaan, om na te denken. Omdat ze geen fiets meer had zou het even duren, maar ze had de tijd. Het was vrijdag, de schooldag was zonder haar begonnen en ze hoefde pas maandag weer te verschijnen. Toen ze ten slotte bij de rivier kwam, scheen de middagzon genadeloos op haar neer. Het water ruiste luid, en ze was er helemaal alleen.

Marianne dacht na over wat ze nu moest doen – en hoe ze moest leven nu Michel niet meer bij haar zou komen.

Natuurlijk kon ze hopen dat hij er net zo tussenuit zou piepen als indertijd met Kerstmis. Maar die wens stond ze zichzelf niet toe. Wat hij van plan was, wat er voor hem gepland was, wist ze niet, maar ze wenste in stilte dat hij op huwelijksreis zou gaan. En dat die net zo lang zou duren tot ze hier weg was.

Hoewel ze wist dat haar hart zou breken, besloot Marianne naar Michels bruiloft te gaan. Niet als officiële gast en ze zou ook niet lang blijven. Maar ze wilde het zien. Ze wilde haar domme hart, dat nog altijd van hem hield, laten zien dat het zinloos was. Ze hoopte dat het door de aanblik van Michel met zijn bruid zou ophouden voor hem te kloppen. Ook al zou ze het haast niet overleven.

Toen het klokgelui begon waaronder het bruidspaar de kerk in liep, kwam ze op het plein voor de kerk aan.

Sinds de ochtend voelde ze zich merkwaardig verdoofd, maar daardoor was het haar gelukt zich aan te kleden en naar de stad te lopen. Ze wist niet hoe het met de fiets zat, waarschijnlijk stond hij nog in de bewijskamer van de gendarmerie. Maar de wandeling deed haar goed. Het voelde als een pelgrimstocht die aan het eind verlossing bracht.

Ze wachtte op een bankje naast de kerk, geduldig als een toerist die duiven probeert te lokken. De huwelijksvoltrekking was niet meer dan een dof gemompel achter de dikke kerkmuren. Marianne bedacht dat de rouwdienst voor haar vader net zo moest hebben geklonken.

En vreemd genoeg moest ze weer aan Johanna Bacher denken. Wat zij nu deed, had de minnares van haar vader vast ook gedaan. Wachten. Kijken. En beseffen dat er dingen waren die je gewoon niet kon krijgen.

Toen de deur van de kerk weer openging en het bruidspaar onder het gejuich van de gasten en een regen van rijst en rozenblaadjes naar buiten kwam, stond Marianne op. Omdat de zon al bijna fel scheen, zette ze haar zonnebril op en bekeek het paar door het bruine filter. Keek naar het geluk en dwong zichzelf ook nog te blijven kijken toen Michel Jeanne kuste. Die lippen, dacht ze, behoorden ooit mij toe, maar nu niet meer. Weer meende ze die laatste kus te voelen. Zou hij Jeanne ook zo kussen? Zo ruw, zo vertwijfeld?

Ze wachtte niet tot ze daar antwoord op kreeg. Het plein voor de kerk stroomde vol, en daarmee werd het risico dat ze ontdekt werd groter. Ze draaide zich om, verdween in de schaduw en vluchtte toen naar de enige plaats waar ze kon huilen zonder dat iemand daar blij om werd.

Op maandag was iedereen op school vol van de bruiloft. In de lerarenkamer werd gelachen en luidkeels over de blunders van enkele gasten gepraat. Monsieur Clement genoot van de triomf. Maar hij kon niet weten dat Marianne haar eigen triomf nog zou vieren – tijdens de les die dag.

'Goedemorgen!' begroette ze haar collega's vrolijk.

'Ah, mademoiselle Schwarz, daar bent u weer!' antwoordde Clement en hij stond op om haar een hand te geven. 'U hebt ons behoorlijk laten schrikken met dat ongeluk.'

'Aardig dat u dat zegt, maar het gaat nu weer goed met me.'

Het was vreemd. Marianne was altijd een beetje bang geweest voor de minachting waarmee Clement haar bejegende. Bang voor de geringschattende blikken die hij haar toewierp. Maar nu merkte ze daar niets van. Óf de bruiloft had Clement mild gestemd, óf zijzelf was veranderd.

Marianne hoopte het laatste. Telkens weer had ze de scène afgedraaid waarin Michel met Jeanne de kerktrappen af kwam lopen. Keer op keer had ze gehuild. Toen ze zondagochtend niet aan het ontbijt was verschenen, was Louise haar taart en croissants komen brengen en had haar urenlang in haar armen gehouden terwijl ze huilde.

's Avonds waren de tranen bedwongen. Natuurlijk voelde ze nog verdriet – Louise beweerde dat liefdesverdriet even lang duurde als de tijd dat je met iemand samen was geweest.

Maar ze sliep zonder te dromen en wist die ochtend hoe ze iedereen versteld kon doen staan.

Ze herinnerde zich wat Louise verteld had op de eerste dag, toen ze net was aangekomen. De frontlinie. De klaprozen.

In het ziekenhuis had Louise haar boeken gebracht, en in één ervan had ze een gedicht van een Engelse soldaat gevonden. Een gedicht over de klaproos en de verschrikkingen van de oorlog, over schuld en vergeving.

Dat gedicht had haar niet meer losgelaten. Ze was van plan geweest het er in de Franse les over te hebben, maar toen ze naar school liep, had ze beseft dat ze dit onderwerp nog effectiever kon behandelen.

'We hebben u op de bruiloft gemist, hebt u de uitnodiging niet gekregen?' vroeg Clement schijnheilig, maar de woorden gleden langs haar af als waterdruppels van een regencape.

De uitnodiging had ze gekregen. Louise had die voor haar ogen verscheurd en op een oud bord verbrand. Daarmee was het afgedaan.

'Zeker, hartelijk dank, maar mijn toestand belette me te komen. Het spijt me.'

Ze voelde de meelevende blikken van haar collega's. Zou Clement rondgebazuind hebben dat de Duitse lerares zijn zoon had verleid? Had hij er tegenover iedereen mee lopen pronken dat hij gewonnen had? Of zat het allemaal anders en keken haar collega's alleen maar zo vanwege het ongeluk?

Het kon haar niet schelen.

'Monsieur Clement, ik heb een verzoek,' zei ze terwijl ze probeerde geen enkele emotie te tonen. Aller ogen richtten zich op haar. Wat konden ze verwachten?

'Ja, wat kan ik voor u doen?' Clement leek er geen rekening mee te hebben gehouden dat ze de moed zou hebben hem iets te vragen.

'U hebt toch een camera? Zou u zo vriendelijk willen zijn die aan me uit te lenen? Ik zou graag tijdens de les een paar foto's van de leerlingen maken voor een project. Het filmpje betaal ik natuurlijk, en als u dat wilt ook een leenvergoeding.'

Een moment was het muisstil in de kamer. Marianne keek haar collega recht in de ogen.

Clement kon niet anders dan knikken. 'Goed, u mag de camera lenen. Wanneer hebt u hem nodig?'

'Vandaag. Vandaag is het nog mooi weer. Morgen gaat het regenen, dan kan het niet meer.'

Ook dat scheen hij niet verwacht te hebben, maar omdat hij al had toegezegd, stuurde hij een leerling naar zijn vrouw. De leerling was blij even uit de les te mogen. Na de les bracht hij Marianne de camera.

Toen ze door de deur van het klaslokaal stapte, schoot haar polsslag onwillekeurig omhoog. Hoe vaak was ze op dat moment niet door de spottende grijns van de jonge Rémy verwelkomd – maar nu moest ze constateren dat hij ontbrak.

'Ik weet het, ik ben een tijdje weggeweest, maar ik ben ervan overtuigd dat jullie met madame Delacour de lessen goed hebben voortgezet,' zei ze tegen de leerlingen nadat het geluid van de bel was weggeëbd. 'Vandaag wil ik iets speciaals met jullie gaan ondernemen, iets wat misschien nog geen enkele leraar met jullie gedaan heeft.'

De leerlingen keken verbaasd. Niemand stak zijn hand op, niemand vroeg iets. Dat ervoer ze als verfrissend. Kwam het doordat Rémy er niet was? De vraag waar hij uithing lag op het puntje van haar tong, maar ze wilde het moment daar niet door bederven. Wat haar betreft had hij naar een internaat voor moeilijk opvoedbare kinderen kunnen zijn gebracht, het liet haar koud.

'Bar-le-Duc staat erom bekend dat zich daar in de Eerste Wereldoorlog niet ver van de stad de laatste bevoorradingsweg naar Verdun bevond. Sommigen van jullie kennen misschien het monument dat daaraan herinnert, en jullie moeders hebben jullie vast de verhalen verteld van de vrouwen die vanaf het klaprozenveld naar de strijders stonden te kijken. Vandaag gaan wij een bezoek aan het veld brengen, en daar gaan jullie alles opschrijven wat jullie bij het onderwerp oorlog en vergeving kunnen bedenken.'

Ze keek de kring van verbaasde gezichten rond. Ze betreurde het bijna dat de jonge Rémy er niet was. En ze ergerde zich een beetje dat ze niet al veel eerder op het idee was gekomen. Maar soms moest er eerst iets gebeuren voor je de juiste conclusies trok.

In een lange stoet liepen ze onder de verbaasde blikken van de conciërge en de gymleraar, die zijn klas rondjes om de school heen liet rennen, het lyceum en de stad uit naar de vol in het rood staande klaprozenvelden. Marianne hoopte een beetje dat Michel zou opduiken, dat hij zou vragen wat ze daar deed, maar hij verscheen niet. In plaats daarvan verspreidden de enigszins verward rondkijkende leerlingen zich over het veld.

'De klaproos is de bloem van het lijden, van vergeving en van de slaap. De Lorraine, jullie geboortestreek, is daardoor ook het land van vergiffenis. Schrijf alles op wat daarover in je opkomt, schrijf op hoe je over oorlog denkt, over soldaten, over de nazi's, over wat jullie ouders en grootouders tegen jullie gezegd hebben. En kijk dan in je hart en vraag je af wat je daarbij voelt. Vraag jezelf af of je zou kunnen vergeven, en kijk vooruit naar de toekomst. Schrijf je wensen op. Alles wat er in je opkomt.'

De klaprozen wiegden op de tedere aanrakingen van de zomerwind. Het was Marianne niet helemaal duidelijk wat de kinderen in de bloemen zagen en of haar woorden eigenlijk wel tot hun hart waren doorgedrongen. Maar ze was blij dat geen enkele leerling haar actie ter discussie stelde. Zelfs Bertrands vriendjes niet, die zonder hem heel anders schenen te zijn.

Terwijl de leerlingen schreven, maakte ze foto's van hen. Ze wilde een bewijs hebben. Ze wilde de ouders laten zien hoe hun kinderen in het klaprozenveld nadachten over vergeving en over de toekomst. Ze was ervan overtuigd dat haar laatste ouderavond anders zou verlopen dan de eerste.

Toen ze klaar waren, gingen ze terug naar de school. Die was in rep en roer, want ze had de leraren in verwarring achtergelaten door twee lesuren weg te blijven. Marianne liet hun de verzamelde blaadjes zien.

'We hebben vanmorgen geprobeerd te ontdekken wat vergeving is,' zei ze toen ze de camera aan monsieur Clement teruggaf. 'U hebt meer verstand van planten dan ik, monsieur Clement, maar misschien kunt u bij de volgende les eens aan uw leerlingen vragen waar de klaproos voor staat.'

Ze glimlachte naar hem en draaide zich om. Een volgende klas en een nieuw lesuur wachtten.

33

Terwijl de ochtendnevel zich vanaf de Ornain over het land verspreidde, reed ik met de trein naar het oosten.

Gisteren had ik met de vraag geworsteld of ik mijn moeder een berichtje moest sturen. Toen had ik besloten dat pas te doen nadat ik Michel had gesproken.

Mijn hart klopte vol verwachting. Hoe zou het gaan? Zou mijn vader met me willen praten? Of zou hij me afwijzen?

Ik probeerde afleiding te zoeken, maar dat lukte niet. Tussendoor dacht ik er zelfs over David te bellen – maar die was rond deze tijd al onderweg naar zijn werk. Ik had een berichtje voor hem kunnen achterlaten, maar dat wilde ik niet. Eerlijk gezegd wist ik niet eens hoe ik moest beginnen. En evenmin wist ik hoe ik mijn vader moest benaderen.

Mijn situatie leek een beetje op die van mijn moeder destijds, toen ze de minnares van haar vader had bezocht. Misschien was die van mij zelfs nog iets lastiger, want de man die zich achter de muren van het kleine rijtjeshuis verschool, was mijn vlees en bloed, mijn vader. De man die van mijn moeder had afgezien omdat hij voor een ander koos. Ze had gelijk gehad, zo simpel was het met de breuk niet gegaan. En een beetje kon ik haar stilzwijgen wel begrijpen. Voor haar was Michel gestorven toen ze zag dat hij met Jeanne trouwde.

Ik belde aan en haalde diep adem. Mijn bloeddruk zou nu vast zorgelijke rimpels op het voorhoofd van mijn dokter hebben veroorzaakt. Voetstappen die naar de deur kwamen, joegen mijn polsslag tot ongekende hoogte op.

Een lange, zo te zien broodmagere man met grijs haar die in de verte gelijkenis vertoonde met de oudere Kevin Costner, maar dan in een donkerharige versie, begroette me. Het was alsof ik door de bliksem werd getroffen. Ik zag meteen dat hij mijn vader moest zijn – de gelijkenis met mijn eigen spiegelbeeld was onmiskenbaar.

Hemzelf leek het niet op te vallen, want hij vroeg: 'Waarvoor komt u, mademoiselle?'

'Bent u Michel Clement?' De woorden klonken me weer vreselijk stuntelig in de oren, terwijl ik toch al twee dagen alleen maar Frans had gesproken.

'Ja,' antwoordde hij verbaasd. Er verscheen een vragende blik in zijn goudbruine ogen. Ik moest erkennen dat die er heel aantrekkelijk uitzagen.

'Ik ben Nicole Schwarz, ik...' Zou hij me geloven als ik zei dat ik de dochter van Marianne en hem was? Louise Silberg had gezegd dat hij niets wist van een kind – mijn moeder had het voor hem verzwegen omdat ze zijn huwelijk niet wilde ondermijnen.

Toen kwam ik op een idee. Ik stak mijn hand in mijn tas, haalde mijn mobieltje tevoorschijn, zocht de foto van mama tussen de klaprozen op en liet hem die zien.

'Kunt u zich deze vrouw nog herinneren?' vroeg ik.

Zijn blik werd wazig toen hij ernaar keek. Tranen schoten hem in de ogen en hij wiste ze verlegen weg.

'Hoe komt u aan die foto?' Met trillende handen pakte hij mijn mobiel vast.

'Ik ben de dochter van Marianne Schwarz, die een tijd als lerares in Bar-le-Duc heeft gewerkt.' Ik had ook kunnen zeggen dat ik hoogstwaarschijnlijk zijn dochter was, maar zou hij dat van me aannemen?

De man bekeek de foto een poosje, toen keek hij me aan met

zijn goudbruine ogen. Toen hij jonger was, moest hij er echt fantastisch hebben uitgezien.

Maar nu was in die ogen de vraag te lezen wat ik daar met die foto kwam doen.

'Wilt u misschien even binnenkomen?' vroeg hij.

'Ja, graag,' antwoordde ik, terwijl ik mijn hart in mijn keel voelde kloppen. Eigenlijk was het mijn moeders taak hem te vertellen dat hij een dochter had.

Maar ik had nog enkele ogenblikken respijt.

Hij leidde me naar een kleine, spaarzaam ingerichte woonkamer. Op een kastje stond een ouderwetse beeldbuis, die blijkbaar nog functioneerde.

Op het tafeltje voor de bank lagen een paar doosjes met medicijnen. Ik had er te weinig verstand van, maar als Louise gelijk had, zaten daar beslist ook een paar middelen voor zijn hart bij.

Verder was er nauwelijks opsmuk. Naast het raam hing alleen een crucifix. Foto's leek Michel Clement niet te bezitten.

'Gaat u zitten,' zei hij wijzend naar de bank, die door de moderne bekleding eigenlijk niet bij de andere, veel oudere meubels paste.

Ik ging zitten en klampte me enigszins benauwd vast aan mijn tas. Wat stond me te wachten? En hoe ter wereld moest ik hem de waarheid bijbrengen?

'Dus Marianne is uw moeder?' begon hij, nadat hij even naar de keuken was verdwenen. Ik hoorde een koffiezetapparaat pruttelen.

'Ja, Marianne is mijn moeder.'

'Dan volgt u dus de sporen van het verleden?'

Toen ik hem aankeek, zag ik dat hij nerveus was. Zou hij iets vermoeden? Had hij toch iets gehoord?

Nee, dat geloofde ik niet. Wie had het hem moeten zeggen? Louise Silberg had alleen al uit liefde voor mijn moeder gezwegen.

'Ja, ik heb Bar-le-Duc bekeken. Helaas is de oude textielfabriek er niet meer, maar ik heb wel met Louise Silberg gesproken.'

'Louise was vroeger een leuke meid. Jammer dat ze nooit een man heeft gevonden.'

Niet wilde vinden, verbeterde ik hem in stilte. Hoe zou hij reageren als hij wist dat hij eigenlijk Louises concurrent was geweest? Maar ik zou het geheim van madame Silberg bewaren – ook tegenover mijn moeder. Dat ging alleen Louise aan.

'En wat brengt u naar Metz?' vroeg Clement door.

Ik had inmiddels het gevoel dat ik puur van de spanning zou ontploffen.

'Bent u hier met een speciale reden?'

'Nou ja... waarschijnlijk zult u me niet geloven, maar...' Ik stokte toen ik zag dat de gouden blik van de man ineens ijzig werd. Ik had misschien kunnen zeggen dat mijn moeder het over hem had gehad – maar hun relatie had geen gelukkig einde gekend, dus was er geen andere reden dan...

'Ik vermoed dat ik uw dochter ben, monsieur Clement!'

Nee, ik had beter kunnen zeggen dat ik ervan overtúígd was dat ik zijn dochter was, want de maand waarin ik was verwekt viel onmiskenbaar in mijn moeders periode in Bar-le-Duc, en ze had heel zeker niets met iemand anders gehad.

Maar misschien was het ook wel beter het bij een vermoeden te houden, want ik zag nu dat alle kleur uit het gezicht van monsieur Clement was geweken.

'Gaat het wel met u?' vroeg ik. 'Alles in orde, monsieur Clement?' vroeg ik.

Lange tijd verroerde hij zich niet. Toen draaide hij langzaam zijn hoofd om en keek me aan, onderzoekend, alsof hij in mijn gezicht sporen van dat van hemzelf zocht. Ik wist zeker dat hij die bij nadere beschouwing zou vinden. Alleen mijn ogen waren al een duidelijk teken, dat besefte ik nu.

'Weet u dat zeker?'

Ik deed een greep in mijn tas en haalde mijn identiteitsbewijs tevoorschijn. Mijn geboortedatum zou hem zekerheid geven.

Zijn handen trilden toen hij mijn ID bekeek nog erger dan daarstraks bij de foto van mijn moeder.

'Juni,' mompelde hij. 'Dat moet vlak voor de brand in de school gebeurd zijn. Vlak voor...'

... ik dat onzalige huwelijk met Jeanne moest aangaan, vulde ik zwijgend aan, want daar leek hij nu aan te denken.

Hij gaf me mijn ID terug en zweeg een poosje. Ineens veranderde er iets in zijn gezicht.

'Hoe haalde je moeder het in haar hoofd om dat voor me te verzwijgen!' barstte hij uit. Nu liep hij rood aan.

Hij sprong op van zijn stoel en begon rusteloos heen en weer te lopen. Ik zag dat hij over zijn hele lijf trilde. 'Waarom heeft ze me niet verteld dat ze een kind van mij verwachtte? Dacht ze soms dat ik geen eergevoel had? Dacht ze dat ik een klootzak was, dat ik me aan de verantwoordelijkheid wilde onttrekken?'

'U was net getrouwd,' zei ik sussend. 'Ze wilde uw huwelijk niet ruïneren.'

'Poeh, mijn huwelijk!' brulde hij nu bijna, zodat ik in elkaar kromp. Op zo'n emotionele uitbarsting had ik niet gerekend. 'Dat hele huwelijk was een farce! Een aanfluiting! Ik had nooit naar mijn vader moeten luisteren en me door hem onder druk laten zetten. Het was toch duidelijk hoe het met Rémy was afgelopen!'

Dat begreep ik niet. Wat had die Rémy met zijn vader te maken?

'Wat bedoelt u?' vroeg ik voorzichtig terwijl ik me er al op instelde dat hij meteen weer zou uitbarsten.

Clement keek me aan. Hij kreeg nu een spijtige blik.

'Mijn vader... hij dreigde dat hij Mariannes leven op school tot een hel zou maken als ik niet de verhouding beëindigde en met mijn verloofde trouwde. Hij was een vriend van Rémy, en toen diens zoon als saboteur van de fiets werd aangewezen, was het met Rémy's goede naam gedaan. Marianne had hem niet aangegeven, maar iedereen wist het. Iedereen wist dat het verkeerd was om de Duitse lerares de schuld te geven van zaken waar ze niets mee te maken had. Maar op dat moment was mijn vader verblind. Het was hem duidelijk geworden dat ik een verhouding met haar had. Mijn verloofde wist het ook. Het zou geen probleem zijn geweest als ik de verloving verbrak. Maar mijn vader wilde geen Duitse in zijn familie. Hij beeldde zich in dat het ons allemaal in het verderf zou storten.'

Hij schudde zijn hoofd en leek een beetje in zichzelf te keren. Ik moest denken aan wat Louise had gezegd over het verband tussen de hartkwaal en het temperament. Als dat klopte, zou mijn kind misschien één bonk energie worden. Misschien.

'Uiteindelijk heeft mijn vader ons allebei ongelukkig gemaakt. Jeanne moest samenleven met een man van wie ze wist dat hij van een ander hield. En ik moest met de gedachte leven dat de liefde van mijn leven weer naar Duitsland was verdwenen en niets meer van me wilde weten.'

Hij draaide zich met een ruk om en keek me aan. Tranen biggelden over zijn wangen. 'Ik heb er zo vreselijk veel spijt van gehad dat ik je moeder heb laten gaan. Dat ik niet nog een keer naar haar toe ben gegaan. Ik dacht dat ze me vanwege het huwelijk niet meer wilde zien. Maar als ik had geweten dat ze een kind van me verwachtte, had ik met mijn vader en desnoods de hele familie gebroken, neem dat maar van me aan.'

Even viel er een stilte tussen ons. Ik staarde hem aan, de man die mijn vader was en die bijna veertig jaar niet had geweten dat ik bestond. Die een ander leven had geleid dan hij had kunnen leiden. Was er echt geen mogelijkheid geweest een andere weg in te slaan?

'Waarom hebt u niet geprobeerd haar te zoeken?' vroeg ik ten slotte. 'Voor zover ik weet is ze teruggegaan naar Koblenz. Misschien heeft ze zelfs wel op bericht van u zitten wachten.'

Michel veegde een beetje onbeholpen de tranen van zijn wangen. 'Ik dacht dat ze kwaad op me was. Ik dacht dat ze me niet meer wilde. En toen ik haar toch probeerde op te sporen, was ze al niet meer te traceren.'

'Dat klopt, we zijn een tijdlang vaak verhuisd.' Misschien wel omdat mijn moeder vermoedde dat hij haar zou gaan zoeken. Misschien was ze op de vlucht.

'Wat was eigenlijk de reden dat Marianne haar zwijgen heeft verbroken?' vroeg hij nadat hij een tijdje niets had gezegd. 'Ik ken haar. Ze was buitengewoon zwijgzaam, je had het gevoel dat bij haar elk geheim veilig was. Waarom heeft ze u pas na zo lange tijd verteld wie uw vader is?'

Ik boog mijn hoofd. Ergens stond het me tegen de reden te noemen, want misschien zou hij zich verantwoordelijk voelen, hoewel hij niets aan zijn erfelijke aanleg kon doen. Maar hij was mijn vader. Ook al vond ik het nog een beetje moeilijk te accepteren dat ik nu tegenover hem zat, hij was mijn vader en had het recht te weten wat er met zijn kleinkind aan de hand was.

'Ik... ben zwanger.'

Clement knikte. 'Dat zie ik.'

'Ik ben niet de jongste meer,' vervolgde ik, 'en daarom sta ik onder dokterscontrole. Bij een van de onderzoeken bleek er een afwijking te zijn. Mijn gynaecologe vermoedt dat het kindje een hartkwaal heeft.'

Ik keek mijn vader aan. Als je het niet wist, merkte je nauwelijks iets van zijn ziekte. Hij had geen blauwe lippen of een vale teint. Ik had in de boeken gelezen dat niet-ernstige ventrikelseptumdefecten soms lang onopgemerkt bleven. Soms werden ze ontdekt bij een routineonderzoek – soms pas wanneer problemen zich heel laat manifesteerden. Mijn vader leek geluk te hebben gehad. Hij haalde niet reutelend adem. En hij leefde nog, hij was oud geworden.

Mijn vader was met hartkwaal en al oud genoeg geworden om met pensioen te gaan. Hij was oud genoeg geworden om hier tegenover me te kunnen zitten. Dat toonde aan dat mijn kindje dat ook voor elkaar kon krijgen!

'Er komen nog meer onderzoeken, waarbij het preciezer moet worden uitgezocht. Dat was reden om mijn moeder te vragen me haar geschiedenis te vertellen. Me over u te vertellen, monsieur Clement.'

'Papa,' verbeterde hij me daarop. 'Noem me papa. Tenslotte ben ik je vader. En je weet niet half hoe gelukkig ik ermee ben straks een kleinkind te hebben. Ik had de hoop al opgegeven. Weet je, Jeanne wilde zo graag kinderen, maar zij kon ze niet krijgen. En toen ze niet langer mijn vrouw was, wilde ik geen ander meer. Het maakt me ongelooflijk gelukkig te zien dat ik een kind heb en grootvader word!'

Met die woorden sloot hij me in zijn armen. En ik moest toegeven dat het goed aanvoelde – ook al kende ik hem nog geen uur.

34

Foto nr. 13
Het voltallige lerarenkorps van de school heeft zich voor het gebouw verzameld. Naast Marianne staan een bleke, donkerharige vrouw met een stijf kapsel en een man met een kaal hoofd en een baard. De gezichtsuitdrukkingen van de geportretteerden variëren van weemoed tot blijdschap. Marianne draagt een lichte zomerjurk, maar de glimlach op haar gezicht herbergt een geheim. (Ongedateerd)

'Het is echt jammer dat u weer weg moet,' zei rector Callas nadat hij het raam had opengezet om de warme zomerlucht binnen te laten. Meteen verdween de sigarenlucht en Marianne, die voor het bureau zat, meende gedroogd gras te ruiken.

Ze kon zich nog goed herinneren dat ze die geur al eens had geroken. Midden onder de les, toen ze de foto's van het klaprozenveld wilde beoordelen. Even later was het haar zwart voor de ogen geworden.

De dokter werd erbij gehaald, en Marianne werd naar het ziekenhuis gebracht omdat men vreesde voor late effecten van het ongeluk.

Maar toen was dokter Chirac, de gynaecoloog van de kliniek, naar haar toe gekomen.

'Ik ben blij u te kunnen meedelen dat uw flauwte niet door

ziekte is veroorzaakt,' begon hij. 'Misschien moet ik u feliciteren, want u bent zwanger.'

Marianne had de arts verward aangekeken. En zich toen weer de nacht herinnerd waarin ze haar benen om Michels heupen had geklemd, vol vertwijfeling en wellust.

Die nacht had haar een kind bezorgd, Michels kind.

Eerst was ze geschokt, maar terwijl de dokter haar vertelde wat ze van nu af aan moest doen of laten, drong het besef tot haar door welk geschenk en welke kans ze had gekregen.

Michels kind! Jeanne mocht dan misschien zijn echtgenote zijn, maar zij droeg zijn kind!

Eerder had ze er nooit over nagedacht of ze eigenlijk wel kinderen wilde. Toen Michel trouwde, had ze de gedachte eraan helemaal van zich afgezet. Maar nu hoorde ze van het kind en besefte ze dat ze een ongekende kans kreeg. Misschien vond ze wel nooit meer een andere man – maar een kind zou ze voor altijd hebben. Ze zou het grootbrengen en het de liefde geven die ze zelf niet van haar ouders had gekregen. Ze zou glimlachend de interesses van haar kind accepteren en het steunen waar ze maar kon.

Maar de geschiedenis van haar vader zou ze het niet vertellen, want ze wilde niet dat het zich onbemind voelde alleen maar omdat haar vader niet de moed had gehad te kiezen voor de vrouw van wie hij mogelijk had gehouden...

Sinds de diagnose van dokter Chirac was er een maand verstreken. Marianne had nog steeds hevige aanvallen van misselijkheid, maar die gingen na verloop van tijd over.

Inmiddels was ze vertrouwd geraakt met de gedachte dat ze moeder werd. Op deze manier had ze tenminste iets van Michel wat niemand van haar af kon pakken.

Maar het kwam niet in haar op om hem te confronteren met het kind dat onder haar hart groeide. Het zou zijn leven maar onnodig ingewikkeld maken.

Sinds de bruiloft had ze hem niet meer gezien. Hij had het vast druk met zijn echtgenote, mogelijk waren ze nu op huwelijksreis.

Het was goed zo. De aanblik van Michel met zijn bruid had weliswaar niet zo heilzaam gewerkt als ze had gehoopt, maar het zou haar niet zwaar meer vallen Bar-le-Duc de rug toe te keren.

'Alles goed, Marianne?' De stem van de rector onderbrak haar gedachten. Ze had niet gehoord wat hij had gezegd.

'Ja, ja, met mij is alles oké, ik was alleen afgedwaald. Kunt u het alstublieft nog even herhalen?'

'Ik wil u graag aanbieden om hier op school te blijven werken,' zei monsieur Callas vriendelijk. 'Ik weet dat u een Duitse bent, maar Koblenz is niet heel ver hiervandaan. Ik denk dat we wel een regeling kunnen treffen waardoor u hier kunt werken en de weekenden in Koblenz kunt doorbrengen. Wat vindt u daarvan?'

Marianne keek de rector verrast aan. Daar had ze niet op gerekend.

'U... u wilt me een vaste aanstelling geven?'

'Ja, heel graag zelfs. U spreekt onze taal uitstekend en bent goed geïntegreerd in het docentenkorps. Bovendien heb ik het gevoel dat uw leerlingen sinds het uitstapje naar het klaprozenveld echt op u gesteld zijn geraakt.'

Die indruk deelde Marianne niet helemaal, maar ze moest toegeven dat de situatie beter was geworden. Mogelijk kwam het ook doordat Bertrand Rémy vanwege het saboteren van haar fiets van school was gestuurd – en dat door die aanslag ook het aanzien van zijn vader in de stad zwaar was aangetast. De mensen spraken niet meer zo respectvol over hem, hij was alleen nog maar de vader van de jongen die bijna zijn lerares had vermoord.

Wat het lerarenkorps betreft, sommigen zouden net als eerst wegkijken wanneer iemand haar schoffeerde. Lydie had dat nooit gedaan, net zomin als Dumont, dat was misschien genoeg om het hier uit te houden. En Clement deed sinds de bruiloft van zijn zoon wat vriendelijker tegen haar – het was nu immers zeker dat er geen Duitse in de familie kwam.

Maar de belangrijkste reden waarom ze niet kon blijven, niet wilde blijven, was Michel. En het kind dat ze onder haar hart droeg. Als ze bleef, zou het opvallen. De mensen zouden gaan roddelen. En Michel... Als hij het zou horen, wie weet, misschien ging hij dan weg bij zijn vrouw. En dat zou er weer toe leiden dat ze haar nog minder mochten.

Sommige wensen mochten niet in vervulling gaan, dat besefte Marianne nu. Hoeveel ze ook van Frankrijk hield, ze zou hier niet blijven. Ze moest ergens zijn waar ze veilig was, ergens waar niemand haar kende. Tegenover haar collega's thuis kon ze doen alsof ze iemand in Koblenz had leren kennen en zwanger was geworden. Tegenwoordig was het in Duitsland niet meer zo erg om alleenstaande moeder te zijn als vroeger. En haar eigen familie zou geen deel uitmaken van haar toekomst.

Michels kind zou haar altijd toebehoren. Dat was op dat moment voor haar genoeg.

Teruggekeerd uit haar overpeinzingen, die de rector vast voor nadenken had aangezien, schudde Marianne haar hoofd. 'Hoe jammer ik het ook vind, ik kan uw aanbod helaas niet aannemen.'

'Waarom niet?' vroeg de rector spijtig. 'Ik zou u een uitermate genereus aanbod doen. En als u wilt, zorg ik ook voor een woning. Ik heb zo mijn contacten...'

'Het spijt me,' onderbrak Marianne hem. 'Ik waardeer uw aanbod bijzonder. Maar het gaat niet. Ik moet terug naar huis, daar zitten mijn kinderen op me te wachten.'

Marianne haalde de kaart tevoorschijn die haar vroegere klas haar had gestuurd en liet hem aan de rector zien. 'Dat wil niet zeggen dat uw leerlingen niet ook mijn kinderen zijn, maar die in Koblenz hebben oudere rechten.'

Ze had ook kunnen aanvoeren dat ze voor haar verweduwde moeder moest zorgen, maar dat wilde ze niet. Haar moeder redde zich uitstekend in haar eentje, misschien wel beter dan ooit tevoren. Waarschijnlijk beheerde ze nu enthousiast de nalatenschap van haar man en was ze blij dat noch zijn muzen noch zijn rebelse dochter in zijn testament waren bedacht.

'Uw besluit lijkt vast te staan,' zei Callas een beetje teleurgesteld. 'Dat betreur ik zeer. Ik denk niet dat we ooit weer zo'n goede lerares Duits zullen krijgen.'

'Maar die hebt u toch al met Lydie,' antwoordde Marianne. 'Ze spreekt heel goed Duits en heeft ook een band met haar leerlingen. U zou haar alleen met één ding moeten helpen.'

'En dat is?' Callas keek haar vragend aan.

'Zorg ervoor dat ze niet meer als de dochter van een collaborateur wordt gezien. Zij heeft niets te maken met wat haar vader gedaan heeft, maar de mensen hier scheren haar nog steeds over één kam met hem. Niemand ziet dat ze er is voor haar zieke moeder, dat ze haar eigen geluk voor haar en voor de school opoffert. Geef haar alstublieft een steuntje in de rug. Als ze hier steun vindt, zal ze een geweldige lerares zijn, daar ben ik van overtuigd.'

Callas leek eerst nog een beetje te twijfelen, maar toen knikte hij. 'Ik kan het op z'n minst proberen. Zoals u weet zijn de mensen hier nogal koppig.'

'Het is de mensen gelukt mij te accepteren, dat moet dan ook met Lydie kunnen. U hoeft maar één ding te doen, monsieur Callas: haar steunen op de ouderavonden. En maak de mensen duidelijk dat die oude verhalen niet op school thuishoren – tenzij ze toevallig deel uitmaken van de geschiedenisles. De school hoort op de toekomst gericht te zijn.'

En op vergeving, schoot het door haar heen. Tegelijkertijd besefte ze dat ze een beetje als een meerdere van Callas had geklonken. Eigenlijk had zij hem niet voor te schrijven wat hij moest doen. Maar wat had ze te verliezen? Het was haar laatste dag. Na dit gesprek zou ze weggaan. Haar getuigschrift had ze al gekregen, de officiële afscheidsceremonie had gisteren plaatsgevonden. Nu moest ze nog een verslag schrijven voor de Pedagogische Uitwisselingsdienst. Er zou vast nog wel een of andere slotbijeenkomst volgen, maar die zou geen problemen opleveren.

Morgen reisde ze terug met de trein. En dan moest ze erover nadenken hoe ze haar leven wilde inrichten.

'Dat zijn wijze woorden, mademoiselle Schwarz,' zei Callas, die absoluut niet ontstemd leek. 'Ik zal zien wat daarvan te realiseren valt. Ik wens u het allerbeste, en vergeet ons alstublieft niet. En mocht u nog van mening veranderen: mijn deur staat altijd voor u open.'

'Dank u wel,' zei Marianne, maar ze wist dat ze die deur nooit meer door zou gaan. Net zomin als ze ooit nog naar Bar-le-Duc zou terugkeren.

Toen ze het kantoor uit liep, was de hoofdingang leeg, net als op de dag dat ze hier was begonnen. De leerlingen waren al verdwenen, de zomervakantie tegemoet, buiten veegde de conciërge de stoeptegels schoon. Mussen kwetterden in de bomen, en het geronk van een vrachtwagen weerklonk in de straat.

Marianne bleef staan. Ze hoopte een beetje dat Michel zou verschijnen, net als op de dag dat ze hier aankwam. Maar toen voelde ze opluchting dat hij er niet was. Mogelijk was ze zwak geworden. Dan had ze hem misschien over haar kind en over het aanbod van rector Callas verteld. Dan zou alles mogelijk nog ingewikkelder zijn geworden.

Maar doordat hij wegbleef, werd dat haar bespaard. Nog eenmaal wierp ze een blik door de gang, toen liep ze met haar schooltas naar buiten. Voor de laatste keer groette ze de conciërge, die altijd verbaasd scheen dat hij door iemand werd gezien, daarna sloeg ze de weg naar de villa in.

De volgende ochtend liep ze met haar koffer in haar hand de trap op naar de villa. In het huisje had ze de bedden afgehaald en zo goed mogelijk opgeruimd. Natuurlijk zou Sophie het allemaal nog veel beter doen, maar daarmee was haar verblijf hier afgesloten. Alleen het laatste ontbijt met de Silbergs stond nog te gebeuren.

Als altijd kwam Clémence enthousiast op haar afgestormd. Marianne zette haar koffer neer en aaide de kop van de enorme teef, die kwispelde alsof ze besefte dat ze haar ging verlaten.

Toen ze doorliep, stuitte ze op Sophie.

'Goedemorgen, mademoiselle. Monsieur Alain heeft me opgedragen u zodra u er was te vragen naar de eetkamer te komen.'

Toen ze in de eetkamer kwam, vloog Louise haar tegemoet en omhelsde haar.

'Ik zal je zo missen!'

'Ik jou ook,' beaamde Marianne, en dat was ook zo. Er was veel dat ze zou missen. Maar één ding ook weer helemaal niet. Ze zou Louise missen, en Alain. Sophie en Clémence ook. Ze zou Michel missen. Ja, ze wist zeker dat ze wanneer ze weer in haar woning in Koblenz was, hem het allermeest zou missen. Dat zou haar verscheuren, en ze zou hem diep in haar herinnering moeten begraven, want dat was beter dan vruchteloos naar hem verlangen.

En ook de stad zou ze missen, de overwegend vriendelijke mensen en de klaprozen.

'Maar er is nog tijd voor een stevig ontbijt,' zei Alain terwijl hij naar de tafel wees, die rijkelijker dan anders was gedekt. 'Ga zitten, en eet. Ik weet zeker dat er aan de andere kant van de grens een barbaarse keuken wacht.'

'Er zijn anders heel veel Franse restaurants,' gaf Marianne te kennen, want ze wist dat hij het niet serieus meende.

'Poeh, die zijn niet te vergelijken met onze keuken, dus eet! Niemand in uw vaderland mag zeggen dat ik u hongerig naar huis heb gestuurd.'

'Dat zal beslist niemand zeggen,' beloofde Marianne terwijl ze aan tafel ging zitten. Een half uur later nam ze afscheid van Alain. Louise wilde haar naar het station brengen, met haar zou ze nog wat meer tijd samen hebben.

Ze was verdrietig, want ze wist dat ze Alain niet zo gauw terug zou zien. Misschien zou ze hem en Louise nooit meer zien. Volgend jaar zou ze een kind hebben om voor te zorgen. Maar wie weet, misschien zou ze op een dag de kracht vinden haar kind over Bar-le-Duc te vertellen. En over diens vader.

Toen de trein binnenreed, omhelsden Marianne en Louise elkaar zo lang dat ze dachten met elkaar te vergroeien. Marianne was blij dat er geen grote afscheidsceremonie was. Ze was blij dat Michel niet kwam opdagen. Dat maakte het afscheid makkelijker, al zou ze Louise missen.

'Schrijf me,' zei deze. 'Je moet me vaak schrijven. En ik kom je opzoeken als het kan, ja?'

Marianne knikte. Ze wist dat ze niet terug zou komen in Bar-le-Duc, maar wanneer Louise de weg naar haar wist te vinden, zou ze altijd welkom zijn.

Toen ze weer in Keulen was, voelde Marianne zich alsof ze in een vreemd land was aangekomen. Maar tegelijkertijd wist ze dat het zo het beste was. Voor haar en ook voor het leven dat in haar groeide.

'Niet te geloven! Marianne!' riep iemand achter haar toen ze uit de trein was gestapt.

'Ingrid!' Marianne geloofde haar ogen niet. In Parijs had ze nog naar haar uitgekeken, maar ze had haar en Celia nergens kunnen vinden. En nu liepen ze elkaar zomaar tegen het lijf.

'Lieve help, Marianne!' riep Ingrid uit en ze kwam op haar afrennen alsof ze een oude vriendin tegenkwam. 'Hoe gaat het met je?'

'Uitstekend, zoals je ziet,' antwoordde Marianne, wat een leugentje was, want ze had die ochtend vreselijk overgegeven. Maar inmiddels voelde ze zich weer goed. 'En jij? Hoe was jouw jaar?'

'Vermoeiend,' antwoordde Ingrid. 'Maar het was de geweldigste ervaring die ik ooit heb meegemaakt. Ik had niet gedacht dat Duitsers zo goed geaccepteerd zouden worden.'

Blijkbaar verschilt dat per plaats, dacht Marianne. Maar eigenlijk deed ze daarmee de mensen in Bar-le-Duc onrecht. De enigen die echt iets tegen haar hadden gehad, waren Rémy en zijn zoon, en monsieur Clement. Verder waren de meesten toch heel aardig tegen haar geweest toen het ijs eenmaal gebroken was.

'Heb je nog iets van Celia gehoord?' Marianne strekte haar

hals, maar kon haar levendige, niet van drugs afkerige collega nergens vinden.

'O, jazeker. Die gaat niet meer naar Duitsland terug, schat ik. Mijn contact met de Fransen was al goed, maar dat van haar nog veel beter.' Ze knipoogde veebetekenend.

Het duurde even voor bij Marianne het kwartje viel. 'Ah, ze heeft iemand leren kennen!'

'Dat niet alleen!' antwoordde Ingrid. 'Ze is ter plaatse getrouwd en bij de school weggegaan. Je kunt je voorstellen dat ze daar razend waren.'

Marianne glimlachte een beetje bitter. Misschien was zij, als het allemaal anders was gelopen, ook met Michel getrouwd. Maar het had niet zo mogen zijn.

'Echt iets voor Celia,' zei ze, terwijl ze het bittere gevoel opzijzette. 'Maar staat haar dan geen straf te wachten? De uitwisselingsdienst heeft tenslotte haar verblijf betaald.'

'Geen idee, in elk geval is ze overgelukkig. En ze zou het heel leuk vinden als je haar een keer schrijft. Ik kan je haar adres wel geven.'

'Graag,' antwoordde Marianne, hoewel ze wist dat ze het nooit zou doen.

'Ach, ik heb geen papier. Heb jij iets om op te schrijven?'

Marianne voelde in de zak van haar zomerjas. Ze had hem in Frankrijk nauwelijks gedragen omdat hij haar hinderde bij het fietsen. Inderdaad vond ze iets in haar zak, wat aanvoelde als een servetje. Ze haalde het tevoorschijn en zag te laat wat het was.

'Ach, die vent in de disco!' Ingrid glimlachte veelbetekenend toen ze het daarop gekrabbelde telefoonnummer zag. 'En, ga je hem bellen?'

Marianne werd rood. 'Nee, natuurlijk niet! Hij weet vast niet eens meer wie ik ben.'

'Als ik je mijn jurk leen, beslist wel. Ik heb hem nog.'

'Laat maar, dat hoeft niet. In Duitsland zijn ook knappe mannen.'

'Daar heb je gelijk in.'

Ingrid krabbelde Celia's adres in Parijs en dat van haarzelf onder het telefoonnummer en overhandigde Marianne het stukje servet.

'Hier. Zodat je me niet vergeet. Zul je me schrijven? Dan krijg ik jouw adres met jouw brief.'

'Doe ik,' beloofde Marianne terwijl ze het stukje servet in haar zak stopte. Misschien gooide ze het toch niet weg.

Tegen de tijd dat de intercity naar Koblenz binnenreed, nam ze afscheid van Ingrid en droeg ze haar koffer de trap op. De zon scheen op de rails, er koerden een paar duiven, en Marianne verheugde zich op de zomer. En op het feit dat het komende jaar haar een kind zou brengen.

35

Toen ik 's avonds terugging naar het hotel, voelde ik me geradbraakt. Maar tegelijk ook ongekend gelukkig. Ik had meer gekregen dan ik had kunnen verwachten. Van nu af had ik een vader, en mijn kind zou een grootvader hebben. Helaas was er niet genoeg tijd geweest om alle open vragen op te helderen, maar ik had Michel – papa – beloofd gauw contact op te nemen en hem met zijn kleinkind te bezoeken wanneer het er eenmaal was.

Op de een of andere manier had ik nu wat meer hoop. Mijn vader had het met zijn hartkwaal gered – waarom dan mijn baby niet ook? Natuurlijk was er nog altijd een risico, maar ik zag alles nu niet meer zo somber in.

En ineens had ik ook de moed om de confrontatie met de vader van mijn kindje aan te gaan.

Mijn hart klopte hevig toen ik Davids nummer koos. Allerlei vragen kwamen op me af. Stel dat hij nu geen tijd had? Dat hij niet met me wilde praten? Dat ik het tegendeel bereikte van wat ik wilde?

'Met David Hofer,' klonk zijn stem. Het was zo geweldig hem te horen!

'Hoi, David, met mij,' zei ik een beetje aarzelend. 'Ik wil graag met je praten, heb je even?'

'Zeker,' antwoordde hij, en ik hoorde dat er een stoel over de vloer werd geschoven. Hij ging erbij zitten. Prima. 'Hoe gaat het met je?'

'Goed. Nou ja, ik bedoel, naar omstandigheden. Ik... ik bel vanuit Bar-le-Duc.'

Een moment voelde het net als vroeger, wanneer ik met David belde terwijl ik op reis was. Alsof er niets gebeurd was. Maar natuurlijk klonk David anders. Hij sprak op enigszins zakelijke toon – waarschijnlijk had hij geen idee waarom ik belde.

'Aha, hoe kom je daar nou terecht?' vroeg hij.

'Ik wilde op bezoek gaan bij mijn vader.'

'Je vader? Maar ik dacht dat hij dood was!'

'Tja, blijkbaar niet,' antwoordde ik. 'Kortgeleden heeft mijn moeder toegegeven dat hij nog in leven zou kunnen zijn. Nou, toen wilde ik hem zien, en ik heb hem gevonden. Hij woont nu in Metz.'

Ik merkte dat David deze informatie eerst moest verwerken. Bovendien was hij waarschijnlijk verbaasd dat ik zo vrolijk kletste. Ik was gewoon euforisch dat ik mijn vader had gevonden! Maar ik besefte wel dat ik ter zake moest komen.

'Ik... ik wilde zekerheid, want dokter Mandelbaum vermoedde dat de oorzaak van mijn genetische aanleg bij mijn vader gezocht moest worden. Dus heb ik mijn moeder naar hem gevraagd. En ze heeft alles verteld.' Ik zweeg even. Misschien zou ik hem het hele verhaal ooit een keer vertellen, maar niet nu. Maar één ding moest hij weten.

'Ik heb in mijn leven zelden het gevoel gehad dat er iets ontbrak, want mijn moeder was er altijd voor me. Met haar energie heeft ze mijn bestaan licht en zonnig gemaakt, en ook al zaten we soms krap bij kas, ik kreeg toch alles wat ik nodig had. Ik besefte het toen niet, maar nu weet ik dat ik mijn vader miste. Dat ik niet wist wie hij was, betekende een belasting voor me. Dat heb ik verdrongen, ik was bang om naar hem te vragen, want ik voelde dat de herinnering aan hem mijn moeder opbrak. Maar toen ik te horen kreeg dat mijn kindje misschien een aangeboren hartafwijking had... Toen wilde ik het ineens weten. Ineens merkte ik hoe ik hem gemist had. En in het gesprek met mijn moeder kwam ik te weten hoe erg ze was gekwetst en hoeveel ze had moeten verduren voor ze hem vond. En hoeveel pijn het haar heeft gedaan hem te verliezen. En ik kwam ook te weten wat haar eigen vader in haar ziel heeft aangericht. Zijn afwezigheid, hoewel hij er was, heeft haar voor het leven getekend.'

Ik zweeg even, wachtte af of David iets zou zeggen. Maar ik hoorde hem alleen ademhalen.

'En omdat ik hem gevonden heb...' begon ik, en ik aarzelde toen een beetje. 'Omdat ik hem gevonden heb, bedacht ik dat ik voor mijn kind op zoek moest gaan naar de vader.'

Stilte. Mijn hart bonsde en ik voelde mijn handen jeuken. Maar ik kon niet meer terug.

'Hilda heeft met je gepraat, hè? zei hij toen. Het vrolijke geklets was definitief voorbij.

'Praat jij nog met haar?' vroeg ik voorzichtig. Ineens voelde ik me zo gespannen als een veer.

Hij begon te lachen. En even kon ik in gedachten weer de man voor me zien die ik ooit had leren kennen en liefhebben. Maar was hij dat nog?

'Natuurlijk praat ik met haar,' antwoordde hij. 'Hoewel ik behoorlijk kwaad op haar was dat ze het je verteld heeft.'

'Waarom heb jij dat niet gedaan?' vroeg ik zacht.

Ook al zag ik hem niet, ik kon me voorstellen wat er in hem omging. Waarschijnlijk zag hij háár, hoe ze lachte, hoe ze over haar babybuik aaide, hoe ze samen met hem toekomstplannen maakte. Plannen waarvan niets terecht was gekomen.

'Omdat ik bang was,' zei hij na een tijdje. Zijn stem klonk nu volkomen serieus, en ik meende hem licht te horen trillen. 'En ik moet toegeven dat ik nog steeds bang ben. Weet je, toen jij me belde over die hartkwaal... daar was ik behoorlijk kapot van.'

'Je klonk anders heel kalm,' zei ik. 'Onverschillig bijna.'

'Maar dat was ik niet,' antwoordde hij, en nu hoorde ik lichte vertwijfeling. 'De gedachte dat er iets met jou kon gebeuren... dat er iets met het kindje kon gebeuren, was bijna dodelijk. Dat je mijn wens genegeerd had, maakte me razend, maar als ik dat trauma niet had gehad... dan had ik het je kunnen vergeven.' Hij wachtte even, toen vervolgde hij: 'Ik weet het, het klonk niet zo, maar ik wist niet wat ik moest doen, ik heb gevloekt en getierd en heb de hele nacht rondgelopen. Van het ene eind van de stad naar het andere. De mensen moeten hebben gedacht dat ik een zwerver was.'

Ik probeerde het me voor te stellen, en schaamde me dat ik helemaal was vergeten hoe het was wanneer hij met grote problemen te kampen had. Maar toen had ik gedacht dat ik hem totaal onverschillig liet. En nu hoorde ik dat het hem ook niet koud had gelaten.

'Het is heel erg wat er is gebeurd,' zei ik. 'En ik kan begrijpen dat je dat niet nog een keer wilt meemaken. Als ik het had geweten, was ik niet zomaar met de pil gestopt zonder er met jou over te praten.'

Davids stem kreeg een bedroefde klank. 'Misschien had je het toch gedaan. Omdat jij juist zo graag een kind wilde. Ik had dat moeten inzien.'

'Je had het me moeten vertellen.'

Ik haalde diep adem. Op een of andere manier leek de glazen wand die tussen ons in had gestaan sinds de dag dat ik hem had verteld dat ik zwanger was, op te lossen.

'Ik weet dat ik er een zootje van heb gemaakt,' zei hij. 'Die avond laatst... Toen wilde ik eigenlijk tegen je zeggen dat ik er voor je wilde zijn. Ongeacht wat er gebeurd is. Ik zag in dat ik je niet met ons kind kan laten zitten. Maar toen gebeurde dat met die sterilisatie, en ik wist niet... Ik weet niet wat me bezielde om daarmee te beginnen.'

Wat hij zei benam me bijna de adem. Ik werd een beetje duizelig. De vermoeienissen van die dag, samen met dit gesprek met David, werden me wat te veel.

'Het was verkeerd, en ik besefte achteraf pas wat ik daarmee heb aangericht. Ik kan het begrijpen als je niet meer van me kunt houden. Maar misschien mag ik er zijn voor het kind. En voor jou. Als je dat wilt.'

Nu had ik het gevoel dat ik zou gaan vallen. Of was het zweven? David had op die mislukte avond willen zeggen dat hij er voor me wilde zijn? Dat was haast te mooi om waar te zijn.

'Ik...' Mijn stem brak. De tranen schoten me in de ogen en het duurde even voor ik mezelf weer in de hand had.

'Daar hoef ik niet lang over na te denken,' zei ik. Dit was het moment waarop ik had gewacht. Dit was het antwoord dat ik na mijn bezoek bij dokter Mandelbaum had willen krijgen. 'Ik wil niet zwijgen als mijn kind naar zijn vader vraagt. Ik dacht dat ik dat zou kunnen, toen ik je liet gaan, maar ik kan het niet. Niet na wat ik heb meegemaakt.'

Nu hoorde ik dat hij ook huilde. Minutenlang waren we allebei niet in staat iets te zeggen.

'Zou je dan willen dat ik terugkwam? Ik heb je toch behoorlijk gekwetst. Iedereen die het verhaal hoort zou waarschijnlijk denken dat ik de grootste klootzak van de wereld ben, omdat ik mijn zwangere vriendin in de steek heb gelaten.'

'Ja, vermoedelijk wel.' Ik lachte door mijn tranen heen. 'Maar ik ben ook een etterbak geweest.'

'Dan passen we goed bij elkaar.'

We snikten en lachten tegelijkertijd, toen vroeg hij: 'Wanneer is die afspraak bij die specialist waarover mijn moeder vertelde?'

'Volgende week vrijdag.'

'Wat vind je ervan als ik met je meega?'

'Heb je dan tijd?' Ik wist dat Davids agenda overvol was.

'Voor de moeder van mijn kind vind ik wel een gaatje.'

Nadat we hadden opgehangen, bleef ik lang in het donker zitten staren.

Bar-le-Duc was een zee van licht voor mijn raam. Ik was volkomen uitgeput. Eigenlijk had ik mijn moeder willen bellen, maar nu moest ik eerst zien bij te komen. Want wanneer gebeurde het nou dat je op een dag twee vaders vond?

Mijn vader en de vader van mijn kind.

Ik kon het bijna niet geloven. Maar het was allemaal echt gebeurd. Op dat moment dacht ik er niet aan hoe het verder zou gaan en wat er nog zou komen. Ik kon alleen maar blij zijn om die ongelooflijke momenten en ze in mijn hart bewaren voor het geval dat het over een week allemaal misging.

36

Een beetje treurig verliet ik Bar-le-Duc. Vermoedelijk zou ik Louise Silberg niet weerzien. Maar ik had haar tenminste leren kennen en was meer te weten gekomen dan mijn moeder. Ook ik had nu een geheim te bewaren.

Die ochtend had ik mijn moeder gebeld en haar over mijn ontmoeting met Michel verteld. Mijn moeder was volkomen buiten zichzelf geraakt toen ze hoorde dat hij nog leefde – en dat ik hem verteld had wie ik was. Maar toen begon ze te huilen, zo erg dat ik niet anders kon dan met haar meedoen. Toen we eindelijk weer gekalmeerd waren, vertelde ik haar alles wat mijn vader en ik besproken hadden.

'Het verbaast me niet dat hij kwaad op me is,' erkende ze. 'Ik had het anders moeten aanpakken. Ik had hem op z'n minst moeten schrijven. En jou over hem vertellen.'

'Dat had je moeten doen,' had ik geantwoord. 'Het verleden kan alleen niet ongedaan worden gemaakt. Maar we zijn tenminste begonnen alles een beetje recht te trekken. Wie weet, wanneer hij eenmaal tot rede is gekomen, schrijft hij je misschien wel. Mogelijk krijgen jullie weer contact met elkaar.'

'Dat zou fijn zijn,' zei mijn moeder en het leek of ze weer de tranen nabij was. Opdat ze niet helemaal instortte, beloofde ik haar meer te vertellen wanneer ik terug was. Ik had immers niet alleen Michel ontmoet.

Dat ik met David had gebeld, had ik nog voor haar verzwegen – dat zou ik vertellen wanneer ik er weer was. Eén opwindend bericht was op het moment wel genoeg voor haar.

Aangekomen op het station trok ik mijn rolkoffer de rolstoelhelling op. Voor mijn trein binnenkwam, had ik nog wat tijd, dus kocht ik bij een kiosk een krant, een flesje water en een pain au chocolat. Daar zat wel geen aardbeienvulling in, maar mijn kindje leek ook chocola niet te versmaden.

Terwijl ik het opat, liet ik in gedachten de afgelopen dagen nog eens de revue passeren. Het was vreemd, maar alleen al door alles wat ik had gezien, gehoord en ontdekt, had ik geen tijd gehad om me zorgen te maken om mijn kindje en het ophanden zijnde onderzoek. De bezorgdheid zou ongetwijfeld terugkomen, maar nu zat ik barstensvol beelden, verhalen en gevoelens, en op de een of andere manier bespeurde ik een licht optimisme. Dat zou, mezelf kennende, de komende dagen wel weer overgaan, maar op dat ogenblik voelde ik me relatief onbezorgd.

'Nicole!'

Ik draaide me om en kreeg even het gevoel dat ik in een van de foto's van mijn moeder was verplaatst. Gelukkig had ik het laatste hapje al naar binnen gewerkt.

Een man in een grijze trenchcoat zwaaide naar me. Pas in tweede instantie herkende ik mijn vader. Nu droeg hij een blauwe jas met een bijpassende baret. Om zijn schouder hing een versleten leren tas.

Nog steeds lukte het me niet 'vader' of 'papa' tegen hem te zeggen. Die woorden waren gewoon nog te vreemd voor me. Maar ik wist dat hij het me niet kwalijk nam als ik hem Michel noemde. En misschien zou ik hem ooit nog eens papa gaan noemen.

'Wat komt u hier nou doen?' vroeg ik terwijl ik hem omhelsde.

'Ik wil met je mee, kind, wat dacht je dan?'

Dat had ik niet verwacht. Toen we afscheid namen, had ik eerder de indruk gehad dat hij diep teleurgesteld was.

'Wilt u mee naar Keulen?'

'Ja, en van daaruit naar Koblenz. Mijn jonge buurman heeft het voor me gegoogeld.'

Voor ik kon vragen wat hij daar wilde, kreeg ik het door.

'Wilt u haar opzoeken?'

'Ik wil haar uitfoeteren,' antwoordde Michel. 'Omdat ze me al die jaren heeft verzwegen dat ze een dochter had. Omdat ze me er niet voor heeft behoed die verschrikkelijke fout te begaan.'

Zijn ogen fonkelden van kwaadheid. Maar ik zag aan hem dat hij nog altijd van mijn moeder hield.

'Dan kan ik haar beter van tevoren bellen,' zei ik, want ik kon me voorstellen wat een commotie het zou geven als ik daar met mijn vader kwam aanzetten.

Maar hij schudde zijn hoofd. 'Nee, niet bellen. Maar je moet misschien meegaan. Daar heb je toch nog wel tijd voor?"

Ik bedacht dat ik maandag weer op het reisbureau moest zijn. Ik wilde Christina niet om verlenging vragen. Maar als we in Keulen meteen op de eerstvolgende trein naar Koblenz stapten, konden we tegen de avond in Schweich zijn. En als er geen stoptreinen meer reden, namen we gewoon een taxi.

'Ja, ik heb tijd,' antwoordde ik glimlachend. Ik zou met mijn vader naar mijn moeder gaan. Wat idioot! Maar ook geweldig. 'Weet u het zeker? Ik bedoel, het is een lange reis, en het weerzien... uw hart...'

'Lief van je dat je je zorgen maakt om mijn hart,' antwoordde hij terwijl hij een treinkaartje uit zijn zak haalde. 'Maar ik vrees dat het al te laat is. Ik ben niet iemand die graag geld verspilt, dat kan ik me gewoon niet permitteren.'

Op dat moment klonk het bericht dat onze trein zo zou binnenkomen.

Ik keek hem aan. Meende hij het echt? Zo ja, dan moest hij nu instappen.

'Nou, kom dan,' zei hij en hij klemde zijn tas steviger vast. 'Het is een lange reis.'

Tijdens de reis voelde ik me eerst een beetje beduusd. Ik had er niet op gerekend dat ik mijn vader zo snel terug zou zien. Maar na wat gepraat over koetjes en kalfjes werd ik losser. Michel vertelde me over de wijnberg waar hij had gewerkt. Hij roemde het uitzicht en begon toen over druivensoorten te oreren.

Geleidelijk aan vond ik de moed hem vragen te stellen. Hij vertelde me hoe de verloving met Jeanne tot stand was gekomen, waarom hij met haar getrouwd was en dat hij mijn moeder nooit echt was vergeten.

Op zijn beurt wilde hij iets over mijn leven weten. Waar ik was opgegroeid, wat ik zoal had gedaan. We vergeleken ons leven als kind van een leraar, en ik was heel blij dat ik de dochter van mijn moeder was. De strengheid en tucht in huize Clement zouden me er vast ook toe hebben gebracht me van mijn familie los te maken.

Toen we uiteindelijk in Schweich aankwamen, liep het tegen middernacht. Omdat het voor mijn vader te vermoeiend was om de hele weg naar het wijngoed te lopen, hield ik een taxi aan. De meeste ramen van de huizen waren al donker, alleen het centrum met de winkels en de kleine boekhandel was nog verlicht.

Ook op het wijngoed was het volkomen donker, er brandde nergens meer licht. Mijn moeder was op stap of lag al te slapen. Omdat ze geen avondmens was, was het laatste het waarschijnlijkst.

Een onbehaaglijk gevoel maakte zich van me meester. Kon ik haar wel zo laten schrikken? Ze hield waarschijnlijk met van alles rekening, maar niet dat ze Michel midden in de nacht voor de deur zou zien staan.

Toen ik eindelijk de moed vond om mijn hand naar de bel bij de poort te brengen, pakte Michel me bij mijn arm.

'Dit is waanzin, hè?' zei hij weifelend. 'Misschien had ik toch niet mee moeten gaan.'

Ik haalde mijn schouders op. 'U bent nu hier. Rond deze tijd rijden er geen treinen meer, en als we niet buiten willen overnachten, zullen we toch naar binnen moeten.'

Er verscheen een glimlach op mijn gezicht. Deze ontwikkeling had ik echt niet voorzien.

Tijdens de reis hadden we genoeg tijd gehad om met elkaar te praten. Hij had me verteld hoe hij mijn moeder had leren kennen, dat hij al op het eerste gezicht verliefd op haar was geworden. Hoe hij met zichzelf had geworsteld of hij de verloving met Jeanne moest verbreken of niet. Zijn woorden versterkten het verhaal van mijn moeder. Hoewel ik er niet aan twijfelde dat ze de waarheid had verteld, werd die nu door hem bevestigd.

Ik drukte op de bel. Ik stelde me voor dat mijn moeder nu verbaasd opkeek en dan haar mobiel controleerde. Michel had me verboden een berichtje te sturen. Ze mocht het niet van tevoren weten. Dat zou ze me later beslist verwijten, dat wist ik. Maar nu was ik razend benieuwd naar het gezicht dat ze zou opzetten.

De intercom kraakte. 'Hallo, wie is daar?' vroeg mijn moeder.

'Ik ben het, mam,' zei ik, zonder te zeggen wie ik bij me had.

De zoemer klonk en ik liep de poort door. Michel bleef een eindje achter. Beslist niet om naar het wijngoed te kijken, daar was in de duisternis weinig van te zien. Hij aarzelde omdat hij de reactie van mijn moeder vreesde. Hoewel hij degene was die kwaad op haar hoorde te zijn omdat ze hem geen andere keus had gelaten dan zijn oude leven voort te zetten.

Mijn moeder stond bij de voordeur. Ze droeg een braamkleurig huispak en zag eruit alsof ze op het punt stond naar bed te gaan.

'Nicole, wat is...?'

De woorden bleven haar in de keel steken toen ze de man achter me zag.

'Michel!' Ze had maar een paar seconden nodig om hem te herkennen. Waarschijnlijk herkende haar hart hem nog eerder dan haar ogen.

Ze stak haar hand op alsof ze zou gaan zwaaien. Daarbij leek ze een beetje afwezig, maar ik herinnerde me dat ze dat als teken hadden afgesproken. Als een teken voor een kus.

Michel begreep dat. Met tranen in zijn ogen trok hij haar tegen zich aan en kuste haar. Alsof de negenendertig tussenliggende jaren er niet waren geweest.

Een ogenblik lang leek de tijd stil te staan. Ik had maar zelden gezien dat een man mijn moeder kuste, en nooit waren die kussen zo geweest als wat ik nu zag.

Ze klampten zich bijna vertwijfeld aan elkaar vast, toen keken ze elkaar aan.

'Verdomme, Marianne wat heb je je allemaal in je hoofd gehaald,' barstte hij toen los.

Zijn woorden waren als een speld die een enorme ballon liet ontploffen. Ik begon bijna te lachen. Ik kende mijn vader niet goed, maar dit paste bij hem. Geen kleffe liefkozende woordjes, na de kus meteen de donderpreek. Ook mijn moeder lachte. Ze wist heel goed wat ze had gedaan, en dat het verkeerd was geweest. Dat ze de donderpreek had verdiend. Maar ze glimlachte toen hij in het Frans losbrandde.

'Kom binnen,' zei ze zacht. 'Hierbuiten is het lastig praten.'

We liepen naar de woonkamer, waar ik op de bank ging zitten, als een toeschouwer bij een voorstelling. Tegelijkertijd was ik de reden waarom mijn vader en mijn moeder zo tegen elkaar begonnen te schreeuwen dat de ruiten trilden. Ik was verbaasd over het volume dat ze produceerden, mijn anders zo bedachtzame moeder en mijn vader met zijn zwakke hart.

'Waarom heb je me mijn kind ontzegd?' bulderde hij. 'Dat had je niet mogen doen! Dacht je soms dat ik me aan mijn verantwoordelijkheid zou onttrekken? Ik zou voor je hebben gezorgd, Marianne!'

'Je was getrouwd!' snauwde ze. 'Je koos ervoor met Jeanne te leven in plaats van met mij.'

'Alleen omdat ik geen keus had!'

'Ik gaf je de keus, maar jij moest zo nodig naar je vader luisteren.'

'Hij dreigde dat hij jouw leven tot een hel zou maken.'

'Dan had je hem een klap moeten verkopen.'

'Dat had ik gedaan als ik had geweten dat je zwanger was! Desnoods was ik er met je vandoor gegaan.'

'Ja, en dan had Jeanne haar broers achter je aan gestuurd.'

Ze slingerden elkaar alle mogelijke verwijten naar het hoofd. En allebei hadden ze op de een of andere manier gelijk. Michel had haar willen beschermen, mijn moeder had Michel willen beschermen. Mijn moeder was teleurgesteld, Michel ook. Ieder van hen had zo zijn redenen en argumenten, en ik hoopte vurig dat ze mij niet tot scheidsrechter zouden bombarderen. Inmiddels had ik geleerd dat je voorzichtig moest zijn met oordelen voor je alle kanten van het verhaal kende.

Zo was ik kwaad op David omdat hij me niets over Michelle had verteld, maar ik kon ook begrijpen dat hij het me niet had willen vertellen. Ook niet toen de gelegenheid daarvoor zich aandiende en we hadden kunnen proberen het weer goed te maken.

'En jij!' Mama's wijsvinger schoot plotseling in mijn richting alsof de bliksem insloeg. 'Waarom heb je me in 's hemelsnaam geen bericht gestuurd? Waarom heb je me niet gewaarschuwd dat je hem zou meebrengen?'

'Dat mocht niet!' antwoordde ik terwijl ik afwerend mijn armen omhoog hield. 'Bovendien kwam ik hem pas op het station tegen. Ik wist niet dat hij mee wilde.'

Mijn moeder snoof. Ik bereidde me voor op de donderslag.

Die kwam, maar anders dan ik had verwacht.

Mijn moeder kromp in elkaar. Even was ik ongerust, maar toen zag ik dat ze bezig was een lachaanval te krijgen. Ze barstte uit alsof iemand een vreselijk goeie grap had verteld, ze lachte heel ordinair, het moest dus een behoorlijk schunnige mop zijn.

Mijn vader keek me verbaasd aan. Het leek bijna of hij vreesde dat ze haar verstand had verloren. Maar toen begreep hij het. Ze waren allebei hier, en wat hen had gescheiden, was overwonnen. Ze hadden het zwijgen overwonnen. Ze waren de wederzijds toegebrachte verwondingen te boven gekomen. Ten slotte begon ook hij te lachen, luidkeels en schallend.

De volgende ochtend reed ik in alle vroegte naar de stad om iets bij de bakker te halen. Mijn moeder had niet op bezoek gerekend, dus had ze vast alleen maar toast of oude supermarktcake in huis. Maar het moest gevierd worden dat Michel bij haar was teruggekomen en dat ze zo'n verhelderend gesprek hadden gehad. Bovendien wist mijn moeder het nog niet van David – daar was nog wat meer tijd voor nodig.

Dichte nevelsluiers zweefden boven de wijnbergen. De straat was nat en uitgestorven. Zo vroeg wilde op zaterdag niemand al zijn bed uit.

In Schweich kwam ik de eerste voorbijgangers tegen. De meesten schenen hetzelfde doel te hebben als ik. Ik zette mijn moeders auto neer op een lege parkeerplaats. Ik moest denken aan het verhaal van de patissière in Bar-le-Duc. Ik moest Michel eens vragen wat er met haar was gebeurd.

Toen ik bij de bakkerij kwam, zag ik allereerst een brede rug en een blonde kuif. Kilian! Die zou vast verbaasd zijn me te zien. Maar ik was niet zo laf dat ik hem niet onder ogen wilde komen. Bovendien wilde ik een paar croissants hebben, die ik in de vitrine had ontdekt.

De winkelbel rinkelde toen ik binnenkwam en hij draaide zich om. Hij zag er moe uit, maar toen hij mij zag verscheen er een glimlach in zijn ogen.

'Nicole! Ben je weer hier?'

De verkoopster wierp ons een verbaasde blik toe terwijl ze Kilians broodjes in een zak deed.

'Ja, ik heb onderweg naar Keulen een kleine omweg gemaakt,' zei ik.

'En, hoe was het?'

‘Heel verhelderend,’ antwoordde ik. ‘Stel je voor, ik heb mijn vader gevonden! Hij leeft nog en is meteen maar met me meegekomen, want hij wilde mijn moeder beslist zien.’

Kilian keek verward. Ach ja, ik had hem nog niet verteld dat ik eigenlijk op zoek was naar mijn vader.

‘Ben je dan daarom naar Frankrijk gegaan?’ vroeg hij.

Ik knikte. ‘Eigenlijk wilde ik het spoor van mijn moeder volgen. Maar van het een kwam het ander en uiteindelijk stond ik voor zijn neus.’

‘Dat moet een schok voor hem zijn geweest.’

‘Absoluut. Hij wist niet eens van mijn bestaan. En ik... ik was heel bang dat hij mijn verhaal niet zou willen geloven. Gelukkig had mijn moeder me iets meegegeven waardoor hij overtuigd raakte. En toen... Het was gewoon geweldig, weet je. Geweldig om mijn vader te zien. Geweldig om de leemte in mijn leven te kunnen opvullen. Het is alsof het lot wilde dat het allemaal zo zou gaan.’

‘Als dat zo is, is er nog hoop voor mij.’ Er verscheen een wrang lachje op zijn gezicht. ‘Maar ik zou willen dat het niet net zo lang duurt voor mijn zoon me opspoort.’

‘Dat gebeurt niet, daar ben ik van overtuigd. Blijf vechten, dat loont, geloof me.’

‘Ik zal je raad ter harte nemen,’ zei Kilian nadat hij had betaald en zijn broodjes had gepakt. ‘En ik hoop dat we elkaar gauw weer zullen zien.’

‘Dat hoop ik ook,’ antwoordde ik en ik wenste hem een fijne zondag.

Ik keek hem na. Het was zo’n geweldige vent. Maar ik had nu met David gepraat. Hoe het verder zou gaan met ons, wist ik niet – het was gewoon te vroeg om iets te verwachten wat misschien niet zou gebeuren. Maar ik had een flintertje hoop dat mijn wens zou worden vervuld. En die kans wilde ik me niet laten ontnemen. Ik dacht weer aan de hartstochtelijke kus van mijn ouders; bijna veertig jaar had hun hartstocht niet kunnen doven.

Misschien zou dat bij David en mij ook het geval zijn...

'Wat kan ik voor u doen?' haalde de stem van de verkoopster me uit mijn gedachten.

'O, pardon,' zei ik terwijl ik mijn blik over de vitrine liet gaan. 'Geef me maar alle croissants die nog in het mandje zitten!'

De verkoopster keek me aan alsof ze het in Keulen hoorde donderen. Toen deed ze de twaalf croissants in een plastic zak en reikte me die aan.

Op de terugweg brak de zon door de nevelsluiers heen. Het was een prachtig moment toen het uitzicht op de wijnbergen helderder werd en de Moezel begon te glinsteren.

Op het wijngoed was het nog steeds rustig. Geen wonder na die turbulente nacht.

Ik maakte de voordeur open en sloop naar de slaapkamer van mijn moeder. Mijn vader had zijn intrek in de logeerkamer genomen, ik had de nacht op de bank doorgebracht.

De deur stond op een kier. Omdat ze zo te horen al wakker was, duwde ik hem voorzichtig open.

'Mam, ik...'

Ik stokte. Daar zaten Michel en mijn moeder, met alleen nachtkleding aan, elkaar hartstochtelijk te kussen. Zo hartstochtelijk dat ze mij helemaal niet leken op te merken.

Vlug trok ik me weer terug. Waarschijnlijk met een hoogrood hoofd.

Vroeger hadden mijn klasgenotes het er af en toe over gehad dat ze hun ouders onder het vrijen hadden betrapt.

'Walgelijk!' was het algemene oordeel geweest. Dat had ik nooit begrepen, want ik had mijn moeder nooit met welke man dan ook gezien, en al helemaal niet met mijn vader.

Maar nu kreeg ik er enig idee van wat ze gevoeld hadden. Ik had ze dan wel niet onder het vrijen betrapt – wat misschien het geval was geweest als ik eerder was gekomen – maar die kus, dat heftige in elkaar opgaan, had zoiets intiems dat het bijna hetzelfde was als seks.

Ik vond het echter niet walgelijk, het was alleen maar vreemd – en vóór alles was het hun zaak. Door het ouder worden werd een mens toch niet meteen een aseksueel wezen. Dan had je liefde en warmte nodig, en ook seks, dat was me nu wel duidelijk.

Ik ging dus maar weer naar de keuken. Het baby'tje in mijn buik had trek in een croissant met jam, en dat zou het krijgen ook.

Toen mijn moeder zo'n drie kwartier later in haar ochtendjas in de keuken verscheen, had ik al twee croissants verorberd – en ik had nog steeds honger.

'Hé, ben je al op?' vroeg ze verbaasd. 'En je hebt ook al voor het ontbijt gezorgd.'

Ik glimlachte. 'Ja, ik dacht dat dat wel redelijk zou zijn nadat ik je zo heb laten schrikken.'

'Schrikken?' Mama glimlachte breed en veelbetekenend. Blijkbaar was het goed geweest dat ik hen tweeën niet had gestoord. 'Je had me geen mooier cadeau kunnen geven.'

Ze zag er zo gelukkig uit dat ik haar op haar woord geloofde. Ik hoopte alleen dat mijn vader zijn hartmedicijnen bij zich had.

'Graag gedaan.' Ik glimlachte, en een warme golf van vreugde, zoals ik die ook tijdens de treinreis had gevoeld, overspoelde mijn hart. 'En bedankt dat je het me toch hebt verteld. Daar hebben we allebei iets mee gewonnen, en ik heb de kans hem te leren kennen. Het sterkt me om te zien dat hij met zijn hartkwaal kan leven. Je weet niet wat dat voor me betekent.'

We omhelsden elkaar, toen kwam mijn moeder bij me zitten. 'Ik begrijp nog steeds niet waarom ik niet de moed heb gehad om hem te gaan zoeken. Ik... ik wilde hem niet belasten, zijn leven niet compliceren.'

'Ja, daar lijkt het wel op.'

We keken elkaar aan, toen zei ik: 'Ik heb met David gepraat.'

De vreugde verdween een beetje uit mijn moeders ogen. Ze raakte gespannen, alsof ze iets onaangenaams verwachtte.

'Wanneer?' vroeg ze.

'Eergisteren, 's avonds laat,' antwoordde ik. 'Ik heb hem gebeld vlak nadat ik was teruggekomen van Michel. We hebben over alles gepraat.'

Ik schetste mijn moeder het gesprek met Hilda, de onthulling over Michelle en vervolgens wat ik met David had besproken. Toen ik klaar was, staarde ze me met grote ogen aan.

'Wat denk je?' vroeg ik een beetje onzeker.

'Ik... ik ben verbaasd. Ik had niet gedacht dat jullie er nog uit zouden komen.'

'Nou ja, we hebben alleen nog maar gepraat. En eerlijk gezegd had ik ook niet gedacht dat ik het zou kunnen... ik bedoel, eruit komen. Er kan nog steeds zo veel gebeuren, maar hij zegt dat hij er voor me wil zijn. En ik geloof hem.'

'Tja, wie zegt dat jullie niet weer opnieuw kunnen beginnen?'

'Ik ben voorzichtig optimistisch. Misschien werkt het ook wel niet, maar ik ben blij dat David inziet dat ik hem nodig heb. Dat het kind hem nodig heeft.'

Mijn moeder knikte, en nu begonnen haar ogen te stralen. Niet alleen mijn wens leek in vervulling te gaan, maar ook die van haar.

'En hoe zit het met jou en Michel?' vroeg ik.

Mijn moeder brak het puntje van een croissant en stopte het in haar mond. Ze kauwde er een poosje op, waarschijnlijk wilde ze tijd winnen. Toen antwoordde ze: 'Eerlijk gezegd heb ik stiekem op dit moment gewacht. Net als jij. Ik wil deze nieuwe kans aangrijpen. Maar het komt erop aan wat Michel wil.'

'Ik wil hem ook aangrijpen,' zei iemand met een sterk Frans accent bij de keukendeur. Michel stond, braaf gekleed in pyjama en ochtendjas, tegen de deurpost geleund.

We keken hem verrast aan.

'Spreek je Duits?' vroeg mijn moeder.

Michel knikte. 'Ik heb het geleerd toen je weg was. Mijn uitspraak is vreselijk, maar ik heb genoeg tijd gehad om een woordenschat op te te bouwen.'

'Je uitspraak is geweldig!' Mijn moeder stond op, liep naar hem toe en sloeg haar armen om zijn nek. Toen kuste ze hem en voegde eraan toe: 'En als je wilt, oefen ik graag met je. Iets van de vroegere lerares zit nog altijd in me.'

Zijn ogen schitterden. 'Ja, dat heb ik gemerkt,' fluisterde hij tegen haar, toen trok hij haar weer mee naar de slaapkamer.

Ik glimlachte. Het was fijn om een vader te hebben, fijn om te weten dat er iemand voor mijn moeder zou zijn – en voor mij. Hij wist uit eerste hand hoe het was als je hart niet zo functioneerde als het zou moeten. Hij gaf me alleen al door zijn bestaan hoop. En ik wist zeker dat hij zowel mij als mijn kind het een en ander over het leven zou kunnen leren.

Hoelang ze het met elkaar zouden uithouden, stond in de sterren geschreven, maar mijn moeder had gelijk. Ze hadden een nieuwe kans gekregen. En omdat ze die allebei wilden benutten, zou het vast geweldig worden.

Toen ik 's avonds mijn tas inpakte, haalde ik nog eens de foto's die mijn moeder me gegeven had tevoorschijn. Niemand zou er iets mee kunnen beginnen, alleen degene die het geheime verhaal achter de foto's kende. Ik was tevreden. En tegelijkertijd ook een beetje weemoedig. Hoelang had mijn moeder het wel niet zonder de liefde moeten stellen! Nu had ze die weer gevonden, maar de verloren tijd kon niemand haar teruggeven.

In elk geval leek het behoorlijk ironisch te zijn dat juist de angst om mijn kindje hen tweeën weer bij elkaar had gebracht. Maar ergens had ik het gevoel dat alles nu op zijn plaats viel. Misschien ook bij mij en David.

Toen ik naar het raam liep en over het wijngoed uitkeek, moest ik weer aan Louise denken. Ik had mama over haar verteld en ze had beloofd haar weer te schrijven. Het was triest als vriendinnen het contact verloren. Maar ook in dit geval was het nog niet te laat. Louise mocht dan ziek geweest zijn, ik had in haar ogen wel de wil om te leven gezien. En dat mijn moeder nog leefde, leek haar weer wat kracht te hebben gegeven.

'S Nachts sliep ik vast en diep, zonder beklemmende dromen over een beangstigende toekomst. Toen ik 's ochtends wakker werd, lagen mijn handen beschermend op mijn buik. Had mijn kindje behoefte gehad aan bescherming?

Op dat moment wenste ik vurig dat ik dat kon nagaan. Dat ik me ervan kon vergewissen dat het goed ging met de baby.

Vijf dagen, schoot het door mijn hoofd. Nog maar vijf dagen, dan zou ik weten wat er aan de hand was. Welke stappen er konden worden ondernomen.

Toen ik aan het ontbijt verscheen, zaten mijn vader en moeder elkaar aan de tafel verliefd aan te kijken. Het verbaasde me hoe vlug al die tijd die tussen hen lag, ineens was vergeten. De littekens waren er beslist nog, maar liefde was een wondermiddel.

'En, wat ga jij de komende week doen?' vroeg mijn moeder schertsend aan me. 'Heb je al die vreselijke boeken soms in je koffer zitten?'

Ik schudde mijn hoofd. 'Nee, die laat ik hier.'

'Aha, dan moet ik ze dus terugbrengen naar de bibliotheek?'

'Dat zou erg lief van je zijn.'

Ik gaf haar een kus op haar wang.

Toen ging ik naast Michel zitten en schonk hem een brede grijns.

37

In de cafetaria van het ziekenhuis, niet ver van de behandelkamers van dokter Alfani, was weinig te beleven. Geen wonder, rond die tijd ondergingen de meeste patiënten onderzoeken of werden ze geopereerd. Hier wachten was niet echt rustgevender dan op de gang. Toch ging ik bij het raam zitten en keek naar de binnentuin. Een verpleegster duwde een oude man in een gestreepte badjas in een rolstoel voorbij. Op zijn schoot lag een patiëntendossier zo dik als een woordenboek. Hij was levendig in gesprek met de zuster en lachte. Tussen de struiken even verderop stak een jonge man in joggingpak een sigaret op. Ik wilde erom wedden dat hij van zijn arts een streng rookverbod had gekregen. Maar in feite kon het me niet schelen wat daar gebeurde. Ik had een van de belangrijkste dagen van mijn leven voor me. Mijn kindje was op het moment het enige wat telde. Ik wist dat ik het lot niet meer kon beïnvloeden. Maar misschien hielpen gedachten en hoop nog een beetje. En was de geneeskunst inmiddels niet ver genoeg om allerlei gebreken te verhelpen? Ik hoopte vurig dat dat ook bij mijn kindje mogelijk was.

'Nicole?' vroeg een stem achter me.

Mijn hart maakte een sprongetje. Ik stond haastig op en draaide me om.

'David!' Hij had zijn belofte gehouden!

We omhelsden en kusten elkaar. Niet voor het eerst sinds het telefoongesprek. Al meteen toen ik in Keulen terug was, hadden we elkaar gezien en over alles gepraat. Michelle, zijn angsten, zijn hoop. En over ons.

'Hoe gaat het met je?' vroeg hij terwijl hij naast me kwam zitten.

'Ach, zoals dat voor een belangrijk onderzoek gaat,' antwoordde ik terwijl ik zenuwachtig aan mijn trui plukte.

'Ik ben bij je,' zei hij. 'Wat er ook gebeurt, je hoeft het daarbinnen niet alleen te doen. Tenzij je wilt dat ik hier blijf. Dan wacht ik hier op je.'

Ik schudde mijn hoofd en stak mijn hand naar hem uit. 'Ik wil dat je erbij bent. Dat wilde ik indertijd ook zo graag, toen in de praktijk van dokter Mandelbaum. Het is jouw kind, de specialist vindt het goed als je mee naar binnen gaat.'

David stond op, een beetje onzeker, maar toen sloot hij me in zijn armen en kuste me.

'Kom mee.'

In de praktijk van dokter Alfani werden we vriendelijk begroet door de assistente. Er heerste een rustige sfeer, en wij waren de enigen in de wachtkamer.

Mijn hart bonsde. Ik kon niet anders dan tegen David aanleunen. Het voelde zo goed hem weer in mijn leven te hebben. En nu in mijn nabijheid.

Hijzelf was bang, dat kon ik duidelijk merken. Ik kende hem goed genoeg om de tekenen te herkennen. Zijn adamsappel wipte zenuwachtig op en neer. Ik voelde me heel erg onrustig.

Hé, kleintje, dacht ik, me tot mijn kindje richtend. Zet straks je beste beentje voor. En houd vol, zodat ik je kan leren kennen.

'Maak je niet ongerust,' fluisterde ik zachtjes tegen David. 'Hoe het ook uitpakt, je raakt mij niet kwijt.'

'En jij mij ook niet,' antwoordde hij en hij pakte mijn hand. Die van hem was net zo klam van het zweet als de mijne. 'Ik heb trouwens de afspraak voor de sterilisatie afgezegd. Voor het geval dat je nog een kind zou willen.'

Wilde ik dat? Ik bedacht dat ik een huis vol kinderen had gewenst. Ja, eigenlijk wilde ik dat. Maar nu ging het eerst om het kindje dat al onderweg was. En het was heel raar dat hij daar nu alweer over begon, maar zo was hij nu eenmaal.

'Laten we eerst deze maar eens krijgen,' zei ik lachend en ik gaf hem een kus.

'Mevrouw Schwarz?' vroeg de stem van de assistente. 'Dokter Alfani verwacht u.'

'Showtime,' fluisterde David, toen trok hij me overeind, met zijn hand stevig om de mijne, alsof hij bang was om me los te laten.

Zo liepen we door de deur van de spreekkamer, waar de arts ons vriendelijk glimlachend begroette.

38

ZOMER – EEN JAAR LATER

Mijn moeder had niet overdreven, het klaprozenveld zag eruit als een vuurrood tapijt waaronder je het groen niet meer ontwaarde. Je kon moeilijk je ogen ervan afhouden. Een warm zomerbriesje streelde mijn armen en deed mijn blauwe jurk opwaaien.

'Hier ben je!' zei mijn moeder terwijl ze haar arm om me heen sloeg. 'Alles oké?'

Ik knikte. 'Ja, ik sta alleen de klaprozen te bewonderen. Ik probeer te voelen wat jij indertijd hebt gevoeld.'

'Dat zal niet zo makkelijk zijn,' antwoordde ze. 'Jij zit nu in een heel andere situatie dan ik toen.'

'Ja, maar de klaproos... die heeft iets. Die maakt je treurig, maar tegelijk ook blij.'

'Waarschijnlijk zijn die bloemen allen die hier het leven hebben gelaten. En al degenen die hen hebben verloren.'

Ik leunde tegen haar aan. De gedachte aan verlies bezwaarde mijn hart. Er was zo veel verloren gegaan, maar we hadden ook veel gevonden.

'Hé, zijn jullie vergeten dat de huwelijksvoltrekking gaat beginnen? Als je Michel voor het altaar laat staan, wordt hij kwaad!'

We draaiden ons om. Achter ons stond David in zijn beste pak. De afgelopen maanden was hij veranderd. Er was bij hem een knoop ontward en het leek of de tijd dat we uit elkaar waren er niet was geweest. Sinds de dag van de echo had hij geleidelijk aan de ketenen afgeschud die hem kluisterden. Daar waren veel gesprekken voor nodig geweest, en ik had hem ook overgehaald om naar een therapeut te gaan. Daar waren we samen geweest, want voor wat er was gebeurd, wat onze ziel te verduren had gekregen, hadden we hulp nodig.

Maar nu straalde hij, en dat was ook te danken aan de jongedame die hij op zijn arm had en die op haar vingertjes sabbelde. We hadden haar Louise gedoopt, waarover niet alleen mijn moeder enthousiast was geweest, maar wat ook Louise Silberg in verrukking had gebracht toen ze hoorde dat mijn kindje geboren was en naar haar was vernoemd.

De operatie vlak na haar geboorte had nog een keer veel van ons gevergd. David was de hele tijd bij me geweest, had geprobeerd me te troosten, hoewel hij net zo gespannen was geweest als ik. Ik was uitgeput van de bevalling en de gedachte dat mijn kleintje haar eerste grote beproeving moest ondergaan had me helemaal gesloopt.

Uren later verscheen de arts om uit te leggen hoe het in de operatiekamer was gegaan.

'Het komt zeer zelden voor dat meisjes een erfelijk ventrikelseptumdefect hebben,' zei hij. 'Normaal gesproken wordt de ziekte langs de mannelijke lijn doorgegeven. Maar het was slechts een klein defect. We hebben het kunnen sluiten, en uw dochtertje zal hoogstwaarschijnlijk een normaal leven kunnen leiden.'

Huilend van opluchting was ik David om de hals gevallen en het had een hele tijd geduurd voor we weer gekalmeerd waren. Wat de arts had gezegd, was het mooiste wat ik de afgelopen uren had gehoord!

De vloek was dan wel niet uitgebannen, maar we hadden het onder controle. Hoe ze ermee omging, moest mijn dochter later zelf beslissen.

Ik liep naar David toe en nam mijn kleintje van hem over.

In de maanden na de ontmoeting in de cafetaria was hij roerend zorgzaam voor me geweest. Hoewel ik het stiekem anders had gewenst, was hij eerst nog in zijn eigen woning gebleven. Pas na de bevalling waren we weer gaan samenwonen.

Maar nu waren we hier, in Bar-le-Duc. De plaats waar mijn moeder vandaag met haar Michel ging trouwen.

En David had helemaal gelijk, Michel zou het mijn moeder zeer kwalijk nemen als ze niet voor het altaar kwam opdagen.

Samen liepen we naar de auto, die langs de weg geparkeerd stond. Ik was hier lopend naartoe gegaan, net als mijn moeder, maar nu was ik blij dat David met de auto was gekomen. Ik maakte Louise vast in haar kinderzitje en we stapten in.

Er mochten jaren zijn verstreken, maar in een stad als Bar-le-Duc was het nog steeds een sensatie wanneer er een paar trouwde. Mensen die me totaal onbekend waren, maar die op de een of andere manier wisten wie mijn moeder was, verzamelden zich. Een paar dames hielden een boeketje in hun hand.

Louise, die net als ik door mijn moeder als bruidsmeisje was aangewezen, wachtte onder aan de kerk, net als ik gekleed in nachtblauw.

Michel kwam naar ons toe zodra we bij de kerk waren gearriveerd. Hij leek nerveus, maar zag er in zijn zilvergrijze pak overweldigend uit. Net als Kevin Costner, met dien verstande dat hij niet Kevin Costner was maar mijn vader, op wie ik op dat moment uitermate trots was.

'Daar is mijn lief!' zei hij en hij trok mijn moeder in zijn armen. 'Ik dacht dat je ervandoor was gegaan.'

'Geen sprake van!' was mijn moeders reactie. 'Maar brengt het geen ongeluk als de bruidegom de bruid voor de huwelijkssluiting ziet?'

'Wie vertelt er nou zulke onzin!' antwoordde Michel lachend. 'Een bruidsjurk is niet half zo belangrijk als wat mijn bruid meebrengt.' Hij keek me aan, boog zich naar Louise toe en streelde haar over haar wangetje. Mijn – ons – kleintje begon vrolijk te kirren. 'Ik denk niet dat het ongeluk zal brengen je nu al te zien.' Daarop trok hij mijn moeder in zijn armen en kuste haar.

'Hé, daar hoor je mee te wachten tot de pastoor het zegt!' riep ik, waarop hij begon te lachen.

'Al goed, het wordt toch tijd dat ik in de kerk verdwijn. Dus tot zo!' Met die woorden draaide hij zich om en liep met zijn getuige de kerk in.

'Mademoiselle Schwarz?' vroeg plotseling iemand naast ons. Een man, misschien vijftien jaar ouder dan ik, maakte zich los uit de menigte. Hij was tamelijk gedrongen en had een baard, zijn zwarte haar was met lange witte draden doortrokken.

Ik keek vragend naar mijn moeder.

Wie was die vent?

Mijn moeder verstijfde een beetje. Kende ze hem?

'Ik weet niet of u zich mij nog herinnert,' begon de onbekende. 'Mijn naam is Bertrand Rémy, ik heb bij u in de klas gezeten.'

'Nou en of ik me dat herinner.' Mijn moeders blik versomberde. Blijkbaar zag ze in hem niet alleen de jongen die met haar fiets had gerommeld, maar ook zijn vader aan wie ze alle ellende te danken had gehad.

'Ik... ik heb me nooit verontschuldigd voor wat ik u heb aangedaan,' zei hij toen en hij keek verlegen naar de grond. 'Maar toen hoorde ik dat u terug was, en... Ik wilde alleen maar zeggen dat het me spijt.'

'Dank je, Bertrand, dat betekent heel veel voor me,' zei mijn moeder terwijl ze haar hand op zijn arm legde. 'En vertel me straks na de plechtigheid alsjeblieft hoe je leven is verlopen.'

Bertrand Rémy keek haar verrast aan. Dat hij voor de bruiloft zou worden uitgenodigd, daar had hij niet op gerekend. Ik zag weer de foto van de kinderen in het klaprozenveld voor me. Ook al was Bertrand daar niet bij geweest, hij leek zijn lesje te hebben geleerd.

Maar nu verscheen de pastoor.

Het was showtime, zoals David in de wachtkamer van dokter Alfani het had genoemd.

Ik keek naar David en glimlachte. Tot nog toe hadden we niet besloten om te trouwen, maar wie weet, misschien kwam dat nog.

'Ben je er klaar voor?' vroeg ik.

'Ja, meer dan dat,' antwoordde hij en hij trok me in zijn armen.

'Je gaat toch niet het bruidsmeisje kussen?' vroeg ik plagend, maar toen voelde ik zijn lippen al op de mijne.

'Jawel, dat is precies wat ik van plan ben. Ik heb immers een kind met haar, dus heb ik daar recht op.'

We kusten elkaar opnieuw, lang en misschien ook een beetje al te hartstochtelijk, want achter ons werd gefluisterd en iemand floot.

Toen sloot hij zich bij de mannen aan. Ik tilde Louise uit haar kinderzitje en zette haar op mijn heup. In haar blauwe ogen vertoonden zich de eerste gouden spikkeltjes, misschien zou ze op een dag net zulke goudbruine ogen hebben als haar grootvader. Ik gaf haar een kus en terwijl het orgel binnen de bruiloftsmars inzette, liep ik achter mijn moeder aan, die er in haar klaproosrode jurk gewoonweg schitterend uitzag. We glimlachten naar elkaar.

Toen liep ze voor me uit, eindelijk op weg naar het geluk waarop ze zo lang had moeten wachten.

Foto nr. 14

Een stralende zomerdag loopt boven Bar-le-Duc ten einde, de hemel glanst in teer roze. Op de binnenhof van een hotel, een met klimop begroeid gebouw, wordt een bruiloft gevierd. Witte linten fladderen boven boeketten van rode klaprozen. Op de feestelijk met rode en witte bloemen versierde tafels staan resten van een buffet. Marianne en Michel dansen innig verstrengeld wang aan wang te midden van andere paren. Op de achtergrond zit Nicole naast David, op haar schoot probeert de kleine Louise een bord te pakken. David houdt Nicoles hand vast, ze kijken elkaar verliefd aan. (28 juni 2015)

Nawoord

Tegenwoordig is het haast onvoorstelbaar dat er een tijd was waarin Duitsers en Fransen elkaar vijandig gezind waren. Maar het is belangrijk om niet te vergeten dat er zo'n periode is geweest en dat haat jegens anderen in een desastreuze oorlog culmineerde die grote delen van Europa verwoestte en veel ellende over de mensen heeft gebracht.

Het verhaal over het klaprozenjaar is een fictief verhaal. Er bestaat in Lotharingen wel echt een stad die Bar-le-Duc heet en ik heb me alleen een paar dichterlijke vrijheden gepermitteerd bij de beschrijving van de plaats en zijn omgeving. Maar de inwoners zijn verzonnen, mogelijke gelijkenissen berusten op toeval.

Wat wel waar is, is dat er sinds de jaren vijftig, en ook eerder al, telkens weer leraren waren die de weg naar andere landen vonden en daarmee een belangrijke bijdrage leverden aan wederzijds begrip tussen volkeren. Verscheidene organisaties zorgen er ook nu nog voor dat leraren en leerlingen de gelegenheid krijgen zich ter plaatse vertrouwd te maken met de cultuur van landen waarvan ze de taal onderwijzen of leren.

Mijn hartelijke dank gaat hier uit naar de heer Gieselher Klose uit Hamburg, die me heel goed heeft geholpen met zijn kennis van de uitwisseling van leraren.

Of er in de tijd dat Marianne in Frankrijk verbleef over en weer ressentimenten speelden, zal van plaats tot plaats hebben verschild. Hoogstwaarschijnlijk zijn er mensen geweest die de andere partij ook na het Élysée-verdrag als vijanden bleven beschouwen, maar de uitwisseling tussen Duitsland en Frankrijk was merendeels vriendschappelijk. Men streefde ernaar de buren te leren kennen en waarderen. En zoals je ziet, is dat gelukt. Duitsland en Frankrijk hebben een goede verstandhouding met elkaar. De mensen zien in dat er aan vooroordelen, angst en haat alleen een einde kan komen als je toenadering zoekt en van elkaar leert. Dat moeten we ook vandaag de dag niet vergeten en bij de omgang met andere culturen ter harte nemen.

LEES MEER VAN

Corina Bomann

Als Annabel in een haven aan de Baltische Zee De stormroos ziet liggen – een oude, verwaarloosde boot met een bordje met TE KOOP erop – voelt ze zich er meteen mee verbonden. Hoewel de kotter in slechte staat is, ziet Annabel mogelijkheden om er een drijvend café van te maken en zo een nieuwe toekomst op te bouwen voor zichzelf en haar dochtertje. Er blijkt één andere gegadigde te zijn, ene Christian. Hij wil de boot al net zo graag hebben als Annabel. In hun enthousiasme besluiten ze de boot gezamenlijk te kopen en het avontuur met z'n tweeën aan te gaan.

Tijdens de verbouwing vindt Annabel een brief die iets prijsgeeft van een bewogen verleden: meer dan dertig jaar geleden gebruikte een jonge vrouw De stormroos om over zee te ontsnappen uit Oost-Duitsland. Geschokt gaan Annabel en Chistian op zoek naar die vrouw en proberen ze de tumultueuze geschiedenis van hun boot te ontrafelen – een geschiedenis die teruggaat tot Annabels eigen kindertijd...

Verkrijgbaar als
e-book
& papieren boek

LEES MEER VAN

Corina Bomann

Eigenlijk kan Anna Kerstmis niet uitstaan. Om haar broer een plezier te doen stapt ze dit jaar toch in de trein om het feest met haar familie te vieren. Maar door allerlei tegenslagen ontaardt de reis in een winterse roadtrip per sneeuwschuiver en pick-uptruck. Zo heeft Anna ruim de tijd om eindelijk eens goed over haar verleden en zichzelf na te denken. Misschien is het tijd voor verzoening?

Verkrijgbaar als
e-book
& papieren boek